KB268116

한국 육담의 세계관

김 선 풍 외

국학자료원

머 리 말

육담의 사전적 해석은, 음담(淫談) 내지 '품격이 낮고 속되고 야비하며 투박한 이야기'쯤으로 되어 있다. 그러나 육담이 성적 관계를 표현한 이야기라 해서 그 언표(言表 : 말의 표상)가 모두 품격이 낮고 몹쓸 말로만 꾸며져 있지는 않다. 그것은 육담을 음담패설(淫談悖說) 정도로만 이해하는, 고루한 문학관을 가진 이의 한계점을 드러내는 사고일 뿐이다.

고전 문학은 때로 에로티시즘에 관한 묘사가 비속(卑俗)하다는 이유로 저급한 작품으로 취급받기도 했다. 남녀 관계를 표현해도 성의 감각적 측면만 강조하다 보면 야한 감각을 벗어나 천박하게 느껴지기도 한다.

성에는 동물적인 애정과 정신적인 애정, 두 가지 측면이 있다. 이 두 가지 측면 중 전자에 비중을 두었을 때 좀더 야한 감각을 불러일으키게 한다.

중국 연변 조선족들은 육담을 '고기얘기' 또는 쌍담(常談)이라 한다. 이때의 고기는 '육(肉)'을 유머러스하게 번역한 것인데, 고기는 다름 아닌 '몸(身體, 肉體)'을 뜻한다.

문학사를 살펴볼 때, 상대(上代)로 거슬러 올라갈수록 성에 대한 표현이 노골적이었음을 알 수 있다.

조선조로 넘어오면서 문학사에서의 성의 표현은 금기(禁忌) 그 자체였다. 그렇다면 그들의 겉마음뿐 아니라 속마음까지도 그러했을까?

양반도 인간이기에 인간 본연의 행동(場)에서는 동일할 수밖에 없었다. 아니 오히려 서민 이상의 괴벽스럽고 추한 동물적 번식욕에 사로잡히는 수도 없지 않았다.

국문학의 대가라고 일컫는 송강(松江) 정철(鄭澈)마저 진한 음담 시조를 짓고 있는 터에 필부필부(匹夫匹婦) 세계야 말해 무엇하겠는가.

≪근화악부 槿花樂府≫에 나오는 송강의 시조를 들어보자.

> 문(問) : 옥(玉)이 옥이라커늘 번옥(燔玉)만 여겼더니
> 이제야 보아하니 진옥(眞玉)일시 분명하다
> 내게 살송곳이 있으니 뚫어볼까 하노라
> — 정철 작
>
> 답(答) : 철(鐵)이 철이라커늘 섭철만 여겼더니
> 이제야 보아하니 정철(正鐵)일시 분명하다
> 내게 골풀무 있으니 녹여볼까 하노라
> — 진옥 작

위 시조와 설화가 살갗을 스치는 음담으로 느껴지지 않는 이유는, 비록 육담적 시조요 설화로 표현되어 있지만, 고도의 문답식 문학 형태로 진행되고 있기 때문이다.

문답식 사랑의 표현에서 기생인 진옥(眞玉)이라는 여성이 승리하였으며, 남성인 송강의 유머러스한 물음을 되받아 넘긴 진옥의 명답법이 음담패설이라는 오명을 불식시켰고 작품을 밀도 있는 문학성으로 승화시킬 수 있었던 것이다. 만약 남성의 승리로 끝이 났더라면 이 작품은 비속(卑俗)이라는 딱지를 면치 못했을 것이다. 이런 상황에서 문학적 카타르시스가 발생한다. 유교사회라고 하는 '금기사회'의 벽을 허물어버린 데서 심리적 해방감이 찾아온 것이다.

  금기파기(禁忌破棄)를 새롭게 맛봄으로써 대리 만족을 느끼고 억눌렸던 본능을 회생시키게 된 것이다. 여기에 육담의 묘미가 있다.

  민속학자 임석재 교수는, 다음과 같이 한국 육담의 기능을 언급하고 있다.

  "육담에는 성에 관한 무지나 오해로 인하여 기이한 행위, 오류, 실수 등이 일어나는 것을 내용으로 한 것이 있는데, 이러한 육담은 청소년에게 성적 지식을 알려주는 역할을 한다. 또한 육담에는 이성을 유혹하고 성욕을 자극하며 성감을 고조시키기 위하여 계략, 책략, 기지 등을 구사하는 것도 있는데, 이러한 것은 생활의 지혜를 터득하게 해주기도 한다."

  현재 임 교수는 94세의 고령임에도 불구하고 학회 활동까지 하고 있는 분이다. 성을 찬미하는 것과 성의 노예가 된다는 것은 판이하게 다른 두 현상이다. 성을 잃은 자는 죽은 자이다. 육담을 즐겁게 받아들일 수 있고 육담을 즐겨 말할 수 있는 사람은 정신적으로 늙지 않았고 신체적으로 늙지 않는다.

  '일소일소(一笑一少) 일노일로(一怒一老)'라는 평범한 속담대로, 양질의 고기얘기를 즐기는 것은 장수의 지름길이라고 감히 말해두고자 한다.

1997. 10. 10.

덕산서실(德山書室)에서   김 선 풍

목 차

한국육담개론

김 영 진*

우리나라 헌법에는 "언론의 자유"가 있으나 형법에는 "남의 성생활을 침해하거나 공공연히 여러 사람 앞에서 외설행위, 또는 말이나 글, 그림 등으로 다수의 성도덕을 위태롭게 할 때는 외설죄로 처벌할 수 있게 되어 있다.

그리하여 필자는 이 논문의 발표에 앞서 먼저 독자의 성생활을 침해하거나 성도덕을 위태롭게 할 의사가 전혀 없으며, 만일 그러한 일이 생긴다면 그것은 전적으로 독자의 정신적, 육체적 결함에 있음을 분명히 밝혀둔다.

1. 들어가는 말

육담은 조선시대의 잡록, 특히 소화집에 문자로 기록되었고 오늘날도 민간에 구전되고 있다. 그러나 그 내용이 잡스럽고 음탕하여 사사로이 이야기하고 즐길 수는 있어도 공개적으로 많은 사람 앞에서 이야기하는 것을 기피하여 왔다. 이런 까닭에서 민속학자들도 개인적으로

---

* 청주대 교수.

육담에 관심을 가지면서도 이를 전문적으로 조사하거나 연구하는데 주저하여 1930년에 손진태(孫晉泰)가 육담의 자료집으로 「속지해(續志諧)」를 간행한 것이 고작이다.[1]

그런데 1982년 고려대학교 민족문화연구소에서 편찬한 「한국민속대관」에서 육담이 한 요목으로 서술됨으로써 육담이 민속학의 대상 또는 민속학의 영역으로 정착할 수 있는 계기를 마련하였고 또 1991년 한국정신문화연구원에서 편찬한 「한국민족문화대백과사전」에 육담이 한 항목으로 기술되면서 육담이 민족문화의 하나로 인정되었다. 그러나 전완길(全完吉)이,

> "동방의 예의바른" 나라에 도취한 나머지 섹스를 추한 것으로 단정함으로써 우리의 문화바탕이나 전통을 잘못 이해하는 오류에 빠졌고 아직도 여기서 헤어나지 못하고 있다[2]

라 하였듯이 섹스(sex)는 추한 것이라는 고정관념에서 대개의 민속학자들도 육담의 학문적 가치를 충분히 인식하면서도 아직도 그 조사나 연구를 기피하거나 주저하고 있는 실정이다. 이러한 때에 민속학회에서 육담연구의 당위성을 인정하여 하나의 논제로 삼은 것은 늦은 감은 있어도 매우 다행한 일이며 이를 계기로 앞으로 육담에 대한 활발한 연구를 이루어지길 기대한다.

그러나 앞으로 육담을 민속학의 대상으로 조사 또는 연구를 하기 위해서는 무엇보다도 이론적 체계를 정립하는 것이 선행되어야 한다. 그리하여 여기서 용어와 개념, 소재와 기능, 내용과 어법, 형식과 구조, 보편성과 개별성, 장르와 연구방법, 자료와 분류 등을 개괄적으로 살펴

---

1) 해방 후에 임석재도 육담집을 인간(印刊)하였다 하나 공간(公刊)된 것은 아니다.
2) 전완길, 한국인의 본능, (문음사, 1980), pp.18-19.

보고자 한다.

2. 하는 말

1) 용어와 개념

육담은 흔히 음담이라 하는데 한글학회의 우리말 큰사전에는 음담을 "음탕한 이야기"라 하고 육담을 "음담 따위와 같이 야비한 이야기"라하여 유의어로 풀이하였다. 그러나 음담은 음탕한 이야기라는 뜻의 직설적인 한자어인데 비하여 육담은 성기를 "속살", 성행위를 "살 섞는다"하고 한자어에서 육교, 육정, 육욕이라 하듯이 성을 은유한 완곡어법(euphemism)의 한자어이다.

또 육담을 흔히 관용적으로 음담패설[3]이라고 하는데 패설은 사전에 "사리에 어그러진 말"이라고 풀이하고 있으며 구체적으로 윤리나 도덕에서 어긋나는 이야기를 의미하고 있어 음담은 모두 패설이 될 수 있어도 패설은 모두 음담이 아니다. 즉 패설은 음담의 상위어이고 음담은 패설의 하위어이기 때문에 음담과 패설은 동의어가 아니다.

한편 음탕한 이야기를 중국에서는 "황담"[4], 일본에서는 "외담"이라 하고 우리나라에서는 음담 또는 육담이라 하는데 육담이란 말보다는 음담이란 말이 널리 사용되며 외담[5] 외설[6]이란 말도 쓰이고 일부 젊

---

3) 임석재, "욕과 육담", 한국민속대관 6, (고려대학교 민족문화연구소, 1982), p.762.
  장덕순, "외설설화", 한국민족문화대백과사전, (한국정신문화연구원, 1991).
4) 황담은 "남녀시생위황"에 어원을 두고 있다.
5) 신윤상, 한국인의 웃음, (태창문화사, 1974).
6) 김우종, 한국인의 웃음, (자유문학사, 1986).

은 층에서는 "Y담"7)이라고 한다.

그리고 학계에서는 육담, 음담, 음외담, 외설 등을 사용하고 있으나 민속학회에서는 앞으로 완곡어법으로 은유한 "육담"을 학술용어로 통일해 쓰는 것이 좋다고 생각한다. 그리고 육담의 개념을 임석재는,

> 육담은 성기, 성행위, 남녀간의 정분, 그리고 이에 관련되는 사항을 재료로 해서 꾸며진 이야기다.8)

라고 정의한 바 있다. 그러나 육담을 "성기와 성행위에 관련되는 사항"에 한정하지 않고 "남녀간의 정분과 그에 관련되는 사항"까지 포함할 때는 「이춘풍전」이나 「배비장전」은 물론 「춘향전」의 일부 내용까지도 육담으로 볼 위험이 있다. 또 육담을 꾸며낸 이야기라 하였는데 육담에는 꾸며낸 이야기가 많지만 실화도 많다. 특히 문헌자료에는 역사적 인물의 실화로 기록된 육담이 많다. 그래서인지 뒤에 임석재는,

> 남녀간의 색정이나 성행활, 그리고 이와 관련된 사항이나 현상을 소재로 한 이야기9)

로 수정하였으나 육담의 소재를 "남녀간의 색정이나 성생활"이라 한다면 동물의 성기나 교미, 사람의 수간은 물론 자위행위인 용두질(手淫), 동성애인 비육(鷄姦), 남색인 면수같은 이야기는 육담에서 제외되어야 하고, 옛날의 성풍속인 양생법인 "소녀동침(少女同寢) 첩이불설(接而不泄)", 방중술(房中術)인 "구천일심(九淺一深)" "좌삼우삼(左三右三)", 득남술인 "상순교합이생자(上旬交合而生子)" 같은 이야기는 육담에 포함

----

7) Y담은 일본어 猥談(わいだん)에서 전이된 말이나, 젊은이들은 W(유방) X(배꼽) Y(사타구니)에서 사타구니의 Y를 뜻한다고 한다.
8) 임석재, 앞 글.
9) 임석재, "육담", 한국민족문화대백과사전, (한국정신문화연구원, 1991).

시켜야 한다는 논리가 성립된다. 또 장덕순이,

　　남녀간의 난잡하고 부정한 성행활을 소재로 한 이야기[10]

라고 한 정의도 육담의 소재가 "난잡하고 부정한 남녀간의 성생활"만 있는 것이 아니기 때문에 바른 정의라고 할 수가 없다. 왜냐하면 육담의 소재는 사람의 성기와 성행위뿐만 아니라 짐승의 성기와 성행위는 물론 수간(獸姦)도 있으며 또 육담의 내용은 웃기는 이야기(笑話)이기 때문에 일반적인 성지식이나 성풍속같은 지적인 이야기는 제외되어야 한다. 그리고 육담의 형식은 비교적 짧은 이야기(寸談)이다. 그런 내용을 종합해 볼 때 육담은 "민간에 전승하는 성기와 성행위를 소재로 한 웃기는 짧은 이야기"라고 정의할 수 있다.

2) 소재와 기능

육담의 소재는 성과 성행위이다. 그러나 일반적으로 성(sex)은 같은 종류의 생물에서 생식과 관련하여 대립되는 두 가지의 형질, 즉 암컷과 수컷을 말하나, 동물에 있어서는 단세포로 된 원생동물에는 성이 없고 다세포인 후생동물에만 성이 있으며 이들은 대체로 성에 따라 자웅(雌雄)의 형태가 다른 자웅이체(雌雄異體)로 되어 있다. 그러나 인간은 자웅이체동물이면서 다른 자웅이체동물과 다른 몇가지 특징이 있다.

그 하나는 성행위의 방법이다. 즉, 짐승들은 암놈의 등에 숫놈이 배를 대고 교미하는 대배법인데 비하여 인간은 남녀가 배를 대고 성교하는 대복법이다. 이러한 차이는 기본적으로 네 발로 기면서 생활하는 짐승과 두 발로 서서 생활하는 인간의 신체적 활동구조에서 오는 것이

---

10) 장덕순, 앞 글.

다.

다른 하는 성행위의 목적이다. 즉 동물들의 교미의 목적은 생식이기 때문에 일반적으로 암놈의 생식기능이 충족되는 주기적인 시기, 즉 암창이 났을 때 생식의 수단으로 교미를 한다. 그리하여 아무리 숫놈이 성적충동을 느낀다해도 암놈의 성적욕구가 없으면 교미는 불가능하다.

그런데 인간의 성행위는 본질적으로는 종족보존의 생식본능에 있지만 생식과 관계없이 남녀가 마음만 먹으면 언제든지 성행위를 할 수 있고, 심지어는 남자의 일방적인 욕구에 의하여 제한없이 그리고 비주기적으로 성행위가 가능하다.

이렇게 인간이 성행위를 맘대로 하게 되면서 성이 생식의 목적과 쾌락의 목적으로 이용되어 왔으며 그 쾌락은 정신적 쾌락과 육체적 쾌락으로 나누어지는데 이를 도식하면 다음과 같다.

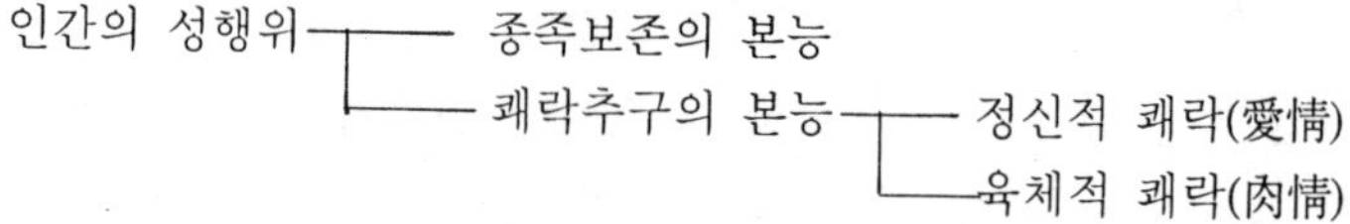

인간의 성욕은 남녀가 공유하고 있다. 역사적으로 조선 세종 때의 감동이나 성종때의 어을우동같은 음녀도 있고 육담에서 여성의 호색성을 발견할 수 있어도 성행위는 대체로 여성의 성적의지보다는 남성의 성적의지에 의하여 이루어진다. 그것은 남녀의 성적의지가 생리적으로 그 매카니즘(mechanism)은 같아도 여성은 자발적인 성적의지, 즉 음핵의 팽창이 없어도 성행위가 가능하나 남성은 성적의지, 곧 음경의 발기가 없이는 정상적인 성행위가 불가능하기 때문이다. 또 성경에,

남자는 여자를 위해서 창조된 것이 아니며, 여자야말로 남자를 위해서 창조된 것이다.11)

라고 한 이래 남존여비의 사상은 사회적으로 여성들의 성적의지를 제약해 왔기 때문에 인간의 성행위는 주로 남성의 능동적인 성적의지에 의하여 이루어져 왔으며 여성은 이를 수동적으로 수용해 왔다. 그리하여 독일의 철학자 니체(F. Nietzsche)가,

> 남성의 행복은 "나는 하고 싶다"는 것이고, 여성의 행복은 "그가 하고 싶어한다"는 것이다.[12]

라고 하였듯이 여성들이 행복은 "하고 싶은" 남성들에 의하여 결정된다고 생각함으로써 남성들은 여성을 "출산하는 존재"로 생각하기보다는 "쾌락의 대상"으로 생각하게 되었고 이러한 생각에서 육담의 발생도 가능했다고 본다.

왜냐하면 육담은 성의 문화적 산물이기 때문이다. 그리하여 육담에서 성기와 성행위는 종족보존을 위한 생체와 그 수단이 아니라 언제나 쾌락추구의 본능, 그 중에서도 육체적 쾌락을 추구하는데 필요한 연장과 도구이며 그 추구하는 바 목적으로서 육담의 소재가 되는 것이다. 이러한 점에서 불완전한 아이들의 성은 육담의 소재에서 제외되어 왔다.

육담의 기능은 웃음이다. 그런데 정신분석학자 프로이드(S. Freud)는 웃음을 의도적 웃음인 "풍자(satire)"와 순수한 웃음인 "유머(humour)"로 나누었고 김열규는 유머를 다시 "흰 웃음"과 "검은 웃음"으로 나누고 육담을 검은 웃음이라고 하였다.[13] 육담이 비록 검은 웃음이라고 해도 "자신의 육정을 표현하거나 남의 육정을 자극하거나 도발하는" 외설이 아니라 남을 웃기는 순수한 소화이다.

---

11) 고린도전서 11장.
12) F. Nietzsch(최승자 역), 짜라투스르는 이렇게 말하였다. (청하, 1984), p.106.
13) 김열규, 한국인의 유머, (中央日報社, 1978).

따라서 말하는 사람은 저의나 악의가 없이 우스개로 하기 때문에 그 자신 무해하고 듣는 사람도 피해가 없기 때문에 부담없이 웃는다. 그래서 육담의 현장에서 주위의 눈치를 보면서 살성밀어로 육담을 하는 경우는 있어도 화자와 청자의 사이에는 긴장이 없다. 특히 금기시하였던 성을 노골적으로 이야기함으로써 듣는 사람은 억압되었던 성으로부터 해방감을 맛보는 쾌감이 있다. 그리하여 신윤상은,

> 외담이란 성애를 만족시키는 대응적 보상구실을 한다. 어둡고 비굴한 이성관계의 측면이 아니고 밝고 풍부한 이성간의 성애를 즐기고자 구가한 생활의 진실이다.[14]

이라고 하였다.

3) 내용과 어법

미국의 설화학자인 톰슨(S, Thompson)이,

> 문헌설화인 작가들뿐만 아니라 문자를 모르는 구전설화 이야기꾼들에게 다른 어떤 것보다도 관심이 있는 것은 언제나 "성적 사건"과 "속임수 이야기"다[15]

라고 하였는데 그 성적 사건을 다룬 대표적 이야기가 육담이다. 그런데 육담의 내용에는 "있을 수 없는" 허구(fiction)의 이야기도 있지만[16] 대개는 "있었던" 사실(fact)의 이야기나 "있을 수 있는" 가상(supposition)의 이야기들이다. 그러나 육담은 성이라는 제한된 소재로 말미암아 그 내

---

14) 신윤상, 한국인의 웃음, (태창문화사, 1974) p.177.
15) S, Thompson, (윤승준, 최광식 역), 설화학원론, (계명문화사, 1992년), p.252.
16) 村談解頤의 "鼠入其穴".

용에서도 제한을 받고 있다. 즉 육담에서는 주로 남과 여의 대립만 있고 악과 선의 대립은 없으며 기지와 지략은 있어도 갈등이나 고민이 없다. 또 임석재는,

> 육담에는 성에 관한 무지나 오해로 인하여 기이한 행위, 오류, 실수 등이 일어나는 것을 내용으로 한 것이 있는데 이러한 육담은 연소자에게 성적지식을 알려주는 역할을 한다.
> 또한 육담에는 이성을 유혹하고 성욕을 자극하며 성감을 고조시키기 위하여 계략 책략 기지 등을 구사하는 것도 있는데 이러한 것은 생활의 지혜를 터득하게하여 주기도 한다.[17]

라 하여 육담이 어린이에게 성적지식을, 그리고 어른에게는 생활의 지혜를 준다고 하였지만, 육담에서 교육적 또는 교훈적 내용을 발견하기는 어렵다. 육담은 성의 진실을 쾌락에 두고 있어 주인공들이 도덕적 고민이나 윤리적 갈등없이 부도덕한 행위를 서슴없이 하여도 권선징악이 없는 것이 특징이다.

또한 육담은 그 소재로 말미암아 일반적으로 여성들보다는 남성들이 더 즐겼고 젊은이들보다는 늙은이들이 즐겼다. 그러나 부부일신이라 하여도 남녀가 유별하여 부부간에도 쉽게 육담을 하지 않았으며 장유가 유서하여 부자가 유친하고 노소가 동락한다 하여도 부자간이나 노소간에는 육담을 하지 않았다. 이렇게 육담은 기방이나 요정같은 특별한 장소가 아니면, 민담과는 달리 동성 동년배끼리 유유락락하는 것이 특징이다.

그리고 육담은 화자의 표현기법과 청자의 감정조정에 의하여 분위기를 달리하는데 화자의 표현기법에서 중요한 것은 구술방식이다. 그런데 임석재는,

---

17) 임석재, "육담", 앞 책.

> 육담을 구술할 때 "해서(楷書)로 할까 반행으로 할까 행서 또는
> 초서로 할까" 하는 말을 쓴다……해서로 한다는 것은 점잖게 한다는
> 뜻이고 반행으로 한다는 것은 좀 난잡스럽게 한다는 것이며 행서 또
> 는 초서로 한다는 것은 아주 난잡스럽게하여 포복절도(抱腹絶倒)케
> 한다는 것이다.[18]

라 하여 세가지의 구술방식이 있다고 하였으나 성을 표현할 때는 일반
적으로 직접어법과 완곡어법이 있기 때문에 육담의 구술방식은 크게
성기와 성행위를 직설적으로 표현하는 "진한 육담"과 완곡어법으로 표
현하는 "연한 육담"으로 나눌 수 있다. 그리고 이러한 구술방식은 전
적으로 화자의 자의적인 용어의 선택에 있다. 여기서 성기와 성행위를
표현하는 용어와 문자를 예시하면,

구분		한자말	우리말
성기	男根	男莖　陽物　陽莖　陽道　玉莖　玉根 腎莖　坐藏之　腎	자지 연장 그것 좆 물건 거기
	女根	陰部　淫門　陰戶　濕戶　局部　局所 小門　下門　玉門　屍추　凹　目不之處	보지 밑 씹 아래
성행위		性交　肉交　房事　淫事　合宮　犯房 行房　合歡　合衾　交合　接合　私通 關係　相關　色事　情事　邪淫　? 雙　交媾　媾合　烝　雲雨　巫山之夢 雲雨之情　男女戱事	씹[19] 밤일 그것 그일　그짓

여러 가지가 있는데 이러한 용어의 선택은 전적으로 화자의 교양에 있
는 것이지만 육담의 현장분위기에 따라 달라지기도 한다. 또 문헌육담

---

18) 임석재, "욕과 육담", 앞 책.
19) 우리말 "씹"은 중의어이다.

에서는 표현의 제약을 받아 주로 한자어 또는 우리말의 경우 간접적 용어를 사용하는 양상을 보이고, 구비육담에서도 비록 표현의 제한은 없다해도 직설적 용어보다는 간접적 용어를 사용하며 소위 육두문자는 극히 무식층에서 사용된다. 그러나 구비육담에서는 한자어보다는 일상적인 우리말을 사용함으로써 화자는 간략하게 이야기를 할 수 있고 청자는 쉽게 이야기를 이해하며 현장의 분위기를 살릴 수 있다.

4) 형식과 구조

육담의 표현형식은 짧은 이야기라는 특성 때문에 민담과 다른 점이 있다. 즉 올릭(A, Olric)이 서사법칙으로 제시한 반복의 법칙(law of repitition)이 없으며, 특히 결말의 법칙(law of closing)이 없는 것이 특징이다. 그리하여 민담이 제기, 전개, 결과의 형식을 갖는다면 육담, 특히 구비육담은 거의가 제기, 사건, 절정의 형식을 갖는다. 즉,

제기 ; 시간, 인물, 장소가 제시하는데 시간과 장소를 생략하기도 한다. 예를들면 서두에서 "옛날에 어떤 사람이 어디에서"라 하기도 하지만, "어떤 사람이 어디에서" 하기도 하고 또 "어떤 사람"이 하기도 한다. (序頭節略의 법칙)

사건 ; "그런데" "그러자" "며칠 뒤" 등의 연계사로 이어지는 시건은 순차적 시간에 따라 진행되는데 하나의 사건만으로 이야기를 구성한다. (단일사건의 법칙)

절정 ; 이야기를 이른바 크라이막스(climax)에서 끝낸다. 구비육담에서는 사건의 결과를 생략함으로써 극적효과를 증대시킨다. (거두절미의 법칙)

와 같이 육담의 형식은 서두절약의 법칙, 단일사건의 법칙, 거두절미의 법칙을 특징으로 한다. 그리고 육담의 구조는

단일구조──하나의 독립화소로 된 육담
합성구조──복합구조──2개 이상의 독립화소가 합성된 육담
　　　　　파생구조──하나의 독립화소에 의존화소(소화, 불완
　　　　　　　　　　전한 육담)가 접두 접미된 육담

와 같이 나눌 수 있는데 육담은 본질적으로 단일구조의 형식이나 화자에 따라서 합성구조의 형식을 갖는 경우가 많다. 또 육담은 일시적으로 생겼다가 없어지는 유행육담도 있고 오래 전승되는 장수육담도 있다. 그러나 육담은 시대에 따라 화자에 따라 변이되는데 그 변이의 유형은,

연쇄형──어떤 육담에서 연쇄적으로 이행되는 형태
방사형──어떤 육담에서 방사형으로 생성되는 형태

가 있으며 그 변화의 내적요인은 역사적 요인, 사회적 요인과 외적요인인 외국의 영향으로 나눌 수 있다. 그리고 아르네르(A, Aarne)가,

소화는 다른 설화보다 쉽게 만들어진다.[20]

고 하였듯이 소화인 육담도 쉽게 만들어지는 것이 특징이다. 그것은 오늘날 신세대들의 다양한 육담에서 발견되는데 우리나라 신세대의 육담은 창작육담보다도 외국육담의 번안이나 윤색이 많으며 특히 순수 육담보다는 말장난인 육화를 즐겨 만드는 경향이 있다.

---

20) S, Thompson, "The Types of the Folktale", (F,F, Communication, No, 74, 19
28), pp.12-13.

5) 보편성과 개별성

육담에는 세계적으로 분포된 보편육담도 있고 어떤 민족에만 있는 개별육담이 있다. 그리고 보편육담은 인간이 공통된 성에 대한 호기심과 본능적인 성욕에서 나타나는 것이라면 개별육담은 어떤 민족이 가지고 있는 성의 사회적 가치와 문화적 의미에 나타나는 특성이라고 볼 수 있다. 예를 들면 성을 풍속산업의 상품으로 인식하는 민족이나 자유로운 매춘을 범죄로 규정하지 않는 사회에서는 그 민족적 사회적 특성이 육담에 나타난다. 그리하여 손진태는,

> 이들 구상이나 해학을 통하여 우리들은 이들 민족성의 일단을 알 수 있다. … 그들의 가정생활과 사회생활의 한 면의 사료를 얻을 수 있을 것이다.[21]

라 하였다. 여기서 한국육담의 몇가지 특성을 든다면,

첫째는 육담의 주인공으로 왕이나 왕비등이 등장되지 않는다는 점이다. 이것은 옛날 절대군주의 존엄성에서 금기된 것으로 보인다.

둘째는 육담의 주인공으로 승려는 많아도 의외로 기녀가 적다는 점이다. 여기서 승려가 많은 것은 조선시대 배불정책의 영향으로 이해되나 기녀가 적은 것은 허조가,

> 기녀는 공가지물로 그것을 취하여도 무방하다[22]

고 하였듯이 쉽게 취할 수 있는 기녀와 기방지사가 당연지사로 인식됨으로써 이른바 "사건'이 되지 않는 데 연유한다고 생각된다.

셋째는 근친상간의 이야기가 거의 없다는 점이다. 이것은 근친상간

---

21) 정대일, 속지해, (삼문사, 1930), 自序.
22) 成俔, 慵齋叢話.

이 용납되지 않는 한국인의 윤리의식과 규범이 반영된 것으로 보인다.
넷째는 수간이야기가 적다는 점이다. 이것은 우리나라가 전통적인
농경국가로 목축이 발달하지 않은데 그 이유가 있다고 본다.

그러나 이러한 특징은 모두 옛날의 육담에서 나타나는 특징이고 오
늘날의 육담에서는 이러한 특징도 약화되고 있다. 특히 여권의 신장으
로 옛날의 육담에서 성의 피해자였던 여성들이 오늘의 육담에서는 능
동적으로 수용하거나 가해자로 변하고 있으며, 노인의 장수화로 옛날
의 육담에서 성을 체념했던 노인들이 오늘의 육담에서는 불굴의 정력
을 과시하며 매스콤(mass communication)의 발달과 성교육의 영향으로
옛날의 육담에서 성에 무지했던 어린이가 오늘의 육담에서는 성을 이
해할 뿐만 아니라 모방을 시도하기도 하는데 이 모두는 오늘의 성문화
를 반영하고 있는 시대적 특징들이다.

6) 장르와 연구방법

육담에는 신화적 육담[23]과 전설적 육담도 있지만, 거의가 민담이다.
그래서 육담을 「한국민속대관」에서는 "민속언어"로 다룬 바 있어도 대
개는 민담에서 다루어 왔다. 그런데 손진태는,


```
신화 전설류 ——————생식기의 유래
민속 신앙에 관한 설화
우화 돈지설화, 소화 ——음부에 그린 그림
기타의 민담
```


와 같이 육담을 그 유형에 따라 분류하였으나[24] 장덕순은,

---

23) 性器의 由來 등.
24) 손진태, 조선민담집, (향토연구사, 1930).

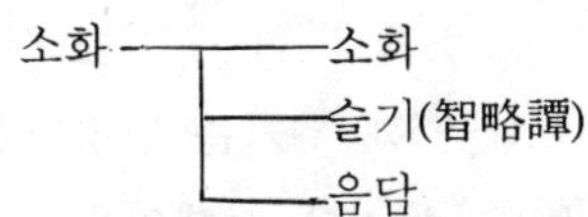

과 같이 소화의 한 항으로 설정하였다.25) 이로부터 육담을 유형에 **따**
라 분류하는 방법과 소화의 한 항으로 설정하는 두가지 방법이 생겨
나,

> Ⅰ형 손진태——최인학26) 조동일27)
> Ⅱ형 장덕순——임석재28) 조희웅29) 김선풍30)

와 같은 계보가 형성되었다. 그러나 뒤에 장덕순이,

> 이런 이야기들은 소화의 각 유형, 예컨대 사기형 기지형 과장형
> 등에 배속시킬 수 있다. 그러나 그 내용들이 비교육적이고 또 청자
> 와 구연장소에 제약이 따른다는 점을 고려하여 일반 소화와 별도로
> 분류하는 것이 마땅하리라 생각된다.31)

고 하여 화소(motif)에 따라 육담을 소화가 아닌 "외설"로 따로 분류한
바 있고32) 또 앞으로 육담을 본격적으로 조사 또는 연구하기 위해서는

---

25) 장덕순, 한국설화문학연구, (서울대학교 출판부, 1970).
26) 최인학, *A Type Index of Koream Folktales*, (Myong ji Univer. Publications, 1979)와 한국민담의 유형연구, (인하대학교 출판부, 1994).
27) 조동일, 한국설화유형분류집, 한국구비문학대계 <별책부록 1>, (한국정신문화연구원, 1989).
28) 임석재, "설화", 한국민속종합조사보고서 <전북편>, (문화재관리국, 1971).
29) 조희웅, 한국설화의 유형적연구, (한국연구원, 1983).
30) 김선풍, "설화론", 민속문학이란 무엇인가, (집문당, 1993).
31) 장덕순, "외설설화", 한국민족문화대백과사전, (한국정신문화연구원, 1991).
32) 장덕순, "민담", 한국민속대관 6, (고려대학교 민족문화연구소, 1982).

민담의 하나로 육담을 설정하는 것이 바람직하다고 생각한다.

그리고 필요에 따라서는 성기와 성행위를 소재로 한 웃기는 이야기를 육담이라 하였듯이 성기와 성행위를 소재로 한 웃기는 말장난을 육화, 성기와 성행위를 소재로 한 노래를 육요, 성기와 성행위를 소재로 한 욕을 육언이라 하고 이 모두를 육설(쌍소리)이라 하여,

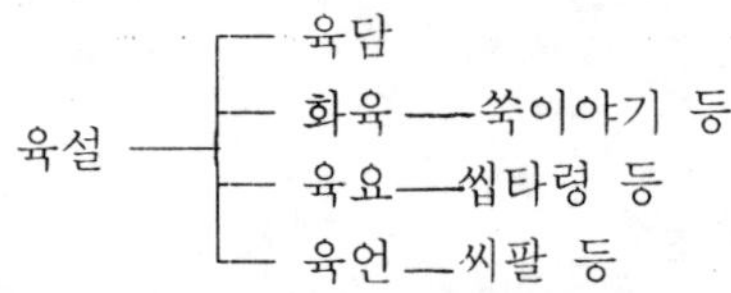

과 같이 분류하는 방법도 고려될 수 있다고 본다. 그리고 육담의 연구방법은 크게 공시적방법(synchronic method), 통시적방법(diachronic method), 비교방법(comparative)으로 나눌 수 있는데 이를 세분하여 예시하면,

```
공시적 방법 ┬전면적연구┬일반적 연구-육담원론, 한국육담론 등
          │        ├ 시대적 연구-중세육담론, 근세육담론, 현대육담론등
          │        └ 계층적 연구-양반육담론, 신세대육담론 등
          └일면적연구——————————육담소재론, 육담구성론, 육담어법론 등
통시적 방법————————————————육담채집사, 육담연구사, 육담사 등
비교 방법——대내적비교————————팔도육담비교론 등
          대외적비교 ——————————한중육담비교론, 한일육담비교론등
```

와 같은 연구분야가 가능하다고 본다.

7) 자료와 분류

육담의 자료는 문자로 기록된 문헌자료와 민간에 구전되는 구비자

료로 나누어진다.

먼저 문헌자료는 조선시대 성현의 「용재총화」, 유몽인의 「어우야담」, 이수광의 「지봉유설」, 어숙권의 「패관잡기」, 이육의 「청파극담」, 서거정의 「태평한화 골계전」, 강희맹의 「촌담해이」, 홍만종의 「명엽지해」, 송세림의 「어면순」, 성여학 「속어면순」, 장한종의 「어수신화」, 부묵자의 「파수록」, 그리고 편자를 모르는 「기문」, 「성수패설」, 「진담록」, 「교수잡사」 등에 수록되어 있는데, 이 중 일부는 19세기에 「고금소총」이란 이름으로 집대성되었고33) 이 밖에도 「사랑야화」등이 민간에 전하고 있다.

한편 구비자료는 손진태가 조사한 몇편의 육담이 그의 「조선민담집」 (향토연구사, 1930)에 수록되었고 홍만종의 「명엽지해」에 정대일이라는 가명으로 경북 달성군에서 조사한 육담을 일본어로 번역하여 「속지해」34)라 하여 합본한 「명엽지해」 (삼문사, 1932)가 있다. 또 근래에 조사된 육담은 「한국구비문학대계」 등에 단편적으로 수록되어 있고 특히 대학생들의 육담은 서정범의 「이바구별곡」 (범조사, 1988) 등에 수록되어 있다. 그러나 이들 문헌에 수록된 자료는 모두 육담이 아니므로 육담자료의 철저한 검색이 필요하다. 그리고 톰슨(S, Thompson)이,

> 모든 진식은 진지한 학문연구의 대상이 되기 전에 그에 앞서 우선 분류되어야 한다.35)

---

33) 이 고금소총은 1947년에 송신용이 그 일부를 「조선고금소총」 (정음사)으로 간행하였고 1959년에는 민속자료간행에서 유인본으로 간행하였으며 1970년에는 조영암이 일부를 번역한 「고금소총」 (명문당)을 간행하였는데 근래에 이를 윤색 번안한 박인근의 「고금소총」 (환문사, 1977), 한만수의 「재미있는 고금소총 이야기」 (박우사, 1989), 이동하의 「고금소총」 (가람 문화사, 1990)등이 간행되었다.
34) 일문으로 번역하기 곤란한 육담은 뒤에 국문으로 수록하였다.

고 하였듯이 육담이 학문의 대상이 되기 위해서 먼저 분류되어야 한
다. 그런데 장덕순은

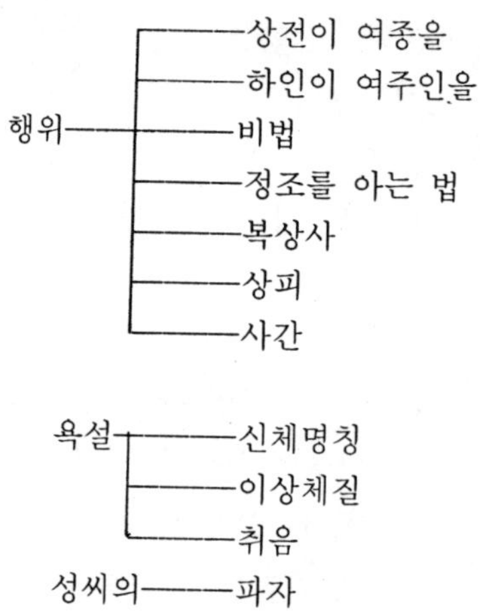

와 같이 분류한 바 있으나36) 그 유형이 매우 엉성하여 여기에서 하나
의 시안을 제시해 본다.

```
Ⅰ 신화적 육담 —— 성기이야기
                  성교이야기
Ⅱ 전설적 육담 ——지명이야기
                  성씨이야기
Ⅲ 본격적 육담——성기이야기┌남근이야기--남근 본 이야기
                            │            남근 만진 이야기
                            │            남근 소중한 이야기
                            │            남근 부실한 이야기
                            └여근이야기-여근 본 이야기
                                         여근 만진 이야기→만지게 한다.
```

---

35) S, Thompson, (尹勝俊, 崔光植 역), 說話學原論, (계명문화사, 1992), p.505.
36) 장덕순, 앞 책, pp.36-37.

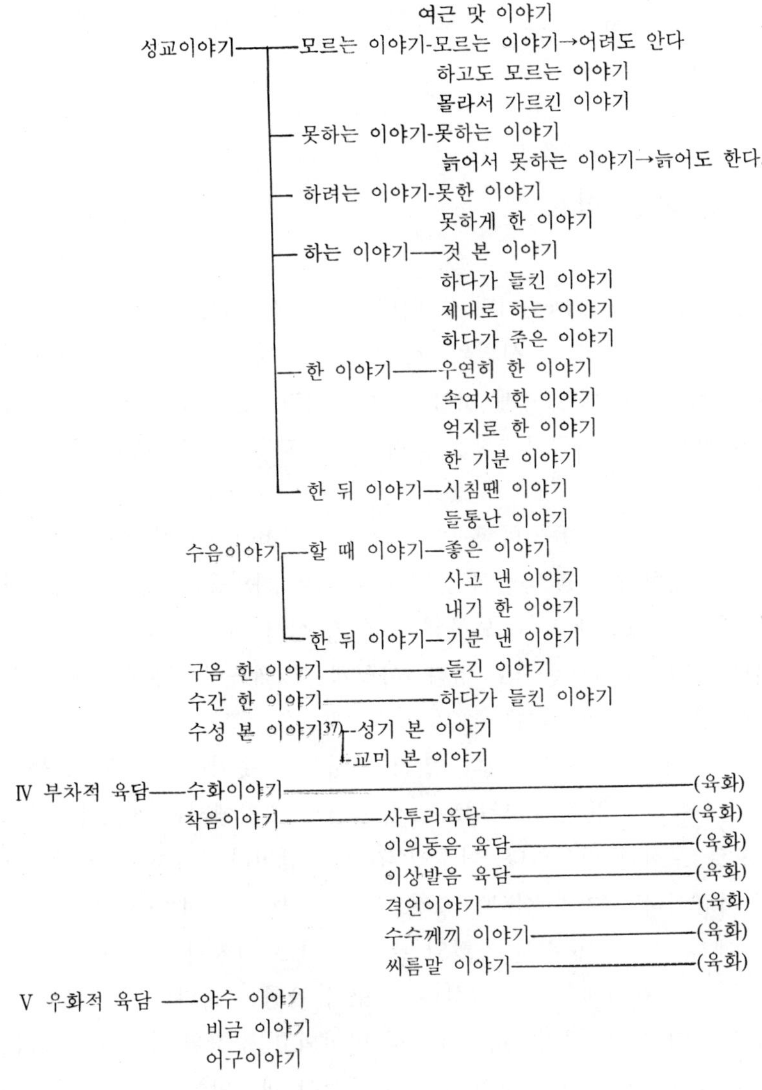

---

37) 수성이야기는 "동물의 성 이야기"라는 뜻이다.

그러나 이 분류시안도 앞으로 자료의 검색에 따라 수정 보완되어야
할 것이다.

3. 빼는 말

육담의 소재는 성(sex)이다. 그런데 육담에서 성은 신성한 것도, 추
악한 것도 아니다. 그저 사람의 "본능"일 뿐이다. 본능이기에 이성이면
그냥 "보고싶고" 보면은 제 것이건 남 것이건 "만지고 싶고" "하고 싶
은" 욕망만 있다. 그리고 "성은 즐기는 것이다"라는 것이 육담의 세계
이다.

그래서 육담에는 윤리나 도덕이 없다. 시아버지의 "물건"을 며느리
가 부끄럼없이 말하고 양반이 종년을, 마님이 하인을, 스님이나 목사가
여자를 유혹하고, 해도 좋고 못해도 좋고, 설사 하다가 남한테 들켜도
챙피도 없고 후회나 반성도 없다. 이렇게 그 내용이 부도덕해도 권선
징악이 없다.

육담의 기능은 웃는데 있다. 말하는 사람도 웃기려고 말하고, 듣는
사람도 웃을려고 듣는다. 남녀노소가 육담의 현장에서는 체면불구하고
웃음으로 보한과 망우한다. 아무리 진한 육담이라도 말하는 사람이나
듣는 사람이나 웃기만 할 뿐 그것으로 홍분하거나 미치는 사람은 없
다. 그래서 육담은 순수한 소화일 뿐이지 결코 외설이 아니다.

육담은 성과 관계없이 진화한다. 더구나 육담은 하나의 유기체로 꾸
준히 변이되고 또 창작된다. 이렇게 변이되고 창작된 우리의 육담은
성의 진실만이 아니라 우리의 문화적 특성이 내포되어 있는 대중적 민
속문화이다.

더욱이 오늘날 사회적으로 남녀가 동등해지고 성이 비교적 자유스

러워지면서 다양한 육담이 발달된 매스 미디어(mass media)를 통하여
제한없이 전파되고 있어도 그 내용이 음탕하다는 단하나의 이유만으
로 연구의 대상에서 소외되어 왔다.

그러나 육담은 연구되어야 한다. 민속학에서 구비전승되는 민담의
하나로만 연구될 것이 아니라 앞으로는 민족문화로서 폭넓은 연구가
필요하다. 그리고 육담을 연구하기 위해서는 무엇보다도 연구자들이
육담에 대한 고정관념에서 탈피하여야 한다.

우리 시대 육담들에 나타난 '성'의 형상화와 '성'문화의 양상

임 재 해*

1. 우리 시대의 구비문학과 현대문학

고정관념은 깨뜨려도 아깝지 않다. 구비문학에 관한 고정관념도 적지 않타. 연구자들이 깨뜨려야 할 구비문학에 관한 고정관념이 세 가지나 있다. 고정관념 하나는 구비문학은 으레 고전문학 또는 전통문학의 범주로 인식되어오기 일쑤였다는 것이고, 고정관념 둘은 구비문학의 전승주체는 민중이라는[1] 점이며, 고정관념 셋은 구비문학의 전승지역은 으레 시골사회라는 사실이다. 민중에 의해서 옛날부터 시골에서 말로 전해오는 문학이 구비문학이라는 인식에 사로잡혀 있는 한 이 세 가지 고정관념에서 벗어날 수 없다. 구비문학에 대한 이러한 인식은 상대적으로 타당한 것이긴 해도 절대적으로 옳은 것은 아니다. 왜냐하

---

* 안동대 교수.

[1] 여기서 민중이란, 피지배 계층으로서 노동 활동에 직접 참여하고 말에 의한 언어생활을 주로 하는 전통문화의 전승담당층을 일컫는다. 민속의 전승주체로서 민중에 관한 본격적인 논의는 임재해, '민속의 전승주체는 누구인가?', 민속연구 1(안동대학교 부설 민속학연구소, 1991), 47-80 쪽을 참고하기 바람.

면 구비문학 가운데에서는 과거에 지어져 현재까지 전승되는 것이 대부분이지만 지금 막 지어져서 널리 전승되는 것도 적지 않기 때문이다.

우스개 설화와 시리즈 수수께끼, 운동성 강한 구전민요들은 현재에도 널리 지어지고 있다. 그리고 이들 구비문학의 전승자는 전통적인 개념의 민중이라기보다 오히려 도시 중산층 이상의 엘리트들 사이에 더 많이 전승되고 있다. 특히 최근에 지어져서 널리 이야기되고 있는 우스개 설화들과 수수께끼들은 중고등 학생들이나 대학생들 사이에서 널리 생겨나고 향유된다. 수수께끼에 비해서 설화들은 상대적으로 중장년층까지 그 향유자의 폭이 더 올라간다. 따라서 신세대들이나 동시대 젊은이들의 현실인식이 이들 구비문학 작품을 통해서 어느 정도 드러나 있다. 그러므로 이들 구비문학은, 시골사회를 전승 기반으로 한 민중의 전통문학이라는 기존 시각에서 벗어나지 않으면 올바른 이해의 길에 들어설 수도 없고 자료 수집조차 하지 못하게 된다. 왜냐하면 도시사회를 전승 기반으로 한 신세대 젊은 학생들에 의해 널리 향유되는 동시대 문학이기 때문이다.[2]

전통적 개념의 구비문학에 사로잡혀 있으면 동시대에 생성된 현대 구비문학에 관한 자료 수집과 연구의 착상은 불가능하게 된다. 그럼에도 불구하고 그 동안 구비문학은 고전문학자들이 주로 다루거나, 민속학자들이 주요 연구대상으로 삼아왔다는 점에서 그러한 징후가 두드러진다. 동시대 문학을 주대상으로 삼는 현대문학자들도 구비문학을 오늘의 문학이라는 관점에서 보지 않고 항상 과거의 문학이라는 전제 속에서 조사하고 연구한다는 점에서 그러하다. 고전문학자들이야 전공

---

2) 성 이야기 중에 '전문대(젖 문질러)'와 대학생 남녀의 성행위를 나타내는 '숙대·외대·중앙대·아주대' 등 대학을 소재로 한 것들도 상당수 있다. 대학생들이 이들 육담의 전승주체 구실을 한다는 반증으로 삼아도 좋을 것이다.

의 성격상 어쩔 수 없다고 하더라도, 민속학자나 현대문학자들은 동시대에 생성되는 구비문학 작품들을 현대 민속 또는 현대 문학으로서 적극 끌어들여야 한다. 다시 말하면 구비문학의 역사는 과거의 문화로서 민속사나 문학사 속에 잠적되어 있는 것이 아니라, 우리 시대 여기의 당대 문화로서 생성되고 향유될 뿐 아니라 미래에도 계속해서 우리들의 삶과 생각을 즉각적으로 기동성 있게 담아내게 될 문화 양식이라는 것이다. 사람들이 모여 사는 곳에 민속이 있고 문학이 있다면 오늘날 사람들이 도시에 몰려 사는 만큼 도시민속과 도시문학의 또 다른 양식으로 구비문학을 주목할 만하다.[3)]

현대 구비문학과 도시 구비문학 또는 엘리트 구비문학으로서 그 생성과 전승의 시공간 및 전승주체가 전통 구비문학과 대척적인 관계에 있는 것 중에 가장 두드러진 갈래 가운데 하나가 우스개 양식의 이야기이다. 옛날이나 지금이나 우스개를 겨냥한 이야기는 글보다 말의 양식이 더 효과적이다. 공포를 자아내는 무서운 이야기가 글의 문학보다 말의 문학에서 더 두드러지듯이,[4)] 웃음을 자아내는 우스개 또한 말로 연행되어야 더욱 실감나기 때문에 구비문학의 양식으로 끊임없이 지어지고 전승된다. 웃음을 자아내는 미적 범주를 우리말의 전통에 따라 '우스개'라고 한다면 우스개의 양식으로 두드러지는 것으로는 이야기와 수수께끼 갈래가 있다. 웃음을 겨냥한 이야기와 수수께끼를 특히 '우스개 이야기' 또는 '우스개 수수께끼'라고 한다면, 이들 우스개 이야기에서 가장 비중 높게 차지하고 있는 내용이 '성'을 소재로 한 것

---

3) 도시민속에 관한 논의는 임재해, '민속학의 새 영역과 방법으로서 도시민속학의 재인식', 民俗硏究 6(안동대학 민속학연구소, 1996), 23-56쪽에서 자세하게 다루었다. 이 글은 임재해, 한국민속학과 현실인식(집문당, 1997)에 재수록되었다.
4) 설화 가운데에서 특히 공포의 미를 겨냥한 무서운 이야기가 많은 까닭을 연행 양식과 관련지워 논의한 연구로는 임재해, '설화에 의한 미적 범주의 확장', 민족설화의 논리와 의식(지식산업사, 1992), 53-83쪽을 들 수 있다.

이거나 성 문제를 직접적으로 다룬 것이다.

2. 인간다운 문화로서 육담 자료의 주목

'성'은 원래 종족 보존 본능에 의한 생식활동의 하나이므로 먹는 활동처럼 자연스러운 것이었다. 그런데 인간사회에서는 '성'은 생식활동의 일환으로 이루어지는 동물사회와 달리, 생식활동과 무관하게 성행위 자체를 즐기려는 경향이 오히려 더 비중높기 때문에, '성'은 자연스러운 것이 아니라 은밀하고 신비한 것으로 장막 속에 가려지게 되었다. 따라서 동물의 성은 자연스러운 것이되, 인간의 성은 숨겨야 할 부끄러운 것이 되었다. 그러므로 성행위가 보장된 부부 사이라 하더라도 성행위를 드러내는 것은 추잡한 일이 되고 만다.

다시 말하면 어떤 성이든 성행위는 이불 속에서 이루어지는 두 사람만의 것이지 여러 사람들 사이에서 공개적으로 이루어질 수 없는 비밀스러운 행위이다. 따라서 이불 속에 숨겨져 있는 금기를 백일하에 들추어내서 이야기하는 것 자체가 우스개가 되는 것이다. 이는 마치 소년시절에 또래 소녀들의 치마를 들추어 보며 웃음거리로 삼았던 것도 같은 맥락에서 이해할 수 있다. 거기에는 유쾌함과 장난기와 호기심과 욕구충족이 함께 버무려져 있기 때문이다. 『고금소총』에 수록된 대부분의 이야기들이 '성'을 노골적으로 드러내고 있는 이른바 음담패설(淫談悖說)이라는 점에서 '성'과 우스개의 개연성이 쉽사리 확인된다.

그러나 만일 성이 쾌락으로서 추구되지 않고 생식활동의 하나로서만 추구되었다면 인간사회 속에서도 성이 우스개의 대상은 되지 않았을 것이다. 적어도 동물사회에서 성은 우스개가 아니다. 그들에게 성은 진지한 생명활동일 따름이다. 부끄러운 일이 아니므로 숨기거나 자제

해야 할 것도 아니다. 웃음은 부끄러움과 짝지워져 있기 일쑤이다. 감추고 싶은 바보 행위나 어처구니없는 실수가 우스개의 중요 소재가 되는 것처럼, 은밀하게 가려두어야 할 성을 적나라하게 들추어내는 것 또한 웃음을 자아내게 마련이다. 성을 부끄러움으로 여기는 것은 사람들뿐이다. 따라서 우스개로 나타나는 웃음의 문화 자체가 다른 동물과 구별되는 인간다운 특성을 어느 정도 드러내는 것인 동시에, 성을 우스개의 중요 소재로 삼는다는 사실 또한 인간다운 특성을 더욱 강하게 드러내는 것이다.

그러므로 인간을 다른 동물과 분별하여 규정하는 여러 관념들, 이를테면 '슬기로운 인간'·'공작하는 인간'·'놀이하는 인간' 외에5) '성을 즐기는 인간'이라는 관념을 하나 더 설정해도 좋을 것이다. 다른 동물들도 어느 정도 슬기로울 뿐 아니라 자기가 머물 둥지도 틀며 놀이도 즐긴다는 점을 고려할 때, 오히려 다른 관념들보다 '호모 섹슈얼리티' 또는 '호모 에로티카'라는 뜻에서 '성 인간'이라는 성격이 가장 완벽하게 다른 동물과 분별되는 인간다운 점이라 해도 좋겠다.

성을 즐기는 인간 곧 '호모 섹슈얼리티'라는 관점에서 보면, 성문화 또는 성문학의 전통은 인간다움을 확보하는 것이므로 과거의 것에서 머무르지 않고 현재로 이어지며, 미래로 계속 발전하면서 나아갈 것이라는 사실은 의심하지 않아도 좋다. 그렇다면 다른 갈래의 구비문학보다 성문학의 하나로 전승되는 '성 이야기' 곧 '음담패설'은 구비문학 가운데에서도 그 역사적 현재성과 미래성이 단단히 보장되어 있을 뿐 아니라, 인간다운 삶의 문화를 해명하는 중요한 증거물로서 계속 관심을 기울일 만하다. 게다가 성문화가 우리 삶 속에서 차지하는 비중이 점점 높아지고 있다. 말을 바꾸면 성이 한갓 생식활동의 하나로서 본

---

5) 이러한 인간적 특성들은 흔히 호모 사피엔스, 호모 파베르, 호모 루덴스로 규정된다.

능적인 생리 현상으로 차지하는 비중보다 성을 추구하고 향유하는 삶의 문화로서 차지하는 비중이 더 커지고 있다. 따라서 성을 문화현상의 하나로서 주목하려면 우선 두 가지 점에서 생각을 바꾸어야 한다.

첫째는 성에 대한 가치관의 전환이다. 성이라고 하면 으레 포르노와 같은 퇴폐적이고 소비적인 타락행위로 간주하기 쉽다. 오늘날 성이 상품화되면서 비로소 성을 퇴폐적이고 부도덕한 행위로 간주했던 것만은 아니다. 성을 노골적으로 표현한 이야기를 흔히 음담패설(淫談悖說)이라 일컬은 옛어른들의 인식에서도 그러한 부정적 시각이 강하게 자리잡고 있다. 음담패설은 음란하고 도리에 어긋나며 사리에 벗어난 잡성스런 이야기란 뜻이므로, 요즘 말로 하면 포르노 이야기(pornography)로 가치를 평가절하하게 되는 것이다. 따라서 '성 이야기'를 그 자체로 일컫거나 아니면, '육담'으로 일컫는 것이 좋다. 성 그 자체가 어긋진 것은 아니기 때문이다.

둘째는 성에 대한 인식의 전환이다. 성을 어떻게 볼 것인가. 부정적으로 보든 긍정적으로 보든 사회현상 또는 문화현상의 하나로 봐야 한다는 점이다. 성을 드러내서 말하는 것을 금기로 여기는 한 성문화에 대한 올바른 연구는 불가능하다. 따라서 연구자의 처지에서는 성을 숨김의 대상으로 여겨 은폐하거나 묻어둘 일은 아니다. 이를테면 탈춤 자료 보고서에서 성기를 나타내는 말을 X로 표기한 경우가 여기에 해당된다.6) 이처럼 성을 자기 말로 표현하지 못하고 문화 현상으로 주목하지 않는다는 것은 연구자 스스로 성을 퇴폐스러운 것으로 굴레씌우는 셈이다. 적어도 자료를 왜곡시키는 표현은 삼가야 할 것이다. 다시 말하면 성과 성기를 본디 우리말 자체로 표현하지 못하고 섹스 또는

---

6) 이 문제에 관해서는 임재해, '탈춤에 형상화된 성의 민중적 인식과 변혁적 성격', 한국문화인류학 29집 2호(한국문화인류학회, 1996), 40쪽 주 7)에서 자세하게 다루었다.

페니스라는 말로 표현해야 하는 것 자체가 성문화 자료의 왜곡인 것이다. 그러므로 우리는 성에 관하여 가능한 한 가치중립적인 용어를 쓰고 있는 그대로의 자료를 솔직하게 인용하여 분석의 대상으로 삼을 필요가 있다.

이 글에서 인용한 자료는 구비문학 강의를 수강하는 학생들을 통해 수집한 것으로서, 원문을 살려서 적되 자료 제공자의 신분과 성별, 나이만 밝혀 자료의 전승상황을 나타내기로 한다.

3. 육담에 반영된 기술문명과 생활 양상

전통적인 육담과 달리 요즘 생성되어 전승되는 육담 속에는 동시대의 생활양상과 성문화가 잘 반영되어 있다. 현대 도시인들의 기술문명이 육담 속에 다양한 성적 소재나 성적 상상력을 자극하는 상징물로 등장한다. 이를테면 자동차라든가 자판기, 냉장고, 무전기 등 성과 직접적인 관련이 없을 것 같은 추상적인 문물에서부터 패션팬티나 콘돔, 생리대 등 성과 직접 연관성을 지닌 구체적 문물에 이르기까지 현대 기술문명의 생산물들이 두루 동원된다.

과부가 자위 행위에 사용하는 오이와 가지 등을 냉장고에 보관해두고 "오이야 안녕, 가지도 안녕! 호박도 잘 있니?" 하고 인사를 한다든가, 이성에게 패션팬티 자랑을 하려고 바지를 거듭 내렸다가 마침내 속살을 드러내 보인다든가, 자동차를 타고 운전하는 과정을 통해 성행위를 하는 과정을 여실하게 상상하도록 한다든가, 하는 육담들이 모두 요즘의 기술산업을 잘 반영하고 있다.

중이나 과부 대신에 수녀나 신부가 성적 농담의 주인공으로 등장하는 것도 종교문화의 변화를 적절히 나타내며, 육담 속에 최불암이나 노사연 같은 탈렌트나 김건모나 김완선과 같은 가수 등 연예인들을 등장시키는 것도 대중문화의 비중을 실감하게 한다. 도시인들의 현대화된 문화생활도 육담의 중요 소재로 동원된다. 남녀노소 가림없이 알몸을 고스란히 드러내는 공중목욕탕이 육담의 중요 공간적 배경을 이루고 있고, 텔레비젼이나 신문과 같은 대중매체에 흔히 등장하는 상품광고의 표현들을 빌어와서 육담을 구성하며, 신혼여행이나 아파트, 고스톱, 성병, 영어 등 현대적인 생활 속에서 일상적으로 겪고 즐기는 일들이 육담의 좋은 소재로 쓰이는 것이다.

이를테면 부자간이나 부녀간 또는 모자간에 공중목욕탕에 가서 주로 아이들의 눈으로 어른의 성기를 보고 의문을 제기했다가 대수롭지 않게 답한 말을 곧이곧대로 듣고 이해하는 바람에 예기치 못하는 사태가 벌어지는 육담이 있는가 하면, 약 광고의 문안을 근거로 신혼여행 갈 때 가지고 가는 약을 챙기며 성적 상상력을 자극하는 육담도 있다.

<자료 1> 아버지와 어린 아들이 목욕탕을 갔는데 아들이 아버지의 거시기를 보고 이게 뭐냐고 물으니까 아버지가 "기차"라고 대답했다. 며칠이 지나 아들이 어머니와 목욕탕에 왔다. 이번에도 아들이 어머니의 거시기를 보고 뭐냐고 물으니까; 어머니가 "터널"이라고 대답했다. 며칠 후 아들이 놀다가 집에 와 보니 아버지와 어머니가 서로 엉켜 있는데, 아들이 이를 보고 "어 ! 기차가 터널 속으로 막 들어가네"라고 했다.(남, 20세, 대학생)

목욕문화가 발달하면서 공중목욕탕이 널리 보급됨에 따라 부자간에 목욕탕에 함께 가는 일이 일상적이 되었다. 특히 어린 아들의 경우 으레 아버지가 목욕탕에 데려가게 되나 성의 분별력이 없을 정도로 어릴 때에는 어머니가 데려가기도 한다. 정신분석학적 방법에 의하면 기차

와 터널은 남녀 성기의 상징물이며, 기차가 터널을 통과하는 것은 곧 성행위를 상징하는 것이다. 목욕탕에서 부자 또는 모자간의 대화가 아이들로 하여금 성행위를 뜻밖의 상황으로 묘사하게 하는 것이다. 어린 이의 천진난만한 눈으로 성행위를 표현했으되, 사실은 어른들의 정신분석학적 의식을 반영하고 있는 이야기이다.

> <자료 2> 신혼여행갈 때 준비하는 약
> 키미테 : 배 멀미약
> 미니막스: 커져라. 세져라.
> 레드졸 : 뚫어.
> 콘택 600 : 12시간 지속 효과.(남, 21세, 대학생)

남성이 여성의 배를 올라타고 하는 성행위의 과정을 광고에 흔히 나오는 약품의 광고문안을 그대로 따와서 나타낸 것이다. 남성 중심의 성적 욕망이 '커지고 세지며 지속적인 성적 역량'을 통해서 드러나는 것 같지만, 사실은 그러한 성행위 결과 남성은 여성의 성적 만족을 충족시켜주는 봉사 행위를 하게 된다는 것에서 보면, 오히려 이 이야기는 여성의 성적 욕망을 추구하는 것이라 할 수 있다. 이처럼 광고문안을 육담으로 응용하여 형상화한 경우는 이 밖에도 많다.

모기가 될 것을 염두에 두고 염라대왕께 자기 소원을 말한 파리가 "날개 달리고 피 빨아먹는 것"이라고 하자 염라대왕이 파리를 '위스퍼'로 만들어주었다는 이야기 또한 생리대 광고에 의한 것이다. 위스퍼라는 생리대 광고에 날개가 부착되어 안전하다는 사실을 유난히 강조하고 있는 데서 착상한 이야기이다. 이처럼 광고나 대중가요, 비디오 테이프, 영화 작품 등[7] 대중문화의 영향이 육담에 상당한 영향을 미치는

---

7) 비디오 작품 제목에 의한 성적 상징으로 "꽈배기 부인 몸 풀렸네.", "냄비 부인 뚜껑 열렸네.", "만두 부인 속 터졌네.", "토끼씨가 물개씨 됐네." 등이 있다.

것처럼, 범람하는 대중매체를 통해 전달되는 다양한 성 지식이 성의 해부학적 상상력을 자극시키기도 한다.

이와 반대로 성적 무지를 다룬 육담도 많다. 성에 무지한 신랑이 신혼여행을 가서 첫날밤을 치르는 과정에서 벌어지는 불상사나, 성에 눈을 뜬 신부가 엉뚱한 짓을 하고 있는 신랑에게 노골적으로 '코드를 꽂아야지요' 하며 적극 공세를 펴는 육담이 있다. 물론 이 이야기는 전자오락을 좋아하는 신랑을 대상으로 한 것이므로 철들지 않은 신랑의 행태가 전자오락에 미친 것으로 나타나는 것도 요즘 젊은이들의 놀이문화와 여가생활을 반영하고 있는 것이다.

<자료 3> 컴퓨터 게임 테트리스와 섹스의 공통점
첫째, 길수록 좋다.
둘째, 잘 맞춰야 한다.
셋째, 소리가 난다.
넷째, 긴 것만 찾다간 큰코 다친다.(여, 21세, 대학생)

산업사회의 첨단 기술문명인 컴퓨터 오락이 육담의 소재가 되고 있는 것이다. 테트리스 게임의 특징을 통해서 성행위를 연상하게 하는 성적 상상력을 자극하는 데서 멈추지 않고, 우주시대답게 외계인과 성행위를 즐긴다든가 일종의 사이버인간인 투명인간과 성행위를 하는 하는 육담까지 등장하게 되었다.

<자료 4> 성을 밝히는 여자가 있었다. 이 남자 저 남자와 즐기다가 마침내 외계인 남자를 만났다. 그래서 성행위를 하자고 유혹을 하였더니 외계인이 마지못해 성행위를 하자고 하면서 자기 검지 손가락을 여자의 이마에 대었다. 여자는 그 순간 성적 황홀감을 느꼈다. 손가락을 떼자 끝이 났다. 황홀감에 사로잡힌 여자는 한 번만 더 하고 졸랐다. 거듭 졸라대자 거절하던 외계인은 자기 검지 손가

락을 들여다보면서,
　"그럼, 손가락이 다시 설 때까지 기다려!"
　하였다. (여, 27세, 대학생)

　외계인의 특이한 성행위 방식에 넋을 놓고 있던 듣는이들은 뜻밖의
반전에 폭소를 터뜨린다. 만일 '손가락이 다시 설 때까지 기다려라'고
하는 기발한 발상으로 반전의 충격을 살리지 않았다면 이 이야기는 육
담이라고 할 만한 내용도 우스개로서 재미도 느낄 수 없을 것이다. 우
스개 설화로서 육담의 서사적 구조에 관해서는 다음 장에서 별도의 논
의를 하게 될 것이다.

4. 육담에 나타난 동시대 성문화의 양상

　요즘 육담은 현대 기술문명을 소재로 산업사회의 생활이나 우주시
대의 상황만을 반영하고 있는 것이 아니라, 우리시대 젊은이들의 성문
화를 한층 더 직접적으로 담아내고 있다는 점에서 성문화 이해의 중요
자료 구실을 한다. 성문화 또는 성에 관한 의식은 실제 행태에서보다
육담에서 더 적절하게 드러날 수 있기 때문이다. 육담 속에 성 관행이
특수화되어 나타날 뿐 아니라, 추구하고자 하는 성적 욕망을 상상력
속에서 마음껏 형상화시켜낼 수 있으므로, 육담은 당대 성문화를 확대
시켜 보여주는 성문화의 돋보기라고 할 수 있다.
　가장 두드러지게 나타나는 것으로는 성의 개방화이다. 성이 일종의
타부처럼 인식되던 봉건사회와 달리, 성을 적극적으로 즐기고 성을 노
골적으로 드러내는 데 주저하지 않는다는 점에서 성이 자유화되고 성
이 개방되었다고 할 수 있다. 때로는 성이 문란하여 퇴폐스럽게 되었

다고 할 수 있다. 성을 즐기는 데 정조관념 같은 것은 아예 무시된다. 그래서 처녀나 총각은 물론 유부녀와 유부남이 예사로 성관계를 즐긴다. 심지어 부자간에 성행위 능력과 성편력을 다투어 자랑하며 그 편력의 정도를 겨루기까지 한다.

> <자료 5> 어느 마을에 아버지와 아들이 살았다. 그 두 사람은 성을 아주 많이 밝히는 밝힘증이 있었다. 그래서 아버지와 아들이 내기를 했다. 한달 후에 동네 골목앞에서 만나서 자기와 성관계를 맺은 사람이 지나가면 손가락을 부딪히며 딱 소리를 내기로 했다. 그 한달이 왔다. 마침 순이 엄마가 지나갔다. 그때 아버지가 "순이엄마! 안녕하세요?(딱)" 그러는 것이다. 아들은 옆에서 "순이엄마! 안녕하세요?(딱) 순이도 잘있죠?(딱)"그러는것이다.
>   아버지는 안되겠다 싶어서 아들을 해외유학 보내기로 마음먹었다. 아무래도 말이 안통하니까 힘들거라고 생각했다. 1년후 아들이 온다는 소식에 공항에 나가서 아들을 기다렸다. 드디어 아들이 나오는 것을 보고 "(양손을 다 사용하여 딱딱 소리를 내면서) 웰컴 투 코리아 웰컴 투 코리아!" 이렇게 외치는 것이다. 아들은 "(아버지와 똑같은 자세로 딱딱 소리를 내면서)위 아 더 월드! 위 아 더 월드!" 그러는 것이다.(여, 21세, 대학생)

성행위를 하는 것이 부끄러움이거나 부도덕한 것이 아니라 부자간에 서로 위세를 다툴 정도로 큰 자랑거리가 되었다. 이부자리 속에서 깜쪽같이 이루어지던 성이 당당하게 거리 밖으로 나서서 누구든지 마음껏 즐길 수 있는 쾌락의 성으로 제 모습을 드러낼 만큼 개방화되었다는 것이다.

성의 개방화가 진전되면서 성이 하나의 상품으로 등장한다. 열린 성이 포장되면서 상품으로 둔갑하여 일정한 대가를 제공하거나 받기 위해 성행위가 이루어지는 것이다. 성을 즐기는 것이 건강하게 추구될 때 성의 개방화가 이루어지고 성의 해방이 성취된다면, 이것이 왜곡된 상태로 추구될 때 성은 한갓 사고 파는 상품의 하나가 되어 성의 도덕적 타락과 퇴폐화를 초래하게 된다. 성의 개방화는 성적 문란을 초래하긴 하되 남녀 쌍방이 함께 성을 즐긴다는 점에서 그래도 건강한 성이라 할 수 있다. 그러나 성의 상품화는 한 쪽의 성을 충족시키기 위하여 다른 사람의 성은 일방적으로 당하게 된다는 점에서 성적 지배와 피지배 관계가 형성된다. 따라서 성의 상품화는 일종의 강제된 성행위이므로 또다른 성폭력으로 간주되기도 한다. 다만 성폭력과 성의 상품화는 성적 욕망을 충족시키기 위해 목에다 칼을 들이대느냐, 아니면 목구멍에다 돈을 들이느냐 하는 차이 뿐이기 때문이다.

　물론 성을 제공하는 대가는 상당히 값비싸기 때문에 아무나 쉽게 성을 살 수 있는 것은 아니다. 그러나 정조관념이 약화되고 성적 무질서가 조장되어 성의 상품화가 심화되면, 아주 사소한 것을 얻기 위하여 주저없이 몸을 제공하고 아무런 스스럼없이 몸을 요구하게 된다. 생선장사로부터 생선을 얻기 위해 성을 제공하는가 하면, 남편의 행방을 알기 위해 성을 제공하는 이야기들이 그렇나 보기가 된다.

　　<자료 6> 암개미와 숫개미가 살았다. 어느날 숫개미가 전쟁터로 나가 돌아오지 않자, 암개미는 숫개미를 찾기 위해 길을 나섰다. 길을 가다가 숫개미의 친구를 만났다. 친구개미에게 자기 남편의 신변을 물으니 자기와 하룻밤 자면 가르쳐 준다고 했다. 그런데 새벽에 그 친구개미는 도망가버렸다. 다시 암개미는 단념하고 다시 길을 떠났다. 그러다가 다시 남편의 다른 친구 개미를 만났다. 그런데 그 개미 역시 자기와 하룻밤 자면 가르쳐준다고 했다. 이 개미 역시 도망갔다. 결국 숫개미의 소식도 알지 못하고 집으로 돌아왔다. 그런데 숫개미가 집으로 돌아오게 되었다. 그러나 암개미는 임신중이었다. 남편이 그 아이가 누구의 아이냐고 묻자 암개미 왈 "하룻밤 자면 가르쳐주지."(여, 22세 대학생)

친구가 있는 곳을 알려주는 대가로 친구 아내의 몸을 요구하는 것도 지나치지만, 그마저 가르쳐주지 않고 몸만 차지하고 달아나는 것은 더욱 지나치다. 대단한 정보도 아니면서 정보를 미끼로 친구 아내의 몸을 차지하려는 것이나 하찮은 정보를 얻기 위해 예사로 성을 제공하는 것은 성의 상품화가 극단화되어 있는 상태를 나타낸다. 성 윤리라고 하는 것은 아예 실종된 상황이나 다름없다.

결국 공짜로 몸을 거듭 팔면서 몇차례 희생을 당한 아내는 마침내 임신을 하게 되었고 전쟁터에서 돌아온 남편에게 역설적인 요구를 하게 된다. 아이의 아버지를 가르쳐주는 대가로 남편에게 하룻밤을 같이 자 줄 것을 요구하는 것이다. 부부간에도 이제 성은 사고 파는 것이 되고 만 것이다. 이러한 상황이 더 진전되어 <자료 9>에서 보는 것과 같이, 소년 소녀들조차 성을 어른처럼 계산하고 성을 사고 파는 데 익숙해져 있다. 이처럼 성의 상품화가 극단적으로 악화되면 모든 것이 성을 사는 재화가 되며, 누구의 성이든 또는 어떤 성이든 가림도 분별도 없이 성은 언제든지 상품화가 될 수 있다는 것을 뜻한다.

성의 개방화가 진전되면서 상품화 현상과 함께 여성 중심화 현상도 두드러지게 나타난다. 성이 폐쇄적인 시대일수록 성은 남성에 의하여 일방적으로 치뤄지는 독점물이었다. 그러나 열린 성이 보장되면서 성의 민주화가 이루어지고 마침내 성이 여성 중심적인 상황으로 역전되는 판국에 이르게 되었다. 실제로 아내의 성적 욕구 충족에 문제가 있는 남편은 아내의 요구에 의하여 이혼당하는 사례가 나타나기도 한다. 이러한 성의 여성 중심화 현상을 나타내는 가장 대표적인 이야기가 '간 큰 남자 시리즈'이다. 이를테면 남편이 아내에게 "이번 일요일에 옆집 남자하고 낚시가도 돼?"하고 묻는 것이다. 일요일에는 으레 아내가 옆집 남자와 데이트를 즐기는 날인데, 감히 아내의 데이트 상대자를 데리고 어디를 가겠다고 하는 것은 간 큰 남자나 하는 짓이라는 것이다. 사회에서나 가정에서나 여권이 여러 모로 신장되면서 성의 향유권도 남성쪽에서 여성쪽으로 크게 기울어지게 되었다. 육담을 즐기는 이들이 이러한 상황을 그냥 둘 리가 없다.

여성의 성 밝힘증을 나타내는 이야기는 아주 풍부하고 내용도 다양하다. 대머리 이야기 가운데 주변머리가 없는 대머리는 정력이 약하다고 한다. 왜냐면 여자가 "조금만 더 조금만 더"하며 옆머리를 쥐어 당겼기 때문이다. 여성이 자기 만족을 위하여 남성의 머리를 쥐어뜯을 정도라는 것이다. 피노키오 인형 이야기에서도 피노키오가 우연히 넘어지는 바람에 피노키오 코가 동행하던 여성의 성기에 들어가게 되자, 그 여성이 피노키오에게 거짓말과 참말을 번갈아 시키며 코의 늘어남과 줄어듦을 통해 성적 만족감을 추구하는 이야기도 같은 상황을 나타낸다.

> <자료 7> 자정이 다된 시간 여의도 고수부지 자가용 안에 검모와 완서니가 앉아 있었다.
> "자기, 내 가슴 이상하지 않아? 유방암이 생겼나 봐. 응어리 같은 게 만저져. 한 번 주물러 봐".
> "어떻게, 이렇게?"
> "아이, 좀더 부드럽게."
> "아무것도 잡히지 않는데?"
> 그러자 완서니가 콧소리로,
> "호응, 가슴이 아닌가? 아! 그럼 유방암이 아닌고 자궁암인지도 몰라."(여, 21세, 대학생)

여성이 더 적극적으로 성적 애무를 요구하며 남성을 끌어들이는 과정이 아주 적극적으로 나타나 있다. 특히 특정 연예인 남녀를 등장시켜 육담의 주인공으로 삼음으로써 성적 상상력을 한층 실감나게 자극시키는 구실을 한다. 여성이 성을 더욱 밝히고 남성을 성 봉사자로 끌어들임에 **따라**, 상대적으로 남성은 성의 향유에서 소외되기 일쑤이다. 마침내 남성은 여성의 성적 만족감을 충족시켜주는 봉사자로서 성적 노예 구실을 한다. 흔히 말하는 남편의 의무방어전이 그것이다. 더군다나 체력 단련까지 해가며 목숨을 걸고 성적 봉사를 해야 한다. 그러지 못하면 집구석에서 아내의 구박을 참고 견뎌야 하거나 쫓겨나야 한다. 이러한 처지를 극명하게 드러낸 육담이 있다.

<자료 8> 열 두시가 넘어 아들이 잠든 걸 확인한 부부는 일을 치르기 시작했다. 한참 용을 쓰던 남편이 부인을 보고 "뿅 가나?" 하니까 부인이 "택도 없씸더." 그랬다. 또 한참이 지나서 "헉헉, 뿅 가나?" 하니까 "택도 없씸더!" 하더라. 날이 밝아 올 때쯤 남편이 다 죽어가는 목소리로 '헉헉' 대며 "뿅 가나?" 하니까 "택도 없씸더!" 하더라. 그런데 갑자기 옆에서 자고 있는 줄 알았던 아들이 "어매, 아배 죽니더! 고마 뿅 간다 하이소!" 하더란다. (여, 46세, 주부)

성의 개방화에 따라 성의 연소화(年少化)도 나타난다. 성이 남성들만의 것이 아니고 여성들의 것이듯이, 이제 성은 어른들만의 것도 아니며 소년·소녀들의 것이기도 하다. 아이들이 성에 일찍 눈을 뜨고 조숙해져 있을 뿐 아니라, 어른들 못지 않게 또는 어른들 이상으로 성을 즐기고 있는 육담들이 두드러져 있다. <자료 5>에서 보는 것처럼 아들이 아버지보다 성적 편력이 훨씬 더 화려하다. 심지어 중학교 남녀 학생이 성행위를 즐기고자 돈을 주고 받는 육담까지 전승되고 있다.

<자료 9> 중학교에 다니는 영희는 학교에서 돌아온 후 옆집에 사는 친구 철수네 집에 놀러갔다. 그런데 철수는 영희에게 엉뚱한 마음을 품고 "영희야, 100원 줄께 한 번만 하자."고 하니까 영희는 거절했다. 그래서 "200원 줄께 하자." 하니까 영희는 또 거절했다.

그래서 이번에는 "300원 줄께 하자."하니까 영희가 승락을 했다. 그
래서 철수는 영희에게 그것을 넣었다. 그런데 영희는 아파서 그만
하자고 하니까 철수는 400원 준다고 하면서 계속 하자고 하니, 영
희는 거절했다. 그래서 500원 준다고 하자 영희가 허락했다.
　이번엔 영희가 철수에게 못견디겠다고 100원 줄테니 그만 하자
고 하니, 철수가 거절하자 200원, 300원씩 자꾸 금액이 올라가자 영
희가400원 준다고 하니 철수가 허락하려 했다. 그런데 그때 철수의
아버지가 직장에서 돌아 오시며 말씀하시길 "철수야 본전 빼!" 라
고 하셨다.(남. 21. 대학생)

　돈을 주고 성을 사고 파는 과정이 어른들보다 더 적나라하고 익숙하
다. 영악할 정도로 아주 계산적이다. 성을 사고 팔며 성을 즐기는 데에
는 이제 어른 아이 구별이 없게 된 것이다. 성문화가 어른들의 것에서
젊은이들의 것으로, 다시 소년 소녀들의 것으로 크게 연소화되어 가고
있는 현상이 육담에 잘 반영되어 있는 셈이다.
　성의 상품화와 연소화에서 한층 극단적으로 나아가면 변태적인 성
이 나타나게 마련이다. 최근에는 우리 사회에서도 동성연애자들이 당
당하게 자기 모습을 드러낼 정도로 상황이 급변하여 동성연애가 변태
로 취급되지 않을 수도 있다. 그러나 변태로 취급되든 안되든 동성연
애와 같은 비정상적인 성문화가 자리잡아감에 따라 이를 다룬 육담도
심심찮게 등장한다.

　<자료 10> 최부람은 술만 낮게 마시면 취해서 길바닥에 쓰러지
는 버릇이 있었다. 그러면 동성애자가 길을 가다가 '웬 떡이냐?' 하
면서 어김없이 최부람의 몸을 뒤로 겁탈하여 즐겼다. 번번이 당하
기만 한 최부람은 어느날 다시 술이 취하여 쓰러졌다가 일어나서
하는 말,
　"나는 왜 술만 마시면 똥꼬(항문)가 아프냐?"(여, 26, 대학생)

최부람이 술에 취해 길바닥에 쓰러질 때마다 어느 남잔가 자기를 성적으로 괴롭혔다는 사실은 동성애를 즐기는 사람이 적지 않다는 것을 나타낸다. 항문이 아프다는 사실 또한 동성애 양식을 한층 적나라하게 드러낸다. 이러한 변태적인 성행위가 더 극단적으로 발전하게 되면 비인간적인 존재와도 성관계를 맺는 육담이 나타나게 된다. 과거에는 인간과 짐승 또는 인간과 영혼의 성행위가 고작이었으나, 이제는 수간(獸姦)은 물론 영혼과의 성행위 외에 인조인간 또는 우주인과 성행위를 하는 데까지 나아가 있다.

> <자료 11> 지구의 수호자 수퍼맨이 하루는 야간 순찰을 돌며 하늘을 날고 있는데 갑자기 아래를 내려 보니까 어느 집에 여자 하나가 옷을 다 벗고 있길래 수퍼맨이 갑자기 환장을 하는기라. 그래서 대번 그집의 창문을 통해 들어가서 여자 위에 대번 올라 타부렸는기라. 근데 이상하게도 수퍼맨이 거시기가 너무 아픈기라. 그래도 수퍼맨은 꾹 참고 계속 왕복운동을 했다. 다음날 아침 조간신문에 대문짝만하게 ‘어젯밤, 투명인간으로 변신한 한 남자가 항문 파열로 의문의 죽음을 당했다’ 라고 났다.

이 이야기는 워낙 비약이 심해서 긴장해서 듣지 않으면 무슨 말인지 이해하기도 어렵다. 결국 수퍼맨이 문제가 아니라, 투명인간과 성을 즐긴 여성이 문제되는 이야기이다. 수퍼맨은 여성의 알몸을 보고 공격을 했지만, 그때 알몸의 여성은 투명인간과 목하 성행위 중이었다. 그러므로 수퍼맨은 알몸의 여성과 성 관계를 맺는다는 것인 사실은 투명인간의 항문을 무리하게 공격한 셈이어서, 투명인간이 이를 감당하지 못하고 항문파열로 죽을 수밖에 없다. 여성은 인간이 아닌 존재, 곧 수퍼맨이 착각할 정도로 투명한 인조인간과 성행위를 즐길 수 있다는 것이다. 사이버 시스템이 의한 환상체험이 성을 즐기는 데까지 나아가 있는 만큼, 인간의 변태적 성욕도 새로운 첨단문명과 함께 기이한 쪽으로 변모하게 되는 것이다.

물론 육담에 나타난 특수한 상황들을 근거로 우리시대 성문화를 진단하는 데에는 적지 않은 무리가 따른다. 왜냐하면 육담은 육담으로서 문학적 논리가 있기 때문이다. 따라서 성적 욕망과 상상력을 충분히 자극할 수 있어야 육담으로서 묘미가 있고 일상적인 성생활이 아닌 특수한 것이어서 충격적이어야 육담으로서 전승력을 확보할 수 있다. 그러기 위해서 실제 사회에서 형성되어 있는 성문화보다 육담 속에 그려져 있는 성은 한층 과장되고 더욱 충격적으로 묘사되게 마련이다. 게다가 이들 육담은 한결같이 우스개의 구실을 하게 됨으로써 이러한 속성이 더 두드러질 수밖에 없다. 성을 밝히는 주체가 남성인 경우보다 여성인 경우가, 또는 어른들보다 어린 아이가, 정상적인 것보다 변태적인 것이 더 성적 상상력과 충격적인 자극을 주게 된다. 그러므로 이야기 속에서는 실제보다 성행위 상황이 한층 과장되고 극단화되어 묘사되게 마련이다.

따라서 이들 육담이 반드시 성문화를 고스란히 반영한다고 할 수 없다. 일부 왜곡된 것도 있고 과장된 것도 있으며, 역설적인 것도 있을 수 있다. 그럼에도 불구하고 육담은 성적 욕망의 상상력에 기초해 있다는 점에서 언젠가는 상상된 욕망이 실천으로 충족될 가능성이 있다. 왜냐하면 의식적으로 그리거나 상상 속에 꿈꾸는 세계는 실천형의 잠재적 세계라 할 수 있기 때문이다. 공상과학 소설이나 영화의 내용이 과학자들에 의하여 어김없이 실현되고 있는 것은, 문학적으로 창조된 상상력이 실제 삶을 이끌어내는 실제적 동력 구실을 하고 있는 좋은 보기이다. 문학은 현실을 반영하기도 하지만 현실을 앞서서 이끌어가기도 한다. 따라서 상상 속에 그려진 잠재형으로서 성은 현실적인 실천형으로 성을 미리 헤아려보는 좋은 전거인 것이다. 그러므로 육담은 이야기 자체의 논리에 따라 내용의 재미를 확보하는 동시에 이미 있는 성문화와 함께 앞으로 나타날 성문화를 함께 반영하고 있는 것이다. 육담에서 성문화를 읽을 수 있는 근거가 여기서 마련된다.

5. 육담의 서사적 구조와 성 체험의 충격

육담을 통해 성에 대한 즐김의 의식은 오히려 내용보다 서사적 구조에서 더 잘 드러난다. 육담의 서사적 전개구조를 이해하는 데에는 예사 이야기와 다른 방식이 필요하다. 성적 표현에 초점을 두고 우스개로서 또는 육담으로서 기능을 염두에 두며 구조를 읽어내야 육담의 얼개를 온전히 포착할 수 있다. 결국 육담의 서사적 구조 또한 이야기의 미묘한 재미를 위한 틀거리라고 한다면, 그러한 육담의 재미가 어디서 비롯되는가 하는 문제에 관심을 가지지 않을 수 없다.

성에 관한 내용 자체도 이야기를 하고 들으면서 함께 즐기지만, 이야기하는 사람이 듣는 사람의 상상력을 엉뚱하게 유도하거나 예기치 못한 상태로 결말을 맺어 듣는 이의 예상과 기대를 뒤집어엎음으로써 이야기하는 재미와 듣는 재미를 더불어 즐기기도 한다. 뒤의 재미는 순전히 육담을 엮어가는 서사적 전개의 반전 구조에서 비롯된다. 반전 구조를 통해서 듣는이가 자신의 과도한 성적 상상력에 의한 착각이나 곡해를 스스로 깨닫게 함으로써 실소를 자아내게 하거나 뜻밖의 충격을 받도록 하는 동시에, 이야기꾼 자신도 자기 이야기에 말려든 결과 나타나게 되는 반응으로서 듣는이의 낭패감과 당혹감을 보고 이야기하는 즐거움을 만끽하는 것이다.

육담의 반전구조는 대체로 성적인 내용으로 착각하거나 곡해하도록 이야기를 유도한 다음, 사실은 성적인 것과 무관한 아주 엉뚱한 내용으로 갑자기 전환시켜 버리는 형식과, 이와 반대로 성적인 것과 무관한 내용을 성적인 것으로 급격하게 전환시켜내는 형식이 있다. 성적인 내용을 기호화하여 S(sexuality)라 하고 그렇지 않은 부분의 내용은 NS(non sexuality)라 하여 그 반전구조를 유형화할 수 있다. 그러나 육담의 서사적 구조는 항상 반전 형식으로만 이루어져 있는 것은 아니다. 성을 점점 노골적이고 과도하게 묘사해가는 강화구조도 있을 수 있다. 그래서 S에 대해 SS 또는 SSS는 성적 상황 곧 S를 강화하는 정도를 나타내는 것이다. 따라서 반전구조 외에 강화구조 또한 육담의 서사적 형식으로 주목할 필요가 있다. 수집된 자료를 중심으로 보면 대체로 다음 몇가지 유형으로 육담의 서사구조가 나타난다.

$$
\begin{aligned}
&가) \ \ S \ -- \ NS \\
&나) \ \ S \ -- \ NS \ -- \ \ S \\
&다) \ \ NS \ -- \ S \\
&라) \ \ NS \ -- \ S \ -- \ NS \\
&마) \ \ S \ -- \ SS \ -- \ SSS \\
&바) \ \ NS \ == \ SS
\end{aligned}
$$

가)형과 다)형, 바)형이 기본형이라면 나)형과 라)형은 각각 가)형과 다)형의 변형이라 할 수 있다. 바)형도 다)형의 변형이라 할 수 있는데, 크게 보면 다)형에 속한다고 할 수 있다. 여기서는 일단 가), 다), 마)의 기본형을 중심으로 그 서사적 구조를 검토하기로 한다.

가)형은 누가 들어도 성적 상징물을 동원하고 성적 관계를 그럴듯하게 형상화하고 있는 성적 묘사 같은 이야기인데, 사실 알고 보면 성과 무관한 이야기로 밝혀짐으로써 듣는 이로 하여금 낭패감을 가지게 하는 이야기이다. 따라서 가)형은 '헛김 빼기형'이라고 할 수 있다.

> <자료 12> 남녀를 싣고 도로를 달리던 차가 갑자기 인적이 드문 숲 속으로 차를 돌리기 시작했다. 이윽고, 차가 멈추고 남녀가 내렸다. 남자가 여자의 옷을 벗겼다. 급했던지 윗도리는 그냥두고 바지부터 내렸다. 마침내 여자는 아무런 저항도 없이 제 스스로 팬티를 내리고 쪼구려 앉았다. 잠시 후, 여자가 남자에게 말했다. "아빠, 나 쉬 다했어." (여, 22세, 대학생)

이 이야기를 들으면서 성적 상상력에 빠져 있던 듣는이는 별 것 아닌 상황을 스스로 곡해한 것을 알고 멋쩍어 하게 된다. 물론 이야기꾼은 듣는이로 하여금 성적 착각에 빠져서 상황을 자유롭게 곡해하도록 적절히 유도한 것이다. 이를테면 부녀간을 남녀로 이야기하고 오줌 누기 좋은 곳을 마치 성행위하기 좋은 곳처럼 이야기하는가 하면, 오줌을 누도록 하기 위해 어린 딸년의 아랫도리 내리는 것을 저항 없이 스스로 팬티를 벗는 것처럼 묘사하여 다정한 연인들의 야합 장면을 상상하도록 이야기한 것이다. 성적 착각에 빠져서 긴장하여 듣는 사람에게 김을 빼는 이야기, 그야말로 싱겁게 끝나는 육담인 것이다. 표현은 육담인데 내용은 전혀 육담이 아니어서 사실은 육담이 아니라고 해야 마땅할 것 같지만, 실제로는 성적 상상력을 자극하는 우스개로서 육담의 요건을 충분히 갖추고 있다. 그러므로 결말 부분의 반전은 내용상으로 육담을 부정하는 것이면서, 형식상으로는 육담의 묘미를 한층 강화하는 것이다.

다)형은 누가 들어도 성과 무관한 내용을 이야기하다가 급작스레 성적 관계로 발전하도록 하는 구조의 이야기이다. 특히 이야기로서 또는 육담으로서 묘미를 느끼게 하는 것은 이 때 표현된 성이 예사 성과 달리 상당히 적극적이거나 기이한 상황의 성관계를 도발적으로 조성하게 된다는 것이다. 따라서 이러한 구조의 이야기를 '성적 도발형'이라 할 수 있다. 이를테면 삐에로 인형 이야기나 피노키오 인형 이야기가 여기에 속한다. 성과 전혀 무관한 이야기가 성적인 것으로 전환될 때에도 급작스러워야 한다. 그것이 반전 구조의 묘미이다.

> <자료 13> 게으른 드라큐라와 부지런한 드라큐라가 살았는데, 부지런한 드라큐라는 여름 한동안 피를 많이 모았으나 게으른 드라큐라는 피를 먹기만 할 뿐 모으지를 않았다. 이윽고 겨울이 되자 게으른 드라큐라는 피를 모아놓지 않아서 항상 굶어야만 했다. 게으른 드라큐라는 굶주림에 참다 못해 부지런한 드라큐라에게 찾아가 피를 조금만 달라고 애원했다. 그러나 거절을 했다. 몇번을 찾아가서 조르자 마침내 부지런한 드라큐라는 냉장고를 열고 피묻은 생리대를 꺼내 주면서, "자! 가져 가서 차 끓여 먹어!" (남, 21세, 대학생)

드라큐라 시리즈가 피를 빨고 빨리는 살벌한 현실을 반영하다가[8] 이제는 성적 상상력을 자극하는 이야기로 발전했다. 이러한 연쇄담의 내용 변화도 세태를 반영하는 셈이다. 냉장고와 생리대도 요즘 문화생활을 반영하고 있다. 이 이야기는 이솝우화 '개미와 배짱이'를 패러디 (parody)하고 있다는 점도 재미있다. 그것은 아동기에나 즐길 법한 우화를 패러디하여 육담으로 전환시켰기 때문이다.

마)형은 일상적인 성 관련 상황을 한층 적극적이고 강화된 성행위의 상황으로 몰고 가서 성을 충격적이고 비일상적인 것으로 즐기도록 하는 이야기이다. 뜻밖에 과도한 성 밝힘증이 드러나거나 예상하지 못했던 불륜의 상황이 급작스럽게 폭로되기도 한다.

> <자료 14> 옛날에 신데렐라와 피노키오가 살았는데 둘은 무척

---

8) 드라큐라 시리즈 수수께끼를 포함하여 1980년대 전반의 시리즈 수수께끼에 대한 논의는 임재해, '연행예술로서의 놀이문학과 민중적 현실인식', 한국의 민속예술(文學과知性社, 1988), 58-64쪽 참조.

> 친했다. 어느날 피노키오가 걸어가고 있었는데, 저 멀리서 신데렐라
> 가 오고 있었다. 피노키오가 너무 반가워서 신데렐라에게 막 뛰어
> 가다가 돌맹이에 걸려 넘어져서 신데렐라의 거시기에 코가 꽂혔다.
> 신데렐라는 기분이 좋은 나머지 피노키오에게 거짓말을 하라고 했
> 다. 거짓말을 하면 코가 커지는 피노키오이기 때문에 신데렐라는
> 기분이 좋았다. 더욱 기분이 좋게 하기 위해서 신데렐라가 한 말은
> 무엇일까요? 정답은 피노키오야 참말, 거짓말, 참말, 거짓말…….
> (남, 23세, 대학생)

피노키오와 신데렐라가 무척 친하게 지냈다는 것은 남녀간의 사랑
으로 발전할 수 있는 자연스러운 이성관계일 따름이다.(S) 그러나 반갑
다고 달려가다가 넘어져서 피노키오의 긴 코가 공교롭게도 신데렐라
의 성기에 꽂혔다(SS)고 하는 것은 뜻밖의 성적 결합을 묘사하고 있는
충격을 준다. 그러나 더욱 충격적인 것은 천사같은 신데렐라가 피노키
오의 코가 지닌 생리구조를 이용하여 거짓말을 하라고 시키는 것이었
다. 그러면 코가 점점 커지기 때문이다.(SSS)

그러나 여기서 이야기가 멈추지 않는다.9) 이 정도의 성적 쾌감에 만
족하지 못하는 신데렐라는 드디어 거짓말과 참말을 반복해서 시키므
로 피노키오의 큰 코가 길어졌다가 짧아졌다 함으로써 성행위의 왕복
동작까지 즐기게 된다.(SSSS) 결국 우연한 성적 결합을 적극적인 야합
상태로 발전시키는 충격을 줄 뿐만 아니라, 신데렐라가 일방적인 만족
감을 추구하고 있다는 점에서 여성들의 성 밝힘증까지 나타내고 있는
것이다. 이 이야기의 진전된 유형은 한층 더 나아가서, 성적 만족감을
충분히 얻은 신데렐라는 마침내 피노키오에게 "이제 그만 코 풀어라."
(SSSSS)고 하는 상태로까지 나아가서 마무리가 된다.10)

---

9) 각편에 따라서 이 대목에 이르러 이야기가 더 이상 진행되지 않고 마무리
   되는 것도 있다.
10) 그런데 피노키오 이야기가 재미있는 것은 각편들이 SSS상태에서 끝나는

사실 이러한 구조는 반전구조라고 할 수 없다. 점진적으로 성적인 내용을 구체적으로 묘사하고 적극적인 행위로 나아가도록 하는 강화 구조라고 할 수 있는데, 이 또한 예상하지 못한 상황의 급작스런 조성이라는 점에서 육담으로서 성적 상상력을 자극하는 정도가 강력하다. 의미의 반전을 통한 충격과 달리, 의미의 강화를 통하여 충격적 재미를 주는 육담에는 성적인 것과 성적이 아닌 것이 더불어 어울려서 성적인 상상력을 더 미묘하게 자극하고 성적 즐김을 부추켜주는 구조가 있다. 이를테면 '팝콘과 마누라가 같은 점'이라든가,[11] 또는 자동차 타는 법에 빗대어 성행위하는 과정을 상상하도록 하는 것이 바로 이러한 구조의 육담이다.

<자료 15> 혼인을 앞 둔 초보 운전자에게 해주는 말.
　ㄱ) 타기 전에는 항상 차를 깨끗이 청소하라.
　ㄴ) 약간의 음주는 무방하나 지나친 폭음은 절대 삼가라.
　ㄷ) 시동을 걸고 노 기어 상태에서 10분 이상 핸들을 조작하라.
　ㄹ) 처음부터 전속력으로 질주하면 3분 이내에 지치므로 과속은 금물이다.
　ㅁ) 10이하의 저속으로 운행에 들어간다.
　ㅂ) 20분 정도 서행한 후 서서히 속력을 낸다.
　ㅅ) 전속력으로 질주시에 차체에서 이상한 잡음이 생겨도 고장이 아니므로 그냥 질주하여도 무방하다.
　ㅇ) 목적지에 완주하면 ㄷ)의 행위를 반복한다.
　ㅈ) ㄷ)의 행위가 끝나면 연료를 주입한다.

형과 SSSS상태로 발전된 형, 그리고 SSSSS 상태로까지 더욱 발전된 형이 있다는 사실이다. 육담은 성적 상상력이 한층 적나라한 쪽으로 변이되면서 발전한다는 것을 보여주는 좋은 보기이다.
11) 팝콘과 마누라가 같은 점은? 첫째 공짜로 먹을 수 있다. 둘째 별 맛이 없어도 심심하면 손이 자주 간다. 셋째 다른 음식이 나오면 거들떠 보지도 않는다.

차) 차고에 넣을 때에는 깨끗이 보관하라. (남, 21세, 대학생)

초보 운전자에게 순전히 자동차 운전하는 방법을 알려주는 말이다. 다만 혼인을 앞둔 초보 운전자라는 말 때문에, 듣는이들은 한결같이 운전행위의 교습을 성행위 교습으로 동일하게 상상하는 것이다. 자동차 운전법과 성행위 방법이 이야기의 처음부터 결말까지 나란히 동반하는 과정을 통해서 듣는이는 성행위를 실제로 보거나 체험하는 착각에 빠지는 것이다. 다른 구조에 비하여 충격적인 반전의 재미는 없지만, 운전하는 과정을 통해 구체적으로 성행위 과정에 대한 상상을 차례로 해나가게 되므로 별도의 재미를 느끼게 된다. 실제로 육담을 즐기는 것은 성행위의 간접 경험이거나 대리체험이라 할 수 있다. 육담을 통해 성적 욕망을 대상적으로 추구하는 셈이다.

따라서 이 이야기의 구조는 반전구조나 강화구조와 달리 듣는이로 하여금 실제로 성적 행위를 체험하는 것처럼 상상 속의 성행위 과정 속에 단계적으로 이끌고 가는 묘미가 있어 독자적 양식으로 주목할 만하다. 우리는 이를 반전구조나 강화구조와 구별하여 성적 연상작용의 '동반구조'라 일컫고자 한다. 이야기의 서사적 전개가 운전과정과 성행위과정이 나란히 갈 뿐 아니라 이야기꾼이 듣는이의 성적 상상력을 끌어들여 상상적 성체험을 수반하도록 하기 때문에 '동반구조'라 일컬을 만하다. 그러므로 이 육담은 반전구조나 강화구조를 취하지 않고서도 성행위의 과정을 아주 생생하고 그럴듯하게 비유적으로 묘사하는 상황을 통해 듣는이의 성적 상상력을 한층 강화하고 대상적 욕망을 마음껏 충족시키는 서사적 연상구조라 할 수 있다. 다시 말하면 다른 행위의 과정과 성행위 과정이 함께 가는 육담 전개의 '동반구조'는 상상력에 의한 성적 체험을 극대화하는 구조라고 해도 좋겠다.

육담을 통한 간접적인 성적 체험을 실제 상황으로 유도하는 이야기도 있다. 자연히 앞에서 거론한 서사적 전개 양식과는 구조적 차이를 지니고 있다. 구조적 특징은 작품내적 자아와 작품외적 자아를 동일시하여 이야기의 허구적 구조를 실제 현실로 전이시키는 것이다. 따라서 육담이 한갓 이야기로 끝나는 것이 아니라 이야기하는 사람과 듣는 사람 사이에 실제적인 성행위 상황으로까지 연결시키는 구조를 이루고 있는 것이다. 자연히 이 이야기는 은밀한 공간에 있는 남녀 두 사람 사이에서 한정적으로 구연되는 이야기로서, 허구와 현실을 느닷없이 결합시켜주는 충격을 준다. 이를테면 이야기 속에서 주인공이 긴요한 정보를 알기 위해서 정보를 제공해주는 대가로 상대방에게 성을 제공하는 것처럼, 이야기하는 사람 또한 듣는이에게 궁금증을 제시하고 그것을 해소해주는 대가로 성을 요구하는 것이다.

　　<자료 16> 어린 암컷 박쥐 1마리와 어린 수컷 박쥐 3마리가 한 동굴 안에서 살았는데, 한 번도 동굴 밖을 나가 본 적이 없었다. 세월이 흘러 이성에 눈을 뜨기 시작하자, 수컷 박쥐 1마리가 암컷 박쥐에게 다가와서 동굴 밖으로 나가고 싶지 않냐고 물었다. 암컷 박쥐가 그러고 싶다고 하자, 그러면 자기와 하룻밤을 자면 가르쳐 주겠다고 했다. 암컷 박쥐는 너무나 동굴 밖을 나가고 싶었기 때문에 이 수컷 박쥐와 하룻밤을 잤다. 자고 일어나 보니 이 수컷 박쥐는 어디로 갔는지 사라지고 없었다. 상심한 암컷 박쥐에게 다른 수컷 박쥐가 와서 동굴밖으로 나간 박쥐와 같은 말을 했다. 암컷 박쥐는 이번에도 역시 이 수컷 박쥐와 함께 하룻밤을 잤다. 그런데, 이 수컷 박쥐도 자고 일어나보니 어디로 사라지고 없었다. 상심한 암컷 박쥐에게 나머지 1마리 수컷 박쥐가 다가와서 역시 같은 말을 하였다. 암컷 박쥐는 실오라기 같은 희망을 걸고 이 수컷 박쥐와 하룻밤을 잤다. 자고 일어나 보니 이 수컷 박쥐 역시 어디로 사라지고 없었다.
　　이 수컷 박쥐 3마리는 도대체 어디로 간 것 일까? 궁금하지 않은가? 이걸 가르쳐 주는데 조건이 있다. 나랑 하룻밤을 자야 한다.(여,

19세, 고등학생)

·아주 특이한 형태의 이야기이므로 기존의 서사적 형식과 구별할 필요가 있다. 허구적(fictional)인 성 이야기(FS)에서 실제적(real)인 성 행위(RS)로 발전시키고자 한다는 점에서 독특한 구조를 이루고 있다. 이 구조에는 순수하게 이야기 상황을 현실로 연결시키는 것을 통해 이야기꾼이 듣는이에게 당혹감을 주어 충격의 쾌감을 즐기도록 하는 우스개 차원의 의도가 숨겨져 있을 수도 있지만, 때로는 이야기하는 사람이 듣는이를 성적으로 유혹하기 위한 적극적인 장치로서 일종의 덫을 놓고자 하는 응큼한 의도가 숨겨져 있을 수도 있다. 따라서 이야기꾼의 의도를 전제로 이렇게 갈라놓고 이 구조를 보면 선악의 가치판단이 앞서게 된다. 그러나 가치 중립적으로 보면 어떤 식으로든 이야기를 통해 허구적 상황을 현실로 옮겨가서 실제로 성행위를 하고자 하는 것이므로, 이 이야기의 구조를 앞의 이야기와 구별하여 '실현구조'라 할 수 있다. 그렇다면 실현구조는 사)형으로서 FS -- RS 형을 별도로 설정해야 마땅하다.

사)형과 같은 실현구조로 전개되는 육담은 이야기 자체에 별 재미가 없다. 이야기는 한갓 성행위의 실현에 이르도록 하는 덫이자 함정에 불과하기 때문이다. 자연히 이러한 구조의 육담은 이야기의 서사적 줄거리만으로는 육담으로서 문학적 묘미를 확보하지 못하고 있다. 우스개로서의 구실도 발휘하기 어렵다. 이 이야기의 충격적 반전은 허구에서 현실로 급격한 전환에서 마련된다. 결국 이야기를 듣는 사람에게 성적 요구를 들어주면 이야기의 홍미로운 부분을 마무리해 주겠다는 것이다. 물론 이야기를 홍미롭게 마무리할 내용이 별도로 있는 것이 아니다. 그것은 순전히 이야기꾼이 듣는이를 성적으로 유혹하는 미끼에 지나지 않는다. 자연히 이 이야기는 남성 화자가 여성 청중을 대상으로 할 때 그 본래의 효과를 거둔다고 할 수 있다.[12] 그러므로 이 이야기는 허구적 성행위 상황을 실제 상황으로 급격하게 전이시키는 독특한 구조를 이루고 있는 까닭에, 듣는이에게 실제적인 성적 충격과 당혹감을 던져주게 된다는 점에서 독특한 양식을 이루고 있는 육담이라 하겠다. 일종의 전위적인 작품이자 실험문학이라 할 수 있는 것이 '실현구조'의 육담이다.

7. 육담의 양식적 유형과 성적 상상력

육담은 구조적이다. 적절한 구조적 설계가 성적 상상력을 충격적으로 부추김으로써 간접적인 성 체험을 만끽하도록 하거나 우스개로서 배꼽을 잡게 만든다. 때로는 실제적인 성체험까지 실현하는 것을 목표로 구조적 전략을 짜놓은 육담도 있다. 그러나 육담은 구조적이기만 한 것이 아니다. 일정한 양식을 갖추고 있다. 물론 상투적인 이야기 양식을 말하는 것은 아니다. 이야기 외에 여러 가지 양식적 틀거리를 이루고 육담으로서 묘미를 강화하고 있다는 것이다. 따라서 육담은 적절한 서사적 전개 구조를 통해서만 아니라 다양한 양식적 특성을 설정함으로써 듣는이들의 성적 상상력을 여러 모로 자극하는 것이다. 육담의 서사적 구조가 작품 내적 토대로서 성적 상상력을 역동적으로 활성화시키는 구실을 한다면, 육담의 양식은 작품 외적 틀거리로서 이야기꾼과 듣는이 사이에서 성적 체험을 공유하는 방식을 적절하게 설정해 주는 구실을 한다.

육담의 양식은 곧 이야기 겉으로 드러난 형식적 틀거리이자 구체적

---

12) 이 이야기는 여고생이 들려준 것인데, 이야기를 들려주면서 남성이 여성에게 이야기를 해야 제격이라고 이야기 말미에 설명을 덧붙였다.

으로 표현되는 꼴이다. 따라서 육담의 양식은 누구든지 쉽게 이해 가
능하다. 가장 대표적인 양식이 이야기형과 수수께끼형 및 말놀이형(또
는 동음이의어형)이다. 더러 공통점 찾기나 장점, 틀린 점 찾기 등 수
수께끼와 다소 다른 탐구형과 노래형도 빼놓을 수 없는 육담의 한 꼴
을 이룬다.

　육담은 설화로서 이야기형이 일반적일 수밖에 없다. 앞에서 서사적
구조를 따진 것도 육담 자료 대부분이 이야기형으로 꼴지워져 있기 때
문이다. 그럼에도 불구하고 예사 이야기와 달리 독특한 이야기꼴을 이
루고 있는 작품이 있다는 점에서 재미를 강화한다. 일종의 패러디 기
법을 이용하여 옛날이야기 형식을 엉뚱하게 빌어오는 것이다. 이를테
면 <자료 13>은 이솝우화 '개미와 배짱이'를 패러디한 작품인데, 개미
와 배짱이 대신에 부지런하고 게으른 드라큐라를 등장시켜, 마침내 게
으른 드라큐라에게 피묻은 생리대로 차를 끓여마시게 함으로써, 성적
우스개로 전환시켜놓은 것이다.

　　<자료 17> 팥쥐엄마가 하루는 장에 갔다가 팥쥐에게 줄 브래지
　어를 10개 샀다. 인간인 이상 양심이 있어 콩쥐것도 하나를 샀다.
　콩쥐는 헤질 때까지 그것을 썼다. 하루는 콩쥐가 목욕을 하다가 그
　만 호수가에 그것을 빠뜨리고 말았다. 너무나 안타까워 하면서 콩
　쥐가 울자 산신령이 나타나 "금브래지어가 네것이냐?"하고 물었다.
　콩쥐는 "아닙니다."했다. 그러자 산신령이 "그럼, 은브래지어가 네것
　이냐?" 하고 묻자, 콩쥐는 역시 "아닙니다."라고 했다. 한참 후에 낡
　고 다 떨어진 브래지어를 꺼내보이며 "그럼 이것이 네것이냐?"라고
　묻자, 콩쥐가 "네"라고 대답했다. 이 말을 들은 산신령은 마음씨 착
　한 콩쥐에게 세 개의 브래지어를 모두 주었다.
　　이 말을 들은 팥쥐는 너무도 샘이 난 나머지 10개의 브래지어를
　모두 엮어 호수가에 빠뜨렸다. 산신령이 나타나 콩쥐에게 물었던
　것처럼 팥쥐에게도 물었다. 금은 브래지어를 하나씩 들고 나와 차

레로 묻다가, 마지막에 엮어져 있는 10개를 꺼내 보이며 "이것이
네것이냐?"하고 물었다. 그러자 팥쥐가 "예, 그것이 제것입니다."라
고 했다. 그러자 산신령이 하는 말 "그럼 네 젖이 개젖이냐!" (여,
20세, 학생)

이 이야기는 콩쥐 팥쥐 이야기와 금도끼 은도끼 이야기를 함께 패러
디한 것이다. 브래지어를 빠뜨리기 위해서 나뭇군이 아닌 여성이어야
하는 동시에, 선악의 대립을 이루는 두 여성이 적절히 짝을 이루어야
하므로 콩쥐와 팥쥐가 주인공으로서 패러디하기 제격이다. 마음씨에
따른 보상이 다르게 나타나게 하려면 금도끼와 은도끼 이야기 틀을 패
러디할 필요가 있다. 그렇지만 이야기의 틀을 고스란히 옮겨와서는 육
담으로서 묘미를 획득할 수 없다. 왜냐하면 팥쥐가 거짓말을 하여 자
기 브래지어마저 잃어버렸다고 한다면 뻔한 결말에 이르러서 그 자체
로도 이야기의 독창성이 없을 뿐 아니라, 육담도 우스개도 될 수 없기
때문이다.

그러나 금도끼 은도끼의 전개와 달리 브래지어 10개를 보고 팥쥐가
"예, 그것이 제것입니다" 하고 대답하자, 듣는이들의 선입견을 뒤집어
엎고 산신령이 "그럼 네 젖이 개젖이냐!" 하는 데서 패러디의 파격성
과 함께 반전의 묘미가 증폭되는 것이다. 따라서 이 이야기는 '금도끼
은도끼' 이야기를 알고 있지 못하는 사람에겐 예상을 뒤집어 엎는 충
격을 강하게 느끼지 못해 별로 재미가 없게 된다. 그러므로 패러디의
보기가 되는 이야기는 누구든지 알고 있을 법한 옛날이야기 특히 동화
를 패러디하는 양식을 취해야 제격이다.

이야기형이 특수한 꼴을 이루어 육담으로서 묘미를 강화하듯이 수
수께끼도 특수한 형태를 이룬다. 단순한 수수께끼, 이를테면 '코가 크
면 무엇이 큰가?' 또는 '들어갈 때는 빳빳하게 들어가서 나올 때는 말
랑말랑해져 나오는 것은 무엇인가?'와 같은 것들은 우스개 수수께끼이

긴 해도 설화로서 육담이라 할 수 없다. 그냥 수수께끼일 따름이다.[13) 그러나 성 관련 언어전승들을 모두 육담이라 한다면 이들 수수께끼도 포함시킬 수 있다. 수수께끼에도 이야기형이 있듯이, 육담 가운데 수수께끼형을 이루고 있는 것에도 예사 수수께끼와 달리 특수한 양식을 이루고 있는 것이 있다. <자료 14>의 피노키오 이야기처럼 적나라한 성적 상황을 설정하는 이야기를 길게 늘어놓은 다음에 '무슨 말(짓)을 했을까?' 하는 질문을 통해 성적 상황을 더 강화하거나 아니면 엉뚱하게 반전시키는 답을 이끌어내는 것이다.

<자료 18> 한 남자가 두 남자와 셋이서 함께 여관에서 잤다. 하루밤을 지내고 나서 가운데 있는 남자가 깨어 보니 양옆의 남자들이 죽을 것 같이 신음을 하고 있었다. 왜 그랬을까? -- 가운데 있는 남자가 지난 밤 꿈에 스키타는 꿈을 꿨다. (양손에 스키 폴을 잡고서……)

다음날에는 이 남자가 한 남자와 한 여자와 같이 셋이서 잤다. 이튿날 아침 가운데서 자던 그 남자가 일어나 보니 양 옆의 사람들이 또 죽을 것처럼 신음하고 있지 않은가. 왜그랬을까? 그 남자가 이번에는 오락하는 꿈을 꾸었다.(한 쪽 손에는 스틱을 잡고 움직이면서 다른 손으로는 버튼을 계속 눌러대면서……) (여, 22세, 대학생)

육담으로서 수수께끼형은 반드시 이야기꾼이 듣는이에게 질문을 던지지 않아도 좋다. 설명적으로 계속해서 상황을 진술해도 그만이며, 실제로 같은 내용의 육담이 이야기형으로 진행되는 경우도 있다. 말미에

---

13) 이러한 수수께끼로는 다음과 같은 것들이 수집되었다.
왜 사과를 깎을 때 톡 치고 깎는 걸까? — 기절시켜 놓고 옷을 벗기려고.
왜 남자 누드 모델은 귀한 걸까? — 남자는 형태가 변하기 때문에 그리기가 힘들어서.
왜 콘돔에 구멍이 있으면 안 될까? — 정자를 숨막히게 해서 죽여야 하니까. <남, 19세, 고등학생>

듣는이를 향해 질문를 던짐으로써 굳이 수수께끼의 꼴을 이루고 있는 것은 사실상 서사적 진행상의 묘미를 한층 강화하기 위한 문학적 장치일 뿐이다.

구비문학으로서 연행의 묘미를 실감하기 위해서는 일방적으로 이야기를 해나가기보다는 듣는이를 이야기 속으로 끌어들이는 것이 더 효과적이다. 이야기꾼이 직접 상황을 설명하는 것보다 듣는이가 그러한 상황을 이모저모 생각하는 것이 성적 상상력을 더 풍부하게 발휘하면서 대상적 욕망을 충족시킬 수 있기 때문이다. 수수께끼형 육담은 이야기 말미에 질문을 던짐으로써, 이야기를 쉽사리 끝내지 않고 듣는이로 하여금 새로운 사색에 빠져들게 하며 여운을 남기게 한다. 그러므로 육담을 이루는 문학적 반전의 또다른 양식의 하나가 서사적 전개의 수수께끼형 결말이라 할 수 있다.

다음으로 흔한 양식이 동음이의어를 이용한 말놀이형이다. 언어유희의 양식이라 해도 좋다. 이를테면 찌르다·박다·하다·타다·따먹다 등의 어휘를 통해서 성행위를 직접적으로 은유하여 나타내거나 성적 상상력을 유발하는 것도 있지만, 성행위와 관련된 동작과 연관된 어휘들을 다양하게 동원하여 같은 효과를 내기도 한다. 자연히 이런 형은 수수께끼와 양식적으로 일치하기도 한다. 이를테면 "여자들이 가장 좋아하는 남자는 어떤 사람일까? - 항상 서 있는 남자. 남자들이 가장 좋아하는 여자는 어떤 사람일까? - 질 좋은 여자"와 같은 것이다. 이처럼 말놀이형이라고 하여 말놀이 자체로서 완전한 꼴을 갖추고 있다면 육담이라 하기 어렵다. 이야기 형식이라고 하는 큰 틀을 유지하면서도 성을 묘사하는 가장 긴요한 대목에 언어유희적 기법 곧 동음이의어의 표현법을 차용하고 있는 것이 바로 말놀이형 육담인 것이다.

<자료 19> 외대 다니는 경희가 있었다. 경희가 남자 친구랑 술을

먹고 여관에 갔다.
>   남 : 경희대!
>   여 : 외대?
>   남 : 숙대!
>   여 : 중앙대?
>   남 : 아주대! (여, 21세, 대학생)

<자료 20> 어느 수녀가 숲속 길을 가다가 그만 강간범을 만나게
되었다. 강간범은 수녀의 금품을 뺏고 수녀의 몸을 겁탈하려고 하
였다. 수녀는 애원했지만 소용없었다. 수녀는 자포자기를 하고 말았
다.

수녀: 오-, 주여!

강간범: 이 가시나야, 지금 막 주여차나(집어넣고 있
잖니)? 기다리 봐! (남, 21세, 대학생)

<자료 21> 한 순진한 대학생이 있었는데 곧 군대를 가게 되었다.
그런데 이 학생은 너무나 순진해서 아직 여자를 경험하지 않았다.
보다못한 친구들은 그를 끌고 아가씨를 불러주는 여인숙으로 갔다.
"야 너 들어가서 아줌마가 아가씨 불러줄까?"하고 물으면 "예! 라고
대답해!" 라고 시키고 여인숙으로 들여보냈다. 이 순진한 대학생은
무서웠다. 두근거리며 방에 있으니까 여인숙 아줌마가 들어왔다.
"학생 불러줘?" "아니요 됐어요." 아줌마는 고개를 갸웃거리며 다시
물었다. "학생 불러줘?" "아니 됐다니까요."그 다음날 아침 학생은
얼어 죽을 뻔 했다. 아주머니가 학생이 자는 방에 불을 넣어주지
않았으니까.(남, 21세, 대학생)

<자료 19>에서는 대학을 일컫는 '00대'라는 말을 남자가 여자에게
성을 요구하며 몸을 대어달라거나 또는 여자가 남자에게 성을 제공하
기 위하여 몸을 들이민다는 뜻으로 쓰였고, <자료 20>에서는 수녀가
하느님을 부르면서 '주여!'라고 하는 수녀의 외침을 강간범은 '집어넣

어'라고 하는 경상도 방언으로 엉뚱하게 이해하였으며, <자료 21>은 "불 넣어 줘?"라고 하는 여인숙 주인의 말을 대학생은 "아가씨를 불러 줘?"하고 묻는 말로 착각하여 들었다. 이러한 착각은 이야기 속의 등 장인물과 함께 이야기를 듣는 사람도 함께 겪는 것이어서 뒤늦게 충격 적 재미를 느끼게 된다. 동음이의어가 반전을 일으키게 하는 중요한 토대가 되고 있기 때문이다.

> <자료 22> 다정한 암수 말 두 마리가 있었는데, 어느날 암말이 죽고 말았다. 상심한 숫말은 슬픈 표정으로 길을 걷고 있었는데 저 앞에서 걸어오던 숫말이 왜 그렇게 슬픈 표정을 짓고 있냐고 물으 니까 숫말이 "할 말이 없어." 그러면서 지나갔다. 계속가다 보니까 저 앞에 말이 무리지어 있었다. 그래서 그 숫말은 "할 말이 많군." 이라고 했다. 또 길을 가는데 이번에는 정말 예쁜 암말 한 마리가 있었다. 그러자 그 숫말은 "아까 한 말은 말도 아니다."(여, 22세, 대학생)

이 이야기는 여러 가지 변이가 많고 또 동음이의어로서 활용성이 높 다. 다른 육담과 달리 '말'과 '하다'라는 두 어휘가 함께 계속해서 같은 맥락을 이루며 성행위를 연상하게 하는 동음이의어 구실을 하기 때문 이다. 이를테면, 암수가 살다가 숫말이 죽자 암말이 "해줄 말이 없어." 라든가, 또는 숫말이 혼자 가다가 암말 두 마리를 만났다. 그러자 "무 슨 말을 할까."라고 했다던가, 하는 식으로 다양하게 발전할 수 있다. 두 개의 동음이의어를 이용하고 있으므로 그만큼 활용성이 높아진 셈 이다.

말놀이형 외에 극적 형식을 이루고 있는 대화형의 육담이 있다. <자 료 19>와 같은 육담이 좋은 보기이다. 두 사람 사이의 성적 관계를 서 사적으로 설명하지 않고 처음의 상황만 설정한 뒤에 순전히 두 사람의 대화를 통해서만 성행위의 상황을 묘사하고 있는 육담의 틀거리이다.
극적 형식을 갖춘 서사문학으로서 육담은 현대문학다운 형식적 독창
성을 획득하고 있다. 이른바 '기사 부부의 사랑'이라는 육담이 이런 꼴
을 하고 있다.

<자료 23>
아내: 여보, 천천히 밟다가 2단 넣고.
남편: 으응, 2단기어 넣었어.
아내: 다음엔 3단기어 넣어 줘요.
남편: 3단기어 넣었어.
아내: 아아잉! 1단기어 넣어 주세요, 빨리!
아내: 아흐훙, 여보, 이젠 엔진오일이 새고 있어요.(남, 21세, 대학생)

한 마디로 설명이 필요없는 육담이다. 성행위 과정에서 여성이 성을
주도하는 상황을 이 정도로 적나라하게 나타내는 데에는 서사적 이야
기보다는 극적 양식이 한층 탁월하다. 특히 마지막 부분에서 그 동안
수동적이던 남편은 말대꾸조차 하지 못하는 상태에서 아내가 흥분하
여 남편을 재촉하며 혼자서만 거듭 말하는 절박한 상황은 극적 형식에
의한 상황 제시를 통해서 한층 절묘하게 형상화되고 있다. 극적 제시
의 표현 기법은 반전구조를 형상화하는 데 아주 기능적이다.

<자료 25>
병팔 : 우리는 엄마가 위다.
주팔 : 우리는 아빠가 위다.
병팔 : 우리 아빠가 그러는데 엄마가 위인게 편하대.
주팔 : 우리 엄마는 아빠가 위인게 남들이 알아도 부끄럽지 않고
자연스럽대.
아저씨 : 네 이놈들 지금 무슨 얘기를 하고 있는 거냐?
주팔 : 엄마와 아빠 나이 얘기하는 건데. 왜요?(여, 22세, 대학생)

이 이야기는 <자료 23>처럼 제목이나 극적 상황 설정조차 없다. 순전히 대화에 의한 극적 제시만으로 이루어져 있는 이야기이다. 어린 아이들의 천진스러운 대화를 지나가는 아저씨가 엉뚱하게 알아듣고 나무라다가 무안을 당하는 이야기이다. 서사적 구조로 말하면 가)형에 해당되는 것으로, 아저씨와 같은 처지에서 성적 상상력에 한껏 빠져 이야기를 듣고 있던 듣는이들의 긴장감을 일시에 해소하면서 헛물을 켜게 하는 반전의 충격을 던져준다. 한 마디 마지막 대화가 그러한 기법의 효과를 발휘하는 것이다. 수수께끼형의 육담이 같은 구조로 이루어져 있는 것도 이와 같은 효과 때문이다. 그러므로 가)형의 구조에 입각해 있는 육담은 형식이 이야기형을 이루고 있더라도 마지막 대목에서는 극적 제시와 같은 대화를 통해서 마무리하는 것이 일반적임을 알 수 있다.

육담에는 공통점 찾기 또는 장점 찾기 등 탐구형도 상당히 두드러진다. '모유의 장점'처럼[14] 그 자체로 문제를 푸는 분석형 탐구가 있는가 하면 '마누라와 팝콘이 같은 점'처럼 대조형 탐구도 있다. 어느 것이든 일종의 수수께끼형이라고 할 수 있지만, 수수께끼와 달리 이야기꾼 스스로 문제를 제기하고 답을 한다는 점에서 듣는이의 적극적인 개입을 요구하지 않을 뿐더러, 단답형의 알아맞추기식이 아니라 다양한 답을 함께 찾아보기식이라는 점에서 독자적 형식을 이루고 있다. 그럼에도 불구하고 문제를 제기하고 그에 따른 답을 말한다는 점에서 어느 정도 수수께끼 형식을 지니고 있다. 특히 이야기로 시작하여 마지막에 질문이 던져지는 것이 아니라, 처음부터 질문을 던지고 답을 분주하게 찾

---

14) 모유의 장점은? 첫째 휴대가 간편하다. 둘째 소독이 필요없다. 셋째 용기가 아름답다. 넷째 부자공용이다. 답이 진행될수록 성적인 내용이 두드러지면서 우스개의 형식을 이루고 있다. 넷째 답이 없다면 수수께끼로서나 육담으로서나 실패하게 된다.

아낸다는 점에서 수수께끼의 속성이 강하다.

> <자료 26> 테트리스랑 섹스랑 같은 점 6가지
>   첫째: 하면 할수록 는다.
>   둘째: 맞추기만 잘 하면 된다.
>   세째: 또 타고 싶다.(한번 하면 더 타고 싶어진다.)
>   네째: 긴 것 기다리다가 피 본다.
>   다섯째: 하면 할수록 속도가 빨라진다.(여, 21세, 대학생)

컴퓨터 오락을 이용한 육담이다. 성행위의 일반적 속성을 염두에 두고서 컴퓨터 게임 가운데 테트리스 게임의 속성을 관련시켜 성적 연상 작용을 상승시키고자 한 것이다. 첫째와 여섯째는 컴퓨터 게임의 일반적 속성일 수 있으며 둘째와 네째는 테트리스 게임 고유의 속성이다. 남녀별로 보면 첫째가 남녀공통이라면 둘째와 세째가 남성 중심적이고 네째와 다섯째는 여성 중심적인 성을 그리고 있다.

> <자료 28> 여대생과 과일의 공통점
>   1학년 파인애플 --- 먹기도 힘들고 먹으면 맛있다.
>   2학년 귤   --- 먹기도 쉽고 먹어도 맛있다.
>   3학년 바나나 --- 먹기는 쉽지만 먹으면 텁텁하다.
>   4학년 토마토 --- 과일도 아니면서 과일인척 한다.
>   (여, 20세, 대학생)

이런 형식을 이루고 있는 육담은 많다. 성적 역량이나 성적 쾌감을 다른 무엇에 비유하여 인식하면서 성적 상상에 빠져들게 하는 것이다. 더러 차이점을 찾는 이야기도 있지만 결과적으로 성행위와 관련된 동작을 연상하게 한다는 점에서 그리 다르지 않다. 이를테면 "농구랑 섹스랑 차이점은 농구는 드리볼을 해서 슛을 하는데, 섹스는 슛을 해서 드리볼을 한다"는 따위의 형식이다. 성적 상상에 몰입하게 한다는 점에서 질문만 달랐지 효과도 같고 탐구형이라는 사실도 같다.

마찬가지로 여대생의 학령이 아니고 10대에서 20대 30대 등으로 여성의 연령층을 높이면서 같은 방식의 육담을 이야기하기도 하고, 다른 방식으로 육담을 이야기하기도 한다. 이를테면 남녀가 함께 밥을 먹다가 눈이 마주치면 20는 밥상을 뒤집어 엎고서 성행위를 하고, 30대는 밥상을 치우고, 40대는 밥을 다 먹은 뒤에, 50대는 눈이 마주치면 서로 눈길을 피하며 못본 체 한다는 등이다. 탐구형에는 발전형도 있고 퇴행형도 있다. 특히 연령이나 세대별 성행위의 양상을 탐구할 때에는 퇴행형을 이루기 일쑤이다.

이 밖에도 시리즈형이 있는가 하면 노래형도 있다. 시리즈형은 이야기형의 특수한 발전이다. 같은 인물이 같은 사건을 겪거나 일으키는 비슷한 줄거리의 이야기를 연쇄적으로 이야기함으로써 이야기의 재미를 더욱 강화하는 것이다. 피노키오형은 한 유형의 이야기 줄거리 자체가 점차적으로 발전하는 것이며, 완서니와 최부람 시리즈는 비슷한 내용의 이야기가 다양한 유형으로 생성되어 구전되는 경우이다. 가장 일반적인 시리즈형은 질적으로 발전되는 것보다 양적으로 확대되는 것이다.

노래형은 기존 노래의 가락에 사설만 성적인 내용으로 바꾸어 부르는 것이다. 일종의 노가바형 육담이라 할 수 있어, 사설만 보면 육담이라 할 수 있으나 실제 구연상황을 보면 노래이다. 사설을 바꾸어 부르는 현대민요라 할 수도 있다. 이를테면 '지금쯤은 할끼다'라든가, '숫자뒤풀이', 또는 '노래가락' 등이 이에 해당된다. 앞의 것은 '할끼다·빨끼다·칠끼다'와 같은 성행위를 상징하는 용어들을 동원한 동음이의어형 노래이다. 숫자뒤풀이는 숫자의 차례대로 성과 관련된 내용을 뒤풀이 형식으로 지어붙인 민요이되 사실은 노래라기보다 읊조리는 형식으로 구연된다.

<자료 29> 놀다 가세요 자고 가세요
             한판 하는데 3천 5백원
             3천원은 몸값이고요
             5백원은 부가가치세(남, 22세, 대학생)

　　노래가락이 가지고 있는 가락과 사설을 거의 그대로 차용하고 일부
내용만 바꾸어 사창가의 창녀들이 손님을 유객하는 상황으로 바꾸어
놓았다. 따라서 새삼스럽거나 충격적인 것이라 보기 어렵다. 다만 3천
5백원의 몸값 가운데 5백원은 부가가치세라고 하여, 정부의 세금 정책
이 얼마나 가혹한가 하는 것을 풍자적으로 나타낸다는 점에서 주목을
끌 따름이다.

8. 어휘 차원의 표현과 숨김의 '성'의식

　　육담에 나타난 성의 표현 양식을 통해서 성의식을 추론할 수 있다.
표현 양식은 크게 두 층위로 나눌 수 있다. 성행위 자체를 나타내는
어휘 차원의 표현 양식과, 성의 본질적 속성을 그리는 이야기 줄거리
차원의 표현 양식이 그것이다. 이러한 두 층위의 표현 양식에 따라 이
야기를 즐기는 사람들의 성 의식을 어느 정도 가늠할 수 있다.
　　어휘 차원의 표현 양식을 통해 보면, 성행위를 '하는 것'과 '먹는
것', '타는 것', '넣는 것(찌르는 것, 박는 것, 꽂는 것)' 등으로 나타내
거나 연상하게 한다. 하는 것은 모든 행위를 나타내는 것으로서 가장
포괄적인 어휘임에도 불구하고 성행위를 연상하게 한다. 그것은 남녀

가 더불어 하는 것은 으레 성행위라는 고정관념 때문에, '하다'라는 일반동사를 특수 행위로 한정하여 '성행위를 하다'로 받아들이는 것이다. <자료 22>가 좋은 보기이다.

'먹는 것'은 성행위를 나타내는 상징적 어휘이다. 성은 먹는 것처럼 본능적 욕망과 연관되어 있을 뿐 아니라, 먹는 것 이상으로 욕망을 충족시켜 주는 만족감을 주는 행위이기 때문에 성적 연상 작용에 쉽게 끌려들게 된다. 특히 남성은 먹는 주체, 여성은 먹히는 객체로 설정되어 잡아먹고 잡아먹히는 관계로 남녀의 성행위가 분석되기도 한다. 남성이 늑대로 간주되는 것도 같은 맥락이다. 여성을 먹을 것으로 보고 성적 만족감을 과일의 맛에 따라 유형화해 놓은 <자료 28>이 그러한 성의식을 잘 드러내 준다. 먹는 것의 주체가 여성인 경우도 있다. 남성기를 먹음직스러운 대상으로 의식하고 '빨다'고 할 때 그러한 연상이 가능하다. 그러나 그것은 이른바 오럴 섹스로서 특수한 상황이다.

'하다'와 '먹다'가 상당히 일반적 행위의 어휘라면, '탄다'는 어휘는 제법 구체적 행위로 의미를 한정한다. 하다와 먹다의 동사가 성행위를 아주 느슨하게 연상하도록 한다면 '타다'는 동사는 성행위의 다음 과정을 구체적으로 연상하게 하는 것이다. 그래서 자동차를 운전하거나 배를 타는 상황과 연관지워 성행위를 상상하도록 하는 육담은 대부분 '탄다'는 동사를 통해서 나타내고 있다. 배를 탄다고 하는 것이 한층 직접적이지만, 차를 탄다고 하는 사실 또한 남성이 여성의 배 위에 오른다는 정상위의 성체위를 나타내는 말에 전혀 무리가 없다. 자연히 자동차의 보급과 함께 운전 상황을 통해 성행위을 연상하도록 하는 육담이 많이 지어질 수밖에 없다. <자료 15>와 <26> 등을 보면, 차를 타고 운전하는 과정을 통해 성행위의 구체적 상황을 묘사하고 있음을 알 수 있다. 물론 탄다는 어휘의 직접적 사용만을 한정할 필요가 없다. '올라가다' 또는 '위에 오르다', '덮치다'는 뜻으로 쓰이는 어휘들은 같은 맥락에서 성을 연상하게 하기 때문이다.

정상위가 아닌 경우에는 여성이 남성 위에 탈 수도 있다. 그럼에도 불구하고 '탄다'고 하는 동사는 대체로 남성중심적 성행위를 나타내기 일쑤이다. '넣는 것(찌르는 것, 박는 것, 꽂는 것)'으로 나타내는 성행위는 전적으로 남성 주도형만을 나타낼 뿐 아니라, 가장 구체적인 성행위 모습을 묘사하는 구실을 한다. 하다와 먹다와 탄다고 하는 행위도 결국은 넣다(찌르다·박다·꽂다)라는 행위로 연결되어 연상되어야 성행위의 상상에 이를 수 있다. 따라서 동음이의어를 이용한 말놀이형 육담은 대부분 이들 용어와 연관되어 있다. <자료 9>와 <20>·<21>·<23>이 모두 여기에 속하는 이야기들이다.

성기를 나타낼 때에는 동사가 아니라 지시대명사로 나타내기 일쑤이다. '그것, 거기, 거시기' 등으로 성기를 나타낸다. '하다'와 같은 포괄적인 뜻의 일반동사로 성을 나타내는 데 아무런 장애가 없듯이 '그것'이나 '거시기' 또는 '거기'나 '그곳'처럼 일반적인 지시대명사로 성기를 나타내도 아무런 문제가 없다. 이를테면 그것을 거기에 박았다고 하면 으레 남성기를 여성기에 삽입하는 성행위로 이해하기 마련이다. 이런 표현양식을 통해서, 성을 표현하는 데 상당히 가치중립적 표현을 쓴다는 것을 알 수 있다. 다만 성행위를 대명사로 나타낼 때에는 더러 '그짓'으로 나타냄으로써 부정한 행위로 나타내기도 한다. 그리고 남성주도형 표현이 중심을 이룬다는 점에서 남녀의 생리적 구조의 차이를 인정하는 한편, 아직 남성 우위의 성문화가 지배하였던 전통적 토대 위에서 우리시대 육담이 생성 전승되고 있는 한계도 드러나게 된다.

그러나 아주 막연한 어휘를 통해서 성기와 성행위를 표현함에도 불구하고 성을 연상하는 데 아무런 장애가 없다는 점에서 성적 상상력이 풍부하고 민감하다는 것을 알 수 있다. 그러한 민감성은 거의 본성적인 것이므로 민족성이나 역사성을 한정하여 지금 여기의 젊은이들만 그러하다고 단정하기 어렵다. 적어도 성은 은밀하게 즐기는 것이며 성의 노출은 부끄러운 것이라는 인식을 하고 있는 집단 속에서는 자연스러운 현상이다.

은밀하게 주고 받아야 하는 메세지일수록 그것을 전달하는 코드는 고도의 암시성과 상징성 속에 가려져 있게 마련이다. 성기와 성행위에 관련된 어휘는 우리 모두에게 암호화되어 있는 것이다. 따라서 성은 표현과정에서는 암호화된 코드로 숨기는 것이면서도 실제적 정서 속에서는 누구든 민감하게 추구하는 것이므로 상징적이고 모호한 표현으로 성을 나타낼 수밖에 없는 것이며 또한 그렇게 나타내야 코드를 해석하는 연상과정 속에서 정서적 욕구를 효과적으로 충족시킬 수 있는 것이다. 그러므로 어휘 차원의 적나라한 성 표현은 오히려 육담이 지니는 묘미를 반감시킬 수 있다. 직설적인 표현보다 은유적인 표현과 상징적 묘사가 육담의 세계를 한층 효과적으로 형상화해 주는 장치라 할 수 있다.

8. 줄거리 차원의 표현과 드러냄의 '성'의식

육담에 동원되는 어휘는 성을 어느 정도 가리려는 경향을 보이는 데 비하여, 그러한 어휘를 통해 담아내고 있는 이야기의 내용을 보면 반드시 그렇지 않다. 마치 성을 직접적으로 다루고 있는 영화나 만화와 같은 표현방식이다. 포르노에 가까운 영화나 춘화라고 할 수 있는 그림에서 성기와 성행위 자체의 모습은 어떤 식으로든 가리고 있지만 전체적으로 그리고 있는 내용은 성을 아주 도발적으로 묘사하고 있어 성적 상상력을 충격적으로 자극하기 일쑤이다. 성기의 국부와 성행위의 접촉 부분을 구체적으로 포착하여 묘사하지 않는 것은 성에 대한 도덕적 검열 때문이다. 그러면서도 성적 욕망을 충족시키기 위해 다양한 방식으로 성행위가 표현된다. 어휘는 추상적이지만 실제 이야기의 내용은 구체적이고 다양하기 짝이 없는 성을 생생하게 그려내는 것이다.

육담 속에서 적나라하게 표현되는 성은 아주 다양하여 쉽사리 정리하기 어렵다. 크게 보아서 긍정적인 성과 부정적인 성으로 나눌 수 있지만 준거에 따라서 오락가락할 수 있다. 이를테면 성을 즐기며 탐닉하는 것이 긍정적인 것인지 부정적인 것인지 쉽사리 판단하기 어렵다. 상황에 따라 다르기 때문이다. 강제로 당하는 성도 상황에 따라 긍정적인 것으로 받아들이는 육담도 있으니 더욱 어렵다. 따라서 이러한 가치관과 상관없이 육담 속에서 성이 다루어지는 대로 자세하게 그 표현양상을 10 가지 정도로 나누어볼 수 있다.

1)즐기는 성, 2)파는 성, 3)지키는 성, 4)당하는 성, 5)착각하는 성, 6)멋 모르는 성, 7)엿보는 성, 8)알아야 하는 성, 9)베푸는 성, 10)낭패하는 성 등이다. 이들 10 가지가 성에 대한 기본적인 표현 양식이라 할 수 있지만, 실제 육담 속에 서 전개되는 줄거리의 전개 양식은 한층 복잡하다. 이를테면 성을 팔면서 즐기는 형(2 + 1)이 있는가 하면 팔면서 당하는 형(2 + 4)도 있고, 성을 지키다가 낭패하는 형(3 + 10)이 있는가 하면 지키다가 즐기거나(3 + 1) 파는 형(3 + 2)도 있다. 그리고 성을 당하면서 즐기는 형(4 + 1)이 있는가 하면, 성을 즐기다가 낭패하는 형(1 + 10)도 있다.

이러한 다양한 표현 양상을 통해서 성은 즐기는 것만 아니라, 당하는 것이기도 하고 파는 것이기도 하며 지키는 것이기도 하다는 것을 알 수 있다. 그러나 육담의 줄거리를 자세하게 추적해 보면, 즐기는 것이기 때문에 당하기도 하고 낭패하기도 하는 것이며, 사고 팔기도 하는 것이다. 그리고 성을 지켜야 할 뿐 아니라, 배워서 알아야 하는 것이며 때로는 배풀기도 해야 하는 것이라는 이야기 또한 성은 즐기는 것이라는 사실을 전제로 형성된 것이다. 파는 성이든 지키는 성이든 또는 당하는 성이든, 어떠한 성을 표현하고 있든 '즐기는 성'과 얽혀 있지 않은 것이 없을 정도로 즐기는 성과 밀접하게 연관되어 있다. 따라서 육담에서는 특히 '성은 즐기는 것'이라는 쾌락으로서 성을 드러내는 데 적극적이라 하지 않을 수 없다.

즐기는 성을 모르면 엉뚱하게 착각하기도 하고 멋 모르고 실수하기도 하며 낭패를 겪기도 한다. 성은 즐기는 것이기 때문에 보고 싶고 또 알고 싶다. 육담을 통해서 간접적이나마 성 체험을 하고 싶다. 성적 욕망의 동력이 쾌락에서 주어지는 것이다. 도덕적 검열을 어느 정도 감수하면서 드러내놓고 육담을 즐기는 까닭도 여기서 비롯된다. 그러므로 육담은 그 표현 양식이 어떤 성을 그리고 있는 데 기능적이든 성의 쾌락적 요소를 적나라하게 드러내는 데 과감하지 않을 수 없다.

육담의 완성도는, 성행위의 만족감처럼 듣는이들이 느끼는 재미의 정도에서 획득된다. 육담이 으레 우스개를 겸하는 까닭도 여기에 있다. 성적 쾌락은 자극적이고 충격적인 것에서 증대될 수 있다. 이것이 극도로 발전되면 성적 가학성이나 자학성으로 나타나기도 한다. 따라서 육담 속에 성적 쾌락이 일방적으로 관철되거나 전혀 묘사되지 않더라도 이야기를 하고 듣는 사람들 사이에서 성의 쾌락적 요소를 공유할 수 있는 다른 무엇이 있게 마련이다. 이른바 대상적 욕구 충족이그것이다. 그러므로 어떤 식으로든 도덕적 검열을 피하여 성의 즐거움을 적극적으로 누리는 쪽으로 이야기가 형상화되어 있는 것이 육담의 실상이다. 당하다가도 즐기고 지키다가도 즐기며 팔다가도 즐기는 것이 성이라는 육담의 줄거리 차원의 형상성이 이러한 성의 속성을 드러내는 데 기능적이다.

9. 생산과 쾌락의 상보적 관계와 긴장

즐기는 성이 육담에서 가장 큰 비중을 차지하고 있음에도 불구하고 성에서 가장 중요한 것은 역시 생명을 잉태하는 '생산하는 성'이다. 육담은 즐기자고 하는 이야기이니 자연히 즐기는 성의 내용이 가장 많이 문제될 수밖에 없다. 그러나 성을 그 자체로 보면 성은 원초적으로 즐김의 문화적 생산물이기 전에 생명 잉태의 본능적 장치였다. 자연히 생산하는 성에 관련된 육담도 없지 않다. 이런 육담에서는 태아가 뜻하지 않게 피임기구를 들고 태어난다든가, 신문 타이틀을 이마에 붙이고 태어난다는 점에서 충격을 준다. 때로는 태아가 어머니 자궁 속에서 아버지의 무분별한 성행위를 비난하는 이야기도 있다. 자연히 성과 피임, 잉태, 낙태, 육아 등에 관한 육담도 다양한 양식으로 존재한다.

모든 생명은 생식활동인 성행위를 통해서 존재한다. 성행위는 생명을 잉태하는 생명 창조의 행위이기 때문에 신성한 행위이면서 또한 힘든 행위이다. 따라서 아무나 이 활동을 할 수 없도록 도덕적으로, 법적으로는 물론, 생리적으로도 제약되어 있다. 생리적으로 어린이나 노인들은 감당하기 힘겨운 활동이다. 젊은이들도 건강하지 않으면 불가능할 정도로 상당한 정력이 요구된다. 성행위에 쾌락을 수반하게 한 것은 그러한 힘든 노동에 대한 일종의 보상이다. 만일 성행위에 즐거움이 따르지 않는다면 누가 즐겨 그 힘든 노동을 감당하려 들겠는가. 그러므로 성에는 항상 생산성과 쾌락성이 짝을 이루고 있다.

그런데 인간만이 성을 생식활동과 무관하게 그 자체로 즐길 수 있는 유일한 동물이다. 적어도 인간은 생리적인 생식주기와 상관없이 성행위가 가능한 까닭에 도덕적 법적 규제가 따르게 된 것이다. 이러한 규제를 지키면서 성을 즐기려면 다른 길을 택하지 않을 수 없다. 우스개라는 양식과 이야기라는 통로가 그러한 길의 하나이다. 사회의 구조적 모순을 비판하는 일종의 변혁활동이 제의적 전통과 풍자라는 표현 양식을 기반으로 한 탈춤을 통해서 이루어지듯이, 우스개의 양식으로 육담을 즐기게 된 것도 성의 이러한 실상과 닿아 있다. 생산하는 성을 염두에 두면 즐기는 성을 온전하게 추구할 수 없다. 육담에서 '생산하는 성'을 적극적으로 그리지 않고 있는 까닭은 쾌락을 추구하는 이러한 성의식과 밀접한 연관성을 지니고 있다.

생산하는 노동을 강요하는 성은 일정한 정력이 뒷받침되어야 한다. 농경작업이나 어로행위와 같은 생산활동에 상당한 노동력이 요구되는 것과 마찬가지이다. 그러나 생산하는 성으로서 정력은 그리 문제될 것이 없다. 누구든 젊은 남성의 경우에는 자연스레 그 정도 정력은 주어지기 때문이다. 그러나 즐기는 성, 쾌락을 추구하는 성은 생산을 완전히 마친 단계에 이르기까지 끊임없이 추구되고 또한 거듭 요구된다는 점에서 문제가 된다. 쾌락을 추구하는 성행위도 여전히 구조적으로는 생산 행위의 성과 같은 생리적 힘과 노동력이 뒷받침되어야 하는 까닭이다. 따라서 자녀 생산을 마친 남성에게도 쾌락을 추구하는 성행위에 필요한 정력이 계속해서 요구되게 마련이다. 그러나 인간의 육체에는 한정이 있다. 생산하는 성의 구실을 마칠 단계에 이르면 자연히 성적 노동력을 감당할 수 없도록 정력이 쇠퇴하게 된다. 그렇게 되어야 정력을 불필요하게 낭비하지 않을 뿐더러 건강을 지키며 자연의 수명을 누릴 수 있다. 그럼에도 불구하고 쾌락의 성은 여전히 충동적 욕망에 사로잡혀 있다. 체력이 부치고 몸이 따르지 못하니 엉뚱한 정력제가 판을 치지만 헛일에 불과하다. 육담은 쾌락의 성을 추구하고자 하면서도 성적 역량을 잃어버린 사람들에게 간접적 성 욕망을 충족시켜주는 구실을 하는 것이다.

산아제한과 같은 인구정책이 일반화되면서 쾌락 위주의 성문화는 더욱 강화되고 있다. 여기서 대두되는 것이 미혼모와 사생아 문제이다. 이 문제가 성의 쾌락화 또는 타락화 경향을 어느 정도 조절하는 구실을 하기도 하고 성 차별 또는 성의 해방에 어느 정도 장애가 되기도 한다. 성의 쾌락은 본래 생식활동의 보상으로 주어진 것인데, 이제는 본말이 전도되어 생식활동의 결과가 성의 쾌락에 대한 보상을 요구하게 되었다. 성의 생산성과 쾌락성이 전도되어 긴장을 이르게 되었다. 따라서 성적 쾌락을 함부로 추구할 수 없다. 생산이 쾌락의 족쇄 구실을 하기 때문이다. 여성에게는 특히 그러하다. 남성도 그 짐을 나누어지지 않을 수 없다. 그러나 육담은 그러한 보상을 요구하지 않는다. 여성이라고 하여 특별히 더 짐스러울 것도 없다. 뜻밖에도 여성들끼리 모인 자리에서 한층 더 적나라한 육담이 연행된다는 사실도 이러한 사실을 반영한다.

성 이야기는 성의 금기를 깨뜨리면서 성에 관한 지식을 제공한다. 그리고 성을 간접적으로 즐기게 하면서도 성적 쾌락에 대한 보상으로부터 자유로울 수 있는 문화적 장치일 뿐 아니라 우스개로서 건강한 웃음을 제공하는 것은 물론 문학적 형상성까지 획득하고 있다. 그러한 형상성이 독특한 서사적 구조와 다양한 서사 양식을 창출하여 앞장에서 검토한 것과 같은 양상을 이루고 있다. 정리하면 육담의 서사 구조는 아래 7 유형으로 나타난다.

가) 성적 상상의 헛김을 빼는 형: S -- NS
나) 가)의 변형: S -- NS -- S
다) 성적 상상을 도발하는 형: NS -- S
라) 다)의 변형: NS -- S -- NS
마) 성적 상상을 강화하는 형: S -- SS -- SSS
바) 성적 연상을 동반하는 형: NS -- SS
사) 성적 욕망을 실현하는 형: FS -- RS

그리고 양식적으로는 옛날이야기를 패러디한 이야기형을 비롯하여 수수께끼형, 동음이의어형, 극적 제시형, 찾기(탐구)형, 시리즈형, 노래형 등을 이루고 있다. 기존의 구비문학 양식들을 적절히 응용하여 성 문제들을 다양하게 형상화하고 있다. 그러므로 건강한 육담은 성 해방의 통로이자, 우리시대 구비문학의 창조적 형상성을 담보하는 성문학으로서 현대문학의 한 가닥으로 주목되어야 하리라 생각한다.

문헌 육담과 구전 육담에 담긴 성의식

신 동 흔*

1. 머리말

성적 관심의 문학적 표현은 여러 양식을 통해 이루어져 왔지만, 그중에서도 '이야기'가 담당한 몫이 특별히 크다고 할 수 있다. 사람들은 성에 얽힌 갖가지 견문이나 상념을 흥미로운 이야기들로 엮어서 널리 전승해 왔다. 이른바 '육담' 또는 '음담'이다.[1]

우리의 전통적 육담은 구전과 기록의 두 가지 형태로 많은 자료가 전해지고 있다. 그중 원형에 해당하는 것은 구전 육담이라 할 수 있지만, 문헌 육담[2]의 위상 또한 그에 못지않게 중요하다. 오랜 기간을 거치면서 문헌에 축적돼온 육담은 이야기 종류 면에서 구비전승되는 육담을 능가할 정도다.

육담에 대한 그 동안의 연구 또한 문헌 육담에 집중돼 왔다. 구전 육담에 대한 본격적 연구를 찾아보기 힘든 데 대하여 문헌 육담을 집성한

---

* 건국대 교수.
1) 이 논문에서는 이 중 '육담'을 대표 명칭으로 사용할 예정이다. 그 정확한 개념이 문제가 되겠는데, 일반적인 관점을 따라 '(내용과 표현의 양 측면에서) 성적 관심과 흥미에 초점이 놓이는 이야기'로 규정해 둔다.
2) 문헌설화집에 기록돼 있는 육담을 '문헌 육담'으로 지칭하기로 한다.

『고금소총(古今笑叢)』3)에 대해서는, 또는 『고금소총』에 포함된 개별 설화집에 대해서는 많은 연구가 이루어져 왔다. 그 연구는 문헌을 해제하고 내용을 개관한 것 외에 편찬배경과 편찬의식에 관한 것, 장르적 특성에 관한 것, 자료에 담긴 사회의식에 관한 것, 역사적 변천과 문학사적 위상에 관한 것 등 다양한 관심을 반영하고 있다.4)

그렇지만 그간의 연구를 종합해 볼 때, 우리의 관심대상인 '육담'에 관한 본격적인 연구는 뜻밖에도 부진한 형편에 있음을 발견하게 된다. 육담에 초점을 맞추어서 그것이 '성'을 다루는 이야기로서 특유하게 지

---

3) 『고금소총』 이본 가운데 가장 널리 이용되고 있는 것은 1958년에 민속학자료간행회가 펴낸 유인본이다. 여기에는 『太平閑話滑稽傳』『禦眠楯』『續禦眠楯』『村談解頤』『蓂葉志諧』『破睡錄』『禦睡新話』『陳談錄』『醒睡稗說』『奇聞』『攪睡襟史』 등 11종류의 笑話集이 한데 묶여 있다. 그 안에는 총 789편의 이야기가 실려 있는데 이 중 약 3분의 1 가량이 육담에 해당한다. 『어면순』『속어면순』『촌담해이』『기문』 등은 거의 육담으로 채워져 있고, 『어수신화』『진담록』『성수패설』『교수잡사』에서는 육담이 전체의 3분의 1 내지 2 정도를 차지한다. 반면 『태평한화골계전』『파수록』『명엽지해』에는 육담이 거의 실려 있지 않다,

4) 이 방면의 주요 논의를 내용에 상관없이 연대순으로 나열하면 다음과 같다. 장덕순, 「한국의 해학--문헌소재 한문소화를 중심으로」, 『동양학』 4, 1974 ; 조수학, 「골계전 연구」, 『조선전기의 언어와 문학』, 형설출판사, 1976 ; 이석래, 「문헌소재 한문소화 연구」, 『성심어문논집』 제7집, 1983 ; 이신성, 「고금소총에 대한 일고찰--교수잡사의 경우」, 『논문집』 제19집, 부산교대, 1983 ; 김문규, 「조선전기소화집연구」, 서울대 교육대학원 석사논문, 1987 ; 김영준, 「조선조 문헌소화와 사회의식」, 『원우론집』 제15집, 연세대 대학원, 1987 ; 김현룡, 「촌담해이고」, 『한실이상보박사 회갑기념논총』, 형설출판사, 1987 ; 정용수, 『사숙재 강희맹 문학 연구』, 국학자료원, 1993 ; 김근태, 「골계작품류의 성향과 소설사적 관련양상」, 『고소설사의 제문제』, 집문당, 1993 ; 김영준, 「우리나라 소화의 사적 전개 양상」, 『논문집』 제14집, 기전여자전문대, 1994 ; 이강옥, 「태평한화골계전연구」, 『인문연구』 16집 1호, 영남대 인문과학연구소, 1994 ; 황인덕, 「한국소화사론(1)」, 『논문집』 43호, 충남대 인문과학연구소, 1994 ; 황인덕, 「1400년대 필기소화사의 전개--한국소화사론(2)」, 『초전장관진교수 정년기념국문학논총』, 세종출판사, 1995 ; 황인덕, 「17세기 소화사의 전개」, 『고전문학연구』 제11집, 한국고전문학회, 1996.

니고 있는 표현 내지는 의미상의 특징을 밀도있게 연구분석한 논문을 찾아보기가 쉽지 않다. '성'을 금기시하는 시각이 연구에까지 작용한 탓일까.

이제 육담에 대한 하나의 작은, 그러나 정면에서의 접근을 시도해 본다. 육담의 핵심적 요소에 해당하는 '성'의 문제를 중심으로 하여 육담에 내재한 의미의 층위를 단면적으로 드러내는 것이 이번 작업의 과제다. 과연 육담의 전승자들이 성적 욕망(慾望)에 대하여, 혹은 그 주체(또는 객체)로서의 인간에 대하여 어떤 의식(또는 무의식)을 지녔었던가 하는 문제다. 거기에는 인간의 본성이라는 측면과 사회적 관념이라는 측면이 한데 맞물려 있거니와, 이 논문은 양자를 함께 규명하는 입장을 취한다.5)

우리는 이 문제에 있어 구전 육담과 문헌 육담이 모종의 공통점과 함께 차이점을 드러내리라는 예상을 해볼 수 있다. 양자는 인간보편의 문제인 '性'을 공통적 주제로 삼고 있는 한편으로, 전승 주체 면에서 차이를 나타내고 있다. 구전 육담이 일반 민중을 중심으로 전승돼온 것인데 대하여 문헌 육담은 양반사대부의 개입을 통하여 정착된 특수한 육담인 것이다. 과연 이러한 차이가 성의식에 어떠한 편차를 가져오고 있는지, 홍미로운 논제가 아닐 수 없다.

그 구체적인 분석대상으로는 문헌 육담의 경우 『고금소총』6)에 실린

---

5) 육담에 담긴 의식을 살핀 대표적인 선행 연구로 김영준의 연구(앞의 논문, 1987)를 들 수 있다. 그는 육담을 비롯한 소화자료 속에 민중의식이 어떻게 반영돼 있는지를 집중적으로 점검하였다. 그 연구는 값진 것이지만 사회적 측면에 관심이 기울어 있고 문헌육담의 주요한 전승자라 할 수 있는 양반의 관점을 논외로 하고 민중적 시각만을 부각시킨 것이어서 논의의 보완이 요청된다.

6) 구체적인 『고금소총』 이본으로는 1958년에 민속학자료간행회가 펴낸 유인본을 기본 자료로 삼기로 한다. 이하 문헌육담 자료를 인용함에 있어서는 별도의 주석 없이 이 유인본에 실린 제목을 설화집 명칭과 함께 제시하기로 한다. 참고로, 『고금소총』 자료를 살핌에 있어 조영암 역, 『고금소총』,

육담 전반을, 구전 육담의 경우 임석재 선생이 엮은『한국구전설화』(총 12권)[7]에 실린 육담 전반을 기본 자료로 삼고자 한다. 그 자료수는 각기 300편 가량에 이른다. 이 중『한국구전설화』의 자료가 구전 육담을 대변할 수 있는가 하는 점이 의문시될 수 있겠으나, 큰 무리는 없다고 본다. 이 자료집에 실린 육담 자료에는 전통적 구전 육담의 주요 이야기유형이 두루 망라돼 있기 때문이다.[8]

우리는 자료를 검토함에 있어 이야기 전체를 총괄적으로 살피기보다는 중요한 자료예들을 뽑아 특성을 분석하고 그것을 일반적으로 적용하는 방식으로 논의를 진행할 예정이다. 논제가 만만치 않은데다가 다루어야 할 자료가 많은 데 대한 일종의 편법이다. 그 논의 결과가 설득력 있게 일반화되기 위해서는 폭넓고 치밀한 후속작업이 필요할 터인바, 본고는 하나의 시론에 해당함을 미리 밝혀 둔다.

2. 육담의 성격과 의미 층위

'성'에 대한 인간의 관심은 참으로 지대한 것이라 할 수 있다. 그것은 시대와 지역을 뛰어넘는 보편성을 지니고 있다. 우리의 경우도 물론 예외가 아니어서, 명분과 체면을 중시하던 전통적 관념에도 불구하고 일찍부터 성을 주제로 한 수많은 이야기들이 형성 전승돼 왔다.

특기할 것은 성에 대한 이야기의 전승이 계층의 장벽을 넘어서는 면

신양사, 1962 및 이가원,『골계잡록』, 일신사, 1982를 참조했음을 밝힌다.

7) 임석재,『한국구전설화』(임석재전집), 전12권, 평민사, 1987-1993.

8) 임석재 선생은 육담의 수집에 특별한 노력을 기울인 것으로 알려져 있거니와, 그 결과로 많은 자료가 집성된 것이라고 할 수 있다.『한국구전설화』에 실린 육담은 50년 이상의 장기간에 채록된 것으로서, 북한지역을 포함한 전국 각지의 자료가 포괄돼 있다.

이 있다는 점이다. 민간에서는 물론 양반사회에서도 육담이 활발히 향유되었음을 수많은 문헌 육담을 통해서 확인할 수 있거니와, 주목되는 것은 양자간의 상호 소통의 양상이다. 양반 사대부들이 문헌에 정착하여 전한 육담의 상당 부분은 본래 민간에서 전승되던 것들로 이해되는 바, 편자 스스로가 이러한 사실을 밝히고 있다.[9] 그런가 하면 구전 육담 가운데 문헌에 있는 내용을 옮긴 것들이 또한 적지않게 발견되고 있다. 전체적으로 볼 때 구전 육담과 문헌 육담이 겹치는 부분은 전체 자료의 20-30%에 이르는데, 이는 다른 설화 영역과 비교할 때 상당히 높은 비율이라고 할 수 있다. 양자의 이러한 '열린 관계'는 성에 대한 관심과 흥미가 인간의 보편적 본성임을 새삼 확인시켜 주는 한편으로, 육담에 대한 고찰이 인간 본성의 차원에서 이루어져야 함을 시사한다.

그러나 우리는 성에 대한 관점이 또한 이야기 전승자의 사회적 처지에 따라서 성격을 달리하는 면이 있다는 사실을 놓쳐서는 안된다. 좀 극단적인 비교이긴 하지만, 처첩을 거느리고 기방에 수시로 출입하는 사람과 결혼은커녕 평생 여자구경을 하지 못하고 사는 사람의 성의식이 어찌 같을 수 있겠는가. 실제로 구전 육담과 문헌 육담은 구체적인 성의식 면에서 적지않은 차이를 나타내고 있으니, 이야기 레파토리의 70-80%가 서로 다르다는 사실이 이를 단적으로 암시한다. 결국 우리는 육담을 살핌에 있어 인간 본성의 측면과 사회적 처지의 문제를 함께 살피지 않을 수 없다.

이제 한 유명한 자료 예를 통해 육담에 여러 의미가 얽히는 양상을 살펴보기로 한다.

어떤 양반이 예쁜 첩을 두었는데 하루는 이 첩이 본가에 다녀오게

---

9) 『촌담해이』『어면순』『속어면순』『어수신화』 등 여러 설화집의 서발문에서 민간의 이야기를 채록했다는 내용을 볼 수 있다.

되었다. 양반은 음양의 이치를 모르는 자로 첩을 호행시키리라 생각
하여 종들을 모아 옥문(玉門)이 어디에 있는지를 물었다. 그러자 한
응큼한 종이 나서서 양미간에 있다고 대답하였다. 선비가 기뻐하며
그 종으로 하여금 첩을 호행케 하였다.

　첩과 종이 길을 떠나 한 냇가에 당도하였다. 잠깐 쉬면서 종이 미
역을 감게 되었는데, 첩이 보니 종의 양물이 매우 크고 좋았다. 첩이
희롱하여 "네 다리 사이에 고기로 된 막대기 같은 것이 무엇인가?"
하고 물으니 종은 "어려서부터 있던 혹이 점점 커져서 이만해졌습니
다"라고 하였다. 첩이 "나도 양다리 사이에 옴폭한 틈이 있던 것이
점점 커져 깊은 구멍이 되었는데, 그 고기방망이로 깊이를 재보지 않
겠니?" 하여 마침내 사통하게 되었다.

　첩을 보낸 양반이 안심이 안 되어 산꼭대기에서 살피니 첩과 종이
한참 일을 벌이고 있는 것이었다. 양반이 크게 노하여 소리치며 쫓아
가니 종이 송곳과 노끈을 꺼내 무엇을 고치는 시늉을 하면서 태연히
말하기를 "아씨가 말에서 떨어져 온몸을 살펴보니 배꼽 아래에 한치
가량 째진 데가 있기로 풍독(風毒)이 나면 안될 것 같아서 꾸며드리
려고 하는 중입니다" 하였다. 양반이 그 말을 듣고 안심하면서 "그
구멍은 날 때부터 있는 것이니 그냥 놔두거라" 했다고 한다.　<『촌담
해이』의 「痴奴護妾」/ 『한국구전설화』 5, 369-370면, 「첩과 종」(요
약)>

　이러한 육담을 놓고 거기 담긴 성의식을 살피기에 앞서 우리가 먼저
짚고 넘어갈 사실은 그것이 일차적인 존재근거를 '재미'에 두고 있다는
사실이다. 우스꽝스럽고 과장된 상황 설정을 통하여 '잠을 쫓아내는'
또는 '턱이 빠지게 하는' 웃음이 우러난다.[10] 그 재미는 이러한 이야기
가 창조 전승된, 그리고 기록으로 옮겨지게 된 기본 바탕을 이룬다.

　그런데 육담이 유발하는 재미는 일반 소화(笑話)와 다른 면이 있다.
그 재미의 바탕에는 성의 문제가 놓여 있다. 성적 호기심이며 또는 성

---

10) '禦眠楯' '禦睡新話' '醒睡稗說' '村談解頤' 같은 육담집 명칭 자체에 이
　　러한 흥미에 대한 지향이 내재해 있다.

적 만족이다. 위 이야기가 흥미 속에 전승되는 것은 무엇보다도 이러한
성적 관심에 효과적으로 대응했기 때문이다. 남녀 단 둘의 원행이라는
설정이 성적 호기심을 유발하며 그들이 음탕한 수작을 거쳐 성행위로
나아가는 모습이 성적 흥분 내지는 만족감을 불러일으킨다. 이른바 잠
재된 욕망의 대리충족이다.[11)]

육담에 있어 성이 유발하는 흥미는 '인식'과 상관없는 무색 무취한
것이 아니다. 그 속에는 성에 대한, 인간에 대한 인식적 의미가 깔려 있
는바, 특히 인간의 감춰진 본모습을 적나라하게 노출한다는 데 중요한
의의가 있다. 위 이야기의 두 주인공은 본능적인 성적 욕망에 따라서
사고하고 행동한다. 관습이나 윤리 허울을 벗어던진 벌거벗은 인간의
모습이다. 이러한 설정을 통해 위 이야기는 '인간이란 본래 어떤 존재
인가' 하는 물음을 자연스럽게 제기하면서 그에 대한 인식을 환기한다.
육담의 기본적인 의미층위이다.

그렇지만 이러한 육담이 환기하는 인식이 모든 전승자에게 있어 동
일한 것일 수는 없다. 전승자 개인의 성격에 따라서, 또는 그 사회적 처
지에 따라서 서로 다른 반응이 나올 수 있다.

양반 전승자의 입장에서 볼 때 위 이야기는 성적 관심과 흥미를 충족
시키는 진진한 이야기인 한편으로(이는 이러한 이야기가 전승 향유된
바탕을 이룬다), 상당히 불쾌한 이야기로 받아들여질 만한 측면이 있다.
종이 교묘하게 양반을 속여넘기고서 첩과 사통한다는 설정이 그것이다.
이러한 불쾌감은 평설에서 구체적으로 표명되고 있는바, 『촌담해이』의

---

11) 이러한 성적 흥미는 두 측면에서 문제성을 지닌다. 하나는 그 흥미에 상하
  가 따로 없다는 것이다. 性에 대한 관심은 그야말로 인간 보편의 것이다.
  위 이야기가 양반을 농락하는 내용을 담고 있음에도 불구하고 양반에 의
  해 기록된 것도 실은 이러한 보편적 성향 때문이라 할 수 있다. 다른 또
  하나는 그것이 대개 윤리명분에 반하는 성격을 지닌다는 점이다. 윤리적
  관념이란 욕망을 억제하는 차원에서 설정되게 마련인데, 성적 흥미는 욕망
  을 노출하는 차원에서 형성되는 것이다.

편자인 강희맹은 종의 간사함을 질타하면서 아랫사람을 신중히 다스려 속는 일이 없도록 경계하라고 하는 내용을 이야기 뒤에 덧붙이고 있다.12) 이 외에, 직접 문면에 표명된 것은 아니지만, 종이 뛰어난 성적 능력으로 양반의 첩을 차지한다는 설정 속에는 하층민에 대한 양반들의 성적 열등의식이 잠재하고 있다는 식의 해석도 가능하다고 본다.

이에 대하여 위 이야기의 본래의 전승자라 할 수 있는 일반 평민의 시각은 큰 차이가 있다. 그들은 작중인물 가운데 종의 자리에 자신을 환치시킴으로서 성적 욕망의 대리충족을 보다 뚜렷이 경험하게 된다. 종이 커다란 양물로 양반의 첩을 유혹하여 질탕한 정사를 벌인다는 설정은 하층민의 입장에서 보면 양반에 대한 성적 우월감의 주장으로서의 의미를 지닌다. 이와 함께 종에게 거듭 속아넘어가서 첩을 뺏기고도 사태를 파악하지 못하는 양반의 모습을 통하여 양반의 무능에 대한 조롱과 풍자의 의미가 구현되고 있음은 물론이다.

구전과 기록으로서 동시에 전해지고 있는, 일반 평민과 양반이 함께 향유했던 이야기에 이처럼 서로 다른 의미가 얽히고 있다고 할 때, 서로 레파토리를 달리하는 이야기에 있어 그 이상의 편차가 나타날 수 있으리라는 것은 자연스러운 예측이다. 문헌 육담과 구전 육담이 성의식 면에서 어떠한 편차를 나타내고 있는지, 이제 절을 달리하면서 차근히 짚어나가기로 한다.

---

12) 太史公曰 知人最難 大姦若忠 大詐若信 其痴奴之謂乎. 苟使士人 正家以法 辨奸於操則 必不啓痴奴之瀆亂矣. 長於家而蔑其下者 其不知所戒哉.

3. 문헌 육담의 인간관

3.1. '성적 인간'의 형상

위에서 잠깐 언급했지만, 육담은 인간의 벌거벗은 모습을 드러내는 이야기로서의 특성을 지닌다. 육담은 사람들이 의식적으로 감추고 금기시하는 '성'이라는 문제를 전폭적으로 노출함으로써 사람들이 쓰고 있는 관습의 포장을, 윤리의 가면을 벗겨낸다.[13] 문제는 그렇게 벗겨진 인간의 모습이 과연 어떠한가 하는 점이다.

문헌 육담에 등장하는 여러 벌거벗은 인간군상의 모습을 한마디로 표현하면 이른바 '성적 인간(homo eroticus)'이라 할 만하다. 오로지 성을 위하여 존재하는, 성적 욕망을 충족시키기 위해서 때와 장소를, 수단과 방법을 가리지 않는 인간이다. 그들은 성행위를 성사하기 위해 갖가지의 기기묘묘한 술수를 동원하며, 성적 만족을 높이기 위하여 또한 갖은 방법을 쓴다. 성행위를 벌임에 있어 상대방을 별로 가리지 않으며, 또한 시간과 장소를 따지지 않는다. 극단적으로는 옆에 다른 사람—특히 배우자—이 있는 상태에서 질탕하게 성행위를 벌이는 일도 허다하다. 하여간 성에 대한 집착은 아주 대단하여, 성적 만족이 가히 인생 최고의 가치로 자리잡고 있다.

> 한 노파가 병으로 죽게 되어 세 딸의 소원을 물었다. 첫째 딸은
> 남자의 신낭(腎囊)을 옮겨서라도 양경(陽莖)을 크게 했으면 좋겠다고

---

13) 육담에 있어 이러한 '벗기기' 작업은 '성'을 화제로 삼는다는 것 이외에 여러 방식으로 이루어진다. 인물의 관계를 희극적으로 과장 전도하며, 반윤리적인 상황을 서슴없이 도입하여 통념을 깨뜨린다. 성기나 성욕, 성행위 등을 노골적으로 묘사하는 것 또한 중요한 '벗기기'의 기법이다. 이러한 형상화 방법에 대해서는 폭넓은 논의가 필요하지만, 본고의 주제와는 거리가 있으므로 생략한다.

하였고, 둘째 딸은 남자의 양경(陽莖)이 항상 커진 상태로 있었으면
좋겠다고 하였다. 셋째 딸은 남자의 두 엉덩이에 큰 혹이 나게 해서
행사시에 붙잡고서 힘을 써봤으면 좋겠다고 하였다. 노파가 셋째 딸
의 말에 탄복하면서 남편에게 그런 물건이 있었더라면 여한이 없었
으리라 하고는 손으로 잡고서 맹렬히 잡아당기는 시늉을 하는 것이
었다. <『기문』의 「兩臂肉瘤」(요약)>

　세 딸이 가슴에 묻어둔 소원이란 것도 그렇지만, 다 죽어가면서까지
도 성적 욕망에 대한 집착을 보이는 노파의 모습이 한편으로는 아주 희
극적이면서 다른 한편으로는 처절하기까지 한 느낌을 주고 있다.14) 성
적 인간의 단면적 형상이다.
　문헌 육담에 등장하는 인물 군상에 있어 사회의 제반 관습이나 윤리
는 성적 만족에 비하면 부차적인 것에 지나지 않는다. 아니, 귀찮은 걸
림돌일 뿐이라고 하는 것이 더 적합한 표현일 것이다. 그들은 때로는
그것을 교묘히 피하고 때로는 그것에 정면으로 맞서면서 성욕의 충족을
추구한다.

　　행상 한 사람이 인가에서 자다가 집주인이 아내와 일을 치르는 것
　을 접하게 되었다. 그가 주인에게 운우(雲雨)의 품격을 그럴듯하게 설
　파하니, 그 말을 들은 여인이 마음이 동하였다. 그녀는 남편에게 산
　돼지가 밭을 짓밟는 꿈을 꾸었다며 남편을 내보내고는 행상을 유혹
　하여 극도의 환락을 이루었다.
　　행상의 성적 능력에 반한 여인은 살림을 챙겨 무작정 행상을 따라
　나서는 것이었다. 이에 후환을 두려워한 행상은 여인을 속여 집에 가

---

14) 이 예화에 등장한 인물들은 그래도 덜한 편이다. 성병에 걸린 상태에서 커
　다란 과일로 자위행위를 하면서 더 큰 과일을 찾는 여인의 모습(『어면순』
　의 「瓜療陰痒」)이나, 총각을 유혹하여 성행위를 하면서 뼈가 부러지는 것
　을 달게 여기는 칠십 노파의 모습(『진담록』의 「碎栗皮」) 등은 말 그대로
　기괴한 느낌을 준다.

서 솥을 지고 오라고 보내고는 내빼고 말았다. 마침 집에서 남편을
만난 여인은 행상이 물건을 훔쳐 달아났다고 둘러대고는 남편을 이
끌고 뒤를 쫓았다. 끝내 행상을 놓친 여인은 통곡을 하고서 돌아왔다
고 한다. <『어면순』의 「負釜跡盜」(요약)>

　행상과 여인은 위에 보듯이 교묘한 속임수를 동원하여 질탕한 혼외
정사를 벌인다. 그것은 물론 제도상으로나 윤리상으로 금지돼 있는 것
이지만, 두 남녀는 일을 치름에 있어 아무런 망설임이 없다. 윤리적 갈
등 같은 것은 전혀 찾아볼 수 없다. 여인이 통곡을 하는 것은 살림을 잃
어버린 것이 아까워서도 아니고, 남편에 대한 죄책감 때문도 아니다. 그
녀는 단지 자신의 성욕을 충족시켜 줄 남자를 놓쳐 버린 것을 한스러워
하고 있는 것이다.
　한두 예만을 들었으나, 문헌 육담에 있어 '성'에 의하여 사회적 관습
이나 윤리가 깨뜨려지는 일은 그야말로 비일비재하다. 육담에 나오는
수많은 성행위의 거의 대부분이 혼외정사이거니와(그중 상당수는 '겁
간'이다),15) 그를 통해 남녀간의 윤리는 결정적으로 허물어진다. 그런가
하면 부자나 장유 간의 윤리가 정면으로 부정되는 예도 허다하다. 부모
의 정사가 자식의 놀림감이 되고, 조손(祖孫) 벌의 남녀가 서슴없이 성
행위를 벌인다. 반복되는 지적이지만, 이들 '성적 인간'에 있어 관습이
나 윤리는 무력하기 짝이 없다.
　정도의 차이는 있겠지만, 성적 만족에 대한 애착은 사람이라면 누구
나 가지고 있는 본성적 특성이라고 할 수 있다. 그런 면에서 문헌 육담
이 그려내고 있는 성적 인간의 형상이 인간의 진실을 반영하고 있음을
부정할 수 없다. 그러나 문제는 그 형상이 '상식적인 것' 또는 '정상적

---

15) 혼외정사를 다룬 이야기에 대하여 부부간의 성행위를 화제로 삼은 이야기
　　는 반도 되지 않는다. 그나마 부부간에 관한 이야기의 상당수는 신랑·신
　　부라는 낯선 인물간의 일을 내용으로 삼고 있다.

인 것'의 범위를 훨씬 벗어나고 있다는 데 있다. 그것은 단순히 '희극적으로 과장된 것'으로 가볍게 지나칠 수 없는 문제성을 내포하고 있다.

문헌 육담에 등장하는 성적 인간의 비정상적인 요소를 한마디로 요약한다면, 이들이 속성 면에서 '인간적'이라기보다 '동물적'인 형상을 하고 있다는 것이다. 그것은 이들의 행동양상이 '윤리'와 거리가 먼 때문이기도 하지만, 더욱 본질적인 것은 그것이 '애정'과 거리가 멀기 때문이 아닐까 한다. 참으로 우리는 문헌 육담에 등장하는 인간군상에게서 '애정'이라고 할 만한 요소를 좀처럼 찾아보기가 어렵다. 이성에 대한 애정도 없으며, 인간에 대한 애정도 없다. 차고 넘치는 것은 단지 '성적 욕망'일 뿐이다.

이러한 동물적인 성적 인간의 형상이 이야기 전승자들의 잠재적 성의식의 반영이라고 할 때, 우리는 큰 의문에 부딪치게 된다. 조선사회는 유난히 윤리와 명분을 중시하는, 인간다움과 정신문화를 지향하는 사회였으며, 그것을 앞서 주창하고 이끌었던 이들은 바로 양반 사대부들이었다. 그런데 어찌하여 양반들이 전승하고 향유한 육담에서는 오히려 동물적 차원의, 비윤리적 차원의 욕망만이 두드러지고 있는 것일까.

이에 대하여 문헌 육담에 등장하는 비정상적인 성적 인간의 형상은 기실 사회적 모순의 산물이라는 것이 우리의 관점이다. 육담 속의 인물들이 보이는 성에 대한 맹렬한 집착은, 그리고 지나칠 정도의 반윤리적 성향은 성을 억누르고 금기시하는 사회의 경직성이 낳은 하나의 반작용으로서의 성격을 지닌다고 할 수 있다. 윤리적 관념과 명분이 일방적으로 내세워지는 가운데, 성적 욕망은 음성적으로 부풀려지고 왜곡된 형태로 해소되었던 것이다.

이와 관련하여 우리는 조선 사회에 있어 성과 윤리를, 또는 성과 애정을 자연스럽게 매개하는 통로가 막혀 있었음을 주목한다. 이는 무엇보다도 결혼제도의 모순과 관련이 있다. 주지하듯이 조선사회에 있어 남녀간의 성적 결합은 혼인(婚姻)을 통해서 가능하도록 제도화돼 있었다. 그런데 그 혼인이란 어떤 것이었던가. 집안끼리의 계약에 의하여 서로 일면식도 없는 남녀가 부부로 만나서 그날로 성행위를 치른다. 그리고는 다른 선택의 여지를 박탈당한 채 그렇게 평생을 함께 살아간다. 타의에 의해 만난 낯선 남녀의 성적 결합, 거기에 자연스러운 인간적 감정이, '애정'이 개입될 여지는 거의 없다. 그저 동물적 본능이 있을 뿐이다.16) 요행히 마음에 흡족한 상대를 만난다거나 살아가면서 애정이 생겨난다면 좋겠지만, 정신적으로나 육체적으로 만족할 수 없는 짝을 만나 평생을 살아야 한다면 그것은 얼마나 큰 고역인가.

  한편, 체면과 염치를 중시하는 양반사회의 관념은 남녀 관계를 더욱 부자연스럽게 만들었다고 여겨진다. '남녀칠세부동석'의 관념에 의해 남녀관계를 차단당한 상태에서의 성장은 이성에 대한 자연스러운 태도와 감정을 저해한다. 그리고 집안간의 계약에 의해 이루어지는 결혼, 그리고 결혼 뒤에 부부 사이에 놓여있는 많은 규범들—지키자니 까다롭고 지키지 않으면 경망한 사람이 되는—이 또한 자연스럽고 편안한 부부간의 애정을, 성생활을 가로막는다. 이래저래 쌓이는 것은 '욕구불만'이다.

  남녀간의 자연스러운 애정의 부재, 그리고 그 당연한 결과로서의 애정과 性을 연결시키는 능력의 부재, 그것은 본질적으로 성적 욕망을 동물적 차원으로 격하시키는 원인이라고 생각된다. 그런가 하면 정상적인 방법으로 성적 욕구불만을 해소할 길이 없는 상황은 혼외정사나 겁간과 같은 비정상적인 방식의 욕구충족을 유도한다고 여겨진다. 바로 문헌 육담에서 나타나는 그러한 특징이다.

---

16) 육담 가운데는 첫날밤의 성행위를 소재로 한 것들이 있는데, 참으로 엉터리 같은 일들이 벌어진다. 나이 차이가 많이 나거나 또는 한쪽이 아주 어리석다거나 하여 문제가 발생하는데, 겉보기에 우스운 일이지만 당사자로서는 기막히는 일이라 아니할 수 없다. 이 이야기들을 통해서 우리는 당시 혼인제도의 모순을 단적으로 보게 된다.

우리는 지금 중세 조선사회의 이면에 깔려있던 핵심적 모순의 한 면을 보고 있는 셈이다. 정상적인 남녀관계의 통로를 막아놓았던, 정상적인 욕망의 출구를 막아놓았던 중세의 경직된 이데올로기는 그 반작용으로서 욕구불만과 함께 왜곡된 인간관을 낳았던 것이다. 인륜의 이념의 반인륜성이라고나 할까.

문헌 육담은 이렇듯 중세적 모순의 산물이라 할 만한 왜곡된 성의식을 내포하고 있지만, 그렇다고 하여 이러한 이야기가 지니는 긍정적 의의가 전적으로 부정되는 것은 아니다. 성적 욕구불만을 어떤 식으로든 적나라하게 노정(露呈)한 것은 그 자체 중요한 문제제기로서의 의의를 지닌다. 그런가 하면 육담이 성적 욕구불만을 중화하고 해소하는 하나의 안전한 통로로서의 역할을 해온 점에 유의할 필요가 있다. 육담을 통해 이루어지는 다분히 음험한 심리적 대리충족의 경험은 사람들로 하여금 마음을 되짚어 성찰하고 정화하도록 하는 면이 있는 것이다. 어쩌면 육담집 편자들이 내세운 '경계'의 진정한 의미는 이것이 아닐는지……

그런가 하면 우리는 다분히 동물적인 성적 인간의 군상 한켠에 이와는 다른 '인간적인 성적 인간'이 존재하고 있음을 주목한다. 비록 그 숫자는 소수지만, 문헌 육담 가운데는 부부를 비롯한 남녀가 애정을 전제로 하여 성행위를 벌이는 모습을 흥취있게 그린 이야기들이 없지 않다.

한 부부가 서로 싸워 남편이 아내를 때리기에 이르렀다. 두 사람은 분이 풀리지 않은 상태에서 잠자리에 들게 되었는데, 남편이 잠 못 이루는 아내를 보니 측은한 생각과 함께 가까이할 마음이 생기는 것이었다. 그가 자는 척 팔을 아내 가슴에 얹으니 아내가 '자기를 때린 손'이라며 물리치고 말았다. 다시 그가 발을 엉덩이에 올리니 이

번에는 '자기를 차던 발'이라며 집어던지는 것이었다. 남편이 웃으며
양물(陽物)을 뻗어 아내 배에 대니 아내가 말하기를, "이는 나의 양민
이니, 너야 나에게 어찌했겠니." 하는 것이었다. <『진담록』의 「양민
찬」(요약)>

　이러한 이야기가 주는 웃음은 유쾌하며 또한 건강하다(남편이 아내에
게 폭력을 쓴 대목은 예외지만). 실로 성이란 이렇게 남녀를 애정으로
화합시키는 매개체, 나아가 애정의 결정체가 될 수 있는 것이다. 이러한
성의식을 선양하는 육담은 어떤 면에서 보면 반중세적 담론으로서의 의
의를 지닌다고까지 말할 수도 있을 법하다. 이런 이야기들이 전대보다
후대의 설화집에서 더 많이 보이는 것[17]은, 물론 더 면밀히 따져봐야
할 일이지만, 단순한 우연의 일치만은 아니라고 생각된다.

3.2. 사회적 불평등의 문제

　앞서 지적한 대로 육담은 관습이나 윤리의 탈을 벗어던진 인간상을
그린다. 그렇게 벌거벗은 상태에서 인간은 기본적으로 서로 평등하다고
할 수 있다. 실제로 육담에서는 여러 종류의 인물이 두루 '성적 인간'
으로서 등장하여 성적 능력으로써 승부하는 평등한(?) 면모를 보이고 있
다.

　그렇지만 이들이 모든 것을 벗어던지고 서로 동등한 존재가 되는가
하면 그렇지는 않다. 좀처럼 떨쳐지지 않는 요소가 있으니, 사회적 처지
의 차이가 그것이다. 그 가운데도 신분의 차이와 남녀의 차이는 특히
중요한 것들이다. 이제 문헌 육담이 '남성 양반'에 의해 결산된 사실을

---

17) 『진담록』이나 『기문』 『교수잡사』 등의 후대 소화집에 이런 류의 육담이
　　많다. 이 소화집들에는 육담이 아닌 진진한 애정담이 육담과 함께 실려 있
　　기도 하다(그러한 애정담은 물론 이 시기의 야담이나 소설에서 흔히 볼 수
　　있는 그런 종류의 것이다).

염두에 두면서 사회적 불평등 내지는 사회적 편견이 개재하는 양상을 단면적으로 살펴보기로 한다.

문헌 육담에 등장하는 인물의 신분구성은 매우 다양하다. 고위 양반 사대부에서부터 천민인 종에 이르기까지 서로 사회적 처지가 다른 수많은 인물이 등장한다. 이 중 서로 신분이 다른 인물간에 성행위가 시도되는 경우에 성적 욕망의 문제와 사회적 불평등의 문제가 서로 얽히게 된다고 할 수 있다. 우리는 이를 특히 양반과 여종의 관계를 다룬 여러 이야기에서 단면적으로 볼 수 있다.[18]

> 이씨 성을 가진 선비 하나가 자못 음사(淫事)를 좋아했다. 하루는 두어 선생과 친구집을 찾아 술잔을 나누는데 분금(粉今)이라는 침선비(針線婢)가 있어 용모가 수려하였다. 李가 좋아하여 욕정을 참지 못하던 중 반쯤 취한 상태에서 방안에 붙들어다가 다만 오른쪽 신발만을 벗은 채로 겁탈하여 기쁨을 누렸다. 한 선생이 창구멍으로 이를 보고는 좌중을 향하여 웃으며 말하기를 "분금이 아들을 낳으면 필시 사류(士類)일 터이니 曰 '의관자제(衣冠子弟)'로라" 하였다. 만좌가 절도하였다. <『어면순』의 「衣冠子弟」>

이 이야기의 주인공은 자기 집도 아닌 친구 집에서 남의 이목에 개의치 않고 여자를 겁탈하는 바, 이는 물론 자기는 양반이고 상대는 여종이라는 신분적 차이에 기초한 것이다. 이른바 사회적 지위를 이용한 성적 침탈이라고 할 만하다.

주목할 것은 그의 성적 침탈이 그 자체로 전혀 문젯거리가 되지 않는

---

18) 문헌육담 가운데는 주인과 여종의 사통을 소재로 삼은 것들이 매우 많은데, 그것은 실제 현실을 반영한 것이라고 생각된다. 여종은 양반이 성적 욕망을 충족할 수 있는 가깝고도 만만한 대상이었던 것이다.
   이밖에 양반과 상민의 성관계로서 양반과 여종의 관계만큼이나 많이 보이는 것이 양반과 기생의 관계이다. 그러나 이는 실질적으로 공인된 관계임으로 해서 전자만큼의 문제성을 지니지는 않는다.

다는 사실이다. 다만 의관을 벗지 않은 상태에서 성행위를 한 것이, 그리고 그 상황에 대하여 '의관자제'라는 교묘한 조롱이 나온 것이 화제일 뿐이다. 좌중의 한바탕 웃음 속에 여종에 대한 선비의 일방적인 성행위는 묵인되며, 나아가 조장된다.[19] 일반 평민의 입장에서 보면 불온하기 짝이 없는, 불평등하고 비인간적인 양반적 시각이다.

그러나 문헌 육담에 있어 양반의 여종 사통이 위에서처럼 뜻대로 성사되는 것만은 아니다. 여종을 범하려던 양반은 때로 엄청난 망신을 당하기도 한다.

이월이란 여종을 마음에 두고 있던 선비 하나가 하루는 종들이 잠든 틈에 내실에 들어가 이월의 이불 속으로 기어 들어갔다. 이월이 엉겁결에 주먹으로 세게 치니 선비가 놀라 뛰어 나와서는 남들 눈에 띄지 않으려고 땅을 기었다. 마침 아이 오줌을 누이던 종이 이를 개로 오인하여 '반반'하고 어르니 선비가 개소리를 내면서 도망갔다.
<『어면순』의 「般般犬」(요약)>

이 이야기 속의 양반은 종에게 얻어맞고 개 노릇까지 하는 엄청난 봉변과 망신을 당한다. 양반으로서의, 주인으로서의 권위가 땅바닥에 떨어짐은 물론이다. 그런데 이는 양반의 입장에서 볼 때 참으로 모욕적인 이야기이지만, 일반 평민의 입장에서 보면 통쾌한 일이 아닐 수 없다. 그들에게 있어 이 이야기는 양반을 조롱하고 풍자하는, 사회적 불평등을 공격하는 의미를 구현한다.

그러나 이런 이야기가 과연 사회적 불평등에 대한 반명제로서 힘을

---

19) 여종과 사통을 하면서 양반이 꺼리는 것이 있다면 그것은 아내의 '妬忌'다. 양반은 아내의 눈초리를 피해 갖가지 방법으로 여종에게 접근한다. 그 방법으로 이른바 '十格戰術'이라는 것까지 등장하는바(『속어면순』의 「十格戰術」), 여종과 사통하는 열 가지 전술이다. 이러한 이야기가 왜곡되고 불평등한 인간관계를 조장하고 있음은 물론이다.

발휘했던 것인지는 의문이다. 위 이야기가 문제삼는 것은 양반이 여종을 범하려 한 일이 아니라 그 과정에서 벌어진 황당한 사단이다. 곧 뜻밖에 매를 맞고 개 노릇을 한 사연이 화제를 이루는 것이다. 결국 이 이야기는 양반 전승자들에게 있어 어처구니없는 한때의 망신을 웃고 즐기자는 것일 뿐, 근본적인 도덕적 반성과는 거리가 멀다. 돌이켜 반성하고 경계하는 면이 있다면 일을 소홀히 진행하다가 위신을 잃은 부분이 곧 그것일 터이다. 만약 이 양반이 실존 인물이었다면 그는 더욱 교묘한 방법—이를테면 '십격전술(十格戰術)'(주19 참조) 같은—을 써서 끝내 여종과 사통하고 말았을 것이다. 요컨대 아랫사람의 성을 자신의 소유물로 보는 식의 차별적 통념은 이런 류의 이야기에서 본질적으로 부정되지 않고 있다.

다음 이야기는 성에 대한 양반의 왜곡된 시각을 가히 웅변적으로 드러내고 있다.

> 한 양반이 젊고 어여쁜 이웃집 상민 아내에게 항상 뜻을 두고 있었다. 그러던 중 하루는 그 여자가 물동이를 이고 가는 것을 보고 달려가 귀를 잡고 입을 맞추었다. 그러자 여인이 소리를 치고 그 가족이 달려나와 양반을 꾸짖어 욕하였다.
>
> 여인의 남편이 관가에 호소하여 이 일을 법으로 다루게 되었다. 그런데 그 판결은 양반이 한 행위는 법에 죄로 나와 있지 않고 오히려 상민이 양반을 욕한 일이 죄가 된다면서 그 남편을 귀양을 보내겠다는 것이었다.
>
> 형벌을 면할 수 없게 되자 마침내 여인이 부끄러움을 무릅쓰고 양반을 찾아가 용서를 빌게 되었다. 그러자 양반은 여인을 방에 들게 하고는 입을 맞추고 합환을 꾀하는 것이었다. 여인 또한 기꺼워하며 응하였다.
>
> 그후 양반이 관청에 가서 남자의 죄를 용서해주기를 청하니, 관장이 말하기를 "이제야말로 가히 일이 이루어졌음을 알겠도다" 하였다. 양반 역시 웃음을 머금었다. <『성수패설』의 「冒辱貪色」(요약)>

위 이야기는 사회적 불평등이 일방적이고 비열한 성적 침탈을 어떻게 정당화하고 있는지를 설명이 필요 없이 단적으로 보여주고 있다. 이는 건전한 양식을 거스르는 모순된 상황이거니와, 문제는 그것이 전승자에 대하여 잘못에 대한 비판보다는 '공모의식'을 환기하는 논리구조를 갖추고 있다는 데 있다. 상민 여인이 양반의 합환 요구에 기꺼이 응하여 즐거움을 누렸다는 설정은 양반의 성적 침탈을 마치 '시혜'나 되는 것처럼 미화하여 조장하고 있다. 양반 전승자들은 이야기 끝의 양반과 관장의 웃음에 동참하면서 자기자신에게도 그러한 일이 벌어지는 상황을 꿈꾸게 된다. 어찌 이를 잠시 웃고 즐기기 위한 것이라고 가볍게 넘길 수 있겠는가.

앞서 문헌 육담이 '양반 남성'의 관점을 담고 있다고 했는데, 성에 얽힌 차별적 관념은 '양반'의 입장에서뿐만 아니라 '남성'의 입장에서도 만만치않게 부각되고 있다. 남녀간의 관계와 관련해서도 신분간의 관계에서와 유사한 왜곡된 관념이 얽히고 있는 것이다.

육담은 곧 남녀관계의 이야기라고 할 수 있을 정도로 남녀의 관계 양상을 다양하고 풍부하게 형상화하고 있거니와, 일견 그 관계는 서로 동등한 것처럼 보인다. 문헌 육담 속의 남녀는 같은 '성적 인간'으로서, 양편이 다 적극적으로 성적 만족의 추구를 지향한다. 여성의 행동양상은 오히려 남자들보다 더욱 적극적인 면이 있어서 성관계를 여자가 주도하는 것으로 돼있는 이야기들이 자주 보인다.

여성에게 가해진 성적 억압을 염두에 둘 때, 그리고 그것이 성적 욕구불만을 낳았으리라는 점을 고려할 때 성에 대한 여성들의 집착이 그럴 수도 있겠다고 생각되는 면이 없지 않다. 그러나 육담 속의 여성의 형상은 상당 부분 남성에 의해 왜곡된 것이라는 혐의를 지울 수 없다. 성에 대한 남성의 시각이 일방적으로 여성에게 투영되고 있다는 것으

로, 특히 '겁간(劫姦)'을 화제로 삼고 있는 이야기들로부터 그러한 느낌
을 강하게 받게 된다.

> 한 중이 길에서 여인을 만났다. 중은 욕심이 달랐으나 계책이 없
> 어 그저 여인의 뒤를 쫓던 중 "네 어찌 방귀를 뀌느냐?" 하고 꾸짖는
> 것이었다. 여인이 노하여 중을 심하게 욕하였다. 중이 재삼 꾸짖었지
> 만 여인은 오히려 굴하지 않았다. 그러자 중이 "저기 신령한 부처가
> 있으니 함께 가서 물어보자"고 하였다. 여인이 사실을 가리고자 하여
> 중과 함께 그리로 갔다. 중은 부도(浮屠) 앞의 으슥한 곳에 이르러 여
> 인을 강압하여 극음(極淫)을 누렸다. 함께 돌아오는 길에 여인이 중을
> 돌아보고 말하는 것이었다. "스님. 방귀 한번 더 뀔까요?" 중이 웃으
> 며 갔다. <『속어면순』의 「女請再屁」>

이 이야기는 악의 없는 재미있는 육담으로 받아들일 만한 소지가 있
다. 중의 속임수도 그러하지만 '방귀 한번 더 뀔까?' 하는 여인의 말이
너털웃음을 자아내는 면이 있다. 확언은 할 수 없지만, 실제 이 이야기
의 전승자들은 이를 하나의 재미있고 유쾌한 이야기로 받아들였을 것이
다.

그러나 이 이야기 속에는 함정이 있다. 무엇보다도 우리는 이야기 속
의 남성이 여성을 '겁간'하고 있다는 점에 주의를 기울일 필요가 있다.
중의 겁간은 속임수를 수반한 교묘하고 부당한 성적 폭력에 해당한다.
그런데 그 결과는 어떠한가? 수모를 당하고 겁간까지 당한 여인이 오히
려 그것을 달갑게 생각하여 다시 한번 일을 벌이기를 원했다는 것이다.
전형적인 '성적 인간'의 모습이거니와, 문제는 그러한 설정 속에 남성의
왜곡된 성의식이 투사되고 있다는 점이다. 그들은 일방적이고 비인간적
인 성적 폭력을 은연중에 자연스럽고 정당한 일로 탈바꿈시키고 있는
것이다. 그것은 여성을 성적 쾌락을 위한 정복의 대상으로 보는, 성적
만족의 수단으로 보는 태도를 정당화하고 조장하는 논리이다. 이러한

논리 속에서 여성은 하나의 인격체가 아닌, 남성이 마음대로 농락할 수 있는 성적 노리개로 격하되고 만다.

이런 예가 그저 한두 개만 보인다면 어쩌다 그런 이야기까지도 생긴 것으로 볼 수도 있겠다. 그러나 우리는 문헌 육담에서 남성의 비정상적인 성행위—겁간, 그리고 간통—이 은연중에 정당한 것으로 변질되는 모습을, 그리고 그것이 재미있는 일로 받아들여지고 있는 모습을 너무 자주 만나게 된다(앞에 인용한 『성수패설』의 「모욕탐색(冒辱貪色)」에도 양반의 비열한 겁간이 화간으로 변질되는 내용이 들어있으며, 『어면순』의 「의관자제(衣冠子弟)」 또한 겁간을 정당화하는 논리를 담고 있다). 남성 중심의 왜곡된 성의식이 하나의 사회적 편견으로 뚜렷이 자리잡고 있음을 보여주는 증좌라 하겠다. 사회적 불평등은 참으로 性이라는 본성적인 문제에까지 작용하면서 그것을 뒤틀고 있다.

4. 구전 육담의 성의식
— 문헌 육담과의 거리—

지금까지 우리는 문헌 육담에 담긴 성의식을 살펴보았는데 그 결과는 여러 측면에서 건전한 양식을 벗어나는 왜곡된 요소가 발견된다는 쪽이었다. 그렇다면 주로 민간에서 전승돼 온 구전 육담에 있어서는 사정이 어떠할까? 과연 어떤 본질적인 차이가 있는 것일까?

문헌 육담에 대한 구전 육담의 유사성 내지 변별성을 살핌에 있어 먼저 전반적인 성관계의 양태를 비교해 보는 것이 의미가 있을 것이다. 육담에는 여러 인간군상이 등장하여 다양한 사단을 일으키거니와, 그 사단은 성의 문제에 얽힌 것들로 돼있다. 그 사단을 좀더 구체적으로 나누어 보면, 남녀의 갖가지 성관계를 화제로 삼은 것 외에 자위와 동

성애 같은 성행위가 화제에 오르기도 하며, 그밖에 성기·성욕 묘사, 성
적 홍미를 유발하는 말장난 등도 간간히 보이고 있다. 그 유형을 도표
화해 보면 다음과 같다.

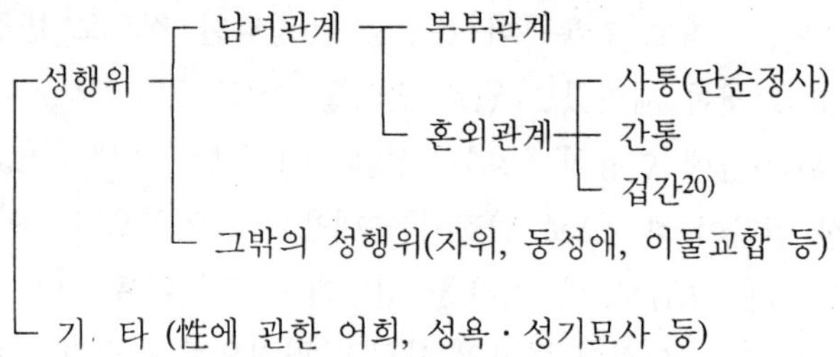

구전 육담과 문헌 육담은 이중 어느 것을 주요 화제로 삼는가 하는
문제에 있어 주목할 만한 편차를 보인다. 관계의 성격에 차이가 있으며,
그 주체에도 큰 차이가 있다.

문헌 육담에서 압도적으로 많이 나타나는 화제는 '혼외관계'다. 특히
간통에 관한 이야기가 전 자료의 반 이상을 차지할 정도로 많으며, 겁
간—그중 상당수는 '화간'으로 변질되지만—에 관한 이야기도 적지않은
부분을 차지한다. 이에 비하면 부부관계나 사통(단순정사)을 화제로 삼
은 이야기는 희소한 편이다. 이밖에 남녀관계 이외의 성행위를 다룬 것
이나 '기타'에 해당하는 것들 또한 드물게 보인다.

이와 달리 구전 육담에 있어 간통이나 겁간을 화제로 삼은 이야기의
비중은 상대적으로 매우 낮다(문헌에 있는 내용을 이야기로 옮긴 것을
제외할 경우 더욱 그러하다). 부부관계를 다룬 이야기와 사통을 다룬 이
야기가 이들을 훨씬 능가하여, 구전 육담의 주요 이야기종목을 이루고

---

20) 사통은 배우자 없는 남녀간의 성관계를 뜻하고, 간통은 배우자 있는 남녀
    의 상호교감에 의한 성관계를 뜻하며, 겁간은 일방적·폭력적으로 이루어
    지는 성관계를 뜻한다.

있다. 한편, 성행위를 직접적으로 다룬 것 외에 성에 얽힌 말장난이 다양하게 보인다는 것 또한 구전 육담의 특징이다. 이외에 자위나 동성애 [계간(鷄姦)] 따위를 다룬 이야기의 비율이 문헌 육담에 비해 다소 높게 나타나고 있다.[21]

문헌 육담에 있어 성에 얽힌 사단에는 흔히 양반(선비)이 등장한다. 양반은 문헌 육담의 가장 두드러진 남자 주인공이라고 할 수 있다. 양반이 여종이나 기생, 첩, 촌녀(유부녀/과부), 아내 등을 상대로 하여 성행각을 벌이는 이야기가 문헌 육담의 주류를 이룬다. 양반 외에 장사꾼이나 머슴, 촌사람, 중에 관한 이야기도 적지는 않지만, 그것을 다 합쳐 봐야 겨우 양반에 관한 것에 미칠까 말까 할 정도다.[22]

이와 달리 구전 육담에 펼쳐지는 다양한 성적 사단에 있어서는 양반은 거의 주체로서의 역할을 하지 못한다. 구전 육담의 주요 남성 주인공은 촌사람, 총각머슴, 장사꾼(소금장수, 생선장수, 옷감장수 등), 중이며, 그 상대역은 주로 시골 아낙, 과부, 처녀(시골처녀/양갓집 처녀) 등이다. 특히 촌사람 부부(신랑·신부 포함), 총각머슴-과부, 총각(머슴)-처녀, 홀아비-과부, 장사꾼-아낙, 장사꾼-처녀, 중-아낙 등이 주된 짝을 이룬다.

문헌 육담과 구전 육담이 나타내는 이러한 차이는 전승자층이 다른 데 따른 자연스러운 결과로 받아들일 만한 소지가 있다. 그렇지만 거기에는 주목할 만한 문제성이 있다.

그 하나는 성관계의 윤리성 문제다. 혼외정사를, 특히 간통과 접간을

---

21) 구전육담 자료 가운데는 문헌육담에 비하여 동일 유형이 거듭 채록된 각 편들이 많은데, 자료의 빈도를 정리함에 있어 유형이 아닌 각편수에 초점을 맞추었다(이하 마찬가지임). 한 이야기가 여러 화자에 의해 거듭 구연된다는 것은 그만큼 대표성을 지닌는 것으로 보는 입장이다.
22) 실은 양반의 기록에 촌인에 관한 이야기가 이만큼 수록된 것만 해도 특기할 일이다. 아마도 이는 '性'에 대한 보편적 관심으로써 설명할 수 있을 것이다.

집중적 화제로 삼는 문헌 육담이 성윤리와 관련하여 주로 어둡고 음란하며 착잡한 느낌을 유발하는 데 대하여, 부부관계나 처녀-총각(또는 과부-홀아비) 관계를 주로 다루고 있는 구전 육담은 이야기가 주는 느낌부터가 전반직으로 훨씬 밝고 유쾌하다. 구전 육담에 있어 성적 욕망과 윤리의 문제는 문헌 육담에서와는 양상을 달리한다.

다음으로 주체의 사회적 성격 문제다. 구전 육담의 주인공인 하층민들은 양반들과는 다른 차원의 성적 억압과 결핍을 절박하게 겪고 있음이 주목된다. 나이가 차도록 결혼을 못한 노총각은 그 단적인 예이거니와, 그 외의 주인공들 또한 사회적 처지와 관련하여 크고작은 성적 억압을 겪고 있음을 보게 된다. 문헌 육담과 변별되는 이러한 특징이 의미상의 편차로 이어짐은 또한 당연한 일이다.

앞서 문헌 육담 속의 인간군상이 '성적 인간'의 형상을 하고 있음을 밝힌 바 있거니와, 구전 육담에 있어서도 '性'에 부여되는 가치는 막대하다. 성적 만족에 비하면 윤리도덕 같은 것은 부차적인 것으로 치부되곤 한다.

옛날에 한 늙은 내외가 두 아들과 며느리를 두었는데 모두 효자 효부였다. 그런데 할멈이 병이 나서 아무리 약을 써도 안 낮는 것이었다. 이때 강원도에 용한 의원이 있어 약을 지어주면서 '좃모가지'(조[粟]이삭)를 넣고 달이라고 하였다. 식구들이 이를 남자의 양물로 잘못 알아들어 큰 사단이 일어났다. 큰아들이 자기 물건을 자르겠다고 나서자 이를 들은 큰며느리가 제사 모실 자식을 낳아야 한다는 핑계를 대며 펄쩍 뛰었다. 다시 작은아들이 물건을 자르겠다고 하자 작은며느리가 시집 온 지 몇달밖에 안됐는데 그것 없으면 못산다면서 말리는 것이었다. 이에 화가 난 영감이 자기것을 베어서 달이겠다고 하자 늙은 마누라가 병석에서 벌떡 일어나면서 "아 내 병 다 나았다"고 했다고 한다. <『한국구전설화』 8, 392-94면, 「내 병 다 나았

다.」(요약)>

남편의 물건을 애지중지하는 두 며느리의 모습에서, 그리고 늙은 시어머니의 모습에서 우리는 性에 대한 강한 애착을 본다. 그것은 '효성'이라는 윤리를 무색하게 하는 것이었다. 이것이 육담이 주장하는 인간의 본성이다.

성적 욕망이란 본래 사회의 관습 내지 윤리에 반하는 성향이 있거니와, 우리는 둘이 맞부딪치는 모습을 여러 구전 육담 자료에서 흔히 볼 수 있다. 자식에게 들통난 부부의 성행위를 통해 부자간의 질서가 깨지며, 남편의 눈을 속이며 외간남자와 사통하는 여인의 모습을 통해 남녀간의 성윤리가 깨진다. 처녀를 속여 범하는 소금장수나 여색을 밝히는 중 또한 윤리를 파괴하는 데 한몫 하는 이들이다.

그러나 우리는 대다수 구전 육담 자료에 있어 동물적 차원의 성적 욕망만이 홀로 우뚝하지는 않다는 사실에 주목한다. 성적 욕망은 흔히 인간적, 윤리적 고민과 함께 맞물리는 양상을 보이고 있다. 위에 인용한 「내 병 다 나았다」만 하더라도 윤리의식은 그리 간단히 무시되지 않는다. 두 아들은 性을 포기하고 효성을 선택하는 결단을 내리고 있다. 며느리들이 이를 막아서지만 이 또한 윤리적 가치를 저버린 것이라기보다는 성생활을 차단당할 절박한 상황에서 본성이 윤리의식을 앞선 것일 뿐이다. 그것은 성적 만족에 대한 극단적 집착과는 다른 차원의 자연스러운 인간적 반응이다.

다음 이야기는 욕망과 윤리 사이의 고민을 아주 잘 보여주고 있다.

예전에 한 부자 과부가 있었다. 한 총각이 머슴으로 들어왔는데 새경도 필요없고 불을 켤 기름만 달라고 했다. 총각은 부지런하고 모든 일을 잘하여 과부 마음에 흡족하였다. 이 머슴은 밤마다 방에 불을 환히 켜두었는데, 궁금한 마음에 그 방을 엿본 과부는 심병을 얻고 말았다. 총각은 반듯이 누워 큼직한 물건을 세워 벌떡거리고 있었던 것이다. 과부는 마음을 진정시켜 돌아왔으나 밤새 잠을 이룰 수가 없었다. 다음날 다시 머슴의 방으로 가서 물건을 훔쳐본 과부는 다시 뜬눈으로 밤을 새웠다. 그리고는 다음날 자기도 모르게 다시 머슴방으로 이끌려간 과부는 결국 머슴의 몸 위에 주저앉고 말았다. 총각은 과부와 결혼하여 잘 살았다고 한다. <『한국구전설화』 10, 348-49면, 「과부와 머슴」(요약)>

이 이야기에서 수절 과부가 겪는 성적 욕망과 윤리 사이의 갈등은 진솔하고 절박하다.[23) 그 갈등은 그녀를 오히려 인간적인 존재로 부각시킨다. 이야기 전승자들은 그녀의 갈등에 공감하며, 그녀의 선택을 이해한다. 이 과부와 총각의 결혼은 비난받을 일이 아니라 잘 된 일, 축복받을 일이다.

이러한 이야기를 통해 우리는 경직된 윤리도 아닌, 또한 동물적인 욕망도 아닌, 그 사이에서 갈등하는 모습이 인간의 한 진면목임을 발견하게 된다. 그러한 진지한 갈등을 거쳐서 이루어진 선택은 어느 쪽이든 소중한 인간적 가치를 지닌다. 위 이야기의 주인공은 이 중 욕망을 선택했고, 그것은 인간적인 것으로 긍정된다. 본연의 욕망을 건강한 인간성으로 긍정하는 시각이다. 구전설화의 전승 주체로서의 민중이 가다듬어온 인간관이다.[24)

앞서 구전 육담은 이야기가 주는 느낌이 밝고 유쾌하다고 했거니와, 위의 두 예를 통해서도 이를 확인할 수 있었을 것이다. 그러한 느낌은 인물들의 행위가 '정상적인 것'의 범위 안에 있다는 것과 함께, 아마도

---

23) 이 이야기의 각편은 10편 가량 되는데, 한결같이 과부의 심리를 리얼하게 그리고 있다.

24) 이 이야기는 널리 구전되고 있는 유명한 이야기로서, 『한국구전설화』에만도 여러 편의 각편이 실려 있다. 이는 이 이야기에 담긴 관념이 사람들의 폭넓은 동의를 얻고 있음을 시사한다.

이야기 속에 인간적 체취가 담겨있다는 것과 깊은 관련이 있지 않을까 한다. 그러한 예를 단편적인 것으로 하나 더 들어 본다.

어떤 성지(형제)기 아침밥 먹고 어디 함께 가기로 약속얼 힜넌디 성언 갈 채비럴 다 허고 바깥이 나와서 지달코(기다리고) 있넌디 동생놈이 통 나오지 안히서 성언 그만 화가 나서 동생 방문얼 왈칵 열고 "멀 허니라고 이때꺼지 안 나오냐?" 험서 소리질르다 보니 아 이거 야단났단 말이야. 어어 이거 이거 쯧쯧 허고 있었다. 그건 그럴 수밖에. 동생놈언 제수허고 그 짓얼 한참 허고 있어서 말이다.
동생놈언 그만 성헌티 그런 꼴얼 당히서 어쩔 줄 몰라 각시 배 우그서 엉겁절에 헌단 말이 "성님도 한 번 허시지요." 힜다. 그렁께 성도 엉겁절에 헌단 말이 "오냐 어서 히라, 나도 허고 왔다." <『한국구전설화』 8, 374-375면, 「나도 했다」>

아주 민망한 상황에서 은연중에 주고받는 형제의 말이 주는 웃음이 아주 유쾌하다. 아마도 그것은 상대방의 처지를 감싸주는 따뜻한 마음 때문일 것이다. 우리는 이러한 이야기를 주고받는 전승자들의 심리 속에 또한 인간적 체취가 담겨있는 것이라고 본다.

이제 이 지점에서 우리는 한 가지 중요한 사실을 눈치채게 된다. 그것은 구전 육담에서 다양한 성적 사단에 '애정' 내지는 '인간적 정감'의 요소가 얽혀들고 있다는 점이다. 이야기에 등장하는 인물의 행위가 그러하며,25) 또한 전승자의 시각이 그러하다. 이러한 '인간적 배려'를 잘 보여주는 또 다른 이야기를 하나 보기로 한다.

옛날에 소금장수 하나가 날이 저물어서 어떤 집 외양간에서 유숙하게 되었다. 그런데 한밤중에 한 사람이 문앞에서 배회하는 것이었

---

25) 한가지 보충하면, 앞에 든 「과부와 머슴」에서 과부가 머슴에게 끌린 데는 단순한 성적 욕망뿐만 아니라 머슴에 대한 인간적 호감이 전제돼 있다는 점에 주목할 필요가 있다.

다. 소금장수가 그 사람을 내쫓고 문앞에서 배회하니 주인여자가 끌고 들어가 사통하였다. 다음날 여자가 일어나서 보니 샛서방이 아닌 엉뚱한 남자이므로, 일을 무마하느라고 음식을 챙겨주고 떠나 보냈다.

마침 그 여자의 남편이 우연히 그 소금장수와 만나 이야기를 나누게 되었는데, 그 와중에 자기 아내가 음행을 저지른 것을 알게 되었다. 남자는 집에 와서 어머니 사당에 가서 어머니 말소리를 흉내내어 아내의 음행을 낱낱이 이르는 것이었다. 그 모습을 본 며느리는 남편이 나간 틈에 사당에 가서 시어머니 욕을 해댔다. 그러자 그 모습을 정탐한 남편이 다시 사당에 가서 어머니로부터 그 사실을 듣는 시늉을 하였다. 이를 보고 놀란 며느리는 사당에 가서 용서를 빌고는 다시는 나쁜 행동을 안했다고 한다. <『한국구전설화』 1, 245-247면, 「아내의 淫行을 고치다」(요약)>

이 이야기를 주목하는 것은 음행을 저지른 아내에 대한 남편의 태도 때문이다. 샛서방을 두고 있고 소금장수하고도 정을 통한 아내, 그 아내에 대하여 남편은 뜻밖에도 직접 책망하거나 폭력을 휘두르는 대신 아내 스스로 잘못을 깨달아 뉘우치도록 인도하는 모습을 보이고 있다. 결코 그렇게 하기 쉽지 않은, 인내심 있고 너그러운 행동이다. 이와 같은 인간적 배려를 우리는 일종의 '애정'으로 규정할 수 있으리라고 본다. 性에 얽힌 갈등을 해결하는 하나의 유력한 해법이다.

앞서 우리는 문헌 육담을 살피면서 전통사회에 있어서의 혼인제도의 모순을 지적한 바 있거니와, 그것은 일반 평민들에게도 적용되는 것이었다고 할 수 있다. 평민들 또한 대개 낯모르는 남녀가 만나 부부생활을 엮어나갔던 것이다. 그런데 구전 육담에 있어 문헌 육담과 달리 인간적 정감의 요소가, 애정의 요소가 상대적으로 두드러진 것은 무엇 때문일까. 이는 간단히 답할 성질의 문제가 아니지만, 평민들의 삶에 있어 적어도 명분과 체면의 허울이 덮여 있지 않았다는 점을 하나의 이유로

들 수 있다고 본다. 그들은 인간 대 인간으로 만나서 삶을 함께 엮어가는 길을 찾아 나왔던 것이다. 육담은 그 자신 그러한 삶의 한 과정에 해당하는 것이었다고 할 수 있다.

이제 구전 육담에 있어 性과 관련한 사회적 불평등의 양상이 어떻게 그려지고 있는가를 살필 시점이 되었다. 구전 육담은 그 전승 주체의 사회적 처지가, 또한 등장인물의 사회적 처지가 문헌 육담에서와는 다르다는 점을 앞서 지적했거니와, 그것은 성의식의 측면에서 어떠한 차이를 낳는 것일까?

앞서 문헌 육담에 있어 신분차별의 관점, 남성위주의 관점이 성의식을 왜곡시키고 있음을 지적한 바 있는데, 구전 육담에서는 양상이 크게 다르게 나타나고 있다. 단적으로 말하여, 그러한 요소가 거의 없거나 또는 희미한 편이다.

먼저 남성 위주의 관점을 보자면, 앞서 살핀 구전 육담 자료들이 이미 이에 대한 답변을 웬만큼 제시하고 있다고 본다. 「과부와 머슴」 같은 이야기에 있어 남성과 여성은 각기 주체적 인간으로서 사고하고 행동한다. 여성은 성적 만족의 일방적인 수단이 아니라, 인격을 지닌 '상대방'이다. 이런 사정은 「아내의 음행을 고치다」에서도 크게 다르지 않다. 이 외의 다른 자료들을 두루 살펴보아도 성에 얽힌 남녀차별의 관념은 그리 쉽사리 발견되지 않는다. 구전 육담에 있어 '겁간'을 화제로 삼는 이야기는 그리 많지 않으며(물론 없는 것은 아니지만), 특히 겁간이 화간으로 둔갑하는 식의 이야기를 거의 찾아보기 어렵다.[26] 그것은

---

26) 이런 예가 아주 없는 것은 아니다. 그 드문 예로 『한국구전설화』 5, 389-390면, 「봉변당한 여자」를 들 수 있다. 그 내용은 다음과 같다 : 한 사냥꾼이 색시를 데리고 산길을 가다가 칼을 찬 도적을 만났다. 도적은 응큼한 생각이 들어 사냥꾼더러 그 활과 자기 칼을 바꾸자고 하였다. 그리하여 활을 차지한 도적은 활로 사냥꾼을 위협하여 칼을 버리게 하고 나무에 묶

육담 일반의 특징이 아닌, 문헌 육담 특유의 설정이었던 것이다.

다음 신분차별의 요소는 구전 육담에 있어 애초에 크게 문제될 소지가 없다고 할 수 있다. 육담의 대다수 등장인물이 일반 하층민들로 돼 있고 이들 사이의 성적 결합이 화제가 되고 있기 때문이다. 간혹 양반과 하층민이 함께 등장하는 이야기들이 보이지만, 그 관계의 짝은 주로 '하층 남성 대 양반집 여성'으로 설정돼 있어 문헌 육담과는 상반되는 의미를 구현하고 있다. 앞서 「첩과 종」에서 본 바와 같이 양반에 대하여 도전하면서 일종의 우월감을 나타내고 있는 것이다. 다음 이야기 또한 그 좋은 예라고 할 수 있다.

> 옛날에 한 정승이 뒷간을 가다가 하인들이 하는 말을 듣게 되었다. 들어보니 그 중 하나가 "대감님 소첩을 불이 나게 한바탕 해봤으면 소원이 없겠다"고 하는 것이었다. 정승이 그 하인을 불러서 "어디 한번 불나게 해봐라. 불이 안 나면 목을 베겠다"고 호령하였다. 하인이 정승 앞에서 소첩과 일을 시작하는데, 한참 일을 벌이다가 말고 갑자기 소첩을 때리면서 "남 목이 달아나라고 이게 무슨 짓이냐"고 욕하는 것이었다. 정승이 왜 딴소리냐고 꾸짖으니 하인이 말하기를, "이년이 한참 불이 나려고 하니 물을 싸서 꺼버리잖아요." 하는 것이었다. 정승이 과연 사내라고 감탄하면서 소첩은 물론 재물까지 주어 보냈다고 한다. <『한국구전설화』 5, 360-361면, 「불이 나려는데」>

이상의 논의는 구전 육담에 있어 사회적 불평등이 별 문제가 되지 않

어놓은 다음 색시를 겁탈하였다. 색시는 처음에 저항하다가 나중에 기분이 좋아져 갖은 재주를 부리는 것이었다. 도적이 사라진 후 사냥꾼이 색시를 꾸짖어 욕하니 색시는 오히려 칼을 활과 바꾼 사람이 잘못이지 무슨 소리냐고 하더라는 것이다.

이 이야기는 물론 비윤리적·비정상적인 것이라 할 수 있지만, 이야기의 초점이 겁간의 정당화에 놓이지는 않는다. 오히려 적반하장 식의 여인의 뻔뻔한 태도에 초점이 놓인다. 그런 점에서 남성중심의 시각과는 거리가 있다고 할 수 있다.

음을 보여주는 듯하다. 그렇지만 우리는 구전 육담의 성의식 또한 전승자들이 처한 사회적 조건과 관련하여 나름의 문제성을 내포하고 있음을 소홀히 넘길 수 없다.

먼저 성의 은폐에 따른 왜곡된 성문화의 문제로서, 이는 구전 육담에도 영향을 미치고 있다. 성을 덮어두는 사회적 관습이 낳은 결과는 곧 성적 무지로 나타나는바, 그로 말미암아 겪는 엉뚱한 사단이 구전 육담에 흔히 보이고 있다. 응큼한 남자의 속임수에 넘어가 처녀가 혼전에 몸을 내준다거나, 결혼한 부부가 성행위를 겁내 피한다거나 하는 따위의 모습이다. 이러한 모습은 우스꽝스러운 한편으로 한심하고 착잡한 느낌을 주는 것이 사실이다. 육담이 그 자체로서 이러한 성적 무지에 대한 문제를 제기하면서 성에 관한 인식의 통로를 열고 있다는 데 의의를 부여해 보지만,27) 그 역시 성인남자들의 은밀한 수군거림에 가깝다는 면에서 개방적인 공론(公論)과는 거리가 있지 않음을 부정할 수 없다.28)

다음 비합리적인 제도에 의한 성적 억압의 문제이다. 불합리한 혼인제도에 의해 욕구불만이 쌓이는 것이나 개가(改嫁)를 막는 제도 때문에 과부가 무조건 욕망을 억눌러야 하는 것 등은 서민들에게 있어서도 큰 고역으로 작용했던 것으로서, 구전 육담에서 자주 화제에 오르고 있다. 그런가 하면 육담에 자주 등장하는, 아예 결혼의 기회조차 가져보지 못한 노총각의 모습은 性이라는 기본 욕구에서조차 소외된 민중의 처지를 단적으로 보여준다.

---

27) 육담 가운데는 이야기 내용 자체에 성교육적인 내용을 담고 있는 것들이 있다. 방사를 할 줄 모르는 신랑을 위하여 밖에서 친척이 '脫衣~進退進退' 등으로 방법을 일러주어 신랑이 따라 하게 했다는 것 등이다.

28) 이러한 이야기들이 미혼 남녀들 사이에서 전승되면서 성교육의 역할을 했을 가능성이 있지만, 구체적으로 확인하기는 어렵다. 물론 이때도 '은밀한 것'임은 변치 않는다.

하층민들의 성적 결핍은 기실 사회적 불평등의 소산으로서 아주 본질적인 문제이거니와, 그에 대한 대응이 주목된다. 육담은 성적 결핍에 대한 대응을 크게 두가지 형태로 그려보이고 있다. 하나는 그 욕구불만을 자위나 동성애 등의 방법으로 해소하고 있는 모습이다. 이는 물론 비정상적인 것이지만, 달리 욕구를 채울 수 없는 처지를 고려한다면 '상놈의 천한 짓'이라는 식으로 질타할 수는 없는 노릇이라고 생각된다. 또 하나는 적절한 배필을 짝지어주어서 문제를 해결하는 형태이다. 앞서 본 바 있는 「과부와 머슴」 같은 경우다. 이쪽이 훨씬 원만하고 바람직스러운 형태라고 할 수 있지만, 그러나 여전히 문제는 남는다. 그 상황은 기실 현실이라기보다는 '공상'에 가까운 것이고, 그러기에 공허할 수 있는 것이다. 그 공상은 다음과 같은 수준에 이르기도 한다.

진사집과 나란히 있는 집에 홀어머니를 모시고 사는 노총각이 있었다. 하루는 총각이 어머니에게 진사딸에게 장가를 보내 달라고 하니 어머니가 그런 소리 하지도 말라며 꾸짖었다. 총각은 돈이 있어야 장가를 간다는 생각에 짚을 구해다가 굵다란 새끼를 서 발을 꼬았다. 밤중에 그 새끼를 쳐놓았더니 새가 한 마리 걸렸는데, '홀련만년 풍덕새'였다. 총각은 꽁지 깃털을 하나 뽑고서 새를 놓아주었다.

어느날 총각은 진사 딸이 담모퉁이에 오줌을 눈 자리에 새 깃털을 꽂아놓았다. 그랬더니 그 처녀가 걸어가면 밑에서 '홀렁만렁 풍덕궁' 하는 소리가 나는 것이었다. 진사집에서 아무리 용한 의원을 써도 고칠 수가 없었는데, 그때 총각이 나서서 딸과 결혼하는 조건으로 병을 고쳐주기로 하였다. 총각은 가짜 환약을 만들어준 다음 깃털을 뽑아 처녀의 병을 고쳤다. 그러자 진사댁에서는 딸을 내줄 수 없다고 딴전을 하는 것이었다. 총각은 다시 깃털을 꽂았고 처녀한테서는 다시 '홀렁말렁 풍덕궁' 소리가 나기 시작하였다. 결국 진사는 딸을 총각과 결혼시키게 되었고, 총각은 처녀의 병을 고쳐 함께 살았다고 한다.
〈『한국구전설화』 8, 315-317면, 「이상한 새털로 장가들다」(요약)〉

참으로 꿈 같은 일이 아닐 수 없다. 그러나 그것은 또한 꿈 속에서만, 공상 속에서만 가능한 일이기도 하다. 그래도 이러한 이야기가 있어 심사를 조금 달랠 수 있을지 모르겠으나, 이러한 공상적 대리만족이 어찌 성적으로 소외된 이들의 욕구불만을 제대로 해소시켜 줄 수 있었겠는가. 위 이야기는 재미있는 이야기라기보다는 오히려 슬픈 이야기라는 느낌을 지울 수 없다.

끝으로 경제적 곤핍한 하층민의 처지 또한 性의 문제와 깊은 연관을 맺고 있다. 구전 육담은 가난과 관련하여 생겨나는 갖가지의 웃지 못할 희극을 보여주고 있거니와, 그 가장 흔한 예로 단칸방 생활에서 빚어지는 부부와 자식간의 민망한 사단을 들 수가 있다. 이런 류의 이야기는 아주 많은데,29) 그 중 두 편만을 들어 본다.

한 머슴이 겨우 장가들어 단칸방에서 사는데 자식을 숱하게 낳아 놓았다. 부부는 서로 정답게 잘 기회를 못 찾던 중, 어느 여름날 마당가 대추나무 밑에서 일을 벌이기로 하였다. 아이들 잠든 틈을 보고 남편이 아내에게 '꼬끼오' 하고 신호하니 아내가 '꼬꼬' 하면서 나왔다. 그러자 아이들이 잠을 깨서 '삐요삐요' 하면서 엄마 뒤를 따라나오는 것이었다. <『한국구전설화』 6, 477면, 「삐요삐요」(요약)>

한 가난한 집이 있는데 아이까지 많아서 살기가 어려웠다. 아이 보기에 지친 큰자식들이 의논하여 부모가 밤일을 시작하면 불을 켜서 막기로 하였다. 부모가 성냥과 부싯돌을 다 감추자 자식들은 화로에 숯불을 담아 불을 켜대는 것이었다.

오래도록 밤일을 하지 못하던 부부는 어느날 화로에 무를 묻어놓고 일을 시작했다. 자식들은 일어나서 화로를 쑤시며 불을 키려고 했으나 무 때문에 불이 붙지를 않았다. 그러자 한 녀석이 소리치는 것

---

29) 문헌육담에도 이러한 이야기가 몇 편 있지만, 수적으로 구전육담과는 상대가 되지 않는다. 구전 육담은 그 상황에서의 다양한 사단을 재미있고 실감나게 그려내고 있다.

이었다. "어떤 놈이 무를 묻었어? 무 묻은 놈이 이번 애기를 보아라."
    <『한국구전설화』 3, 327면, 「무 묻은 놈이 애봐라」(요약)>

  단칸방 살림에 자식의 눈을 피하여 일을 벌여야 하는 부부, 그리고
그 일을 방해하는 자식들. 참으로 엉뚱하고 비정상적인 형태로 性이 노
출되고 있는 상황이다. 그 민망하고 속상한 것을 어찌 이루 말할 수 있
겠는가. 팔자 편한 사람이 보기에는 미련스럽고 우스꽝스러운 일로 보
일지 모르나, 실제로 이런 일을 겪으며 살고 있는 고단한 평민의 입장
에서는 한숨이 절로 날 수밖에 없는, 그야말로 웃지 못할 희극이다. 삶
의 절박성이 거기 배어 있다.

  性은 인간 보편의 것이라는 명제는 타당하다. 그러나 모든 性이 다
같은 性이 아니라는 것 또한 분명하다. 이 절의 논의 결과는 이를 단적
으로 부여주고 있다.
  조선사회에 있어 윤리 관념을 사회의 지표로서 힘주어 내세운 것은
양반 사대부들이었다. 그러나 그 가면 뒤에 비인간적이고 차별적인, 왜
곡된 성관념이 도사리고 있음을 우리는 문헌 육담을 통해 단면적으로
볼 수 있었다. 이에 비하면 일반 민중들이 구전 육담을 통해 가다듬어
온 性의식은 상대적으로 건강하고 인간적인 것이었다. 윤리적 고민이
담겨 있고, 인간적 정감이 배어 있다. 여러 가지 사회적 억압이 성생활
을 억누르고 있는 상황 속에서, 사람들은 성에 얽힌 문제를 한편으로는
유쾌하게 또 한편으로는 절박하게 형상화하면서 그것을 헤쳐나갈 길을
찾고 있다. 고단한 처지 속에서 힘들여 지켜온 민중의 삶의 방식이다.

5. 인간의 길 찾기
— 결론을 대신하여—

이 논문에서는 문헌 육담과 구전 육담을 서로 견주어 보는 방식으로 우리 전통 육담의 성의식을 살펴보았는데, 그것은 아직 많은 과제를 남겨두고 있다. 충분히 많은 사례를 세밀하게 검토하지 않은 상태에서 나온 이 논문의 결론은 아직 잠정적인 것일 수밖에 없다. 특히 문헌 육담과 구전 육담의 차이를 선명히 드러내고자 한 의도가 때로 문제를 단순화시킨 면이 없지 않으리라고 본다.

그러나 이 논문의 논의 결과는 우리 민족의 전통적 성의식을 이해하는 데 있어 하나의 유효한 관점을 제공하고 있다고 본다. 그것은 또한 오늘날의 성문제를 돌아보는 데 있어서도 유효한 면이 있다고 감히 생각해 본다.

오늘날 성은 과거 어느 시대보다 더욱 크고 복잡한 문제를 낳고 있는 바, 그 중에는 근대 이후에 새롭게 발생하거나 확장된 문제들이 큰 부분을 차지하고 있다고 할 수 있다. 예컨대 근래에 급속하게 확산되고 있는 대중매체를 통한 '성의 상품화' 같은 것이 그러하다. 그렇지만 곰곰히 따져보면 현재 우리의 성문화는 여러 측면에서 과거의 연장선상에 있음을 깨닫게 된다.

먼저 성을 금기시하고 억압하는 현상은, 과거보다는 다소 나아졌지만, 여전히 우리 성문화의 중요한 특성을 이루고 있다. 성이 무언가 음험한 것으로 치부되는 가운데 음지에서 왜곡된 성의식이 자라고 비정상적인 성행위가 이루어지고 있는 것이 우리 성문화의 현주소다.

이와 깊은 관계가 있는 것으로, 건전한 성윤리의 확립 또한 아직 요원한 것으로 보인다. 근대 이래로 '애정'의 인간적 가치가 강조되고 애정에 기초하여 남녀의 성적 결합이 이루어져야 한다는 사고가 보편적 공감을 얻게 되었지만, 그것이 현실에 있어 명실상부하게 실현되고 있는지는 의문이다. 애정과 무관한 동물적 차원의 성관계가 지금도 곳곳에서 벌어지고 있는바, 물질적·육체적 쾌락을 중시하는 자본주의 이데올로기는 새롭게 그것을 조장하고 있다.

성에 얽힌 사회적 불평등은 해소되었는가 하는 데 대해서도 또한 자신있게 말하기 어렵다. 양반의 여종 겁탈 대신 직장 내 성추행이 빈발하고 있고, 권력과 돈을 가진 집단의 기생파티가 여전히 성행하고 있다. 많은 남성들이 아직도 여성을 성적 종속물 내지는 성적 쾌락의 수단으로 보면서 성적 결합의 성취를 위해 동분서주하고 있다.

과연 바람직한 성문화는 어떠한 것이고 어떻게 거기로 나아가야 하는 것인가? 성에 관한 참다운 '인간의 길'은 어떤 것일까? 이에 대한 답변을 찾는 것은 필자 혼자만의 몫이 아닐 것이다. 이 문제를 성찰하는 하나의 작은 계기를 마련하는 데 이 논의의 의미를 둔다.

성이야기의 유형과 민중들의 의식지향

김 종 대*

1. 서언

민담을 통해볼 때 우리 조상들이 성에 대한 관심이 높았을 뿐만 아니라, 그 표현형태도 매우 다양하다는 것을 알게 한다. 그럼에도 불구하고 현재까지 이러한 민담을 연구한 논문은 별로 없으며, ≪고금소총≫등의 내용을 토대로 이야기책이나 영화 등으로 제작되어 흥미를 높여줄 뿐이다.[1]

먼저 ≪고금소총≫의 내용은 당대에 시정에서 유포되던 음담패설이라는 점, 그 주인공들이 대개 사대부라는 점 등으로 미루어 상층민들에게 애용되던 이야기라고 할 수 있다. 이들의 이야기 유형은 주인공으로 볼 때 부부·과부·주인과 종·소금장수 등과 같은 떠돌이·벼슬아치 등으로 되어 있다. 이러한 이야기들은 부부가 개입된 이야기들을 제외하고는 도덕적으로 비난받을 만한 사통의 내용이 거리낌없이

---

1) 趙靈巖이 번역한 ≪古今笑叢≫(新楊社, 1962.)의 내용은 徐居正의 ≪太平閒話≫, 宋世琳의 ≪禦眠楯≫, 成汝學의 ≪續禦眠楯≫, 姜希孟의 ≪村談解頤≫, 洪萬重의 ≪蓂葉志諧≫, 副墨子의 ≪破睡錄≫, 張漢宗의 ≪禦睡新話≫, 작자 미상의 ≪醒睡稗說≫, ≪攪睡襍史≫, ≪奇聞≫ 등을 대상으로 하고 있다.

표현되고 있어 일상적인 우스갯소리라고 하기가 어렵다. 즉 대개가 음담패설로 이루어져 있는 것이다.[2]

　이러한 관점에서 볼 때 성에 대한 관심은 상층부나 하층부의 구분이 없이 높았음을 알게 한다. 하지만 이러한 성의 모습은 일반적인 성신앙과 달리 신성의 개념보다는 즐기는 성으로 나타나는 경우가 많다. 현실적인 관심의 표현이 이야기라는 매체를 통해 나타나는 것은 작중세계의 현실을 통해서 자신의 삶에서 메꿀 수 없는 부분을 충족시켜주는 대리만족적인 효과가 강하다는 것을 의미하기도 한다.

　≪고금소총≫의 수록내용들은 일반 시정에서 떠도는 이야기를 수집한 것이기는 하지만, 그것의 관점은 식자층이 바라보는 성의 한계를 벗어나지 못한다.[3] 그러나 이런 내용과 달리 한국정신문화연구원의 ≪한국구비문학대계≫에 수록된 설화들 속에는 일반적인 사람들의 성에 대한 관심이 어떤 형태로 표출되고 있는 지를 살펴볼 수 있는 자료가 많다. 여기에서는 ≪고금소총≫에 수록된 유사형태를 제외하고 많이 채록된 줄거리를 대상으로 성에 대한 관심의 표현방식이나 그 의식적인 지향점을 살펴보고자 한다.[4]

---

2) ≪고금소총≫과 관련한 연구성과에 대해서는 김기형의 <17세기 문헌소화에 나타난 인물과 웃음의 성격>(≪민속학연구≫, 국립민속박물관, 1996, 8 - 9 쪽.)을 참조할 만하다.

3) 이것을 김기형은 문헌소화의 편찬동기를 살펴보면서 대개 勸戒적 속성을 취하고 있음을 제시한 바 있다. 즉 민중의 해학을 올바르게 이해하지 못하고 있음을 지적한 것인데, 이를 민간인(민중)과 기록자(사대부)의 거리라고 설명하고 있다.(윗글, 14쪽.)

4) 예컨대 ≪韓國說話類型分類集≫(韓國精神文化硏究院, 1989, 449~452쪽.)의 '443 남녀관계 잘못되기'가 그러한 유형이다.

2. 성이야기의 유형과 그 의미

성을 이야기의 대상으로 삼고 있는 유형으로는 크게 부부관련담, 사돈교체담, 성교육담, 여성기를 주제로 한 이야기 등을 들 수 있다. 이들 이야기의 주인공은 성교육담과 관련해서 사대부가 등장하기도 하지만, 대개는 하층민들이다. 특히 하층민들에게 있어서 주거공간의 열악성 때문에 올바른 성생활을 영위하지 못하고 있는 사실을 토대로 이야기가 형성되고 있어 주목할 만하다. 이러한 사실들이 사대부계층의 입장에서는 웃음을 가져다 줄 수도 있지만, 당사자의 입장에서는 온전한 인간의 삶을 영위하는데 비극적인 요소로 작용하고 있기 때문이다. 그러면 이야기의 내용이 어떻게 전개되고 있는 지를 살펴보도록 하겠다.

1) 부부관련담

성에 대한 이야기가 가장 쉽게 입에 오르내릴 수 있는 상대자는 부부이다. 물론 과거 유학자 층에서는 선비의 입으로 말할 수 없는 내용이었다고 하지만, 그들도 역시 인간이라는 점에서 예외일 수는 없을 것으로 생각된다.[5] 이와 관련된 유형은 크게 두가지로 구분되는데, <술 한잔 주게>와 부부의 잠자리가 그것이다.

먼저 부부간의 성적 관심은 역시 성행위에 있기는 하지만 그 행위를 직접 하는 내용보다는 성행위를 하기 위해 남자가 보내는 신호와 관련

---

5) 이러한 속사정을 가장 극명하게 드러내는 것이 '밤퇴계 낮퇴계'계열의 이야기라고 할 수 있다.

된 이야기가 주류를 이루는데, <술 한잔 주게>가 그 대표적인 예이다. 그 이야기의 내용을 주요전개부로 나누면 다음과 같다.

① 부부 간에 그 일을 하고 싶으면 남자가 "술 한잔 주게"라고 말하자고 정했다.
② 하루는 장인이 왔는데도, 남자가 "술 한잔 주게"하였다.
③ 부부가 골방을 들어갔다 나왔는데, 마치 술을 먹은 것처럼 얼굴이 붉었다.
④ 장인은 그 꼴을 보고 저희들끼리만 술을 먹은 것으로 오해하여 화를 내고 집으로 돌아갔다.
⑤ 집에 와서 부인한테 자초지종을 이야기하고 사위집에 절대로 가지 말라고 하였다.
⑥ 장모가 사위집에 가서 그 내막을 듣고 남편에게 우리도 "술 한잔 주게"를 하자고 하였다.6)

이 이야기는 남자편의 성욕이 강하다는 의미를 갖고 있기는 하지만, 그 보다는 과거시대에는 밤에도 성행위를 하기가 어려웠음을 보여주는 내용이다. 이러한 사실은 이야기의 주인공이 상층계급이 아니라 하층민이라는 측면에서 주거공간의 협소함과도 무관하지 않은 것으로 보인다. 예컨대 은밀한 행위는 밤에 이루어지는 것이 보편적인 사고인데도 낮에 한다는 것은 밤의 거주공간이 그 행위를 하기에는 부적절하다는 상황과 결부되어 있다.

여기에서 부부간의 낮거리를 모르고 술로 비유된 것은 직설적인 표현을 피하면서도 그 의미를 함축적으로 수용하려는 지혜를 엿볼 수 있다. 동시에 상대자로 장인장모를 등장시킨 것은 이들이 시부모 쪽에 비해서 큰 거리감이 없음을 보여주는 것이다. 또한 노부부가 사위부부

---

6) 임재해 외, ≪한국구비문학대계≫7-10, 한국정신문화연구원, 1984, 700~702쪽 참조. 이하 ≪한국구비문학대계≫의 인용은 ≪대계≫로 줄여서 표시함.

한테 들은 <술 한잔 주게>를 자기들도 그 행위의 방편으로 활용하고 있다는 점에서, 성행위는 성인이라면 남녀노소의 구분이 없이 모두 흥미의 대상으로 삼고 있음을 알려주는 이야기라고 할 수 있다.

그러나 경북 예천에서 채록된 이야기 중에서는 원래 <술 한잔 주게>의 전반부가 있었던 것으로 보인다. 즉 성을 모르는 아들에게 성행위를 가르쳐주는 내용이 개입되어 있는데, 여기서부터 성행위를 한잔하는 것이라고 하고 있다. 이 내용에는 여자들이 부르는 민요도 수용되어 있어 이야기의 재미를 높여주고 있어 흥미롭다. 여기에서는 <술 한잔 주게>에서 탈락되어 있는 앞부분에 대해서 살펴보기로 하겠다.

① 혼인한 지가 오래된 부부가 있었는데 남자가 숙맥이라 아기가 없었다.
② 이웃집 할머니가 여자에게 밑이 없는 홑바지를 입혀 부부를 비탈밭으로 보내라고 시어머니에게 방법을 가르쳐 주었다.
③ 남자는 아래서 일을 하다가 밭에 앉아 있는 부인을 보니 자기와 다르게 생긴 것을 알게 되어 무엇에 쓰는 물건이냐고 물었다.
④ 여자가 한잔 하는데 쓰는 것이라고 대답하니, 남자가 한잔해보자 해서 그 일을 알게 되어 그후로 아무데서나 한잔을 하자고 하였다.
⑤ 모든 식구가 그 사실을 알고 노래를 부르며 좋아했다.
⑥ <술 한잔 주게>와 동일

이러한 이야기의 확대는 구연자의 자질에서 비롯된 것 같다.[7] 술 한잔하자는 이유를 해명하는 방편으로 앞부분에 대한 확장이 이루어진 것은 무엇보다도 '술 한잔 주게'에서 남자가 성욕이 너무 강한 듯한 표현이 있기 때문이다. 따라서 그러한 습관의 형성이 단순히 육체적인

---

7) 이 이야기가 경북 예천에서만 채록되었다는 사실도 그런 추정에 보탬을 준다. (≪大系≫7-17, 1988, 340~344쪽 참조.)

성적 욕구에서 나온 것이 아니라, 자손의 생산을 통한 가계의 계승이라는 도덕적 용납이 허용되는 성의 성취로써 그 행위를 긍정받을 수 있도록 한 것이다.

여기에서 주목되는 것은 성행위를 모르는 남자에게 교육시키는 이야기가 보다 많은 전승을 이루어왔다는 사실이다. 이점에 대해서는 <성교육담>에서 논의할 예정이지만, <술 한잔 주게>의 내용보다도 광범위한 전승을 이루고 있다는 점에서 과거시대의 성에 대한 무지를 이러한 이야기를 통해 해소시켰다는 것을 보여주는 것이다. 결국 위의 이야기는 장가간 아들의 <성교육담>과 <술 한잔 주게>가 결합된 것임을 알게 한다.

<술 한잔 주게>와 같은 성행위를 암시하는 신호는 '삐약삐약 꼬꼬' 등과 같이 여러 형태로 존재하여 왔던 것으로 보인다. '삐약삐약 꼬꼬'의 주인공은 매우 가난한 농부와 같이 묘사되고 있다. 즉 모든 식구들이 한 방에 잘 수밖에 없는 상황에서 부부의 성생활은 거의 생각할 수 없다. 그러한 상황과 결부되어 부부간의 성생활에 물꼬를 트기 위한 노력의 일환으로 신호를 마련한 것이다. 그 내용을 보면 다음과 같다.

어떤 놈이 이, 새끼(아이)들이 대여섯 되고 단방이고 영 복잡해. 글먼 아까도 늘 따먼 나면, 딸애기 나면 딸애기 그리 안했소. 근디 행여나 아들이나 하나 날까 허고 난 것이 자매가 너덧 낳는디, 행여 아들 하나 날까 허고 늘 방은 단방이고. 그래 두 내외 인자 어떻게 해서 아들이나 한나 나면 허고 잔디 새끼들이 요렇게 전부 드러누웠은께 어디 잘 때가 있어야제. 두 내우(내외) 그런께 자녁에 두 내우 약속을 했어.

"자네는 삐약삐약 허고 쩌리 돌고 나는 꼭꼭꼭 허고 요리 돌세."

그래갖고 인자 저녁에 인자 삐약삐약 허고 쩌리 돌고 꼭꼭꼭 허고 요리 돌다가, 그래도 즈그 엄니는 인자 새끼들 항상 키와 봐싸서 조심을 허고 돈디 지 애비가 어떻게 그냥 참 봅아부렀든 모양이

여. 그런께 큰 새끼는 볿아도 그냥 전디고(참고) 아뭇도(아무 말도)
안해. 아, 그런디 쩌 끄터리 가서 작은 새끼를 어치께 볿아부렸든가
'앵' 허고 운단 말이여. 쩌 밑에 큰 놈이,
　　"시끄럽다, 그만둬라, 나도 지금 잠도 안 오고 죽겠다. 시방 열
두 바꾸차 돈다. 가만 나둬라, 열 두 바꾸차 돈다."
　　그럴 때 부모가 얼마나 애가 터질 거이여.8)

　단칸방에서 살고 있는 부부와 자식들 사이에서 벌어지는 일을 희화
해서 묘사하고 있으나, 당시의 빈궁했던 삶의 면모를 잘 보여주는 대
목이기도 하다. 이러한 삶의 궁핍은 동시에 성생활까지도 궁핍한 형태
로 나타나고 있는데, 여기에서 보여주고 있는 신호는 <술 한잔 주게>
와는 완전하게 다른 의미를 갖고 있는 것으로 보인다. 즉 <술 한잔 주
게>는 낮거리를 말하지만, '삐약삐약 꼬꼬'는 밤의 정상적인 성생활을
확보하기 위한 노력이다. 따라서 <술 한잔 주게>는 일상적인 성생활보
다도 더 많은 성적 욕구를 충족시킨다는 의미를 띠고 있기 때문에 웃
음거리일 수 있다. 그러나 '삐약삐약 꼬꼬'는 밤의 정상적인 성생활도
확보할 수 없는 성의 궁핍을 드러내고 있으며, 특히 그러한 궁핍은 삶
의 궁핍과 연결될 수 있다는 점에서 당시대의 곤궁상을 우회적으로 설
명하는 대목으로 풀이가 가능하다.9)
　성행위를 벌이기 위해 부부간의 신호를 정한 이야기와 함께 부부간
의 성행위를 자식들이 엿듣는 이야기도 많이 채록되고 있다. 이 이야

---

8) ≪大系≫6-12, 1988, 308~309쪽.
9) 이와 유사한 이야기이지만 전남 신안군에서 밤에는 "삐약삐약 꼬꼬"라는 신
　호가 없이 그냥 방을 열두바퀴 돌다가 아이들한테 들키고, 낮에는 막내놈이
　부모가 싸운다고 말리는 유형도 채록된 바 있다.(≪大系≫6-6, 1985, 490~
　491쪽 참조.) 그리고 신안군 장산면에서는 밤에 아홉바퀴를 돌다가 들키는
　유형으로도 채록되었다.(≪大系≫6-7, 1985, 65~66쪽.)
　이러한 신호로의 만남 이외에도 목탁으로 부인을 불러내던 사람이 친구에
　의해 들통난다는 이야기도 있다.(≪大系≫3-2, 1981, 577~581쪽.)

기는 원래 조선초기의 학자인 송세림(宋世琳)의 ≪어면순(禦眠楯)≫에
<오자조부(五子嘲父)>로 수록되어 있던 내용으로, 부인의 몸을 비유하
면서 성생활을 누린다는 것이다. 그러나 이 역시도 다섯이나 되는 아
들때문에 부부가 온전한 성생활을 못한다는 사실을 바탕으로 하고 있
다.

  맨 앞부분에는 자식들이 다섯만으로도 충분한데 밤에 성생활을 하
여 더 많은 동생들을 볼까봐 부모를 감시한다는 내용으로 시작한다.
견디다 못한 부부가 자식들을 새벽에 말과 소를 산으로 끌고 가서 먹
이라고 시킨 후에 둘이서 애성교어(愛聲嬌語)로 나누는 내용이 줄거리
이다. 현재 각 지역에서 채록된 자료는 6편 정도가 있는데, 이들은 대
개 충남에서 전라도 지역으로 편중되어 분포하고 있다. 이들 각 자료
에서 나오는 여인과 남자의 몸에 대한 명칭을 어떻게 비유하고 있는가
를 살펴 보기로 하겠다.[10]

---

10) 자료에 대한 각 출전 및 조사지역은 다음과 같다.
   ① 五子嘲父 : 宋世琳, ≪古今笑叢≫(趙靈巖 譯), 新陽社, 21~23쪽.
   ② 낮거리하다 자식에게 들킨 이야기 : ≪大系≫4-2(충남 대덕군 신탄진
     읍), 1981, 73~75쪽.
   ③ 탄로난 낮거리 : ≪大系≫5-7(전북 정읍군 산외면), 1987, 629~631쪽.
   ④ 아들 셋 둔 부모의 잠자리 : ≪大系≫6-6(전남 신안군 자은면), 1985,
     503~504쪽
   ⑤ 거가 연적산이요 : ≪大系≫6-12(전남 보성군 벌교읍), 1988, 309~311쪽.
   ⑥ 연제봉에 소 먹이고 돌아온 아들 : ≪大系≫6-12(전남 보성군 득량면),
     607~608쪽.

자 료	1	2	3	4	5	6
母의 兩眉	八字門					
眼	望夫泉					
鼻	甘辛峴					
口	吐香窟					
頤	舍人岩					
乳	雙雲嶺	쌍계봉	가슴 두근산	응암산	연적산	연제뽕
腹	遊船串	둥덜실	배꼽 짚은산	허허벌판	댓동산	미랑 뻔데기
岸	玉門山					
毛	甘草田			풀 속	잔솔밭	
玉門	溫井水	옹달샘	보지 구멍산	옹달샘	옹달샘	옹질시암
父의 陽莖	朱常侍					
囊丸	紅同氏 兄弟					
母의 엉덩이		천안 뒷뜰			뒷동산	
母의 이마			배매산			

　　이러한 명칭의 차이는 무엇보다도 구연자의 능력과 관련이 있는 것으로써, 특히 <자료-3>을 제외하고는 지역적인 명칭을 그대로 활용하고 있는 것으로 보인다. <자료-3>은 구연자가 실제적인 몸의 명칭을 그대로 부르고 있다는 점에서 줄거리의 흥미보다는 농담거리로써 이 이야기를 기억하고 있다는 의미가 강하다. 그러나 일관성을 보여주는

명칭으로는 옥문을 들 수 있는데, 이에 대해서는 거의 옹달샘이라는 자연물을 활용하고 있다. 특히 옹달샘은 산속 깊은 속에 위치하고 있기는 하지만 거의 마르지 않는다는 특징을 반영한 것으로 생각된다. 예컨대 여자의 옥문을 중심으로 언덕과 숲이 위치하고 있다는 인식의 형태가 이러한 구조적인 의미를 부여받을 수 있도록 작용한 것같다.

원래 조선시대 유학자의 한문적 수식어로 포장되어 있던 이 이야기는 민간에서 전승되면서 사실적인 자연명칭을 여성의 각 몸매에 부여하는 변이를 가져왔다. 예컨대 여자의 음모를 감초련(甘草田)이라는 명칭으로 부르는 것은 매우 형이상학적이다. 오히려 <자료-5>와 같이 잔솔밭이라고 부르는 것이 이해하기 쉽고 어떠한 형태적인 특징을 반영했는 지를 쉽게 깨달을 수 있다. 또한 <자료-6>과 같이 배를 '미랑 뻗데기'라는 표현을 사용한 것은 자식을 여럿 낳아 키운 여인의 사실적인 이미지를 그대로 진솔하게 그리고 있는 것과 같은 맥락에서 이해해야 한다. 그러한 변화의 형태가 바로 투박해 보이지만 소박한 민중적인 삶과 사고방식임을 알려주는 것이다.

그런데 왜 이러한 이야기가 약 500년이라는 긴 세월 동안 민중들 사이에서 전승될 수 있었던 것인가, 그 생명력의 원천은 과연 무엇이었을까 궁금하지 않을 수 없다. 그것은 여체와 남체, 그리고 그 사이에서 이루어져 왔던 끊임없는 생명력의 원천에 대한 깊은 관심때문이다. 玉門을 옹달샘이라고 표현한 그 자체는 단절없이 오랜 세월동안 생명의 연결시켜 주는 구심점으로의 역할을 수행하여 왔다고 믿었던 때문이다.

<자료-1>의 경우 한문투로 수식된 용어들은 사실 하층민들이 이해하기는 어려운 내용이다. 즉 식자층에서 멋을 부린다고 붙인 명칭이기 때문이다. 그러나 그 이외의 자료들은 대개가 쉽게 비교되는 자연물을 비유대상으로 선정하고 있으며, 특히 <자료-3>은 사실적인 명칭을 그

대로 사용하고 있다는 점에서 매우 육담적으로 보이기도 한다.

이러한 사실들을 바탕으로 할 때 이 이야기의 형성유인은 성행위에 목적을 두고 있는 것이 아니라, 원래 여성기를 비유적으로 표현하려는 의도와 무관하지 않은 것 같다. 따라서 이야기의 앞뒤에 두어진 자식들의 행동은 이야기를 흥미 있게 유도하려는 전승자의 상상력의 소산으로 볼 수 있다. 아이들이 부모의 행위가 끝난 뒤에 말하는 내용은 그러한 해학의 기능을 보다 강화한다. <자료-5>의 경우처럼 '천 모냐 (처음에) 연적산에 띠끼갖고, 댓동산에 띠껴갖고, 잔솔밭에 띠껴갖고, 옹달샘에 물 믹여서, 뒷동산천에 매놓고 왔소.' 라고 말하는 아이의 대답이 부모의 대화를 그대로 인용하고 있는 것은 좋은 예이다. 결국 이들 이야기도 앞서 언급한 것과 같이 성생활의 어려움을 묘사하고 있는 것의 한 유형이라고 볼 수 있겠다.

2) 사돈교체담

속담에 '만만찮기는 사돈집 안방'이라는 표현도 있듯이 사돈과의 관계는 사실은 어려운 관계이며, 우스갯소리의 대상으로 다루어질 수 없을 것같은 생각이 든다. 그러나 현실과는 달리 사돈들이 성의 희롱적 대상으로 등장하고 있는 이야기들이 전국적으로 채록되고 있어 주목된다. 이것은 현실적인 인척관계가 이야기 속에서는 다른 의미를 갖고 다루어질 수도 있다는 것을 잘 보여주는 것이다.[11] 이들 내용을 주요

---

11) 여기에서 인용하는 자료는 ≪韓國口碑文學大系≫에 수록된 내용이므로 그 출전 기록에서는 생략하며, 주어진 번호는 자료의 번호로 사용함.
　① <포천 소 까닭>, 1-4(경기 남양주군), 696~697쪽.
　② <사돈끼리 소 개비하러 갔다가>, 1-5(경기 수원시), 131~133쪽.
　③ <뒤바뀐 사돈>, 4-5(충남 부여군), 860~862쪽.
　④ <소바꾸려다 부인까지 바꾼 사돈>, 5-7(전북 정읍군), 737~739쪽.
　⑤ <술 좋아하는 두 사돈의 실수>, 6-12(전남 보성군), 258~260쪽.
　⑥ <소를 타고 바뀐 사돈>, 7-9(경북 안동군), 685~686쪽.

전개단락별로 나누어 보면 다음과 같다.

　　① 사돈끼리 소를 바꾸려고 장에 나왔다가 만나 술을 먹었다.
　　　－숫사돈을 숫소(암소)를, 암사돈은 암소(숫소)를 끌고 나왔다.
　　　－모두 암소를 끌고 나왔다.
　　② 술에 취해 서로 소를 바꿔 타고 집으로 갔다.
　　　－서로 소를 바꿀려고 했기 때문에 숫사돈은 암소, 암사돈은
　　　숫소를 끌고 갔다.
　　　－암소를 바꾸어 타고 갔다.
　　③ 한밤중에 집에 도착해서 자식들이 제대로 보지 못하고 방에
　　　모셨다.
　　　－자다가 그 일까지 했다.
　　　－그냥 곱게 잤다.
　　④ 깨어 보니 낯선 곳이라 도망을 쳤다.
　　　－도망치다가 중간에서 사돈을 만나 서로 비밀로 하자고 하
　　　였다.
　　　－일찍 나와 보니 시집온 딸에게 들켜 망신을 당했다.

　여기에서 구별되는 요소는 소의 암수 여부, 바뀐 사돈끼리 동침했는
지의 여부, 그리고 바뀐 것을 깨닫고 나갈 때 딸에게 들키는 지의 여
부 등이다. 먼저 소의 성별이 구분되는 경우와 안되는 경우가 있는데,
대개의 경우는 암사돈이 암소를 숫사돈이 숫소를 끌고와서 다른 성을
가진 소와 바꾸고자 한다. 여기에서 숫사돈을 숫소로, 암사돈을 암소로

---

⑦ <사돈끼리 바꾸어 탄 말>, 7-9, 827～828쪽.
⑧ <소를 바꾸어 탄 사돈>, 7-9(경북 안동시), 126～127쪽.
⑨ <소를 바꾼 탓에 실수한 두 사돈>, 7-18(경북 예천군), 301～302쪽.
⑩ <사돈끼리 실수한 이야기>, 8-1(경남 거제군), 506～507쪽.
⑪ <사돈의 실수(1)>, 8-3(경남 진양군), 465～466쪽.
⑫ <소 바꾸어 탄 사돈>, 8-8(경남 밀양군), 175～176쪽.
⑬ <사돈 소 바꾸어 타기>, 8-10(경남 의령군), 478～479쪽.
⑭ <소 팔러간 사돈들>, 8-14(경남 하동군), 156～157쪽.

내세우는 것은 이야기의 줄거리를 기억하기 용이하게 만드는 요소의 하나이다.[12]

어려운 사돈관계에서 인륜적인 행동이 깨어지는 것은 술의 힘과 소의 역할에 기인한다. 따라서 표면상으로는 각기 사돈의 부인을 탐할 정도로 파렴치한 사람들은 아니라는 점을 드러내고 있지만, 내면적으로는 사돈의 부인을 사모했던 것으로 묘사된다. 여기에서 표현되는 내용들이 대개 동침했다고 말하기 때문이다. 특히 동침은 단순히 같이 누워 잤다는 의미로 받아들이기 보다는 성관계를 맺었다는 의미가 더 강해 보인다. <자료-4>의 경우를 보면 직설적으로 표현을 하지는 않았지만 제보자 자신이 사돈의 부인을 바꾸어 성관계를 맺었다는 시각으로 이야기를 끌고 있다.

> 서로 가지. 소라는 것은 한번 팔먼 꼭 그 집이로 가. 아 그런 것이 다 지금 소를 끊고는 다 지금 가네. 아 이놈이 딸 사둔이 황소 송아치를 서로 가는디 아 가닌게, 아 말허자먼 딸네 집이로 갔제. 아 술이 취해가지고 그냥 자 버릿단 말여. 아이 딸이 보인게 친정 아부지가 어찌 술이 취해가지고 온지 어쩐 일인가 모르거든. 아 근디 시아부지는 안와. 아 근게 시아부지는 말허자먼 인자 딸 그 그 냥 친정으로 갔제. 응, 소 따라서. 아 그런 것이 사둔이 바꽈서 자 부렸네. 아이 그랬어. 참말로 그렸단게. 아 그리서 날이 샜단 말여. 딸이,
> "아니 아부지."
> "응?"
> "아이 뭔 술을 그르게 잡수짔소. 술 쪼끄만치 잡수…."
> 아이 눈 떠본게 딸이네.
> "참 나는 엊즈녁 그냥 잤다마는 너그머니 안됐다."

---

12) 그러나 수원시에서 채록된 내용의 경우는 두 사돈이 모두 암소를 끌고 왔다.

아 바꽈 자닌게. 아 바꿔 자닌게. 그양 자겼어. 사둔네 집이 가서, 근게 딸, 딸네 집이는 그양 잤제. 근디 요쪽 사둔이 사둔허고 자는 디 그양 자겼어? 그인게 아 이놈의 영갬이 알고,

"너그메 신세가 안됐다. 엊저녁으 너그메는 그양 자들 안힜을 거이다."

<자료-4>의 끝부분에 표현된 내용으로 볼 때 딸의 아버지는 그냥 곱게 잤는데, 아들의 아버지는 딸의 어머니와 필시 성관계를 맺었다는 식으로 표현되고 있다. 여기에는 자신은 그렇지 않은데, 남은 그럴 것이다 라고 하는 선입관이 작용하고 있는 것이다. 또다른 관점에서 본다면 아들의 아버지는 며느리의 외양을 보고 딸의 어머니에 대한 동경이 있었을 것이며, 그래서 일부러 딸의 어머니와 동침을 했다는 의미를 지니고 있다.13) '근디 요쪽 사둔이 사둔허고 자는디 그양 자겼어?' 라는 말하는 내용 속에는 아들의 아버지가 성적 욕구가 강하다는 것을 보여주는 좋은 예이기 때문이다.

이들 유형의 특징은 아버지가 사돈 집에 와서 딸에게 걸렸을 때는 한쪽편이나 양쪽편이나 간에 대개가 성관계가 성립된다. 그러나 중간에 사돈끼리 만났을 때는 서로 곱게 잤다고 표현하며, 그것을 비밀로 한다. 즉 두 사람만이 아는 비밀로 하는 것이다. 그것은 매우 부도덕한 행위로써 세인들에게 지탄을 받을 것이며, 동시에 양 집안이 망할 수

---

13) 이러한 사례로 경북 예천에서 채록된 <안사돈을 탐낸 바깥사돈>(≪大系≫ 7-17, 344~345쪽.)이 좋은 예이다. 이야기의 대강은 딸의 어머니가 찾아왔는데, 아들의 아버지가 사돈하고 하룻밤 잔다면서 좋아하는 것을 보고 딸이 어머니를 보냈다고 하는 것이다. 즉 아들의 아버지가 안사돈을 탐하는 내용을 명쾌히 보여준다.

그러나 이와 반대로 홀아비가 된 딸의 아버지가 과부가 된 안사돈을 보고 상사병이 나서 딸이 꾀로 이를 치료해 준다는 이야기도 채록된 바 있다.(≪大系≫8-4(경남 진양군), 133~136쪽.) 그러나 이 이야기의 끝맺음은 안사돈이 딸의 아버지에게 다시 찾아오도록 말하고 있어 '과부 마음은 홀애비가 안다'는 속담을 설명하는 자료로 유용하다.

밖에 없기 때문이다.14)

사돈교체담의 형태는 전국적인 분포를 보여주고 있다. 특히 경기도 지방에서 채록된 이야기들은 포천의 사돈들에 의해 이 이야기가 생겨났다는 식으로 말하고 있다는 점이 주목된다. 이것은 사돈교체담의 형태가 포천지역에서 발생한 실제적인 사건을 바탕으로 형성되었을 가능성을 보여주는 것이기도 하다.15) 결국 이 이야기의 전승은 경기도 북부지역에서 유포되다가 흥미를 강조하는 이야기의 개입이 이루어져 전국적인 전파가 이루었다고 할 수 있다.

3) 성교육담

이 이야기의 유형은 대개 어리석은 아들이 장가를 갔으나, 성관계를 알지 못해 자식을 못낳기 때문에 발생한 에피소드를 이야기로 만든 것이다. 어리석은 아들이란 나이가 어려서 아직 성을 깨치지 못한 경우도 있지만, 나이가 차기는 했으나 남들보다 지능이 떨어지기 사례로 대별된다.

이러한 이야기가 형성된 것은 무엇보다도 가계계승적(家系繼承的) 차원에서 자식의 생산이라는 당대의 절박한 심정을 반영한 것이다. 특

---

14) 이러한 점에서 '아들 못난 건 제 집만 망하고 딸 못난 건 양사돈이 망한다.'는 속담이 참고될 필요가 있다. 이것은 못난 것을 앞세우지만, 오히려 딸이 잘났기 때문에 아들의 아버지가 안사돈을 탐하는 것이기 때문이다.

15) 그러나 조희웅은 남양주에서 조사하면서 '이 자료의 분포 상태로 보아 꼭 포천의 이야기라고만 할 수 없다. 오히려 전래되던 이야기에 포천이란 구체적인 지명을 가져다 붙인 것이 아닌가' 하는 식으로 언급한 바 있다.(≪大系≫1-4, 696쪽.) 그럼에도 불구하고 이 이야기는 수원지방에서도 채록되었는데, 여기서는 가평군과 포천군 사람이 사돈을 맺었다고 하였는 점을 고려할 필요가 있다.(≪大系≫1-5, 131쪽.) 결국 이 이야기는 원래 경기도 지방을 중심으로 전승되었다고 볼 수 있는 가능성이 높으며, 어려운 관계인 사돈을 성적으로 연결시켜 버리는 줄거리의 특징에 의해 전파가 손쉽게 이루어졌다고 생각된다.

히 결혼을 했지만 성적인 결핍에 빠져있는 여인에게 있어서 성적 욕구를 충족하는 것도 시급한 일이었던 것이다. 이와 같은 내용들을 수용해서 만들어진 이야기가 바로 이들 유형군이다. 먼저 이들 이야기의 유형을 전개단락별로 제시하면 다음과 같다.

① 한 장승집 자제인데 여자를 멀리하여 장가도 가려고 하지 않았다.
② 부모들은 남자의 병을 고치고 혼인도 시키려고 방을 내어 여자를 구했다.
③ 주막집 딸이 남장으로 변신하여 지원해서 자제의 시중을 들었다.
④ 여자가 글을 가르쳐 달라고 해서 같이 공부를 하게 되었다.
⑤ 하루는 여자가 내일 심부름을 갈지 모르니 내일할 내용까지 가르쳐 달라고 해서 밤늦도록 있다가 남자가 먼저 잠을 자길래 몰래 성기를 만졌다.
⑥ 놀라서 깨어난 남자가 사타구니에 혹달린 병을 숨겨 왔으나 네가 알게 되었으니 죽일 수 밖에 없다고 하였다.
⑦ 여자가 혹을 녹일 수 있는 독을 갖고 있으니 고쳐 주겠다고 하여 결혼을 하게 되었다.
⑧ 남자의 성기가 커지면 여자의 성기에 담그고, 또 커지면 담그고 하다가 자식까지 낳고 잘 살았다.[16]

이야기를 주도하는 인물은 여자이다. 남자의 경우 자신의 성기를 불필요한 신체의 일부분으로 간주하고 있는데, 이것은 과거시험을 통해 관직으로 나아갈 수 있기 전에는 남자에게 중요한 일이 바로 학문적인 성취였다는 사실과도 무관하지 않은 것으로 보인다. 특히 남자는 여자

---

16) ≪大系≫6-10(전남 화순), 1987, 493~501쪽.
   이와 유사한 사례가 경북 안동에서도 채록된 바 있는데, (≪大系≫7-9, 1982, 832~835쪽.) 여기에서는 상대가 같은 계층인 정승집 자제들이다. 특히 안동이라는 채록지적인 특징 때문인지 몰라도 주인공의 성이 권과 김으로 나타나 있다.

를 싫어하는 형태로 나타나지만, 여자의 경우는 인간적인 경험에서 앞서는 존재로 묘사된다. 무엇보다도 성에 대한 지식의 형태가 풍부하다는 점이나, 그를 통해 양반의 자제와 통혼을 이루면서 신분적인 상승까지 이루고 있다는 사실은 성의 지식습득이 필요하다는 점을 암시하고 있는 것이다.

이와 달리 여자의 성기형태를 병으로 생각해서 남녀간의 성기를 결합하는 이야기들도 있다.17) 여하튼 이러한 이야기들은 무엇보다도 남자들이 성에 대해 무지하다는 것에 토대를 두고 이야기가 전개되는 특징을 보여준다. 남성이 여성에 대해 성적인 지식이 결여되어 있다는 것은 조선시대의 밀폐된 성적 대화에도 문제가 있지만, 결국에는 조혼제도에 대한 부분적인 비판의식도 담고 있는 것으로 보인다.

성행위를 묘사하는 방식에도 여러 형태가 있는데, 그 내용을 보면 사실적인 묘사보다는 상징적이거나 의미를 이해할 수 있는 내용을 담고 있는 것이 보통이다. 현재 부분적으로 조사된 자료를 바탕으로 그 내용을 살펴 보도록 하겠다.

먼저 전남 해남에서 조사된 <어린애 신랑>에서는 부부가 밭에서 일을 하다가 우연히 서로의 성기를 보게 되었는데, 남자의 성기가 이상하게 튀어나왔다고 해서 그 이유를 물었더니 개한테 물렸다고 답하였다. 그래서 부인이 그것을 약으로 고쳐야 한다고 하면서 자신의 성기에 넣었다. 그 이후로 남자가 성욕을 느낄 때마다 "개물린데 약하자 개물린데 약하자"고 말하였는데, 이를 본 식구들은 매우 좋아했다고 한다.18)

신안에서 조사된 <철없는 신랑>은 잠잘 때와 고쟁이를 입고 있는 부인의 성기를 본 신랑이 자기의 성기와 다르다고 놀래서 달아났는데,

---

17) ≪大系≫8-5(경남 거창), 1981, 343~345쪽 참조.
18) ≪大系≫6-5(전남 해남), 1985, 186~188쪽.

입과 같이 물어버리는 신체의 일부로 생각한다. 그래서 부인은 성기를 건으로 가려놓고 남편에게 물지않게 하는 좋은 방법이 있다고 하여, "엎어났다가 한 번씩 허고 물이 쪽 빠진 뒤에는" 안물을 것이라고 하여 성을 알게 만들어 놓는다.19)

부부관계에서 일어난 것은 아니지만 성을 모르는 남자에게 성관계를 가르쳐준 기생의 이야기도 있다. 서울의 김정승집 아들이 공부하느라 남녀관계를 모르기 때문에 이를 알도록 하기 위해 평양의 기생들을 동원한다. 그 중에서 한 기생과 좋아지게 되어 정이 들었는데, 하루는 찾아오지 않자 궁금해한다. 다음날 기생이 찾아왔을 때 무엇 때문이냐고 물었다. 기생은 사타구니에 마묵이라는 것이 생겨 고생을 하는데, 이것은 서방님의 마묵으로 고쳐야 한다고 해서 성을 깨닫게 만들어 보냈다고 하는 내용이다.20)

경북 상주에서 조사된 내용은 남자의 성기를 꽃을 모종하는데 사용하는 도구로 표현한 예도 있다. 성을 모르는 여자가 있었는데 남자와 함께 목욕을 같이 하다가 남자의 성기를 보게 되었다. 그것이 무엇인지 모르던 여자가 궁금해서 물었더니 꽃을 모종하는 도구라고 답하였다. 그 답을 듣고 여자가 자기도 하나 달라고 해서 주었다는 이야기이다.21)

경북 예천에서는 <물먹다가 살꿍지 터져>라는 이야기가 채록되었는데, 여기에서도 여자가 성에 대한 무지한 상황으로 나타난다. 처녀와 총각이 산에서 우연히 만나게 되어 옹달샘으로 물을 먹으러 갔다. 총각은 옷을 홀딱 벗었는데, 처녀가 그 이유를 묻자 물먹다가 옷을 적실까봐 걱정되어서 그런다고 대답하였다. 그러고는 사타구니에 달린 성

---

19) ≪大系≫6-6(전남 신안), 1985, 212~213쪽.
20) ≪大系≫8-5(경남 거창), 1981, 343~345쪽.
21) ≪大系≫7-8(경북 상주), 1983, 81~85쪽.

기를 살꽁지(살꼬리)라고 하여 물에 빠지지 않도록 꼭 잡으라고 하였다. 처녀는 아무것도 모르고 시키는대로 살꽁지를 잡았는데 점점 커지니까 총각이 물을 많이 먹어서 그런 줄 알고 그만 물먹어라 살꽁지 터진다고 외쳤다.[22]

상주에서 조사된 예는 성기를 꽃모종삽으로 비유하여 그 생산적인 의미를 갖고 있는 상징으로 암시하고 있다는 점에서 매우 함축적인 예라고 할 수 있다. 그러나 대개의 경우에는 남녀의 성기를 병이나 혹과 같이 신체적인 결함으로 제시하여 이를 치유하려는 과정을 통해 성을 깨치는 기능을 보인다. 이러한 과정의 제시는 결국 한쪽에서 성의 무지를 갖고 있다는 점을 바탕으로 하기 때문에 남녀의 양쪽이 무지한 경우는 거의 없는 것이 특징이다

이러한 성교육의 형태는 직접적인 가르침의 행위보다는 이야기적인 과정을 통해 골계적인 요소가 부분적으로 개입되어 있기 때문에 자칫하면 속된 표현이 될 수도 있는 성적 내용을 재미있게 전달할 수 있다. 그것은 동시에 성에 대한 자연스러운 관심을 유도함으로써 남녀의 첫경험을 쉽게 치를 수 있도록 하는 교과서적인 의미에 해당된다.[23] 이러한 관점에서 이들 성관련담이 과거시대에는 단지 상스럽고 속된 내용을 흥미위주로 전개하기는 했지만, 자연스럽게 부자간에 혹은 모녀나 모자간에 성교육이 이루어지는데 일정한 작용을 했던 것임을 알 수 있다.

---

22) ≪大系≫7-17(경북 예천), 1988, 603∼604쪽.
23) 정월에 노는 승경도놀이형태도 그러한 가르침의 일종을 잘 보여주는 민속놀이이다. 승경도에는 중앙과 지방의 관직명이 명시되어 있으며, 그것을 통해 사대부집안의 자제들이 앞으로 성장해서 벼슬길로 나아가는데 미리 숙지하도록 하는 역할을 한다.

4) 여성기를 대상으로 한 민담

여성기를 주제로 삼고 있는 이야기의 구조적 특징은 여성기를 입의 한 상징으로 인식하고 있다는 것이다. 이러한 이야기의 기본적으로 인식은 여자의 성기를 단순한 성기 차원에서 이해하고 그것을 표현하는 것이 아니라, 여자라면 마땅히 갖고 있어야만 하는 입이라는 것이다. 예컨대 <변강쇠가>의 기물타령에서 불려지고 있는 내용 중에서도 '이상히도 생기었다. 맹랑히도 생기었다. 늙은 중의 입일란지, 털은 돋고 이난 없다.'24)라는 표현처럼 여성기가 사람의 입의 형태를 취하고 있음을 알려주는 글은 많다. 특히 늙은 남자의 입이라는 견해는 매우 희화적인 표현이 아닐 수 없다. 여자의 몸에 자리잡고 있는 성기를 남자의 입이라는 상징적인 표현을 쓰고 있는 것은 그 만큼 여성기와 남자의 입과의 관련을 나타내는 것으로 볼 수 있기 때문이다.

여성기담의 내용은 여성의 성기를 대상으로 이야기하는 것으로 대개 입으로 상징되고 있다. 즉 여자에게는 입이 두개 있는데, 실질적인 의미의 윗입과 성기를 뜻하는 아래입이 그것이다. 따라서 여성기를 대상으로 한 이야기의 관점은 아래입을 통한 웃음거리를 자아내는데 있다. 이들 유형은 크게 두가지 형태로 나누어지는데, 세 며느리가 시아버지를 기쁘게 해주기 위한 행동으로서 여성기가 동원되는 경우와 여자의 아래입술과 남자의 윗입술이 바뀐 이야기이다.

세며느리와 시아버지의 경우에는 원래 세째 며느리를 골탕 먹이려는 것이 목적이었으나, 세째 며느리가 기지를 발휘해서 그것을 멋들어

---

24) 강한영, ≪신재효 판소리사설 여섯마당집≫, 형설출판사, 1982, 426쪽.
　　이외에도 여성기를 속되게 표현하는 '씹'이 '씨(종자) + 입(口)'의 합성어라고 하는 견해도 이러한 속성을 반영하고 있는 것이다.(김욱동, ≪탈춤의 미학≫, 현암사, 1994, 339쪽 재인용.)

지게 벗어나는 것이다. 그 내용을 간략하게 단락으로 나누면 다음과
같다.25)

① 마음씨가 고약한 세째 며느리를 골려주기 위해 시아버지와 며느
리들이 짜고 문안인사의 방법을 정했다.
② 첫째 며느리는 큰 갓을 쓰고 와서 편안할 안(安)로 글짜문안을 올
렸다.
③ 둘째 며느리는 아들을 안고 와서 좋을 호(好)로 글짜문안을 올렸
다.
④ 세째 며느리는 생각하다가 옷을 훌딱 벗고 글짜문안을 올렸다.
 －자료－1 : 클 태(太), 자료－2 : 법 여(呂), 자료－3 : 좆, 자료－4
 : 법 여(呂)
⑤ 세째 며느리가 제일 뛰어남을 알게 되었다.

이들 유형이 모두 이러한 전개방식을 취하는 것은 아니며, 자료-2의
경우에는 두개의 에피소드로 연결되어 이야기를 풍족하게 만들고 있
다. 또다른 인사방식을 동원하여 자신을 놀리고자 했던 시아버지와 윗
동서들을 오히려 당황하게 만들고 있는 것이다. 즉 첫째 며느리는 천
세 동안을, 둘째 며느리는 만세라는 세월이 흐르도록 오랫동안 장수하
실 것을 기원하고 있는데, 세째 며느리는 '좆'이 되어 달라고 말한다.
이것은 원래 세째며느리가 못되게 굴기 때문에 두 며느리와 시아버지
가 짜고서 한 행동인데, 그러한 모함을 벗어나고 오히려 시아버지를
놀리고 있는 것이다.

---

25) 이들 이야기의 채록내용은 다음과 같다.
 ① 자료－1 : 시아버지와 며느리, 《大系》(전남 신안군), 469-470쪽.
 ② 자료－2 : 동서들보다 한 수 더 뜨는 막내 며느리, 《大系》7-9(경북 안
 동시), 127－130쪽.
 ③ 자료－3 : 세 며느리의 축수, 《大系》7-16(경북 선산군), 285-287쪽.
 ④ 자료－4 : 며느리 문자 세배하기, 《大系》8-11(경남 의령군), 87-89쪽.

하지만 앞의 두 며느리는 입바른 소리에 불과하나, 세째 며느리는 남성기가 오래도록 살 수 있도록 기원하는 실질적인 내용을 담고 있기 때문에 똑똑한 며느리임을 보여준다. 부연하여 '막내 며느리한테 손자 난 것이 제일 큰 놈이 나드라네, 제일 큰 늠이 나드래.'[26]라고 하는 것도 그러한 점을 강조하기 위한 방식임을 알 수 있다.

무엇보다도 이 설화의 제보자가 남자라는 사실은 시아버지의 입장에서 이 설화를 전달하려는 의도가 강하게 나타나고 있다는 점이다. 따라서 버릇없는 며느리의 행동을 바로 잡으려고 한 시아버지가 오히려 말로 당하기는 하지만, 당돌하나 똑똑한 며느리이기 때문에 어쩔 수 없다는 식으로 다루고 있는 것이다. 이것은 성기를 바탕으로 골계적인 성격을 띠고 있는 이야기이기는 하나, 똑똑한 며느리가 자식도 잘 난다고 하는 점을 역설적으로 내세우려는 의도를 담고 있는 것이기 하다.

그러나 흥미로운 것은 이야기를 하는 관계가 시아버지와 며느리라는 점이다. 과연 이들 관계에서 이러한 형태의 대화가 과연 존재할 수 있을까 하는 것은 의문이 아닐 수 없다. 여성기를 이야기의 주제로 삼고 있다는 사실은 일면 효라는 의미에서 이해될 수 있기는 하다. 즉 시아버지가 성에 대한 관심이 있다고 하더라도 그 기능을 수행하기에는 어려운 나이이다. 따라서 그러한 성욕에 대한 관심을 높이기 위한 세째 며느리의 행동은 시아버지의 성적 능력을 강화하다는 측면에서 가장 훌륭한 효의 내용을 담고 있다고 볼 수 있다. 다만 시아버지의 입장에서 그러한 욕구를 직접적으로 표현하기가 어렵다는 사실을 바탕으로 할 때 그 표현을 우회적으로 했을 가능성이 농후하다고 하겠다.

둘째로는 여성의 아랫입술과 남성의 입술이 바뀐 이야기군이다. 이

---

26) ≪大系≫7-9(경북 안동시), 130쪽.
　　이 설화의 제보자는 이웅학(남, 71세)이다.

들 이야기는 순수하게 재미를 주기 위한 이야기라는 점에서 교설적인
의미를 찾기 어렵다. 그 이야기의 전개구조를 보면 다음과 같다.27)

① 며느리가 새참을 가져가는 중에 오줌이 마려 논사이의 고랑에서
　누다가 농게한테 아래입술을 물렸다.
② 배고파하던 시아버지가 찾아보니 며느리가 신음소리를 내며 아파
　하길래 이유를 물었는데도 대답을 못하고 아래를 가리켰다.
③ 시아버지가 아래를 보니 게가 똑같이 생긴 입술이라고 생각하고
　또 물었다.
④ 남편이 아버지와 부인을 찾아다니다가 그런 상황을 보고 둘을 떼
　어놓았는데, 게가 살점을 짤라버리고는 도망갔다.
⑤ 병원에 가서 수술을 했는데 살점을 바꿔 붙였기 때문에 시아버지
　는 음담패설을 하면 입술이 씰룩씰룩하고, 며느리는 날이 흐리거
　나 비가 오면 아래입술을 씰룩거린다고 한다.

　이야기의 줄거리는 대개 이러하지만, 등장인물이 차이에 의해서 내
용의 변화를 보이기도 한다. 이러한 상황의 설정은 여자의 경우 몸가
짐과 관련이 있는 것으로 생각되지만, 그 보다는 여성의 오줌이 갖는
상징적인 의미에 더 큰 뜻을 갖고 있는 것으로 짐작된다. 다음과 같은
사례의 제시는 그런 의미를 확인하는 데 도움을 줄 수 있다.

　농가에서 안칙간의 뇨(尿)는 사랑칙간의 뇨(尿)에 비하여 최소한

---

27) 이들 자료의 채록내용과 채록지는 다음과 같다.
　① 부인의 윗입술과 아래 입술, ≪大系≫2-8(강원 영월), 1986, 744쪽.
　② 떨어진 살점을 바꿔 붙인 이야기, ≪大系≫3-2(충북 청주), 248~250쪽.
　③ 게발에 물린 여자와 중, ≪大系≫6-2(전남 함평), 1981, 151~153쪽.
　④ 게에게 물린 시아버지와 며느리, ≪大系≫6-4(전남 승주), 1985, 286~288쪽.
　⑤ 게에 물린 며느리, ≪大系≫6-6(전남 신안), 1985, 242~244쪽.
　⑥ 게구멍에 오줌 눈 과부, 윗책, 504~506쪽.
　⑦ 살 바뀐 이야기, ≪大系≫8-14(경남 하동), 1986, 154~156쪽.

세곱절의 비료(肥料)로서의 가치를 둔다. 특히 감자 같은 새끼를 치는 농작물에 이 안사랑 오줌(內廁尿)의 거름은 필수다. 안 오줌 한 장군과 사랑 오줌 세 장군과 맞바꾸는 것은 농촌의 관례였다. 이같은 거름으로서의 실리성 때문에 사랑칙간·안칙간 습속이 유지되었고 거기에 남녀 외면 법도가 가미되었을 것이다.

물론 남자의 오줌보다 여자의 오줌이 비료 성분으로서 더 좋다는 과학적 근거는 없다. 그것은 여뇨(女尿)가 남뇨(男尿)에 비해 번식성의 주술적(呪術的)인 상정(想定)을 하기가 쉽다는데 원인이 있을 것이다. 왜냐하면 여자는 아기를 낳기 때문이다. 이것은 인류학(人類學)에서 말하는 유감주술(類感呪術)의 한 본보기다.[28]

이러한 설명과 같이 여자의 오줌은 논과 같은 장소에 함부로 버릴 만한 비료가 아니였으며, 농가에서 생산적인 의미를 갖고 있는 비료로서의 기능을 활발하게 수행했던 것임을 알 수 있다. 그러한 관점에서 여자의 아래입술과 남자의 입술이 바뀌는 이야기형태는 오줌의 주술성과 여자의 성기적 특징을 바탕으로 홍미있게 구조를 갖추게 된 것으로 보인다.

특히 입술이 바뀌는 관계는 시아버지와 며느리일 경우는 위의 내용과 같은 부연설명을 하기 때문에 청자들은 웃음을 자아낸다. 그러나 다른 관계일 경우에는 또다른 부연설명을 하여 청자들에게 또다른 재미를 주고 있다. 이러한 관계와 그 결과를 도표로 보면 다음과 같다.[29]

---

28) 李圭泰, 《韓國人의 性과 迷信》, 기린원, 1985, 69~70쪽.
29) 여기서의 자료번호는 주 27)의 번호와 같다.

자료	상 황	관계자 · 떼는 사람	바 뀐 결 과
1	빨래 중에 가재에게 물림	자신의 위와 아래입술	음식얘기를 하면 밑에 입술이 실룩, 자지얘기를 하면 우에 입술이 실룩
2	며느리가 점심을 가져가다 오줌누고 게한테 물림	며느리와 시아버지, 남편	여자는 입술이 마렵던지 거기서 자꾸 얘기를 하구, 남자는 무신 생각이 있으면 거기가 자꾸 근질하구
3	부인이 점심을 가져가다 오줌누고 게한테 물림	부인과 중, 남편	날이 궂으면 여자 아래쪽에서 염불소리나고, 중의 입에서는 고랑내가 퍼얼펄 났쌌고.
4	밭을 매는 중 오줌을 누고 그 놈한테 똥개를 물림	며느리와 시아버지, 남편	며느리는 깊은 살이라 모르고, 시아버지는 수염이 꼬골꼬골 허니 낭께
5	시아버지와 며느리가 친정에 가다 오줌을 누는 중에 게에게 물림	며느리와 시아버지, 일꾼	병원에서 수술후 사돈댁에 갔는데 씨암씨는 가만 앉아서 '흠' 이랬싸고, 며느리는 속옷 밑에서 두렁두렁 소리가 나서 나중에 다시 교환 수술을 함.
6	과부가 뻘을 가는 중에 오줌을 누고 게에게 물림	과부와 중, 나팔장수	과부가 고맙단 말이 없이 '뭔 놈의 중대가리가 그리 까실까실한고', 중은 '허허 아무리 시궁창을 맡아봐도 이렇게 고랑내 심헌 고랑창은 처음 맡아 보내여', 나팔장수는 '나팔장수 십년만에 씹나팔 불기는 내생전 처음이네'.
7	부인이 논으로 밥을 갖고가다 오줌누고 게에 물림	부인과 중	중이 염불할 때마다 '시방보살! 시방보살!' 그런다고 함.

이러한 내용을 살펴보면 며느리와 시아버지의 관계가 남다르다는 사실을 엿볼 수 있다. 그러나 과연 며느리의 성기부위를 시아버지가

위의 사건과 같이 볼 수 있는가는 의문의 여지가 있다. 이것은 사돈교체담의 유형과 같이 어떤 의미부여를 하기가 쉽지 않다. 아무리 며느리와 시아버지의 관계가 밀착되어 있다고 하더라도 위와 같은 행동은 효를 강조하던 조선시대에 있어서는 용납하기가 어렵기 때문이다.

사돈교체담에서처럼 사돈끼리는 매우 어려운 사이이며, 그런 관점에서 부인을 바꾸어서 잠잤다고 하는 이야기는 흥미가 주된 의미를 갖고 있다고 생각된다. 마찬가지로 여성기담이 발생한 것은 며느리가 시어머니보다는 시아버지와 밀착된 관계에 있다고 하는 의미에서 풀이될 수도 있으나, 아래입술을 윗입술과 동일시했던 우리 조상들의 해학적인 의미도 무시할 수 없을 것이다. 이러한 사실은 입술이 바뀐 결과에 대한 내용으로도 잘 알게 한다.

먼저 시아버지와 바뀌었을 때의 경우는 노인네의 입술이라는 점에서 날씨와 관계를 맺고 있으나, 여자의 아래입술은 자지얘기가 나오게 되면 실룩거린다는 식으로 끝을 맺고 있다. 여기에는 병원에서 수술을 했다는 표현도 나온다는 점에서 최근세까지도 이런 이야기가 새롭게 형성되면서 전승하였음을 알 수 있다.

흥미로운 것은 중이 그 대상자로 나타나고 있다는 사실이다. 이것은 중을 대상으로 삼은 해학적인 요소를 보여주는 것일 뿐만 아니라, 중들도 육욕에 대한 관심이 높다는 것을 비판적으로 표현하고 있는 것으로 보인다. 예컨대 자료-3의 경우처럼 바뀐 여자의 아래입술에서 염불소리가 난다고 하는 것은 파계의 상징을 의미하고 있는 것이며, 이러한 사실은 여염집 여인들과의 이상한 소문들이 또다른 이야기거리를 형성한 때문일지도 모른다. 특히 탈춤에서 파계승과장이 꼭 개입되어 있다는 점도 이러한 사실과도 무관하지 않을 것이다.

여성기를 이야기거리로 삼고 있는 유형들은 여성기의 외형적 특징과 결부되어 있다. 이것은 이야기의 주인공들이 거리감이 없고 친한 관계가 아닌 상태에서 말하기 때문에 일상적인 감정과는 약간의 괴리성을 엿볼 수 있다. 결국 이들 이야기는 성기를 대상으로 여흥거리를 제공하는 역할에서 그 의미를 찾을 수 밖에 없을 것같다. 시아버지와 며느리의 관계가 성적인 희롱대상으로 정착하기에는 조선사회가 용납하지 못했기 때문이다. 또한 이들 이야기가 교술적인 속성을 갖추지 못하고 있다는 사실도 이러한 사실을 확인하는데 도움을 주고 있다.

3. 이야기에 나타난 의식지향

성을 이야기거리의 대상으로 삼고 있을 때 그것은 웃음의 미학으로 나타난다. 물론 부분적으로 성교육을 담당하는 역할을 하기는 하지만, 대개는 성인들의 농거리로 다루어지고 있는 경향이 강하다. 이러한 사실은 소화(笑話)를 다루는데 있어서 외설담(猥藝譚)이라고 하여 논의대상에서 제외시키고 있는 경우와 같이 연구의 대상으로 삼는 예가 드문 형편이다.30)

---

30) 申月均, <韓國 笑話의 硏究>, 仁荷大學校 大學院 碩士學位論文, 1981, 12~
13쪽. 여기에서 소화의 대상으로 삼고 있는 유형과 모티브별 내용을 참고
로 살펴보면 음담패설적인 猥藝譚을 제외하고 다음과 8가지 유형으로 제
시하고 있다.
- 痴愚譚 : 바보이야기, 병신, 욕심
- 誇張譚 : 게으름, 건망증, 인색, 방귀, 거짓말, 오래참기, 힘(재주)겨루기,
　　　　　 끈기, 대식가
- 智略譚 : 버릇고치기, 상전놀리기, 사기, 兒智, 名判決, 시험, 무식감추기,
　　　　　 眞僞구별
- 逸話
- 偶幸譚 : 오해, 治病, 失物찾기
- 捕獲譚 : 동물잡기
- 模倣譚 : 욕심
- 風月譚 : 파계승, 文字쓰기, 語戲, 결말

  최근에는 민담이 아닌 고금소총등의 문헌소화를 대상으로 연구한 결과가 김영준이나 이석래(李石來) 등에 의해 발표된 바 있다.31) 이석래는 민간에 유포되던 소화를 사대부계층이 수집 편찬한 의도를 단순 유회가 아니라, 권선징악을 통한 세교(世教)를 목적으로 한다고 보았다. 그러나 반대로 김영준은 소화 속에 반영된 민중의식을 통해 지배층에 대한 적대의식이 강하며, 그것을 표현하는 방식으로 가해·욕설과 조소·반항과 거부·농락과 폭로로 살펴본 바 있다. 그러한 내면적인 의미가 과연 타당한 것인가에 대한 세부적인 문제는 접어두고 무엇보다도 이야기를 통해서 직접적인 전달하고 있는 것은 성적인 욕구형태를 간접적으로 충족시켜준다는 것이다.

  예를 들어 부부관련담은 우리의 전통적 민가구조가 갖고 있는 특징에 의해 정상적인 성행위를 하고 싶어도 어렵다는 사실을 바탕으로 그런 곤란을 극복할 수 있는 방법을 제시하고 있다. 이러한 유형의 이야기가 광범한 유포를 할 수 있었던 것은 무엇보다도 그런 사실에 대한 공감을 바탕으로 하고 있음을 역설적으로 보여주는 것이다. 특히 하층민들에게 있어서 아이들과 같은 방에서 살던 시기에 부부간의 성행위는 밤에는 거의 불가능하고 낮에나 겨우 할 수 있었을 것으로 보인다.32)

  - 笑譚
31) 李石來, <文獻所載 漢文笑話 研究>, ≪성심어문논집≫, 성심여자대학 국어국문학과, 1983, 25~40쪽.
   김영준, <朝鮮朝 文獻笑話와 社會意識>, ≪원우론집≫15집 1호, 연세대학교 대학원, 1987, 3~29쪽.
32) 홍부전에는 홍부의 자식이 스물다섯이라는 표현은 그런 와중에서도 부부간의 행위가 가능했음을 엿볼 수 있는 내용이기는 하지만, 과장된 숫자라는 점은 의심할 여지 없다. 이를 두고 놀부는 "撲殺할 놈, 그 노릇 아여 하여도, 밤이면 대고 파니, 다른 일 할 틈 있어야제. 계집년 생긴 것이, 눈이 벌써 淫女거든."라고 빈정되고 있다.(≪申在孝판소리辭說 여섯마당集≫, 219쪽.)

그러한 부부간의 성행위는 은밀함이나 비밀스러움을 바탕으로 하고 있는 것이다. 부부간에 신호를 정하는 이유도 그런 사정때문이다. 하지만 부부들의 사정을 아이들은 용납하지 못하고 부부간의 행위를 방해하려는 의도를 보여준다. 그것은 낮거리의 행위가 보편적인 통념이 아니라는 사실과 함께 아이들의 생활과도 결부되어 있기 때문에 아이들은 그것을 방해할 수밖에 없다. 하지만 이것은 역설적으로 아이들 때문에 낮거리를 하려면 주의를 기울여야 한다는 것을 일상적인 이야기로 암시하고 있는 것으로 볼 수 있다.

이러한 부부간의 성행위나 아이들에게 걸리는 이야기형태는 일상적인 삶에서 얻어질 수 있는 내용이다. 그것은 인간적인 욕구임에도 불구하고 그러한 욕구를 막고 있는 또다른 일상물에 대한 불평을 보여주는 것이기도 하다. 결국 자신들의 욕구를 해소시킬 수 있는 장치는 실질적인 행위이기보다는 말을 통한 욕구의 심리적인 해소가 중요한 의미를 갖고 있는 것이다.

성과 관련한 이야기형태가 추구하고 있는 것은 단순히 흥미만을 수용하고 있는 것은 아니다. 과거시대에는 성을 올바르게 가르칠 수 있는 교육의 방식이 없었기 때문에 이야기를 통해서 스스럼없이 해소할 수 있었던 것이다. 특히 조혼시대에 있어서 남자에게 성을 알도록 하기 위해서는 직접적으로 그 행위를 동작하기 보다는 이야기라는 전달매체를 이용하는 것이 보다 효과적이었음을 인식한 때문이다.

이야기를 통한 성교육의 면모를 잘 보여주는 유형으로는 <어린애

여기에서 밤마다 그 일을 한다는 점과 그 일 때문에 다른 일을 하지 못한다는 대목은 주목할 필요가 있다. 밤마다 그 일을 하는 것은 일상적인 관념을 반영한 것으로 볼 수 있으나, 다른 일을 못한다는 사실은 낮거리에 의한 결과임을 보여주는 것이다. 따라서 흥부의 아내만이 일을 못하는 것이 아니라, 그 일을 맞추는 흥부 역시 일할 시간이 없다. 그런 점에서 이 부분은 흥부의 아내를 빗대어 흥부를 욕하고 있는 대목이다.

신랑>이나 <철없는 신랑> 등이 대표적이다. 이들의 이야기는 대개 신랑이 어리다는 특징에 의해 여자쪽은 성의 결핍을 야기하고 있다. 나이가 찬 여자쪽에서 본다면 슬픈 일이기는 하나 어린 신랑에게 말할 수 없는 일이며, 따라서 어른들에 의해 이야기되거나 그 지식을 습득하도록 만들도록 해야 한다. 이러한 역할을 민담이 수행하여 왔다는 사실적인 의미를 확인함과 동시에 과거의 성문화를 엿보는 중요한 자료로 이들 이야기가 새로이 활용될 필요가 있을 것이다.

4. 결어

이야기에 나타난 성의 관심은 하층민들의 삶과 직결되어 있는 관념으로 볼 수 있다. 이러한 이야기군에 대한 논의가 별로 진행되지 못했다는 사실은 우리의 사회적 도덕관념과도 무관할 수 없지만, 무엇보다도 개방된 공간에서 논의하기를 꺼리는 학문적 태도와 직접적인 관련이 있다. 그러나 이러한 이야기들에 대해 그 내용의 문제보다는 그러한 이야기가 전승되어올 수 있었던 배경에 주목해야만 한다. 현재도 새로운 이야기들은 만들어 사람들에 의해 전해지고 있다. 하지만 현재의 이야기들은 당대의 사회적인 배경에 토대를 두고 만들어진 것이다. 과거시대에는 그러한 여유로움보다는 직접적인 삶의 바탕에서 형성된 것이라는 점에서 웃음으로만 치부하기 어렵게 한다.

유교적인 도덕관념으로는 도저히 이해할 수 없는 내용들, 여성기를 자신의 시아버지에게 보여줌으로서 기지와 웃음을 만드는 여성기담의 형태들이 과연 우리에게 무엇을 전해주고자 했는가를 생각할 때, 그것들이 단지 웃음만을 위해 존재했을 것으로 보기는 어렵다. 그 내용을 통해 전달하고자 했던 의미들은 보다 근본적인 요소가 있을 것으로 짐작되기 때문이다. 특히 성교육적인 차원에서 논의되어야 할 성교육담의 유형들은 조상들의 재치가 스며들어 있으며, 그런 이야기의 전달을 통해서 서당 등의 교육기관이 해결하지 못했던 부분들을 해결할 수 있었다.

이러한 이야기들의 형태는 이 글에서 논의된 내용만이 전승되고 있는 것은 아니다. 성기를 매개로 한 이야기들도 많이 남아 있기 때문이다. 하지만 그것은 짧은 단문 형태의 속성을 취하고 있는 우스개이야기의 속성이 강하다. 결국 이들의 이야기까지를 성이야기의 요소로 다루어야 할 것인가의 문제가 남아있는데, 이 글에서는 그러한 문제를 추후의 과제로 남겨두고자 한다.

이 글은 이야기를 전승시켜왔던 우리 조상들의 의식지향에 촛점을 맞추고자 하였다. 성을 대상으로 삼은 이야기가 단순히 흥미와 웃음만을 위해서 존재했다는 식으로 결론을 짓지 않으려는 것이 본인의 생각인 때문이다. 앞으로 다양한 이야기의 유형들을 통해서 성에 대한 우리 민족의 본질적인 사고와 의식들을 추출하는 작업을 계속할 예정이다.

고소설에 나타난 육담의 의식과 세계관
─ 『심청전』·『춘향전』을 중심으로 ─

황 패 강*

1. '육담'과 사회적 의의

생활 일상에서 우리가 쓰고 있는 '육담'이란 말이 과연 학술용어로 이미 수용되었는지 혹은 수용될 수 있는 것인지 아직은 확신할 수가 없다. '육담'으로 지칭하는 '이야기'는 흔히 허물없는 사람끼리 비공식적인 자리에서 부담없이 주고 받는, 성관계에 관련된 이야기들이다. 우리 말 사전에서 '육담'을 정의한 내용을 보자.

> *① 음담(淫談) 등과 같은 야비한 이야기. ② 품격이 낮은 말.(이희승, 『국어대사전』, 민중서관, 1961)
> * 꾸밈없이 속되고 투박스럽게 하는 말. 음담 따위와 같이 야비한 이야기.(한글학회, 『우리말 큰 사전』, 어문각, 1994)
> * 남녀의 육체적 관계와 관련된 야비하고 품격이 낮은 말이나 이야기.(『조선말대사전』, 사회과학출판사, 1992)
> * (남녀관계와 관련된) 로골적이고 풍격이 낮은 말이나 이야기.(사

---

* 단국대 명예교수.

회과학원언어학연구소, 『현대조선말사전』, 과학, 백과사전출판사,
1981)

육담은 그 내용이 남녀간의 성관계에 관련되고, 그 언표(言表)는 품
격이 낮고 비속하다고 본 점에서, 남북한 사전들의 정의는 일치하고
있다. 육담은 흔히 말하는 '음담패설'과 크게 다를 것이 없다는 생각
이 든다. 남녀간의 애정을 성의 감정적 측면이라 한다면, 성의 감각적
측면은 에로티시즘(eroticism)이라 할 수 있다.[1] '육담'의 세계는 성의
감각적 측면인 에로티시즘에 가깝다고 하겠다. 성에 대한 감정적 측면
(애정)은 곧잘 미화하고, 고상화하면서도, 그 감각적 측면(에로티시즘)
은 비외, 부도덕한 것으로 금기시한, 해 오랜 문화를 우리는 가지고 있
다. '애정'에 관한 언표나 형상화는 미적 평가를 받는 반면에 에로티
시즘에 관한 언표나 형상화는 비속하다 못해 추잡하다는 비난을 받았
다. 설사 그 언표나 조사 자체 품위를 과히 잃지 않았더라도 내용의
에로티시즘 때문에 비속한 언표나 조사로 간주되어 버리는 형편이었
다. 인습적 의미에서 도덕적인 사회에서는 성에 대한 감각적 행위와
또 그것을 표현하는 일, 모두가 금기에 속했다.[2] 정상적인 부부관계일
지라도 성의 감각적 측면에 경도하거나 성의 감각적 측면에서의 노출
은 여전히 금계(禁戒)의 대상으로 인식되었다. 성의 기능을 애정이나
쾌락으로서가 아니라, 번식에 국한해야 한다는, 경직된 일방적 도그마

---

1) cf. André Morali-Daninos, *SOCIOLOGIE DES RELATIONS SEXUELLES*, Presses
   Universitaires de France,1963(trans.宮原信,『性關係の社會學』, 白水社, 東京,
   1973, p.23)
2) 조선의 安鼎福, 洪直弼, 李德懋 등은 소설의 '淫戲', '淫褻'을 아래와 같이
   비판하고, 이를 삼가고 금할 것을 말했다.
   看書不可以不愼 看淫戲小說 不覺有流蕩之意(安鼎福,『順庵集』)
   至若諺稗者 是皆淫褻不經之說 而婦女不知都出於眞贗 認以惇史 其反道悖德
   咸從此出 自朝家嚴禁諺稗(洪直弼,『梅山雜識』)
   演義小說 作奸誨淫 不可接目 切禁子弟 勿使看之(李德懋,『士小節』)

가 엄연히 작용하고 있었다. 지나친 에로티시즘이 성을 병적인 기교화로 몰아가는 것도 문제이나, 성의 기능을 번식의 목적에 국한하는 것도 문제다. 만약에 그렇다면, 인간 문화에서 사회적 생산과 무관한 행동은 해서 안된다고 해야 할 것이다.[3] 성의 양측면인, 정신적 성질(애정)과 동물적 성질(에로티시즘)은 결코 서로 용납 못할, 대립적인 사실은 아니다. 그 어느 편도 다른 편과 결합하지 않고서는 완전한 성숙을 이룰 수 없기 때문이다. 최선의 남녀관계는 자유 안에서 두려움 없이 육체와 정신이 동등하게 합성하는 것이다.[4] 그리하여 애정이면서 쾌락이기도 한 성은 그로 인하여 완전한 생식행위이기도 한 것이다.[5]

절벽같은 봉건적 조선왕조사회에서, 문학은 다른 사회적 금기에 대하여 그랬던 것처럼 성에 관한 사회적 금기에 대하여도 이를 과감히 파기하였다. 이른바 '육담'은 문학이 감행한, 성에 관한 금기 파기의, 한 실현이었다고 하겠다. 문학 특히 소설은 통념화된 '사회적 금기'를 파기함으로써 그 때마다 독자 앞에 신천지를 열어 왔다. 독자는 소설에서 '금기파기'를 체험하며, 이 과정에서 카타르시스(katharsis), 곧 심리적 해방감을 맛본다. 육담이 주는 체험도 이에서 벗어나지 않는다.[6] 육담을 통해 독자는 일찍이 경험못한 새로운 체험—금단(禁斷)의 열매

---

3) cf. André Morali-Daninos, *op.cit.*, p.24
4) cf. Bertrand Russell, *Merriage and Moral*,(trans. 柿村峻,『結婚論』, 角川書店, 東京, 1967, p.196f.)
5) cf. André Morali-Daninos, *op. cit.*, p.32
6) 肉談類의 精神的 淨化作用에 대하여 아래와 같이 토로한 것을 볼 수 있다. 아래의 『笑林集說』은 주로 肉談을 集成한 文獻이다.
   '間或 風致에 關係된다고 할지 모르나, 이들 猥說에도 可以 警俗될만한 資料가 적지 않아…그 奇拔한 滑稽, 諧謔, 俚鄙 等說은 誰何를 勿論하고 一談하고 나면 破顔一笑 嚴冬雪寒中에 뜨거운 桂薑茶나 夏日炎天 避暑中에 서늘한 醍醐湯 一碗을 마신 것보다도 오히려 더 胸襟이 爽快하고 頭腦가 明朗하여 可謂 却睡, 醒睡, 破睡, 禦眠 等 말이 果是 名不虛傳이라 하겠다.'
   (『民俗資料 笑林集說』, 1958,「刊行辭」穗積山房 雪香老父 書)

를 따 먹는—을 가지며, 안에 있어 드러나지 않았던, 또 다른 나, 혹은 참 나의 모습을 발견하게 된다. 개체에 있어서 에로티시즘의 표현형태는 그의 인격을 형성하는, 다른, 어떤, 근본적 특성보다도 본질적이며, 불가결한 것으로 보는 견해도 있다.[7]

본고는 조선왕조사회에서 비교적 넓은 독자층을 확보해 왔다고 할 수 있는 두 고전소설—『심청전』과 『춘향전』에서 육담의 문제를 다루되, 이를 통해, 문학에서 육담이 갖는 내밀한 의식과 세계관을 살펴 보려고 한다.

2. 한국고전소설의 육담

우리 고소설의 경우, 주제 차원에서 육담이 다루어진 경우는 현재 찾아보기 어렵다.[8] 다만 연희의 마당에서 홍행된 판소리계 소설 가운데 더러 예외적으로 육담을 주제화한 작품이 있다.[9] 그러나, 대개는 단순한 소재, 단편적인 삽화 형식으로 작품 가운데 육담이 수용(개입, 개재)된 것을 볼 수 있다. 아래의 예들이 이에 속한다고 하겠다.

1. 심봉사 더쇼ᄒ고 아기샷철 만쳐보니 손이 나루비 지너듯 문듯 지너가니, 아미도 무근 죠긔가 횟조긔 나안나부.[10]
2. 이 년(뻥덕어미)의 입버르장이가 쏘흔 아리버룻과 갓타여 흔시

---

7) cf. André Morali-Daninos, *op.cit.*, p.24.

8) Giovanni Jacopo Casanova de Seingalt(1725-1798)의 『回想錄』(12卷,1826-1838), David Herbert Lawrence(1885-1930)의 *"Lady Chatterley's Lover"* (1928) 등은 에로티시즘을 주제화한 작품으로 보인다.

9) 대표적인 사례로 신재효의 「변강쇠歌」를 들 수 있다. cf. 신재효 撰著·강한영 해제, 『신재효판소리전집』, 연세대 인문과학연구소, 1969, pp.변1-변37.

10) 『심청전』(完板 乙巳), 최운식, 『심청전』, 시인사, 1984, p.28.

반찌도 노지 안이호랴고 호는 년이라.…총각 유인호기, 제반 악
증을 다 겸호여 그러호되, 심봉사는 여러히 주린 판이라 그중의
실낙은 잇셔 으모란 줄을 모르고… (후략)11)

3. 이찌의 심봉사 잠을 찌어 음흉흔 싱각이 잇셔 엽풀 만져보니 쎙
   덕어미 업거날, 손질을 너미러 보며, 여보소 쎙덕이네, 어디 갓난
   가? 종시 동정이 업고, …발셰 틸속 조흔 황봉사의게 가셔 궁둥
   이 셰음을 호난듸 잇실 수가 엇지 잇난가.12)

4. 흔고디 방이집이 잇셔 여러 게집사롬드리 방이 찟거늘 심봉사
   피셔호랴 호고 방이집 근을의 안자 쉬오더니, 여러 사롬들이 심
   봉사를 보고, …저리 안젓지 말고 방이 더러 찟졔. 심봉사 그졔
   야 안마음의 헤아리되, 올체 양반의 딕 종이 안이면 상놈의 죳집
   이로다 호고 긔롱이나 호여 보리라. 디답호되, 천리타힝의 발셥
   호여 오난 사롬다려 방이 찌으라 호기를 니 집안 어른다려 호듯
   호니. 무엇시나 좀 줄나면 찌여주졔. 이고 그 봉사 음흉호여라.
   주기는 무엇슬 주어. 점심이나 어더 먹졔. 점심 어더먹으랴고 찌
   여 줄테관디. 글어호면 무엇슬 주어. 고기나 줄가? 심봉사 하하
   우시며, 그것도 고기사 고기졔 마는 주기가 쉬우리라고. 줄지 안
   이 줄지 엇지압나. 방이나 찌코 보졔. 올체 그 말리 반허락이엿
   다. 방이여 올나셔셔 썰구덩 썰구덩 찌으면서 심봉사 지어니여
   호는 말리,…이 방이가 뉘 방인가. 각덕흔임 가죽방인가, 어유아
   방이요. …방이 만든 제도 보니 이상흠도 이상호다 사롬을 비양
   턴가 두 달리를 벌여니여 옥빈홍안의 빈혀를 보니 흔 허리여 잠
   찔넌네. 어유아 방이요.…흔달리 놉피 밥고 오루락 니리락호는
   양과 실눅벌눅 쎗쑥쎗쑥 조기로다. 어유아 방이요. 얼시고 조을
   시고. 지아지자 조을시고. 흥을 졔워 일힉 노니 열어 흔임더리
   듯고 쌀쌀 우시며 흔난 말리, 에요 봉사, 그게 무신 소린고, 자셔
   이도 아네. 아미도 그리로 나왓나부. 그리로 나온게 안이라 호여
   보왓졔. 좌우 박장디소호더라.13)

---

11) *Ibid.*, p.108.
12) *Ibid.*, p.126.
13) *Ibid.*, pp.141-145.

5. 그날 밤의 동품홀 제, 흔창 조홀 고부여 두리 다 업난 눈이 벌덕 벌덕 홀 듯흐되 서로 알수 잇나. 사롬은 두리나 눈은 흡흐면 네 시로되 담비씨만치도 뵈이지 안이흐니 홀일업서 잠을 자고 이러나니, 주린 판이요 첫날밤이니 오직 조흐랴만은 심봉사 수심으로 안졋거늘, 안씨밍인 무르되, …(후략)14)

6. 이도령 옥지환 바다 금낭의 얼는 너코 츈향 보고 이른 말리, 야심인젹흐여쁘니 잔말 말고 잠을 자즈. …반취흐게 먹은 후의 분벽사창 집푼 밤의 두리 안고도 놀고 업고도 놀고 보니, 이게 모도 다 사랑이로구나! …온야, 츈향아, 우리 두리 업움질이나 좀 흐여보자. 익고, 잡성시러워라! 업움질을 엇더케 흐잔말리요. 너와 나와 활신 벗고, 등도 디고 비도 디면 마시 흔끗 나제야. 나는 붓그려워 못흐것소. 어서 버셔라. 어셔 버셔라. 나는 붓그려워 못벗것소. 에라, 이 게집아! 안될 말리로다. 어셔 버셔라. 어셔 버셔라! 만첩청산 늘근 범이 살진 암키 무러다 노코 이는 쌘겨 먹던 못흐고 흐르렁 흐르렁 어루난듯 북희상의 황용이 여의주를 물고 치운간의 넘노난듯. 도련임 급흔 마옴 와락 달여들어 츙[sic 츈]향의 가는 허리을 후리처 안고 저고리 풀며 바지 보션 다 벗겨 노와쩌니 츈향이 못이긔여 이미젼의도 구실쌈이 송실송실. 익고 잡성시러워라. 네가 뉘 간장을 녹일나고 이리 곱게 싱겨난야. 여보라. 츈향아, 이리와 업피여라. 오슬 버신 게집아라 엇절주를 몰나 붓그려워 못전디는 아히를 업고 못홀 소리가 업다. 익고 츈향아, 네가 니 등의 업피쓰니 네 마옴이 엇더흐야. 흔정이 업시 좃소.…탈 승짜 노러 드러보소. …나는 탈 것 바이 업서 츈향비 자바 타고 탈 승짜로 만둥만둥 노라보자. 밤나지로 세월 가는 줄 모로고 이 지경으로 노라노니 형용이 원젼흐리.15)

7. 봉사 드러가 안즈며 흐는 말이, 네 일이야 홀말 업다. 장쳐나 만져보즈. 춘향이 두 다리를 글너 뵈니, 판슈놈이 음흉흐여 당쳐는 만져 보지 안코 두숀으로 콩아리부터 치만지며 흐는 말이…흐고,

---

14) *Ibid.*, p.148.

15) 『열녀춘향슈절가라』(完板 33張本), 설성경, 『춘향전』, 시인사, 1986, pp. 54-64.

이리 만지며 져리 만지며 졈졈 드러가다가 졍쇽을 꼭 찌르니, 츈
향이 분을 못이긔며 바로 쌈을 치려다가 졈을 잘 아니홀가 호여
눙쳐 이른말이, …봉스님은 부형과 다름업는지라 상업시 그리마
르시고 졈이나 잘 ㅎ여쥬오.16)

　　이상은 『심청전』과 『춘향전』에서 '육담'으로 간주할 만한 대목을
추려 본 것이다. 1은 '여음'부위에 대한, 약간은 풍자적이면서 노골적
인 묘사, '묵은 조개', '햇조개' 등 비속한 비유어를 쓰고 있다. '로골적
이고 풍격이 낮은 말이나 이야기'라는 점에서 육담에 손색이 없다. 2
도 '아래 버릇', '여러 해 주린 판', '털속 좋은', '궁둥이 셈' 등 성과
관련된 비속한 말을 쓰고 있다. 4는 '방아', '방아질', '좃집', '고기',
'가죽 방아', '조개', '그리로 나왔다', '하여 보았다' 등 성에 관한
은유어를 쓰고 있다. 이 장면에서 허물없이 육담이 오갔던, 조선조 서
민사회의, 생생한 삶의 현장을 볼 수 있다. 5는 두 맹인의 초야 동침의
장면을 익살스럽게 그리고 있다. 6은 이도령과 춘향 양인간에 벌어진
'성희'를 장황하면서도 홍미진진하게 묘사하였다. 7은 눈 못보는 판수
의, 음흉하나 본능적인 성적 호기심을 사실적으로 묘사하였다.

3. '육담'에 나타난 의식과 세계관

　　고전소설이 널리 제작되고, 유통되던 시대는 성리학 일변도의 유교
주의가 지배하던 조선왕조로서, 삼강오륜 외의, 다른 어떤 교학이나 사
상도 취할 것이 없는 외도로서 배척되었다. 이처럼 경직된 사회의 저
변에서 '육담' 같은 이색의 문학이 나온 것은 매우 놀라운 일이다. 그

---

16) 『춘향전』(京板 17張本), *Ibid.*, p.186.

러나, 사실을 말한다면, 역설적이기는 하나 경직된 사회일수록 '육담'
이 내포한 이질의 의식(구속 모르는 자유분방)이 절실히 요청되었다고
하겠다. 물론 그 언표와 이야기는 세련되지 못하고, 내용 또한 다분히
조잡하고 저속한 것임에 틀림 없으나, 그럼에도 불구하고 '금기'를 깨
고, 감히 말하고 이야기하는, 그 내적 계기가 된 자유 추구의 정신은
소중한 것이 아닐 수 없다.

위의 인용 4는 육담이 서민들의 생활현실에서 자연스럽게 생성되고,
향유되고 있는 과정과 그 분위기를 생생하게 재현해 보이고 있다. 비
록 심봉사와 아낙들은 이 때 서로 초면의 낯설은 사이임에도 불구하
고, 육담을 매개로 하여 서로간에 자연스럽게 이질감을 해소하고, 마침
내 일체감을 형성하고 있다. 여기에는 현실적인 죄책감이나 거짓과는
무관한 밝은 웃음이 있을 뿐이다. 『심청전』의 이 장면은 그 중 순수하
고, 전형적인 육담의 '마당'을 보여 주고 있다. 격식이나 명분에 매인
봉건사회의 인간에게 본능적인 인간성을 일깨워 주고 있는 육담의 시
도는 한 시대를 앞으로 열어가는 중요한 의식과 연결되어 있다고 하겠
다.

경판본 『춘향전』에서 춘향의 점을 치러 獄舍 안에 불려 간 판수가
춘향의 장처를 만져 본다며 장처와는 무관한 부위를 어루만지는 장면
(7)은 소설의 본줄거리와는 별 상관도 없는 군더더기로, 오히려 비장한
옥중장면을 희화화하여 작품의 흐름을 끊었다고 비판받을 만한 대목
이다. 작품상의 이와같은 불용의와 조잡성에도 불구하고, 이 작품은 일
견 '염치없고 음흉한 판수의 짓거리'를 묘사함으로써 감히 당대의 지
엄한 '성적 표현의 금기'를 깨뜨리고 있음을 간과해서는 안될 것이다.
주인공 춘향으로 하여금 기생의 신분으로 양반 청년 이도령과 결혼하
게 함으로써 '신분상의 금기'를 깨뜨리고, 판수로 하여금 위와같은 짓
거리를 하게 함으로써 불가언의 '성적 금기'를 깨뜨리고 있는 것이

『춘향전』이다.

가문 계승이나 종족 번식을 떠나서는 달리 성관계를 생각할 수 없었던 기성의 문화에 대하여, 쾌락의 원리를 끌어들인 '육담'은 비록 그 제약적 조건[17)]에도 불구하고, 성에 관한 한 복안적 시야를 열어놓았으며, 엄연한 본능적 인간성의 뿌리마저 인위적으로 무화시켜 온, 조선사회의 오랜 인습의 벽을 허무는데 일조하였다.

---

17) 사회적으로 '猥藝'로 비난의 대상이 될 수 있고, 표현면에서 다른 주제나 소재와는 달리 修辭上의 여러가지 제약을 생각할 수 있다.

판소리에 나타난 육담의 미적 특질과 기능

김 기 형*

1. 머 리 말

그동안 금기시되어 왔던 '성(性)'에 관련된 담론이 언론이나 각종 영상매체 등을 통해 공공연하게 논의되고 상품화되며 일상생활 속에 자리잡은 지는 이미 오래되었음에도 불구하고, 정작 이에 관한 학문적 논의는 별다른 진전없이 답보상태를 면치 못했다고 할 수 있다. 그런데 근래에 들어와 우리 문화에 나타난 '성(性)'의 문제나 육담 그리고 욕설 등을 학술발표회의 논의 주제로 채택하여 활발한 토론을 벌이는 현상이 목도되고 있다.[1] 그러면 비슷한 시기에 비슷한 주제가 학술발표회장에서 논의되는 현상이 우연에서 비롯된 것일까. 여기에는 어떤

---

* 서남대 교수.

1) 그 대표적인 사례를 들면 다음과 같다.
    ○ 한국문화인류학회 제28차 학술발표회, '한국문화의 성(性)'(1996년 5월 31 - 6월 1일, 전북대학교 후생관 강당).
    ○ 민속학회 제4회 하계발표대회, '육담에 나타난 의식과 세계관'(1996년 7월 5일 - 7월 6일, 강릉선교장).
    ○ 광주 민학회 창립 10주년 기념 학술발표회, '욕을 살립시다'(1996년 10월 12일, 광주 금호문화회관).

필연적인 곡절이 있을 것이다. 사실 우리 사회에는 문화의 이중구조라고 부를 만한 현실, 즉 도덕적 엄숙주의가 지배하는 '낮의 문화'와 욕망이 지배하는 '밤의 문화'가 공존해 있으며, 경우에 따라 서로 다른 윤리적 기준을 적용시키는 이중 잣대가 존재한다. 이와 같은 문화의 이중구조는 '낮퇴계 밤퇴계'라는 말에서도 알 수 있듯이 상당히 오랜 역사를 가지고 있다. 우리나라의 대표적인 유학자이면서 높은 수준의 사상을 펼쳐 보인 이퇴계 선생도 밤에는 뭇여성과의 사랑에 아낌없이 열정을 바쳤다 하는데, 그렇다고 하여 후세에 이퇴계 선생의 도덕성을 의심하여 그가 이룩해 놓은 업적을 평가절하하는 일은 결코 일어나지 않았던 것이다. 윤리와 욕망의 경계를 뚜렷이 구분했으면서도 둘의 관계를 대립적으로만 이해하지 않았기 때문이 아닌가 한다. 그러면서도 욕망을 겉으로 드러내고 표현하는 일에 대해서는 소극적이었던 것이 오랜 사회적 관습이었다면 오늘날에 와서는 욕망의 적극적 표출이 용인되는 방향으로 사회가 변모해 가고 있는 것이다. 이런 현실 속에서 이면에 감추어진 인간의 진실된 모습을 탐색하고 이의 본질을 구명해 보려는 시도가 학계를 통해 이루어진 것이라고 생각한다.[2]

본고에서 다루고자 하는 주제는 판소리에 나타난 육담의 미적 특질과 기능이다. 판소리에는 국문체와 한문체 즉, 민중언어와 상층언어가 혼용되어 나타나는데, 한문체를 이용한 육담도 어느정도 들어 있어서 유식층이 아니면 이해하기 곤란한 대목도 없지는 않으나, 육담은 기본적으로 민중언어의 범주에 속한다. 그래서 민중언어라는 관점에서 육담의 성격을 규정하고 그 역사적 변모양상을 살펴보고자 한다. 판소리 사설에 나타난 육담의 미적 특질을 살펴 보는 자리에서는, 판소리 사

---

2) 자칫하면 학계의 이런 노력이 세태의 흐름에 영합하는 것이 아닌가 하는 의구심을 불러일으킬 수도 있겠으나, 시대의 요구에 부응한다는 측면에서 본다면 부정적으로 평가할 일은 아니라고 본다.

설뿐만 아니라 판소리계 소설까지 논의의 대상자료로 삼으려 한다. 물론 공연물인 판소리의 사설과 기록물인 판소리계 소설 사이에는 존재방식의 차이에서 오는 변별적 특질이 내재해 있을 것이다. 그러나 판소리 향유층과 판소리계 소설 독자층, 판소리 사설과 판소리계 소설 사이에는 이질성보다는 동질성이 많다. 그리고 비록 독서물화되는 과정에서 판소리 사설의 변모가 야기되었겠지만 그러한 변모를 근본적인 것으로 간주하기는 어렵기 때문에, 판소리계 소설까지 망라할 때 논의가 더욱 풍부해질 수 있을 것이다. 또한 판소리는 공연예술이기 때문에 공연현장에서 육담이 어떤 기능을 하는가를 살피는 것도 중요한 연구과제이다.

2. 판소리에 있어서 육담의 민중언어적 성격과 역사적 변모 양상

판소리는 본래 민중의 예술로 출발하였다. 판소리 공연의 주체인 광대나 그 향유층의 신분적 성격을 볼 때, 이 점은 명백히 드러난다. 그러던 것이 19세기에 들어와 양반, 중인, 부호층이 주요 향유층으로 등장하면서, 판소리는 전계층적인 애호를 받는 민족예술로 변모되어 갔다. 민속예술 가운데, 지역성을 탈피하고 향유층의 확대를 가져오며 전문예술로 성장한 예는 판소리밖에 없을 것이다. 이러한 역사적인 전개과정 속에서, 판소리는 음악적으로나 사설의 면에서 많은 변화를 가지게 되었다. 음악적인 면에서 보면, 진양조의 개발이라든가 조(調)의 분화 그리고 창법의 다양화 등이 이루어지면서 음악적인 표현영역이 훨씬 넓어지게 되었다. 사설의 면에서 보면, 더늠의 첨가나 삽입가요의 수용 등을 통해 사설이 확대되어 나갔다.

여기서 주목되는 것은 이러한 변모를 통하여 형성된 판소리 사설에는 민중언어와 상층의 언어가 공존하고 있다는 점이다. 일반적으로 언어에는 그 언어를 사용하는 계층의 생활상이나 세계관 등이 반영되기 마련이다. 그래서 계층간에 사용하는 언어에는 일정한 차별성이 존재한다. 그런데 판소리에는 민중언어와 상층의 언어가 공존하고 있는 것이다. 상층언어가 공식문화를 반영하는 권위적인 언술이나 전아하고 규범적인 언어를 의미한다면, 민중언어는 비공식문화를 반영하는 욕설이나 상소리와 같은 비속한 언어나 말장난 그리고 허리 아래의 신체부위와 관련된 성적인 표현 등을 말한다. 그리고 상층언어와 민중언어를 구분하는 문제는 국문체인가 한문체인가 하는 것과도 일정한 연관성이 있다. 조선은 훈민정음 창제이후 후기에 이르기까지 한 개의 랑그와 국문과 한문이라는 두 개의 **빠롤**을 가지고 있었다. 한문문화권 속에서 자국의 언어가 지배적인 표현언어로 자리잡지 못한 상황에서 한문은 상층 사대부의 표현언어로서 그 기능을 다해 왔던 것이다. 따라서 국문을 사용했는가 한문을 사용했는가가 민중언어와 상층언어를 구분하는 기준의 하나가 될 수 있다. 그렇다고 해서 국문체는 민중언어이고 한문체는 상층언어라는 등식이 언제나 성립하는 것은 아니다. 오히려 조선조에 국문으로 된 내간체나 시조는 본래 상층의 문학양식이었으며, 판소리에서 보이는 한문체 가운데에는 오히려 민중언어로 기능하는 경우가 허다하기 때문이다. 이처럼 민중언어와 상층언어를 나누는 것이 다분히 도식적임에도 불구하고 서로 변별되는 특질을 지니고 있는 것 또한 사실이다. 판소리는 기본적으로 혼효문체적 성격을 지니고 있다고 하겠다.[3] 그렇지만 판소리 사설에 있어서 그 공존의 양

---

3) 판소리 사설의 혼효문체적 성격에 대해서는 심재기 교수가 다음의 논문에서 이미 검토한 바 있다.
　심재기, "판소리 사설의 혼효문체적 특성," 백영 정병욱 선생 환갑기념논총 (신구문화사, 1982).

상이 작품에 따라 다르게 나타나며, 비중으로 볼 때 민중언어가 압도적으로 많다고 할 수 있다. 판소리가 민중언어적 성격을 강하게 지니고 있는 이유는 그 출발에 있어서의 민중적 성격으로 말미암는 것이다. 그리고 일상적 민중의 언어 속에 전래의 속담(俗談), 재담(才談), 육담(肉談), 소담(笑譚), 욕설(辱說) 등이 자연스럽게 등장하여 서민적 체취를 사실적으로 보여주고 있다.4) 자료가 온전하게 남아있지 않아서 초기 판소리의 모습이 어떠했는지 정확히 알 수는 없지만, 후대에 비해 민중언어의 비중이 보다 강했을 것으로 생각된다. 1873년 정현석이 신재효에게 보낸 보낸 <贈桐里申君序>라는 글에 다음과 같은 대목이 들어 있다.

속창(俗唱)을 두루 들어보니 이야기에 근리(近理)하지 않은 것이 많고, 말 또한 간혹 무론(無倫)하다. 하물며 광대가 글을 아는 것이 매우 적어 높낮이가 뒤바뀌고 미친듯이 소리를 질러대어, 열을 들으면 한 둘을 알아듣기가 어렵다. 또한 머리를 흔들고 눈을 이리저리 굴리며 온몸을 어지럽게 흔들어, 차마 똑바로 보기 어려운 바가 있다. 이런 폐단을 고치려면 가사의 속되고 패리(悖理)한 것을 없애 문자로써 윤색하여 그 사정을 형용하여, 일편의 문리(文理)가 잘 이어지고 말을 우아하고 단정하게 하라 --- 후략5)

속창(俗唱)이란 판소리를 말한다. 여기서 지적하고 있는 중요한 사

이 논문에서 그가 주목한 것은 국문체와 한문체의 결합양상이었으며, 이를 '혼효현상'으로 명명하여 해석하였다. 본고에서는 기본적으로 심재기 교수의 개념을 수용하여 논의를 전개하고자 한다. 그러나 본고에서 주목하고자 하는 판소리 사설의 혼효문체적 성격은 민중언어와 상층언어의 공존을 말하는 것이다.

4) 인권환, "욕설의 深層意味," 高大新聞 (1976년 10월 12일 763호).

5) 歷聽俗唱 敍事多不近理 遣語亦或無倫 況倡之識字者甚少 高低倒錯 狂呼叫喤
聽其十九語 莫曉其一二 且搖頭轉目 全身亂荒 有不忍正視 欲革是獘 先將歌詞
祛其鄙俚悖理者 潤色以文字 形容其事情 使一篇文理接續 語言雅正 --後略.

항은 첫째, 광대가 무식하다는 점이며, 둘째, 사설이 속되고 이치에 어그러지는 것이 많다는 점이다. 그래서 이를 문자로 윤색하여 문리가 통하게 할 필요가 있음을 요구하고 있는데, 문자는 한문체를 지칭하는 것으로 보인다. 비리패리(鄙俚悖理)와 문리아정(文理雅正)이 서로 대립적인 의미로 쓰이고 있는데, 이것이 곧 민중언어와 상층언어의 특징을 단적으로 표현한 것으로 이해해도 좋을 듯하다. 이 글이 쓰여진 시기는 이미 19세기 후반으로, 양반·중인·부호층이 이미 판소리의 주요 향수층으로 자리잡고 있던 때이다. 그러니까 판소리 사설에도 이들의 영향력 행사가 가능하던 시점이고, 정현석은 그러한 요구가 어떤 성격의 것인지를 잘 보여주는 사례이다.

한편으로 정현석의 이러한 언급은 당시까지의 판소리에는 '속되고 이치에 어그러진' 표현이 많았다는 것을 보여주고 있는데, 이는 본래 판소리는 민중언어적 성격이 강하였다는 사실을 역설적으로 입증해 주는 것이다. 판소리 사설의 가장 중요한 민중언어적 특질은 재담에서 찾을 수 있겠다. 재담은 판소리 사설 전반에 걸쳐 나타나는데, <홍보가>의 경우는 그 자체를 '재담소리'라고 일컬을 정도이며, 실전(失傳) 판소리의 경우에도 재담적 성격이 강하게 나타난다. 또한 판소리 사설에는 쓸데없이 하는 허담(虛談), 술마시고 하는 주담(酒談), 실없이 하는 객담(客談), 화내어 하는 분담(憤談), 농지거리로 하는 희담(戲談), 성적인 표현으로 된 걸쭉한 육담 등이 상당히 많이 등장한다. 이러한 말들은 대부분 민중적 정서를 잘드러내 주는 비공식문화적 언어들인 것이다. 재담 이외에 민중언어적 성격을 잘 보여주는 것으로, 욕설, 말장난, 문맥에 따라 적절하게 수용된 민요·잡가·무가와 같은 민속예술 등이 있다. 판소리에는 또한 한시나 시조 그리고 12가사와 같은 사대부의 문학양식이 수용되어 있기도 하다.6) 이처럼 판소리에 다양한

---

6) 판소리에 나타난 이러한 현상에 대해서는 다음의 논저에서 상세하게 밝힌

문학양식이 수용될 수 있었던 이유는 판소리가 지닌 개방적 성격에서 비롯한다. 판소리는 단형서사체에서 출발하여, 문맥에 따라 필요한 표현들을 다른 문학양식에서 적절하게 수용하여 다채로운 작품세계를 구축해 나갔던 것이다.

판소리에는 또한 상층의 언어도 많이 들어 있다. 특히 <적벽가>의 경우 <삼국지연의>의 규정성 속에서 작품이 형성되었기 때문이겠지만, 한문투의 표현뿐만 아니라 전아하고 규범적인 언어가 상대적으로 많이 나온다. <적벽가>가 중세사회에 있어서 상층에게 가장 인기가 있었던 이유는 이러한 문체적인 특징에서도 찾을 수 있겠다. 그러나 앞에서도 언급한 바 있듯이, 기본적으로 한문체가 식자층의 언어이기는 하지만, 그러나 한문체의 표현이 모두 상층의 언어는 아니다. 이에 대해서는 심재기 교수와 성현경 교수가 검토한 바 있다. 심재기 교수는 판소리 사설에 나타난 국문체는 일상구어의 성격을 띠는 단일한 것으로 파악하여 더 이상 논의하지 않은 대신, 한문체에 대해서는 고전한문체(古典漢文體), 일상한문체(日常漢文體), 의식한문체(儀式漢文體), 운율한문체(韻律漢文體), 의사한문체(擬似漢文體), 이두한문체(吏讀漢文體)로 나누어 각각의 특징을 설명하였다. 그리고 한문체는 한문의 소양을 갖춘 사람만이 감흥을 느낄 수 있는 표현으로서 판소리 사설에 반영된 양반들의 영향력을 보여주는 것으로 해석하였다.[7] 성현경 교수는 심재기 교수의 논의를 비판적으로 검토하면서, 고전한문체, 일상한문체, 의식한문체, 운률한문체는 한문현토체라 해야 맞으며, 이두한문체는 이두문체로서 중인층의 언어이고, 의사한문체 역시 엄밀한 의미에서 상층계급의 언어라기 보다는 하층의 것으로 전이 변모된 것으로서, 변용

바 있다.
전경욱, 춘향전의 사설형성 원리 (고려대 민족문화연구소, 1990).
7) 심재기, 앞의 논문, 228-233면.

문체를 이루고 있는 것으로 파악하였다. 결국 그가 강조하고자 한 내용의 핵심은 판소리 문학이 민중의 언어 내지는 민중의 문체로 되어 있다는 점이다. 그러면서도 그는 판소리 사설의 형성이 광대의 힘만으로 이룩된 것이 아니고 식자층의 참여 속에서 가능하게 되었다는 점을 지적하고 있다.8) 그가 판소리 사설의 민중언어적 특질을 강조할 수 있었던 이유는 연구대상으로 삼은 <이고본 춘향가>가 지니고 있는 강렬한 민중성 때문이기도 한데, 그렇다 하더라도 한문현토체이든 변용문체이든 한문을 이용한 표현언어는 기본적으로 한자에 소양이 있는 사람만이 이해할 수 있다는 사실을 간과해서는 안된다. 이 점은 그도 인정했던 바이지만, 광대들만의 힘으로 사설이 이룩된 것은 아니고 식자층의 영향력이 분명히 있었기 때문에, 한시라든가 고사성어 그리고 한자를 이용한 戱文 등과 같은 한문체가 판소리에 수용될 수 있었던 것이다. 오늘날까지 전승되고 있는 판소리 사설 가운데 광범위하게 확인되는 오자나 탈자의 대부분이 한자로 된 고사성어나 한시구 등에 집중되어 있는 이유는 배움이 짧은 광대가 의미도 모르고 부르며 구전심수(口傳心授)한 데 그 원인이 있는 것이다.

지금까지 판소리의 혼효문체적 성격, 즉 민중언어와 상층언어의 공존양상에 대해 살펴 보았다. 그런데 역사적으로 볼 때, 초기에 강하게 나타났던 민중언어적 성격이 후대로 내려 오면서 점차 그 비중이 약화되어 왔다고 할 수 있다. 그러한 조짐은 이미 신재효에게서도 어느정도 발견된다. 신재효의 <남창 춘향가>와 <동창 춘향가>를 비교해 보면, <동창 춘향가>는 골계적이고 외설스러운 대목을 거의 그대로 간직하고 있는데 비해 <남창 춘향가>에는 외설스러운 대목이 많이 소거되어 있음을 알 수 있다. 당대에 불리던 사설에 입각하여 정리한 것이 <동창 춘향가>이고 신재효의 의식이 투영되어 양반지향적 개작의 산

---

8) 성현경, "이고본 춘향전 연구," 판소리 연구 3 (판소리 학회, 1992), 54-57면.

물이 <남창 춘향가>라는 기존 연구 성과9)에 비추어 볼 때, 신재효의 사설 정리작업을 통해 일차적으로 민중언어적 성격이 약화되었다고 볼 수 있다.

본래 12마당이었던 것이 7마당이 실전(失傳)되고 5마당만 전승에서 살아남은 원인도 이와 관련하여 생각해 볼 수 있다. 실전 판소리는 전반적으로 '철저하게 세속적인 세계의 극히 희극적으로 강조된 표현'으로 되어 있어 비장의 요소가 박약하다.10) 바로 이러한 점 때문에 19세기 중반에 판소리의 주요 향유층으로 등장한 양반, 중인, 부호층의 취향에 부합하지 못하고 결국 전승에서 탈락하고 만 사실은11) 판소리에 있어서 재담적 요소, 다시 말하면 민중언어적 성격이 강한 작품이 도태되고 말았다는 것을 의미한다.

또한 20세기 초에 이르러 여성 창자(唱者)가 대거 출현하면서 골계적인 표현이나 외설스러운 사설이 축소 내지 삭제되는 현상이 생겨났다. 최초의 여성명창으로 알려진 진채선 이후 허금파, 강소향, 이화중선, 김녹주, 김초향, 박녹주, 김여란 등 다수의 여성명창이 등장하였는바, 배역의 분화를 통해 연극적 양식을 지향하던 창극에 있어서 극중 여성인물 역을 맡을 수 있다는 점에서 여성명창이 기여한 바 적지 않으나, 판소리 자체의 전승에는 또 다른 변화요인으로 작용하였던 것이다. 본래 판소리는 남성 명창의 전유물이었다. 여성 창자는 아무래도 남성 창자보다 연창(演唱)능력이 떨어지기 때문에 판소리의 토막소리화를 촉진하였으며, 또한 센 소리나 어려운 대목보다는 계면을 위주로 한 고운 목으로 쉬운 소리 대목을 즐겨 부르는 현상이 생기게 된 것이

---

9) 김흥규, "신재효 개작 춘향가의 판소리사적 위치," 한국학보 10(일지사, 1978).
10) 김흥규, "판소리에 있어서의 비장," 구비문학 3 (한국정신문화연구원 어문학연구실, 1980).
11) 김흥규, 앞의 논문, 28 - 36면.

다. 그러나 본고의 주제와 관련하여 주목해야 할 사실은 앞에서도 잠
깐 언급한 것처럼, 여성 명창이 등장함으로 해서 판소리에 있어서 민
중언어적 성격이 상당히 약화되었다는 점이다. 박동진 명창의 다음과
같은 언급은 이를 분명하게 뒷받침해 주고 있다.

> 　우리 판소리는 여자들이 하기 때문에, 그 참 외설적인 거, 그 남
> 자들만이 들을 수 있는 그 세계, 옛날에 사랑방에서 앉아 가지고,
> 부인들은 판소리를 듣지 못했거든요. 내외하느라고요, 감히 들을라
> 고도 안하고요. 그러니께 사랑방에서 남자들끼리만 소리를 하고 이
> 래 놓으니께, 그 잡탕소리며 뭐 그런 것이, 민요는 물론이요 판소리
> 에는 굉장히 많았습니다. 그래서 <배비장타령>이라든지 또한 <변강
> 쇠타령>이라든지 이런 걸 그땐 한창 했었는데, 여자들이 소리를 배
> 우고 나니까 그거를 감히 할 수가 없단 말이에요. 여자 얼굴로서는
> 부끄럽고 면구스럽고 그래 안해가지고 그냥 젖혀 놔 버렸어요. 그
> 래 그것이 사장이 되고 말았거든요. 썩어요.[12)

<배비장타령>이나 <변강쇠타령>과 같은 실전 판소리의 실전 원인의
하나로 여성창자의 등장을 꼽을 수 있겠거니와, 현전(現傳) 판소리에
있어서도 여성 창자가 재담소리나 외설스러운 대목을 축소 내지 삭제
시킨 사례를 확인할 수 있다. 그 대표적인 예로 박녹주의 <흥보가>를
들 수 있다. 박녹주는 동편제 명창인 김정문으로 부터 <흥보가>를 전
수받았다. 그러나 그녀는 '놀보가 제비 후리러 나가는 대목'까지만 배
웠고, 그 뒷부분인 '놀보 박타령'은 배우지 않았다. 왜냐하면 '놀보 박
타령'은 그야말로 재담소리이고 깃은 발림을 곁들여 골계적인 표현을
소화해 내야 하기 때문에 여성으로서 부르기가 난처했기 때문이다. 뿐
만 아니라 박녹주 <흥보가>에는 '흥보 밥타령'도 들어 있지 않다. '흥

---

12) 1993년, 9월 19일, 박동진의 국악당 소극장 공연 중에서.

보 밥타령'은 흥보가 제비 박에서 나온 쌀로 지은 밥을 공처럼 만들어 공중에 던져놓고 받아먹는다는 익살스러운 내용으로, 휘모리로 불리면서 골계적인 웃음을 자아내는 이 대목이 여성이 부르기에 적합치 않다고 하여 뺀 것이다. 박녹주의 <흥보가>를 역시 김정문으로 부터 배운 강도근의 <흥보가>와 비교해 보면, 강도근의 <흥보가>에는 육담이나 골계적이고 외설스러운 대목이 상당히 많이 있음을 알 수 있다. 이처럼 같은 스승으로 부터 배웠으면서도 여러 대목에서 차이가 생겨난 일차적인 원인은 여성이냐 남성이냐에서 찾을 수 있겠다.

3. 판소리 사설에 나타난 육담의 미적 특질

육담의 개념을 어떻게 정의할 것인가에 대해서는 논자에 따라 약간씩 차이가 있다. 김동욱은 익살, 재담 등도 육담에 포함하여, 가벼운 휴모어나 윗트가 육담에 들어갈 것이라고 하였다.[13] 육담의 범위를 상당히 포괄적으로 설정한 셈인데, 박갑수 역시 김동욱의 개념정의를 수용하여 춘향전에 나타난 해학적 표현을 검토한 논문에서 육담을 고찰한 바 있다.[14] 임석재는, 육담은 남녀간의 색정(色情)이나 성생활, 그리고 이와 관련된 사항이나 현상을 소재로 한 이야기이라고 정의하였다.[15]

그러니까 육담의 개념을 재담, 익살까지 포함하여 광의로 설정할 것인가 아니면 성적인 표현과 관련된 외설스러운 이야기로 한정할 것인

---

13) 김동욱, 증보 춘향전 연구 (연세대 출판부, 1976), 339면.
14) 박갑수, "춘향전의 해학적 표현(下)," 아세아 여성연구 20 (숙명여대 아세아 여성문제 연구소, 1981), 161-182면.
15) 임석재, '육담', 한국민족문화대백과사전 17 (한국정신문화연구원, 1991), 193면.

가가 문제이다. 그런데 판소리 사설 가운데에는 육담이라는 용어가 여러 번 나온다. 그 용례의 검토를 통해 육담의 개념을 살펴 보겠다.

   (1) 안짝은 제 글자요 밖짝은 육담이라. (신재효본, <남창 춘향가>)
   (2) 양반의 사랑가라 사설이 유식하여 웃음집이 적다 하고 짓멋진 도령님이 육담 장난으로 너름새해 가면서 판사쾀을 하난듸 이런 야단이 없어 (신재효본, <동창 춘향가>)
   (3) 방자놈 바다들고 문장이라 일컷던이 글 네자을 모르시요. 이거슨 무슨 자요. 기러기 안짜다. 소인은 무식하니 육담으로 알외이다. (이고본 <춘향가>)
   (4) 그러면 바로 육담으로 하여. ---중략--- 이내 몸 방애 되고 주장군이 고가 되어 갔님네 보지확을 밤낮으로 찧었으면 다른 물 아니 쳐도 보리방애 절로 익제.(신재효본, <심청가>)

  (1)은 '십장가'에 대한 서술자의 논평으로, '육담'은 '제글자'에 反해 일탈된 표현이라는 의미로 쓰이고 있다. 그런데 밖짝의 표현 중에, "십채낱 딱 붙이니 십벌지목 믿지 마오 십은 아니 줄 터이요"와 같은 외설스러운 대목이 있다. (2), (3), (4)에서도 모두 마찬가지로 성적인 표현이 등장하는 대목에서 '육담'이라는 용어를 사용하고 있다. 따라서 본고에서는 임석재의 개념 정의를 수용하여, 기본적으로 성적인 표현을 담고 있는 이야기를 육담의 범주에 포함시켜 논의를 전개하고자 한다. 그러니까 육담의 가장 중요한 본질적 요소는 바로 '성'에 있는 것이다. 그런데 성적인 표현은 공식문화적 언어가 아니라 비공식문화적 언어에 해당한다. 점잖음, 체면, 일상성, 관념적 윤리, 차려 입기, 덕망 등이 공식문화적 속성을 지닌 '낮의 모습'이라면, 비속함, 내밀한 욕망, 일탈, 알몸, 엿보기 등은 비공식문화적 속성을 지닌 '밤의 모습'이다. '낮'에는 밝음이 지배하지만 겉으로 드러나는 모습에만 관심을 집중할 뿐 참모습을 보여주기가 쉽지 않은 반면에, '밤'에는 어둠이 지배하여

음흉하게 야유하고 놀리고 비웃기도 하지만 인간의 내면에 간직하고 있는 참모습을 드러내기에 안성맞춤의 기회를 제공하기도 한다.

육담은 한마디로 말하면 '밤의 언어'이다. 그렇기 때문에 육담은 그 자체에 웃음을 유발할 수 있는 요인을 함축하고 있다. 드러내놓기는 어렵지만 호기심 속에서 은밀하게 관심을 기울이게 되는 '성'을 소재로 한 이야기이기 때문이다. 육담은 시간과 장소에 따라 또한 그것이 이야기되는 상황의 맥락에 따라 서로 다른 의미를 지닌다. 상대방을 야유하고 비웃거나 혹은 스스로가 자신의 권위를 추락시키는 기능을 수행할 때, 육담은 골계적인 표현이 된다. 그리고 그 웃음이 화해의 웃음이냐 공격적인 웃음이냐에 따라 해학과 풍자로 나뉘어진다. 해학인가 풍자인가를 판단하는 절대적인 기준을 세우기는 어렵다. 그것은 작중인물이 작품에서 긍정적으로 평가받는가 부정적으로 평가받는가에 따라 결정되는 경우가 많다.

또한 육담은 인간의 본성을 억압하는 윤리에 대항하여 타고난 욕망을 긍정하는 의미로 사용되기도 한다. 본고는 이러한 측면을 에로티즘이라는 관점에서 접근하고자 한다.

3-1. 골계로서의 육담

3-1-1. 해학으로서의 육담

<춘향가>
(1) 이러틋시 탄식ᄒ며 시절을 도라보니 썩맛춤 삼춘이다. 초목군싱
   지물이 기유이자락이라. 썩갈남긔 속닙나고 노고질이 놉히 썻다.
   건넌 산의 아즈랑이 ᄭᅵ이고 잔씌잔씌 속닙 나고 달바조 씽씽 울고
   삼년 묵은 말 가죽은 외용죄용 소리ᄒ고, 션동아 군복ᄒ고 거동

춤녜ᄒ라 가고, 청기고리 신 샹토 ᄶᅩ고 동니 얼운 ᄎᅐ 보고, 괴양
이 셩젹ᄒ고 싀집가고, 암씨 셔답ᄎ고 월후ᄒ고 너구리 넛 손ᄌ보
고, 둑겁이 외손ᄌ 보고, 다람이 용긔치고, 과부 기지기켤졔, 니도
령의 ᄆ음이 홍글항글ᄒ여 불승탕졍이라.(남원고사)

(2) ᄯᅩᄒᆫ 네가 그런 셔방 ᄒᆫ번 셩겨시면 남원 활양 네게 침노할 리
읍고, 남원 거시 다 네 거실다. ᄉ창이 네 광이요, 관청이 부억키
라. 은 씨랴면 은 씨고, 금 씨랴면 금실 테이, 명식이 기셩되여 이
런 조ᄒᆫ 씨을 만나 여울 피리 낙싯밧 낫덧 한 손 뚝 ᄯᅦ여 먹고 고
만 두라무나. 네 덕에 소연 슈로하여 보ᄌ. 춘향이 증식ᄒ여 ᄒ연
말리, 증 그리 욕심나거던 네 어미나 후려다 녹코 씌여 먹그라무
나. 우리 어먼이난 올레 일흔 둘살일다.(고대본)

(3) 우리 두리 맛나시니 만날 봉(逢)ᄌ 비졈이오, 빅년가약 미ᄌ시니
미질 결(結)ᄌ 비졈이오, 우리 두리 누어시니 누울 와(臥)ᄌ 비졈
이오, 우리 두리 버셔시니 버슬 탈(脫)ᄌ 비졈이오, 우리 두리 덥
허시니 덥흘 부(覆)ᄌ 비졈이오, 금일 침상 즐겨시니 즐길 낙(樂)
ᄌ 비졈이오, 우리 두리 입 맛초니 법즉 녀(呂)ᄌ 비졈이오, 우리
두리 비 다히니 비 복(腹)ᄌ 비졈이오, 네 아리 구버보니 오목 요
(凹)ᄌ 비졈이오, 니 아리 구버보니 니밀 철(凸)ᄌ 비졈이오, 두 몸
이 ᄒᆫ 몸 되니 모들 합(合)ᄌ 비졈이오, 나아갈 진(進) 물너날 퇴
(退)ᄌ 줄 빈(頻)ᄌ 비졈이오, 조흘 호(好)ᄌ 실 산(酸)ᄌ 물 슈(水)
ᄌ 다 비졈이라.(남원고사)

(4) 춘향이가 깜짝 놀나 추천줄의 둑여날여와 눈 흘기며 욕을 하되,
애고 망칙해라. 제미x 개x으로 열두다섯번 나온 년석 누깔은 어름
의 잣바진 경풍한 쇠누깔갓치 최생원의 호패구역갓치 또 뚜러진
년석이 대갈이는 어러 동산의 문달래 따먹든 덩덕새 대갈리갓튼
년석이 소리는 생고자 색기갓치 몹시 질너 하맛트면 애보가 떠러
질 번 하엿지. 방자놈 한참 듯다가 어니업서 이애 이 지집아년나.
입살리 부드러워 욕은 잘한다만는, 내말을 들어보와라. 무악관 처

녀가 도야지타고 기추쏘는 것도 보고, 소가 발톱의 봉선화 들리고 장의 온 것도 보고, 고양이가 성적하고 시집가는 것도 보고, 쥐귀역의 홍살문 세고 초헌이 들낙날낙하는 것도 보고 암캐 월우하여 서답창것도 보와시되 어린 아희년이 애뽀 잇단 말은 너한테 첨 듯겟다. 애고 저 년석 말곳치는 것좀 보게. 사람 직개 네 애뽀라던냐. 그럼 무어시랜노. 낙태할 번 한댓지. 더군단아 십삭이 찻느냐. 낙태라던냐, 낙성이랫지. 어린 년이 피아말 궁둥이 둘너대듯 잘둘 넌다마는, (이고본)

(5) 하도낙서 잠간 보니 일월성신 별 진 원앙 침 비취 금 활활 벗고 잘 숙 양각을 번적 들고 사양말고 벌 열 --중략--- 네입 내입 마조 대니 양구상합 법중 녀 (이고본)

(6) 관관저귀 재하지주로다. 요조숙녀 차자가자. ---중략--- '대학지도는 재명명'하며 명명이도 오라던니, 니건 원코 형코 니코 정코. 춘향이코 내코 한데 대니 조코. (이고본)

(7) 한줄이 두줄이 되고 글짜마다 뒤뵈인이 하눌 천자 큰 대되고, 싸지 못지 되고, 날 닐리 눈목이 되고, 묘할 묘자 요자 보소, 춘향일 시 분명하다. 천자 감자 되고, 맹자 탱자가 되고, 시전은 사전니요, 서전은 짠전이오, 논어는 이어되고, 주역은 우역이오, 주용은 도룡용이라. 이글 익다가는 밋친 놈니 되겟고나.(이고본)

(8) 여보 그리하면 관게할가, 내배나 맛대여 보세. 그만두게 쓸데 업데. 늘근이 배는 소함읍데. 춘향어머니 눈치알고 어허 닌제 알게고나. 늘거지면 쓸대업지. 죽는 거시 슬지 안어도 늑는 거시 더욱 슬다. 그리하면 나는 간다. 너의끼리 하여보라. 떨떠리고 건너간다. (이고본)

(9) 에라 이년 변시럽다. 이별도 남달으다. 기생이라 하는 거시 이별 거기 늑는이라. 나도 소시 구실할제 대부를 세량이면 손까락이 압

퍼 못세겟다. 압문으로 불너들여 뒤문으로 손짓하되 눈물은 컨이
와 코물도 안나더라. (이고본)

(10) “저 여러 기생들을 차례로 안치라.” 동헌 뜰 너른 마당 줄줄이
안쳐 놋코, “저년 나이 멋살인다.” “소녀 나는 일곱살이요.” “조런
방정마진 년, 멋살벗터 친구보완노.” “네 살의 구실 들어 다섯살부
터 수청하엿소.” “요년 장니 조달하엿다. 못쓰겠다. 내모러라. 또
조년은 멋살인고.” 홍도가 나올 줄리고 퇴박만은 거슬 보고 나올
훨적 늘여, “소녀은 아흔 다섯살이오.” “아 인년 날보덤 왕존장이
로고나. 아서라, 내 모러라. 저년은 코가 엇지 저리 큰야. 못쓰겠
다. 내모러라. 저년은 눈이 실눈이라. 겁은 반푼어치 업겟다. 내모
러라. 저년은 얼골리 푸르이 색탐 만아 서방 잡겟다. 내보내라. 저
년은 저만이 숙붓터 미련하여 못쓰겟다. 저년은 입이 저리 클제야
거긔는 대단하겟다. 내모러라.” 똥덕이 얼근 얼골 맵시를 내랴 하
고 분 닷되 물 두동니 치릅의 반죽하여 얼골의 맥질하고 되배하고
횟발을 안고 안저시이 엉거름이 벌러저서 조각조각 떠러진이, “저
년 밧비 내모러라. 상방의 빈대 터지개따. 그 만흔 기생 하나 눈의
든는 년이 업단 말인가. 여보아라. 춘향을 밧비 대령시키되 만일
지완하는 폐단 닛거든 절박 착내하라.”(이고본)

(11) “형님, 저것 좀 보오. 어머니 초빙에서 엇던 사람이 데굴데굴 궁
굴면서 춘향아, 춘향아 하며 저리 설이 운니 야단낫소. 어머니 일
흠이 춘향이요.” 맛상제가 하는 말이, “춘짜는 들엇는이라. 왼삼촌
한 분니 난봉으로 집 떠난 지 십년이라던니 니제야 왔나부다.”
“외삼촌 갓트면 일흠을 부르잇가.” “아모려나 올너가 보자.” “큰일
낫소. 형님은 모르리다. 나얼여서 철 모를 제, 형님은 향청의 가고
자근 형은 장의 가고, 나 혼자 인노라니가 엇던 사람 들어오매 어
머니가 안방의 들여 안치고 가진 음식 먹이던이, 날더러 사랑 보
라 하시기로 사랑의 나와 문 구역으로 둘이 안고 맹꽁씨름 하던이
뒤문으로 나갑데다. 말이 낫시니 말이지, 어머니가 행실은 아조 고
약하옵데다. 그놈이 와서 저 발광하는 거시지. 내 올너가서 꽁문을

분질너 보내이라."(이고본)

(12) 도련임 춘향 오슬 벽기려 할 제 넘놀면서 어룬다. 만첩청산 늘
근 범이 살짐 암키를 무러다 노코 이는 업셔 먹든 못ᄒ고 흐르릉
흐르릉 아웅 어루난 듯, 북히 흑용이 여의쥬를 입으다 물고 치운
간의 늠노난 듯 단산 봉황이 죽실 물고 오동 속으 늠노난 듯 구구
청학이 난쵸을 물고셔 오송간의 늠노난 듯 춘향의 가는 허리를 후
려쳐 다담쑥 안고 지지기 아드득 썰며 귀쌥도 쪽쪽 쌸며 입셔리도
쪽쪽 쌸면셔 주홍갓턴 셔을 물고 오싴 단청 순금안장의 쌍거쌍니
비들키갓치 쑥쑹 쑹쑹 으홍거려 뒤로 돌여 담쑥 안고 져셜 쥐고
발발 썰며 져고리 초미 바지 속것까지 활신 벅겨 노니 춘향이 북
그려워 한편으로 잡치고 안져슬제, 도련임 답답하여 가만이 살펴
보니 얼골이 복짐ᄒ야 구실쌈이 송실송실 안자쑤나.(열녀춘향수절
가)

(13) 너난 죽어 글자 되되 싸 지(地)자 그늘 음(陰)자 아너 쳐(妻)ᄶ
계집 여(女)ᄶ 변이 되고, 나는 죽어 글ᄶ 되되 하날 쳔(天)ᄶ 하
날 건(乾) 제이비 부(夫) 사나 남(男) 아들 자(子) 몸이 되야 계집
여(女)변의다 싹 붓치면 조을 호(好)ᄶ로 만나 보자. 사랑 사랑 사
랑 니 사랑 쏘 너 죽어 될 것 잇다. 너는 죽어 물이 되되 은하수
폭포수 만경창희수 청계수 옥계수 일더 장강 더져 두고 칠연디한
가물 쩌도 일싱 진진 쳐져 잇난 음양수란 무리 되고, 나는 죽어가
시가 되되 두견조도 될나 말고 요지 일월 쳥죠 쳥학 빅학이며 더
봉조 그린 시가 될나 말고 쌍기쌍니 쩌날 줄 모르난 원앙조란 시
가 되야 녹수의 원앙격으로 어화둥둥 쩌놀거든 날인 줄을 알여무
나. 사랑 사랑 니 간간 니 사랑이야. 안이 그것도 나 안이 될나요.
그러면 너 죽어 될 것 잇다. 너는 죽어 경쥬 인경도 된다 말고 전
주 인경도 될나 말고 송도 인경도 될나 말고 장안 종노 인경되고,
나는 죽어 인경마치 되야 삼십삼쳔 이십팔숙을 응하야 질마지 봉
화 세자루 쩌지고 남산 봉화 두자루 쩌지면 인경 첫마듸 치난 소
리 그저 뎅뎅 칠 쩌마닥 다른 사람 듣기여는 인경소리로만 알어도

우리 속으로는 춘향뎅 도련임뎅이라 맛나 보자구나. 사랑 사랑 너
간간 사랑이야. 안이 그것도 나는 실소. 그러면 너 죽어 될 것 잇
다. 너는 죽어 방이 확이 되고 나는 죽어 방이고가 되야 경신연
경신월 경신일 경신시의 강퇴공 조각 방이 그져 썰구덩 쩍커들난
날린 줄 알여무나. 사랑 사랑 너 사랑 너 간간 사랑이야.

 춘향이 하난 마리 실소 그것도 너 안이 될나요. 엇지하야 그 마
린야. 나는 항시 엇지 이싱이나 후싱이나 밋틔로만 될난잇기. 지미
업셔 못쓰거소. 그러면 너 주거 우로 가계 하마. 너는 죽어 독미
웃짝이 되고 나는 죽어 밋짝되야 이팔청춘 홍안미식더리 셤셤옥
수로 밋쩌을 잡고 슬슬 두르면 천원지방격으로 휘휘 도라가거던
나린 줄을 알여무나. 실소. 그것도 안이 될나요. 우의로 싱긴 거시
부이나게만 싱기엿소. 무슨 연의 원슈로셔 일싱 한구먹이 더하니
아무것도 나는 실소. 그러면 너 죽어 될 것 잇다. 너는 죽어 명사
십이 희당화가 되고 나는 죽어 나부되야 나는 네 꼿송이 물고 너
는 너 수염 물고 춘풍이 건듯 불거던 너울너울 춤을 추고 노라 보
자. 사랑 사랑 너 사랑이야. 너 간간 사랑이지. 이리 보와도 너 사
랑 져리 보와도 사랑이 모도 너 사랑갓틔면 사랑 걸여 살 슈 잇
나. 어허둥둥 너 사랑니 에쩌 너 사랑이야. 방긋방긋 웃는 거슨 화
중왕 모란화가 하로밤 세우뒤에 밤만 피고자 흔듯 아물리 보와도
너 사랑 너 간간이로구나. (열녀춘향수절가)

(14) 봉시 드러가 안즈며 한는 말이, "네 일이야 홀 말 업다. 장처나
만져보즈." 춘향이 두 다리를 글너 뵈니 판슈놈이 음흉흐여 당쳐
는 만져보지 안코 두 숀으로 콩이리 부터 치만지며 흐는 말이,
"어불스 몹시 첫구나. 김퓌두가 치드냐 니퓌두가 치드냐 바른 더
로 일너라. 니게 굿날 바드러 오거든 곳 결멸일을 갈회여 줄 거시
니 그 셜치는 니가 흐여쥬마." 흐고 이리 만지며 져리 만지며 졈
졈 드러가다가 정 속을 꼭 찌르니, 춘향이 분을 못 이긔여 바로
쩨를 치려다가 졉을 잘 아니 할가 흐여 능쳐 이른 말이, "봉스님,
우리 부형과 죠흔 벗으로 단니던니 느의 운슈 불힝흐여 부친이 먼
저 기셰흐시니 봉스님은 부형과 죠흔 벗지라 상업시 그리 마르시

고 졈이나 잘하여 쥬오.” 판스놈이 말눈치 아라듯고, “네 말이 올타. 우리 스긔가 세교쑨 아니라 비슥 척분이 되나니 엇지하면 복상칠촌이 되난 법 ㅎ니라.” (경판본)

(15) 술 부어 들고 권주가 할 제 외면하고, “잡으시오 잡으시오. 니 술 한 잔 자브시면 천만년이나 막문투식 하올이다.” 사또 “술 마시 죳타.” 산적꽂치을 빼여 질겅질겅 씹으면 “요년 이것 마조 물어라.” “고기 먹을 줄 몰나요.” 입 가으로 부연 물을 흘이면서 “요연 입 한 번 맛초자.” 기생연 이러서며 욕지기하며 “간밤 지난 밤 꿈자리가 사납던이 망측한 꼴을 다 보겟네.”(이고본)

<심청가>

(1) 천연한 말좃이제. ---중략--- 원원이 좋은 약은 동삼 웃수 없을너구. 공교히 졂었을 제 두 뿌리 먹었더니 지금도 초저녁의 그것이 일어나면 물동우꾼 당기도록 그저 뻣뻣하였거든.(신재효본)

(2) 인물이 일색이요 졂어서 동삼먹고 그것이 장탱불사하는 봉사님으로 말 몰려라 둥덩둥덩.(신재효본)

(3) 예 나난 우리 자당이 오입하신 아씨로서 서방님 세분인데 고씨 이씨 정씨지요. 나를 배어 낳으신 후의 성을 쓸 줄 몰라 노염없이 하노라고 서의 성 한 편씩을 떼다 글자 만들고서 삼수로 본 씨요. (신재효본)

(4) 주장군은 눈없이도 여인네 옥문관을 밤마닥 일쑤 찾제.(신재효본)

(5) 이내 몸 방애 되고 주장군이 고가 되어 각씨님네 보지확을 밤낮으로 찧었으면 다른 물 아니 쳐도 보리방애 절로 익제.(신재효본)

(6) 이 방애 저 방애 다 바리고 월침침 야삼경의 우리 님 혼자 와서 가죽방애만 찧난다.(신재효본)

<수궁가>

(1) 해구는 신이 너머 조아 그 녀석이 세상을 나가면 용두질노 세월
    을 보낼 터이요 세상에서 살임을 살 터이오니 그런 음남의 아들놈
    을 웃지 일국 당대사를 보내리오 (이선유본)
(2) 내 자지도 네 목같아 서면 들어가고 앉으면 나오기로 주부에게
    척숙되제. (신재효본)
(3) 재넘어 남성이가 내집을 자조 단기니 내 간 새이에 남성이 색기
    배렷다.(이선유본)

<적벽가>

(1) 내 나이 이만하니 신부 다룰 줄을 모르는게 아니로되 피차 늙어
    가는 것이 잔 수인사 찾지 말고 어서 벗고 누워 자세. 신부 대답
    아니하고 가만히 앉았기에 뒤로 안고 얼른 벗겨 잔뜩 안고 드러누
    워 그러할 줄 알았더면 곧 시작 하였을 새 고생하던 이야기며 살
    림살이할 걱정을 한참 수작한 연후에 두 무릎 정히 꿇고 신부 양
    각 곱게 들고 주장군을 잘 바수어 옥문관에 당도하니 사면은 다
    막히고 한가운데 수렁이라. 들어갈까 물러날까 한참 진퇴하느라니
    영취하는 천아성이 사면에서 뙤뙤하며 염치없는 우리 기총 방문차
    고 달려들어 상투잡아 일으키어 뺨을 치며 하는 말이 계명 군령
    모르관듸 이 짓이 웬 짓이냐. 구박 출문 돌아오니 벗었던 옷 못
    입어서 손의 들고 따라와서 이때까지 못갔더니 내 설움은 고사하
    고 주장군이 더 서러워 이때까지 눈물방울 대강대강 떨우치니 이
    왕 시작한 일이나 필역하고 왔더라면 조금이나 서러울 내 아들놈
    있겠느냐.(신재효본)

<변강쇠가>

(1) 이상히도 생기었다 맹랑히도 생기었다 늙은 중의 입일난지 털은
    돋고 이난 없다 소나기를 맞았던지 언덕집게 파이었다 콩밭 팥밭
    지내던지 돔부꽃이 비치었다 도끼날을 맞았던지 금바르게 터져 있
    다 생수처 옥답인지 물이 항상 괴어 있다 무슨 말을 하려관대 음

질음질 하고 있노 천리행룡 내려오다 주먹바위 신통하다 만경창파 조갤런지 서를 삐쭘 빼었으며 임실 곡감 먹었던지 곡감씨가 장물이요 만첩산중 으름인지 제라 절로 벌어졌다 연계탕을 먹었던지 닭의 벼슬 비치었다 파명당을 하였던지 더운 짐이 그저 난다 제 무엇이 즐거워서 반튼 웃어 두었구나 곡감 있고 으름 있고 조개 있고 연계 있고 제사장은 걱정없다 (신재효본)

(2) 이상히도 생기었네 맹랑히도 생기었네 전배사령 서려난지 쌍걸낭을 늦게 달고 오군문 군뇌던가 복덕이를 붉게 쓰고 냇물가에 물방안지 떨구덩 떵 끄덕인다 송아치 말뚝인지 털 고삐를 둘렀구나 감기를 얻었던지 맑은 코난 무슨 일꼬 성정도 혹독하다 화 곧 나면 눈물난다 어린 아이 병일난지 젖은 어찌 게웠으며 제사에 쓴 숭어인지 꼬쟁이 굵이 그저 있다 뒷 절 큰 방 노승인지 민대가리 둥글린다 소년인사 다 배웠다 꼬박꼬박 절을 하네 고추 찧던 절굿댄지 검붉기난 무슨 일꼬 칠팔월 알밤인지 두쪽 한데 붙어 있다 물방아 절굿대며 쇠고삐 걸랑등물 세간살이 걱정없네 (신재효본)

(3) 제 계집 두 다리를 양편으로 딱 벌리고 오목한 그 구멍을 기웃이 굽어보며, 밖은 검고 안은 붉고 정녕한 부엌이쇠 빠끔빠끔 하난 것은 조왕 동증 정녕 났제. 제 기물 보이면서, 불끈 불끈 하난 수가 목신 동증 정녕 났제. 가난한 살림살이 굿하고 경 읽것나. 목신하고 조왕하고 사화를 붙여보세.(신재효본)

<배비장전>
(1) 글랑은 염려마오. 이팔가인체사소하니 요간장검참우부라, 수연불견인두락이나 암리초군골수구라 하였으니, 계집은 커녕 아이들 비역이나 하게 되면 가막쇠 아들일세.(김삼불 교주본)

(2) 나으리님 양각산중 주장군(兩脚山中 朱將軍) 줌 반만 베어주오. ---중략--- 나으리 가신 후에 독숙공방 수심할 제 비어 두기 허하오니 문지기 삼아 두었으면 일부당관(一夫當關)에 만부막개(萬夫莫

開)라, 어느 놈이 범하오리까. 근들 아니 다정하오.(김삼불 교주본)

(3) 이 같은 좋은 음식을 보내셔서 잘 먹었습니다 하고, 또, 무례한
  말씀이오나, 천생양(天生陽)하고 지생음(地生陰)하니, 음양배합은
  인개유지(人皆有之)라, 방탕한 화류객이 홀등차산(忽登此山)하여 탐
  화봉접(探花蜂蝶)의 마음을 지지우지지(知之又知之)하옵소서, 하고
  여쭈어라.(김삼불 교주본)

(4) 전략---부득장춘(不得長春) 절로 늙어 홍안이 백수(白首)되면 시호
  시호(時乎時乎) 부재래(不再來)라. 다시 젊기 어려워라. 상사고(相
  思苦)에 깊이 든 병 신농씨 백초약이 무령하도다. 낭자 일신 양각
  산중(陽脚山中) 보신탕 약을 빌려 도중고객(島中孤客)을 살리소서.
  (김삼불 교주본)

(5) 업궤신(業櫃神) 자지가 장질병에 약이라니, 사다가 자지만 베고
  놓겠읍네.(김삼불 교주본)

<왈자타령>
(1) 왜목 안고 입 맞츄며 셔로 안고 보는 모양 쵸싱편월 정신이라.
  ---중략--- 교쵸보더 비겨 씌고 벽화관을 너을 시워 ㅅ각봉의 안쳐
  시면 쳔싱션여로 안이 보넌 놈은 그 졔미을 븟틀 놈이로다. ㅅ랑
  ㅅ랑 ㅅ랑이야. (박순호 소장 게우사)

(2) 무슉의 알외는 말슴 몹쓸 놈으로 아르시면 쳔벌나려 쥬기시고,
  져 연놈이 죄 잇거든 이 뒨물 흔 그르시 씹과 죠지 흔틕 셔거 고
  즈리가 골게 흐면 금시 보게 흐옵쇼셔. (박순호 소장본 게우사)

  육담이 해학적인 표현으로 되어 있는 경우에 웃음을 유발하는 방식
을 정리해 보면 다음과 같다.
  첫째, 한문체가 변용되어 회화적인 의미로 사용되는 경우이다. 천
자문이나 시경, 대학은 한문에 대한 기초적인 소양을 익히기에 적합한

책이거나 유가적 이념을 담은 경전이다. 그런데 여기에 나오는 내용이 모두 사랑의 감정을 나타내는 표현으로 변용되어 사용되고 있다(<춘향가>의 (3), (5), (6), (7), (13)). 이성(異性)에 대한 성애를 한문식 표현으로 드러내는 경우도 있는데, 이는 문자속을 과시하려는 의도도 있지만 연정을 직접적으로 드러내지 않고 은근하게 표현하는 일종의 간접화법이라 할 수 있다(<배비장전> (3), (4)).

둘째, 육담을 통해 자신이 스스로를 웃음거리로 만드는 경우이다. 춘향은 방자와 육담을 주고 받음으로써 요조숙녀로서의 이미지에 타격을 받으며(<춘향가> (4)), 이도령과 춘향은 아직 어린 나이임에도 불구하고 노골적인 성애를 주고 받음으로써 철부지 소년으로서의 이도령과 요염한 모습으로서의 춘향이라는 형상을 보여주고 있다(<춘향가> (12)). 이도령과 월매는 배를 맞대는 문제로 웃음거리가 되며(<춘향가> (8)), 점잖아야 할 심봉사는 사리판단을 할 줄 모르고 色에 탐닉하는 인물이 되어 웃음거리가 된다(<심청가> (1), (4), (5), (6)). 배비장은 윤리의식이 철저한 인물로 나오면서도 비속한 육담을 써서 권위를 실추시킨다(<배비장전> (1)).

셋째, 육담을 통해 상대를 웃음거리로 만드는 경우이다. 이도령은 어사가 된 뒤 남원으로 내려오는 길에 남의 무덤을 춘향의 무덤으로 잘못 알고 통곡하다가 봉변을 당할 뻔 한다(<춘향가> (11)). 애랑은 떠나가는 정비장으로 부터 온갖 물건을 다 빼앗으면서 정비장을 웃음거리로 만들고 있다(<배비장전> (2)).

이몽룡은 비록 춘향을 고난으로 부터 구원해 주는 인물이기는 하지만, 춘향과 사랑을 나누는 작품의 전반부에서는 철부지다운 이미지도 지니고 있다. 심봉사는 처자를 잃고 앞을 보지 못하는 몹시 딱한 인물이어서 동정을 받을 처지에 있지만, 동기야 어찌되었든 딸을 팔아 눈을 뜨려 했다는 점에서 일단 웃음거리가 될 소지를 지니고 있다. 배비장 역시 경직된 윤리의식의 소유자로서 인간미가 부족하다는 평가를 받을 수 있다. 이처럼 이들은 기본적으로 어떤 결점을 지니고 있는 공통점이 있고, 바로 그러한 결점이 육담으로 표현되면서 각 인물이 지니고 있는 결점이 드러나거나 교정되는 결과를 가져오게 되는 것이다. 그러나 이들이 지니고 있는 결점은 사회에서 용인될 수 없는 성질의 것은 아니라는 점에서 치명적인 약점이 되지는 않는다. 그렇기 때문에 해학적인 육담을 통해 웃음거리가 된 인물은 끝까지 공격을 받지 않는다. 다음 항목에서 다루겠지만, 이몽룡이나 배비장이 어느 국면에서는 풍자의 대상이 되기도 하지만, 궁극적으로 화해의 상태로 돌아가게 되는 것은 바로 이런 이유 때문이다. 한편 육체와 밀착된 이러한 육담은 엄숙주의를 지양하고 욕망의 참모습을 드러내 보여주고 있다는 점에서 경직된 유교문화에 대한 반문화로서의 의미를 가진다고 할 수 있다.

3-1-2. 풍자로서의 육담

<춘향가>

(1) 방자놈 ᄃᆡ답ᄒᆞᄃᆡ, "으라, 청청 이맛보게. 피ᄎᆞ 평발 아희드리 야심중의 긔롱ᄒᆞ니 무어시 망발이며, ᄌᆞ네 뒤히 냥반 두 ᄌᆞ 뼈 부쳣나." "말이 이러ᄒᆞ니 체증일세. 그리 말소." "쇽담의 니ᄅᆞ기롤 시로뼈 가ᄂᆞᆫᄃᆡ ᄀᆡ ᄯᆞ로기ᄂᆞᆫ 졔격이라 ᄒᆞ려니와, ᄌᆞ네 계집ᄒᆞ라 가ᄂᆞᆫᄃᆡ 나ᄂᆞᆫ 무ᄉᆞᆷ 짝으로 ᄯᆞ라가단 말인가." 니도령 니론 말이, "네 말이 모도 정외지언이르고나. 담을 ᄡᅡ고 벽을 쳐도 이 판의ᄂᆞᆫ 그리 아니 ᄒᆞᄂᆞ니라. ᄂᆡ가 그리 싱소ᄒᆞ냐. 네 비위의 아니 맛나 보고나. ᄋᆡ고 ᄂᆡ 아들이야. 오소의 빕드기ᄂᆞᆫ 외탁ᄒᆞ여 그러ᄒᆞᆫ가. 방ᄌᆞ 동싱아 어셔 가ᄌᆞ."(남원고사)

(2) 방자놈 바다들고 문장이라 일컷던이 글 네자을 모르시요. 이거슨

무슨 자요. 기러기 안짜다. 소인은 무식하니 육담으로 알외이다. 물론 기러기 물보고 오라는 안짜요. 이거슨 무신 자요. 나비 접자 다. 탐화광접이 꼿보고 오라는 접자요. 이거슨 무신 자요. 게 해자 다. 게는 궁글 따라 오라는 해짜요. 또 이거슨 무신 자요. 비둘기 구짜다. 관관저구 재하지주라, 요조숙녀 차저와서 금실우지 질기자 는 구짜요. 이도령니 그 말을 듯고 그놈 맹낭하다. 이 자식 건너가 서 수작이 장왕하여시니 웃국을 질넌나부다. 천첩의 무상피나 형 제간의 될 말이요.(이고본)

(3) 엇던 째는 새x하듯 깝짜이듯 깜짝깜짝하다가 엇던 째는 비마진 쇠눈 금적이듯 금적금적 하니 알 수 업습데다. 에라 홀레 개자식 고만 두어라. 내가 봄마. (이고본)

(4) 이녀석 네 어미 씹이다. 우리 압시 좃시요. 그 좃 같다 개씹의 박 아라.(동창 신재효본)

(5) 이도령 하는 말이, "할미 그는 넘녀 마오. 사쏘도 소시의 우리 압 집니 쇠쇠 누임 친하여 가지고 개구녁 출닙하다가 울타리 가지의 눈퉁이을 걸커미여 겻뚜대기가 엿태 인내. 넘녀말고 들어가세."(이 고본)

(6) 십채낱 딱 붙이니 십벌지목 밋지 마오 십은 아니 줄 터이요.(남 창 신재효본)

(7) 구관의 아들인가, 난창의 아들인가. 그런 기생 결년하여 두고 가 서 닐거 무소식인이 그런 개자식이 인나.(이고본)

<심청가>
(1) 남녀 유별하단 말은 삼척동자 다 아난듸 여인네만 모인 곳의 의 관을 한 자식이 불문곡직 달려드니 그 제 어미 붙을 놈 눈망울을 집어내제.(신재효본)

<홍보가>

(1) 박살할 놈, 그 노릇 아니하여도 밤이면 대고 파니 다른 일 할 틈 있어야제. 계집년 생긴 것이 눈이 벌써 음녀거든.(신재효본)

(2) 애고 애고 좆 꼴리어 암만해도 못참것다. 놀보계집 뒷물시켜 수청으로 대령하라.(신재효본)

<적벽가>

(1) 여보시오 승상님, 장졸을 다 죽이고 좆만 차고 가는 터에 무슨 좋은 일이 있어 저다지 웃으시오.(신재효본)

<변강쇠가>

(1) 계집이 허락 후에 청석관을 처가로 알고 둘이 손질 마주 잡고 바위 위의 올라가서 대사를 지내난듸 신랑 신부 두 연놈이 이력이 찬 것이라 이런 야단이 없것구나. 멀끔한 대낮에 연놈이 훨씬 벗고 매사니 뻔 장난할 제(신재효본)

(2) 연놈 장난 이러할 제 재미있난 그 노릇이 한 두번만 될 수 있나. 재행턱 삼행턱을 당일에 다한 후에 살림살이 살 걱정 둘이 앉아 의논한다.(신재효본)

<배비장전>

(1) 나으리도 남의 말씀 수이 마옵소서. 애랑의 은은한 태도와 연연한 안색을 보시면 오목 요(凹)자에 움을 무어 게다가 세간살이를 하오리다.(김삼불 교주본)

(2) 예, 눈은 반상이 다르니까 소인의 눈이 나리 눈보담 무디어 저런 비례(非禮)의 것이 아니 뵈옵니다마는, 마음도 반상이 달라 나리 마음은 소인보담 컴컴하고 음탐하여 남녀유별 체면도 모르고 규중 처녀 은근히 목욕하는 것을 욕심내어 눈을 쏘아 구경한단 말씀이

오니까. 근래 서울 양반들, 양반 자세하고 계집이라면 체면없이 욕
심낼 데 아니낼 데 분간없이 함부로 덤벙이다 봉변도 많이 당합디
다. 유부가인(有夫佳人) 약수에 목욕하면 허물없이 일가친척 은근
히 묻었다가 무례한 타인 남자 버릇없는 눈치 알고 일시에 냅다
치면 꼼짝없이 보리만 탈 것이니, 저 여자 볼 생각 생의도 마오.
(김삼불 교주본)

(3) 나리 소견 바이 없소. 밤중에 유부녀 통간(通姦) 가오면서 금의야
   행으로 저리 하고 가다가는 될 일도 못될 것이니, 그 의관 다 벗
   으시오.(김삼불 교주본)

(4) 양반 양반 무슨 양반이야. 행실이 좋아야 양반이지. 양반이면 남
   녀유별 예의염치도 모르고 남의 여인네 발가벗고 일하는 데 와서
   말이 무슨 말이며, 싸라기밥 먹고 병풍 뒤에서 낮잠 자다 왔나 초
   면에 반말이 무슨 말이여. 참 듣기 싫군. 어서 가소. (배비장전)

<왈자타령>
(1) 그뎌는 줄난넌치 무슨 여망 바랄 망정 슈달피라 좃 홀트며, 미야
   미라 입 마글가. 읍다 읍다, 돈니 읍듸. 쓰잘 것도 원 읍고나. 안아
   옛다 만반진슈, 안아 옛다 의복 호스, 쥐썹도 날 곳 읍듸. (박순호
   소장 게우사)

 육담이 풍자적인 의미로 쓰일 때, 그 대부분은 지체높은 인물을 웃
음거리로 만들어 조롱하는 형태로 나타난다. 이도령은 <춘향가>에서
두가지 모습을 지닌 인물로 나온다. 철부지 악동의 모습과 고난에서
춘향이를 구해주는 구원자로서의 모습이 그것이다. 작품의 전반부에서
이도령은 악동의 모습을 잘 보여준다. 춘향을 만나기 위해 방자로 부
터 갖은 놀림과 수모를 당하는 모습을 통해 이도령은 우스꽝스러운 인
물로 전락한다(<춘향가> (1), (2)). 체통을 지키지 못하고 색에 탐닉하
는 이도령 때문에 아버지조차도 놀림의 대상이 된다(<춘향가> (3)). 마

침내 이도령과 방자 사이에 놓여있는 신분적 위계질서마저 무너져서 이도령과 방자는 맞상대가 되어 욕설을 주고 받기도 한다(<춘향가> (4)). 오입장이인 이도령이 춘향을 두고 한양으로 올라간 뒤 춘향의 고난이 시작되는데, 춘향이는 <십장가>에서 적나라한 육담을 통해 변학도에게 항거한다(<춘향가>의 (6)). 춘향을 고난에 빠지게 한 이도령이 남원민중으로 부터 야유를 받는 것은 당연하다(<춘향가>의 (7)).

조조는 경박한 인품의 소유자로, 무고한 민중을 전쟁터에 끌어들여 안정적인 삶을 박탈한 위정자이다. 게다가 그는 적벽대전에서 패배한 이후에도 판단착오를 거듭하여 자신의 부하로 부터도 공격을 받는다(<적벽가> (1)).

배비장은 애랑에게 혹한 정비장의 모습을 비웃으며 자신은 절대로 여색에 빠지는 일이 없을 것이라고 장담하지만, 이미 인간의 내면에 자리잡고 있는 욕망이 얼마나 강렬한 것인가를 잘 알고 있는 방자에 의해 놀림을 받는다(<배비장전> (1)). 그리고 마침내 애랑의 미모에 넋을 잃은 배비장은 더 이상 정남(貞男)이 아니다(<배비장전> (2), (3)). 정남으로 자처하고 다른 사람을 비웃던 그가 애랑의 미색에 빠져 곤욕을 치른 후 육지로 나오는 길에 고기잡던 여인에게 양반행세를 하다가 또한번 곤욕을 치른다(<배비장전>(4)).

육담이 풍자적인 의미를 가질 때, 상하가 뒤바뀌며 가치는 전도된다. 이 때 허리 아래에 관련된 신체부위나 욕설은 상대의 가치나 지위 혹은 허위의식을 무너뜨리는 효과적인 무기로 등장하게 되는 것이다.

3-2. 에로티즘으로서의 육담

'성적 결합'이 사회의 안정성을 유지하려는 윤리적인 덕목과 부딪칠 때 야유와 비난의 대상이 되지만, 억압의 체계로 다가오는 윤리에 대항해서는 인간해방의 의미를 갖는다. 에로티즘은 성기, 항문 등 밖으로 열려있는 육체의 언어를 통해 '나'와 '타인'을 '하나'로 묶어 세운다. 그래서 에로티즘은 '발가벗기'를 지향하며, 이 때 육체는 연속성을 향해 열린다. '발가벗기'는 폐쇄적인 상태를 벗어나서 존재의 가장 내밀한 곳까지 들추어 내어 나와 타인과의 연속성을 가능하게 해 준다.[16) 육담 가운데에는 이러한 에로티즘적 성격을 나타내 주는 경우가 있다.

(1) 옥같은 저 미인을 벌게벗겨 안고 앉아, 짜긋짜긋 내 사랑 자질자질 내 사랑 입을 쪽쪽 맞추면서 애겨 내 꿀항아리, 하문을 따독따독 애겨 내 반찬찬합, 무슨 양념 그리하여 왼갓 맛이 다 들었노. (신재효본 동창 춘향가)

(2) 업자 업자 내 등의 업자. 베라 베라 내팔을 베라. 춘광이 부도 옥문관, 네 옥문을 열어볼까, 자언거수 승거산 네 배 타고 놀아볼까. (신재효본 동창 춘향가)

(3) 창희의 잉어갓치 굼실굼실 느려가셔 물가의 졉붓 셔며 씬을 글너 쵸마버셔 졉첨졉첨 넌짓 기여 암상이 집어 언고 고름 글러 조고리 버셔 벽도지의 졉어 글고 씬을 쓸어 허리씩 벼셔 돌돌 말아 한편의 노코 속것 버셔 암상의 졉어 언고 바롬의 옷 날일ㄱ 됴약돌도 덤벅 집어 가만이 지지너 녹코 사면을 살펴 보다가 물의 풍덩 쑤이 드려 물 한쥼 덤벅 집어 양쥬질도 하여 보며, 물 한쥼 덤벽 집어 도화 갓튼 두 귀밋툴 홀낭홀낭 씨셔 보며, 물 한쥼 덤벅 집어 연적갓튼 졋통이올 왕시미 마누라 풋나물 쥬무르듯 쥬물넝쥬물넝 씨셔보며, 물 한쥼 덤벅 지버 옥 갓튼 목안지을 칠팔월의 가지쏫덧 쏘도독 쏘도독 모리 한쥼 덤벅 줍어 양숀의 갈어 쥐고, "이비 밥이 만흔야, 어미 밥이 만흔야." 쏫 흔숑이 직근 썩거 입의도 덤

---

16) 죠르쥬 바따이유, 에로티즘 (민음사, 1994), 9-25면 참조.
죠르쥬 바따이유는 에로티즘을 육체의 에로티즘, 심정의 에로티즘, 신성의 에로티즘으로 나누어 설명하였다. 육담에서 보이는 에로티즘은 육체의 에로티즘이라 할 수 있다.

셕 물려보며 버들잎도 쥴루룩 훌터 물의도 풍덩 드리치고, 물그림
즈 드러두 보고, "네가 곤야, 너가 곳지."(고대본 춘향가)

(4) 내 나이 이만하니 신부 다룰 줄을 모르는게 아니로되 피차 늙어
가는 것이 잔 수인사 찾지 말고 어서 벗고 누워 자세. 신부 대답
아니하고 가만히 앉았기에 뒤로 안고 얼른 벗겨 잔뜩 안고 드러누
워 그러할 줄 알았더면 곧 시작 하였을 새 고생하던 이야기며 살
림살이할 걱정을 한참 수작한 연후에 두 무릎 정히 꿇고 신부 양
각 곱게 들고 주장군을 잘 바수어 옥문관에 당도하니 사면은 다
막히고 한가운데 수렁이라. 들어갈까 물러날까 한참 진퇴하느라니
영취하는 천아성이 사면에서 되뙤하며 염치없는 우리 기총 방문차
고 달려들어 상투잡아 일으키어 뺨을 치며 하는 말이 계명 군령
모르관듸 이 짓이 웬 짓이냐. 구박 출문 돌아오니 벗었던 옷 못
입어서 손의 들고 따라와서 이때까지 못갔더니 내 설움은 고사하
고 주장군이 더 서러워 이때까지 눈물방울 대강대강 떨우치니 이
왕 시작한 일이나 필역하고 왔더라면 조금이나 서러울 내 아들놈
있겠느냐.(신재효본 적벽가)

(5) 맑은 물 한 줌 옥수로 담쑥 쥐어 분길같은 양수(兩手)를 칠팔월
가지 씻듯 보도독 씻어 보고 청계하엽 만발한데 푸른 연잎 뚝 떼
어서 맑은 물 담쑥 떠서 호치단순 물어다가 양치질도 솰솰하며 왝
토하여 뿜어도 보고 물 한 줌을 덤벅 쥐어 연적같은 젖퉁이도 씻
어 보고, 버들잎도 주르륵 훑어 내어 석양풍에 펄펄 날려 만수 잔
잔 흐르는 물에 훨훨 띄워도 보고 홍홍난만 꽃도 따서 입에 담뿍
물어도 보고 ---중략 --- 농춘파에 우루렁출렁 목욕하는 저 거동 손
도 씻고 발도 씻고 등, 배, 가슴, 젖도 씻고, 예도 씻고 게도 씻고
한창 이리 목욕할 제(김삼불 교주본 배비장전)

(6) 양인이 의복을 활활 벗고 원앙금에 두 몸이 한 몸 되어 사랑 동
포(同抱) 좋을씨고. 풍류없는 네 발춤이 삼경 달에 춤을 춘다. 대
단(大緞) 이불 속으로 일진풍이 일어나며 양각산중(兩脚山中) 알심

못에 일목주룡(一目朱龍)이 굽이치며 백화담담(白花淡淡) 물결친
다.(김삼불 교주본 배비장전)

(1)과 (2)는 이도령과 춘향의 사랑을 묘사한 대목이다. 입을 맞추고
성기를 다독거리며 하나가 되어 가는 성애(性愛)의 모습에서 충만한
봄향기(春香)가 느껴진다. (3)은 춘향의 목욕장면이고 (5)는 애랑의 목
욕장면을 묘사한 것이다. 발가벗은 여체를 '훔쳐보기'는 육체의 언어를
표현하고 싶은 강렬한 욕망을 불러일으키며 대상과 하나가 되기를 꿈
꾸게 만든다. 결국 이도령과 배비장은 춘향과 애랑에게 사랑의 감정을
느끼게 된다. 특히 배비장은 여색에 빠지지 않겠다고 다짐했음에도 불
구하고, 애랑의 목욕장면을 보는 순간 주체할 수 없는 사랑의 감정에
휩싸이게 된다. 본원적 욕망이 경직된 윤리이념을 압도한 것이다. (4)
는 <적벽가>의 군사설움타령의 한 대목인데, 이 대목은 해학으로서의
육담에서도 다룬 바 있다. 성행위야말로 가장 강렬한 욕구의 하나인데,
전쟁이 이를 가로막고 있으니 원통하기 이를데 없는 것이다. 그런데
성행위에 대한 묘사는 질펀하게 그려져 있어, 에로티즘을 강렬하게 불
러일으키고 있다.

이상에서 살펴본 에로티즘으로서의 육담은 육체에 가장 밀착된 언
어로 되어 있으면서, 인간이 지닌 생득적(生得的)인 욕망은 긍정해야
마땅하다는 의식을 보여주고 있다.

4. 공연현장에서의 육담의 기능

판소리는 고수의 북반주에 따라서 명창이 소리를 하고 청중은 추임
새를 넣으며 판을 짜 나가는 공연예술이다. 그리고 판소리는 창과 아

니리의 교직으로 이루어져 있는바, 창과 아니리는 각각 고유의 역할과 기능을 가지고 있다는 점에서 그 우열을 가릴 수 없을 징도로 똑같이 중요하다. 그럼에도 불구하고 역사적으로 볼 때, 아니리보다는 창을 중시하는 경향이 존재해 왔음을 부인할 수 없다. 아니리를 중심으로 판을 짜 나가는 광대는 이른바 '재담 광대' 혹은 '아니리 광대'라고 하였는데, 이러한 명칭에는 광대를 폄하하는 의미가 내포되어 있었던 것이다. 그렇지만 서사적인 이야기를 창으로 엮어 나가는 것이 판소리의 본질이라고 할 때, 이야기를 중심으로 판을 짜 나가는 '아니리 광대' 역시 판소리의 본질적인 속성을 잘 예술적으로 잘 구현한다는 측면에서 새롭게 평가할 필요가 있다. 다시 말하면, '아니리 광대' 혹은 '재담 광대'야말로 골계적인 표현이나 재담에 능숙한 창자라는 것이다. 단아한 몸가짐과 정제된 창법을 구사하는 보성소리가 전성기를 구가하고 있는 오늘날, 자기만의 소리세계를 고집하며 일정한 영역을 확보하고 있는 박동진 명창이 고령에도 불구하고 청중을 끌어 모을 수 있는 힘은 바로 그의 능숙한 재담 구사에서 비롯된 것이다. 대부분의 명창이 아니리 광대라는 말에 부정적인 견해를 가지고 있는데 비해 박동진 명창은 자신을 '아니리 광대'라고 지칭하는 것에 대해서조차 긍정적으로 받아들이면서 오히려 판소리에 있어서 아니리의 중요성을 강조하고 있다.

> 아니리가 판소리의 반입니다. 좋은 노래도 10분만 들으면 듣기 싫은 거예요. 그러니께 아니리가 거기서 나와 가주구서 좌중을 분위기도 전환하고, 또 자기가 쉬어야 돼요. 쉬는 동시에 창으로 못다한 근경을 그려주는 거예요.17)

---

17) 판소리 연구 2, "판소리 인간문화재 증언자료," 판소리학회(1991), 231면.

이처럼 아니리의 가치를 높이 평가하면서 재담소리에 능한 박동진 명창의 공연을 사례로 삼아[18] 공연 현장에서 육담이 어떤 기능을 하는지 살펴 보겠다. 박동진 명창은 작품의 이야기 체계에 이미 존재하는 육담[19]에다가 공연현장에서 즉흥적으로 삽입한 사설을 더해 현장성을 잘 살리고 있다. 다음의 예를 보자.

① 호랭이 다리를 아드득 물고 어찌 뺑뺑이를 돌아났던지, -중략- (아니리) 어찌 물고 뺑뺑이를 막 돌아났던지 호랭이 다리가 쉿전 반푼노리나 넉넉히 떨어졌던가 보더라. -후략-[20]

② (아니리) 자라가 훌쩍 뜀서 호랭이 거기를 콱 물어 씹었단 말이여. 본래 고수 자네도 알지만은 자라 이빨은 옹니가 되가꼬 쇠처분도 직근직근 부러지는디, 호랭이 그 낭심줄 그 똥똥한 놈을 꽉 물고 뺑뺑뺑뺑 돌아노니 호랭이가 겁이 나갖고 대번 두 눈구녁에서 불이 확 쏟아지는디, -후략-[21] (밑줄 필자)

자라가 토끼를 찾아 육지에 왔다가 호랑이를 만나 봉변을 당하기 직전에 오히려 목을 쑥 빼어 호랑이를 혼내주는 장면이다. 박봉술 명창은 자라가 호랑이의 다리를 물었다고 하고 거기에 덧붙는 재담도 별로 없다. 그런데 박동진 명창은 자라가 호랑이의 불알을 물었다고 하며 또한 고수에게 말을 건네면서 덧붙인 재담이 상당히 해학적이다. 또한

---

18) 박동진 명창이 1993년 9월 19일 국악당 소극장에서 부른 <수궁가>를 분석 대상으로 삼는다.
19) 이미 작품 속에 존재하고 있는 육담이 스승으로 부터 물려받은 내력이 있는 사설이라 할지라도 여기에는 재담과 이니리 구사에 능숙한 자질을 지니고 있는 박동진 명창이 손질하여 짜 넣은 것도 섞여 있다고 보아야 할 것이다.
20) 박봉술 <수궁가>, 뿌리깊은 나무 판소리 (한국브리태니커사, 1987).
21) 박동진 <수궁가>.

박동진 명창은 육담이라고 하기는 어렵지만 욕설과 같은 비속한 표현을 적절하게 구사하는 경우도 허다하다.

① 아냐 모르냐 이 쌔려 죽일 놈아.
② 소리는 드럽게 한다마는 북은 잘친다.[22]

두 경우 모두 박동진 명창이 고수에게 던진 말인데, 이와같은 표현은 박동진 명창의 공연에서 흔히 볼 수 있는 장면이다. 그런데 아니리로 표현되는 경우를 제외하고 판소리에서 육담이 표현되는 음악적 상황을 살펴보면, 장단은 주로 '중모리' 내지는 '중중모리'로 불리며 조(調)는 주로 우조로 불리는데 경우에 따라 계면조와 설렁제로 불리기도 한다.[23] 이는 주로 '진양'과 '중모리'의 장단에 '계면조'가 결합하여 불리는 '비장'의 표현양상과는 구별되는 특징인데, 육담이 본질적으로 골계미를 함축하고 있고 비장미와는 거리가 멀다는 점에서 이러한 현상은 당연하다 할 것이다.

판소리 공연 현장에서 육담은 거의 예외없이 청중의 웃음을 유발시킨다. 박동진 명창의 공연을 예로 들어 볼 때, 즉흥적으로든 본래 있던 이야기이든 그가 육담을 구사할 때마다 청중은 언제나 웃는 반응을 보였다. 웃음을 유발함으로써 청중과 명창의 거리는 더욱 가까워지고 청중은 판소리의 세계에 더욱 몰입하면서 심리적 카타르시스를 맛보게 되는 것이다. 특히 박동진 명창은 맨 처음 소리판을 이끌어 갈 때 혹은 판이 지루하게 느껴져 객석의 분위기가 산만하게 느껴질 때 걸쭉한 욕지거리나 육담을 늘어놓았다. 이렇듯 공연 현장에서 육담은 판의 분

---

22) 박동진 <수궁가>, 국악당 소극장 공연 (1993년 9월 19일).
23) 사설과 장단 및 조의 결합양상에 대해서는 다음 논문에서 살핀 바 있다.
   이보형, "판소리 사설의 극적 상황에 따른 장단·조의 구성," 조동일·김홍규 편, 판소리의 이해 (창작과 비평사, 1978).

위기를 새롭게 하면서 역동적인 기운을 불러일으키는 기능을 수행하
는 것이다.

5. 마무리

이상에서 판소리에 나타난 육담의 미적 특질과 공연현장에서의 기
능에 대해 살펴 보았다.

육담은 기본적으로 민중언어적 성격을 지니고 있는데 역사적으로
점차 약화되는 양상을 보이고 있다. 육담은 골계의 범주에서 그 미적
특질을 구명할 수 있는 바, 해학과 풍자의 두 측면으로 나어 논의하였
다. 또한 육담은 인간의 본성을 긍정하는 에로티즘을 기저에 깔고 있
다. 특히 육담은 공연현장에서 판의 분위기를 환기시키며 청중의 웃음
을 유발함으로써 심리적 카타르시스를 맛보게 한다.

오늘날 판소리는 아니리보다는 창을 중시하고, 세련된 성음과 단아
한 발림으로 짜여진 소리에 청중은 더욱 갈채를 보내는 경향이 있다.
그리고 본래 판소리의 멋이라 할 수 있는 걸쭉한 재담이나 육담은 점
차 소거되는 방향으로 나아가고 있다. 이른바 '고제(古制) 판소리'는
잔기교 대신 통성을 위주로 소리를 했고 근경(近景)을 그리느라[24] 발
림도 멋들어지게 했으며 질펀한 대목도 많았다고 한다. 판소리에서에
서 육담이 살아날 때 소리판도 살아나는 것이 아닐까.

---

24) 사설의 내용을 음악적으로 표현할 때 사실적으로 그려낸다는 의미로, 흔히
    '이면에 맞게 소리한다'는 뜻이다.

구비전승에 나타난 성적사유의 실상과 기물 타령

김 헌 선*

1. 머 리 말

　본고는 구비전승 가운데 성적 사유를 표현한 자료를 대상으로 논의를 전개하고자 한다. 흔히 이런 자료는 실제로 사적으로 즐기면서 공적으로 금기하는 것이어서 과연 공적인 연구 주제가 될 수 있는가 하는 주저 때문에 학술적 접근이 거의 불가능한 영역이다. 그러나 성적 관계를 통해서 인간이 번식을 지속해왔듯이 인간의 성적 관념은 번식의 수단으로서 뿐만 아니라 인류문화창조의 저층적 구실을 해왔다. 따라서 인간의 관념이해의 방식으로 성적표현이나 상징을 통해서 접근하는 것은 또한 필요하고도 절실한 과제가 아닐 수 없다.

　성적 관념을 표현하는 방식은 구체적인 자료에서부터 음담패설, 욕설, 성적 상징을 구조적으로 결합하는 것 등으로 매우 다양하게 나타난다. 구체적인 표현물에서부터 무형의 상징물 표현까지 그 종류가 다양하기 이를 데 없다. 따라서 광범위한 영역을 유형별로 구분하자면 여러 가지가 되겠으나, 본고의 논거를 위해서 임의적 분류를 시도하면

---

* 경기대 교수.

다음과 같다.

> 구비전승 : 말로 전승되는 욕설, 음담, 육담, 성적 상징과 표현, 전체
> 설화의 부분.
> 문헌전승 : 말로 전승되는 성적표현의 정착, 개인적으로 표현·창작된
> 창작물
> 물질전승 : 춘화(운우도, 춘위도, 성희도), 조각, 도자기, 성적표현과 상
> 징, 신앙적 표현물

2. 성적사유의 구비전승적 층위

성적사유가 담겨진 구비전승은 무척 다양하다. 구비전승은 언어예술
의 특징을 함축하고 있기 때문에 매우 신중하게 접근할 필요가 있다.
우선 언어예술은 일방적으로 고차원적 표현이나 주제로만 한정하지
말자는 제안을 하고 싶다.

예술이 특정하게 현실을 반영하는 방식이긴 하지만, 언어예술이라는
점에서 구비전승은 폭넓은 담당층과 다기한 의식의 표현물이기 때문
에 고차원과 저차원의 다채로운 반영이나 변형을 나타내고 있는 점에
주목해야 마땅하다.

예컨대 봉산탈춤에는 재담의 다면적 면모가 두드러진느데, 우선 상
극적인 언어표현을 인용하도록 하겠다.

> ① 영감 : (누운채로) 아아, 좋기는 정말 좋구나. 그놈의 곳이 험하기도
> 험하다. 솔잎이 좌우로 우거지고 산고곡심(山高谷深)한데, …
> 이년이 씹중방을 꺼어 놓겠다.
> ② 미얄 : (한편에 서 있던 용산 삼개 털머리집을 가리키며) 이놈의 영
> 감, 저렇게 고운 년을 얻어두었으니까 나를 미워라고 흉만

내지. 이별하면 같이 이별하고 미워하면 같이 미워하지, 어느
년의 씹에는 금테두리 했나.
이두현, 한국의 가면극, 일지사, 1980.

　인용한 문면은 봉산탈춤 미얄과장의 두 대목이다. 영감의 말과 미얄
의 말은 차마 머리를 들 수 없을 정도로 저속하고 외설스러운 욕설이
다. 영감의 말은 점잖게 나오다가 '씹중방'으로 바뀌면서 격해졌다. 미
얄의 말 역시 양반의 영감의 배반과 덜머리집을 보고 분을 내면서 똑
같은 여자임을 주장하는 말 가운데 다 같은 밑천임을 이렇게 강조한
다. 탈춤의 재담은 난해하고 어려운 말과 쉽고도 상스러운 말이 함께
등장한다. 이 가운데 후자를 거세시킨다면 탈춤재담은 생명을 잃고 예
술적 가치를 잃는 것은 지극히 당연하다. 따라서 이러한 언어층위의
아정한 문체와 비속한 문체는 두 가지 모두 중시되어야 마땅하다. 비
속한 문체는 일상에서 감정적 표현, 특히 원색적인 모욕이나 감정의
저층을 표현을 할 때에 쓰인다. 이때에 인간의 본질적인 면모가 다기
하게 나타나는데 욕설이나 육담이 두루 쓰이게 마련이다. 탈춤 재담에
보이는 미얄의 외설스러운 표현은 오히려 인간다운 정감을 나타내는
데, 훨씬 효용이 높은 표현이라고 할 수 있다. 탈로 얼굴을 가리자 사
뭇 거침없는 표현과 행위가 가능해진 셈이다.
　구비전승이 언어예술이므로 특정한 언어 층위나 의식을 고집하면서
고차원으로 해석할 수 없다는 것이 이제 너무나 자명해졌다. 지금까지
모두 고차원의 표현과 주제에 집착했으나, 아제는 저차원의 표현과 주
제에 각도를 달리해서 논의할 필요가 있다. 구비 전승 가운데 그 핵심
이 변하지 않고, 줄곧 지속성을 은밀하게 전승하고 있는 것이 곧 욕설
을 위시한 저차원의 표현과 상징이라 하겠다. 또한 고차원의 표현과
주제 역시 저차원의 표현과 상징임을 암시와 은유를 통해서 승화시킨
것임을 부인하기 어렵다.

　성에 근거한 성적 사유의 구비전승적 층위를 시론적으로 구분하면 다음과 같다.

A. 욕설

욕설은 성적 사유의 구비전승적 층위에 기본적 골격을 이룬다. 구비전승 가운데 가장 단문이면서 인간의 기본의식과 정감을 알 수 있는 층위이다. 수수께끼나 속담보다 훨씬 짧다. 예컨대 좆같이, 좆같은 것, 좆나게, 씹새끼, 씹할년, 제밀할, 니미할 등이 이러한 사례가 된다.

B. 속담과 수수께끼 및 속신어

욕설보다 직접적이거나 짧지 않은 것이다. 대단히 상징적이거나 은유적인 성격을 지닌 구비전승적 층위이다. 예컨대 "볶은 콩과 여자는 곁에 두고 못잔다.", "각시그루는 다홍치마 적에 앉힌다."등이 적절한 예가 된다. "아침에 여자보면 재수가 없다." 등의 관념도 같은 차원에서 논의될 수 있는 것이다.

C. 육담(肉談)

육담은 단형서사체이면서 밀도 짙은 성적 비유나 상징 및 은유를 사용한다는 점에 독자성이 있다. 또는 서사성이 없다 하더라도 일정한 계열체로 되어 있다는 점에서 간절한 뜻이 담긴다. 언어유희나 성적 교감이 주된 내용이 된다.

D. 구비공식구로 된 성기 묘사

구비율문에서 일정한 단위로 엮어지면서 구비공식구를 갖추고 있는 것들이다. 예컨대 민요, 잡가, 판소리, 무가 등에서 발견되는 공식구들이 그러한 사례가 되겠다. 특히 이러한 표현 단위들은 기물타령이라고 해서 본격적으로 다룰 필요를 느낀다.

E. 성적 사유가 변형되어 고차원의 화소로 남아 있는 사례

월경이 매우 중요한 상징으로 남아 있다. 특히 무가, 설화, 고소설 등에서 여성이 남성주인공과 만나는 장면에서 성적 경혈이나 경도는 특징적으로 변형되어 나타난다. 우선 서사무가에서 "삼공본풀이", "세경본풍이", "바리공주" 등이 곧 그러한 장면을 함축하고 있는 사례이다. 설화에서 왕건, 이성계, 화성 제부도 최씨녀, 김동지와 하단금의 설화, 문헌설화에서도 보이는 평강공주, 선화공주 등도 성장한 여성이 경혈로 등장하는 과정으로 나타난다. 불교설화에서도 원효가 만난 백의관음(개짐 빠는 여인), 노힐부득과 달달박박이 만난 보살 등도 동일한 차원으로 이해할 수 있는 것이다.

이상의 A, B, C, D, E 는 각기 독립되어 존재하지 않는다. 서로 겹치기도 하고 다른 문면에 삽입되어서 변용되고 복합되기 때문이다. 또한 A, B, C, D, E와는 무관하게 또는 유관하게 행위전승과 더불어서 남아 있는 층위도 설정할 수 있겠기 때문이다. 예컨대 궁중나인들이 육의전에 와서 상긋 웃으면서 검지를 구부리면 크기에 따라서 각좆(각신)을 팔았다든지, 손가락으로 성교를 흉내내거나 감자먹이기 등도 오래도록 우리에게 남아있는 행위전승이라 할 수 있다. 그런데 이 방면의 연구가 미흡해서 아직은 행위전승의 실체가 안잡히고 있어서 안타깝다.

A에서 E까지는 구비전승에 나타난 언어예술적 층위를 단계적으로 설명할 수 있는 좋은 틀을 제공하는 것이다. 우리가 구사하는 일상적 담화에서부터 복합적인 구비전승물에 이르기까지 복잡다단하게 얽혀 있는 모습을 확인할 수 있다. 구비산문이든 구비율문이든 성적사유나 상징을 풍부하게 갖추고 있다. 인간의 겉마음과는 다르게 인간의 속마음에 자리잡고 있는 무의식적 충동의 표현이 구비전승에 드넓게 분포

되고 있음을 확인하게 된다.

저차원적 언어표현이나 고차원적 언어표현은 둘다 소중하다. 지금까지 연구가 고차원적 언어표현이나 구조, 주제에 경도되었기 때문에 구비전승의 다양한 측면이 폭넓게 드러나지 못했다고 생각한다. 따라서 저차원적인 언어표현도 무시할 수 없다. 구비전승의 폭넓은 언어층위에 대한 언급에 유념하면서 다면적접근을 시도할 필요가 있겠다.

3. 성적 사유의 구체적 검토— 구비공식구의 기능을 예증으로 삼아

이제 성적 사유의 한 가닥을 검토하기로 하겠다. 공교롭게도 이 방면의 자료가 수집되어서 그 결과를 이용하여 논의를 할 수 있게 되었다. 설화, 민요, 잡가, 무가, 판소리 등에 성기 묘사의 구비전승이 풍부하게 남아 있다. 우선 차례대로 자료를 검토하고 총괄적인 논의를 전개하도록 하겠다.

3.1. 박초향의 잡가 '지타령'

박초향은 판소리를 전수받았으나 이 방면으로 성장하지 못한 예인이다. 박초향은 품바타령과 곱사춤(병신춤)을 잘 하는데, '지타령' 역시 이 때에 부르는 것이다. '지타령'은 먼저 부르고, 곱사등이가 자신의 성기를 만지면서 용두질을 하는 것을 춤으로 승화시켜서 '용두질춤'을 개발하였다. 따라서 구비전승과 행위전승이 잘 결합된 본보기라 하겠다. 치마섶을 잡아서 남자의 성기를 상징물로 삼는 것도 인상적이다.

여기서 주목되는 바는 정상인의 성기와 성기에 대한 노래가 하니라는 점이다. 코도 흘리고 눈꼽도 끼어 있는 병신이면서도 성적 갈망이

풍부한 노래와 행위를 보여주는 것은 대단히 역설적인 의미를 갖는다. 그리고 남녀의 성기가 결합하고 서로 절실하게 필요하다고 하는 점을 도달점으로 삼고 있어서 정상적인 성을 희망하는 비정상인의 염원이 간절하게 표현되어 있다 하겠다.

박초향이 판소리를 완전히 전수하지 못해서 악, 가, 무를 겸하는 예인으로 전락한데서 '지타령'의 탄생을 엿볼 수 있다. 그러나 박초양의 '지타령'은 결코 우연한 탄생이라고 보기 어렵다. 잠재적으로 전승되는 다양한 기물타령을 행위전승과 함께 새롭게 계승했다고 보아야 할 것이다.

그런데 박초향의 '지타령'은 실제와 다르다. 앞 대목은 여성성기에 관한 묘사이고, 후렴부분은 남성성기와 필요성을 간절하게 묘사하고 있다. 남성성기의 중요성을 언급하기 위해서 여성성기의 생김새를 묘사하고, 남성성기와 여성성기의 궁극적 결합이 이상적인 것임을 나타낸다.

3.2. 김황룡 무녀의 '공알타령'

김황룡 무녀가 구연하는 '공알타령'은 굿의 맨끝거리에 해당하는 뒷전에서 불려지는 것이다. 뒷전은 따라온 잡귀귀신을 위하는 재차로서 굿놀이적 성격이 매우 강한 굿거리이다. 뒷전에서는 흔히 무녀와 그 상대자가 설정되어 재담을 주고 받으면서 전개되는데, 김황룡의 무녀 역시 동일한 진행을 보이고 있다. 뒷전에서 섬기는 신들은 억울하게 죽은 영혼들이 대부분이다. 그래서, 잡귀귀신은 영산, 수비, 잡귀 등의 독특한 이름을 가지고 있다. 여기서는 성적 결핍으로 죽은 '안달귀'와 '털달귀'를 모셔서 그들을 위하고 명복을 받는 과정이 제시되어 있다.

우선 무녀와 장고잽이의 재담이 예사롭지 않다. 과부와 홀아비인 신격이 등장해서 서로 시집과 장가갈 것을 기뻐한다. 그러면서 이제 두 신격은 '아쉽고 궁하던' 용두래질을 실컷 할 수 있게 되었다고 하면서 경사가 났다고 좋아한다. 바로 굿판이 그런 구실을 한 셈이다. 굿판의 기능은 신에게도 경사이거니와 인간에게도 경사인데, 여기서는 굿판의 기능이 두 가지로 나타난 셈이다. 특히 뒷전에서 모시는 신격들은 억울한 사연을 가진 한스러운 영혼이기 때문에 그 인간적 성격의 직능이 훨씬 두드러진다. 억울하게 죽은 인간이 곧 신으로 모셔지고 있기 때문이다.

대동굿 덕분에 자신들이 궁합을 맞춰 결혼할 수 있었으므로 인간이 가장 좋아하는 것으로 축원과 덕담을 한다. 그것이 곧 '공알타령'이다. 공알은 여자 성기의 음핵을 뜻하는 순수 우리말로써 여러 가지 종류를 일상에서 얻을 수 있는 소재를 택해서 열거한다. 일상적 소재와 성이 만나고, 여자 성기의 종류를 열거하면서 비속하고도 발랄한 웃음이 있다. 정작 마지막 대목이 흥미롭다. 장고잡이가 청중을 대신해서 대동굿에 온 만인간들에게 비속한 표현을 늘어 놓느냐고 나무란다. 그러자 신격을 대변하는 무녀가 오히려 꾸짖는다. 만인간이 가장 좋아하는 것을 들어서 말하는 것이 당연하지, 의뭉스럽게 숨겨서 말하느냐는 것이다. 뒷전의 성적 가치나 상징은 주술적인 것에 있다. 일상에 있는 성을 자연스럽게 제시했다.

그런데 더욱 중요한 말이 있다. 만공알이 다 필요하지 않고, 좋다는 심성이 나타난다. 곧 굿판에서 여성 중심의 세계관이 일부일처, 가족중심의 방식으로 구현된 셈이다. 무속특유의 생산성과 주술성이 나타난다.

3.3. 판소리 '변강쇠가'의 기물타령

'변강쇠가'는 성을 본격적 주제로 내세운 작품이다. 그러나 이 주제에 대해서는 정작 심도 있는 논의가 마련되지 않았다. '변강쇠가'의 기물타령은 변강쇠와 옹녀의 관찰과 공격으로 이어진다. 그런데 이들의 대화는 매우 음탕하지 않고 절실하다. 우선 이들의 관찰이 시간적 성과를 지니면서 변모되고 있다. 다시 말해서 묘사의 단계가 단순한 외부 관찰에서 성적 관계의 지속에 따른 성기 자체의 변화과정을 함축한다. 이 점은 변강쇠의 기물타령에서도 마찬가지로 나타난다.

아울러서 이들이 서로 빗대고 있는 성기의 표현과 배유가 자신들에게 절실한 욕구로 대치되어 표현된다. 변강쇠와 옹녀는 성기를 밑천삼아 사는 인물이다. 그러나 성적 욕구가 곧 현실적 대응력을 갖추지 못한다. 그래서 성적 욕망과 현실적 결핍이 상호작용을 일으켜서 실제적 삶이 희망적인 모습으로 나타난다. 곶감, 으름, 조계, 영계 등이 옹녀의 성기에서 발현되었으며, 물방아, 절굿대, 쇠꼬삐, 걸랑 등이 강쇠의 성기에서 발현되었다. 그런데 옹녀는 제사상으로 비교되고, 강쇠는 세간살이로 비교되었다. 옹녀의 그것은 성스럽고 여유로운 다산과 풍요를 상징하는 성과 속이 겸비되었지만, 강쇠의 그것은 일상에서 꼭 필요한 노동의 상징으로 나타났다. 남성과 여성의 성기가 갖는 외형적 상징이 내면적인 깊이에서도 절실하게 맞물려 나타났다는 점을 알 수 있다. 이들의 과도한 성적 집착이 결국 신성, 속세, 노동을 부족하게 했다. 매우 심도있는 주제가 구현된 것이다.

3.4. 이영학과 곽용오의 '음양경문' 등

이 자료는 매우 독특하다. 설화인데도 불구하고 내용의 전체적 전개는 '변강쇠가'의 그것과 일치한다. 판소리의 기물타령을 차용한 것인지 아니면 독자적인 전승의 결과인지 알기 어렵다. 만약에 후자의 경우라면 뿌리 깊은 구비전승의 저층을 확인할 수 있겠다. 부분적으로 변이가 있으나, 의미의 문맥은 판소리보다 훨씬 분명하다.

이뿐만 아니라, 이영학과 곽용오가 말하고 있는 음물과 양물의 종류를 말해주는 부분이 더욱 흥미롭다. 남성 위주의 성적 쾌음을 위해서 자신의 체험결과로 말하는 음물과 양물의 종류를 열거하는 현상을 흔히 이야기판에서 만나게 되는데, 이영학과 곽용오는 아마도 그러한 이야기꾼의 전례가 아닌가 한다. 이영학과 곽용오는 주거지가 다른데도 불구하고, 이러한 동일한 유형의 각편이 전승되는 것은 인간의 무의식적 기저 층위가 일치하고 있음을 보여준다.

3.5. 민요 '구멍타령'과 '음부타령'등

민요에도 풍부한 기물타령이 전승된다. 전승주체가 누구인가에 따라서 기물타령의 종류가 달라질 뿐만 아니라, 민요의 기능이 어떠한가에 따라서도 기물타령의 쓰임새가 조금씩 달라진다. 그러나 여성들이 전승하는 '음부타령'은 위에서 살펴보았던 기물타령의 구비전승의 측면을 확인할 수 있고, 여성 나름의 독자적인 변용이 이루어져 있다. 여성 자신의 성기에서 대토령과 경상감사등이 모두 나왔다고 하는 전제가 동일하게 마련되어 있기 때문이다.

3.6. 총괄적 논의

기물타령 하나를 통해서 이것이 단순한 성적 욕구의 소산이 아님을 확인하였다. 전수의 유형은 매우 골격이 흡사하면서도 각기 쓰임새에 차이가 있는데, 비정상적인 인물의 성적 충족 희망, 성적 표현을 통한 주술성과 익살의 획득, 현실적 보상심리를 통한 성적 결핍과 충족의 문제, 여성성기에서 산출되는 인물의 평등성 등이 갈래를 넘어서 다채롭게 구현되어 있음을 확인하게 되었다.

기물타령은 여성의 성기 묘사나 남성의 성기 묘사를 집중적으로 보여주는 구비전승의 삽입가요에 해당한다. 기물타령은 구비산문이든 구비율문이든 보편적으로 나타나며, 갈래나 전승주체에 따라서 미세한 변화를 보이며 쓰이고 있다. 구비산문과 구비율문에 보이는 기물타령은 인간의 무의식적 욕망에서 산출되는 공통점을 지니고 있다. 성적

최음을 목적으로 하는 남성중심의 사고가 돋보이는 구비산문의 기물 타령도 있지만, 이와는 다르게 여성들이 전승하는 기물타령이나 특정 담당층의 기물타령은 주술성과 세상살이의 험난함을 보여주는데 주요 한 기능을 담당하고 있다.

　요컨대 기물타령은 금기시해야 할 대상이 아니라, 인간의 성적충족 을 위한 성적 사유에서 비롯되는 아주 요긴한 구비공식구임을 명확하 게 인식할 수 있다.

남성성기(男性性器)(器物) 조사자료

1. 박초향의 잡가 '지타령'

지타령을 들어봐
○지타령을 들어요
이상하고도 맹긴가
금도치로 무엿는지
올바르게도 째졌네
콩밭풋밭을 갈았는지
동백꽃이 완연하고
임실곶감을 먹었는지
감시가 두리대하고
칠년대한 가물음에
마르지 않은 음양수
물은 하량 고여 있고
도리동산을 뚫여보니
한량없이 들어간다.
(후렴)
○지야 ○지야 너 자랑마라
○지가 없으면 쇠말뚝된다.
○지야 ○지야 너 자랑마라

○지가 없으면 쥐구멍된다.

정병호, 민속기행, 눈빛, 1992, 178면.

2. 김황룡(金黃龍) 무녀의 '공알타령'

巫 : 나는 과부 죽은 안달기야. 나는 홀아비죽은 털털기야. 장구
    산 명산에 오면 오만 소원 다 이룬다구 해서 왔는데.
장고 : 보나마나 시집보낼라구 왔구먼.
巫 : 홀래비가 나두 장가 갈라구 왔는데.
장고 : 이렇게 짝지우면 되겠구먼.
巫 : 홀애비신셀 면하구 과부신셀 면해. 아쉽구 궁하던 용두래
    질을 실컷할 수 있게 되었으니 그 아니 경사인가
장고 : 그렇게 궁했나? 그럼 세상에서 제일 존 일을 맞게 됐으
    니 한 턱을 큼직하게 내구려.
巫 : 턱을 내라구?
장고 : 그럼요, 일대동 신사덕분에 궁합을 맞추게 되었으니 푸
    짐하게 내요.
巫 : 옳지 옳지, 일대동 만대동에 신사덕을 입었으니 만인간이
    다 좋아하는 걸루 내놓세.
장고 : 뭔데요?
巫 : 이제 푸짐하게 쏟아놀테니 잘들 받으슈.

<공알타령(만수받이)>
마질가요 마질가요 좆대활량에 공알마지
새빨갛다 앵두공알 새파랗다 청파공알
밤콩밭에 방울공알 수수밭에 붉은공알
허풍스런 강냉이공알 짝짝붙는 입쌀공알
공알시대루 모를붓고 좆대활량이 댕겨가네
아궁앞에 벌린공알 사룽위에 얹힌공알
발딱누운 대접공알 납작하니 접시공알
우뭉허네 주발공알 암팡맞은 종지공알

갱궁건너 쌜쭉공알 울장우에 걸린공알'
둘둘말아 멍석공알 빨래줄에 늘어진공알
독수공방 궁상공알 다쓸어먹어 빗자루공알
홈침질에 도둑공알 색주가에 뱃동서공알
만공알을 다던져두구 내집공알이 제일일세

장고 : 아니, 일대동 만대동 사람들이 벽장을 치구 있는데 공알공
　　　알은 뭐며, 웬년에 공알은 그리두 많우?
巫 : 만인간이 제일 좋아하는 건데, 으뭉스럽긴……
　　　　　　　　　　이선주, 곳창굿·연신굿, 동아사, 136-137면

3. 판소리 '변강쇠가'의 기물타령

　　멀끔한 대낮에 연놈이 훨썩 벗고 매사니 뽄 장난할 제, 天生陰
骨 강쇠놈이 女人兩脚 버듯들고 玉門關을 굽어보며 "異常히도 생겼
다. 孟浪히 생겼다. 늙은 중의 입일는지 털은 돋고 이는 없다. 소나
기를 맞았던지 언던 깊게 파이었다. 콩밭 팥밭 지났던지 동부꽃이
비치었다. 도끼날을 맞았던지 금 자르게 터져있다. 生水處가 沃畓인
지 물이 恒常 괴어 있다. 무슨 말을 하려관대 옴질옴질 하고 있노.
千里行龍 내려오다 주먹바위 神通하다. 萬頃蒼波 조갤는지 혀를 삐
쭘 빼었으며, 任室 곶감 먹었던지 곶감씨가 臟物이요, 滿壘山中 으
름인지 제라 절로 벌어졌다. 軟鷄湯을 먹었던지 닭의 버슬 비치었
다. 波明堂을 하였던지 더운 김이 그저 난다.
　　제 무엇이 즐거워서 반쯤 웃어 두었구나. 곶감 있고, 으름 있고,
조개 있고, 軟鷄있고, 祭祀장은 걱정 없다."
　　저 女人 失笑하며 갚음을 하노라고 강쇠 器物 가리키며, "異常히
도 생겼네, 맹랑히고 생겼네. 前陪仕令서려는지 雙걸낭을 나직하게
달고, 五軍明 軍牢던가 복덕이를 붉게 쓰고 냇물가에 물방안지 떨
구덩떨구덩 끄적인다. 송아지 말뚝인지 털고삐를 둘렀구나. 感氣를
　　얻었던지 맑은 코는 무슨 일꼬. 性情도 酷毒하다 화 곧 나면 눈
물난다. 어린아이 病일는지 젖은 어찌 게웠으며, 祭祀에 쓴 숭魚인

지 꼬챙이 굳이 그저 있다. 뒷 절 큰방 老僧이지 민대가리 둥글린
다. 少年人事 다 배웠다. 꼬박꼬박 절을 하네, 고추 찧던 절굿댄지
검붉기는 무슨 일꼬, 七八月 알밤인지 두 쪽한데 붙어 있다. 물방
아, 잘굿대며, 쇠고삐, 걸랑 等物 세간 걱정 없네."

강한영교수, 신재효판소리사설집, 교문사, 1983.

4. 이영학(李英學)의 '음양종문(陰陽終文)'

淫事에 능난한 잡넘잡년이 대낮에 빨가 벗구 일을 할라구 하년
에 거저 하년 거보다 재미나년 거 맨제 해보자 하구서 잡넘이 잡년
의 다릴를 짜악 벌레놓구 玉門關을 들다 보멘 줏어 섬긴다.

"아따 그넉에 에미나 그 그넝 이상하게두 생겼구나. 늙은 중을
입이런가. 털은 돋아있어두 입은 없구나. 소나기를 마잤는가, 언덕
지레 패여있다. 콩밭 팥밭 지났던가, 동배 꽃이 비추었다. 두꾸 날
루 떡히원넌디 금 바트게 터 뎄구나. 生水處沃畓인지 물이 항상 고
였구나. 무슨 말을 하각기에 움절움절 하구 있네. 千里行龍 내리오
다 주먹방구 奇棍이다.

萬頃蒼波 조개등가, 허때기를 삐쭘 뺐였구나. 滿壘山中 黃栗인가
제라 절루 벌레있다. 軟鷄湯을 먹었넌디 달에 베슬 비체 있다. 波明
堂하였는디 어운 김이 나는구나. 꼬깜있구 黃栗있구 조개 있구 軟
鷄있으니 祭祀床은 걱정없다……"

잡넘이 어러구 하느꺼니 잡년이 다 듣구 나서 빙긋 웃구 저두
지디 않갔다구 지끼린다.

"그놈에 물건 괴상히두 생겼구나. 무슨 베술 할 셈인디 쌀 걸랑
느츠하게두 메었구나 五軍明軍奴인디 붉은 벙거디 눌러 썼구나. 냇
물가에 돌팡이인디 떨구덩떨구덩 잘두나 끄덕이네. 송아지 말뚝고
삐를 둘렀구나. 감기가 둘었넌디 맑은 콧물 웬일인가. 성질두 급하
시디 번듯하문 눈물이구 벵든 아기인디 걸핏하문 젖을 기어내네.
뒷덜 큰 방 노승인디 민대가리 둥구리구 있다. 少年 인사 배웠넌디
꼬박 꼬박 절두나 잘두 한다. 고추 떻던 덜구꿍인디 검붉기두 검붉
도다. 물방아 덜구대 쇠고삐 乞襄 등물 세간살이 걱정없다. 이만하

문 부족할 게 머이 있나. 자아 어서 어서 시큰시큰 해보시구레. 벨
르디두 말구 꾹꾹 박아주소, 하늘이 무너데두 만수교 다리가 떠나
가두 우리 둘이 알아 뭐가."
　　빨갛게 달은 놈에 쇠공이 잡넌에 玉門關을 뜰으레 뎁베든다.
임석재, 임석재전집 2, 평민사, 1988, 243-244면.

5. 以英學의 '보지종류'

　一. 자궤보지　二. 삼짝보지(縮口性)　三. 뚜겅보지(腔內肉伸自在)
四. 물보지(多液)　五. 된보지(液少)　六. 더운 거(溫)　七. 찬 거(冷)
임석재, 임석재전집 2, 평민사, 1988, 244면.

6. 李英學의 '보지종류'

　치붙은 보지는 서서 하기 동구, 니리붙는 보지는 뒤루하기 동구,
민펭한 보지는 앉아 해야 맛이 나구, 털복숭아 보지는 바루해야 신
이 나구, 뚜껑보지는 어드르카문 동은구 하믄, 뚜껑 보지를 첨 하넌
사람은 그 네자레 고네루 알구 당황하는 법인데 그런 보지를 만났
을 때는 배꼽을 꼬옥 눌르면 뚜껑이 발랑 제께데서 나온다.
임석재, 임석재전집 2, 평민사, 1988, 244면.

7. 郭龍吳의 '陽物序列'

　一. 치거리(上扁)　二. 내리거리(下扁)　三. 말라깽이　四. 팽팽잎(肥
厚)　五. 송편보지　六. 큰코배기 대자공알(大核)　七. 주름배기　八. 홀
갱이(穴大)　九. 뺑뺑이(穴小)　十. 굴우물(踐)　十一. 박우물(踐)　十二.
민패 또는 백판(無毛)
임석재, 임석재전집 5, 평민사, 1988, 378면.

8. 곽룡오(郭龍吳)의 '양뭉서열(陽物序列)'

一. 溫 二. 冷 三. 느러배기 늘크니(無力) 四. 搖之不動 五. 當門波
六. 望明波 七. 내싸기(長期波)

임석재, 임석재전집 5, 평민사, 1988, 378면.

9. 곽룡오(郭龍吳)의 '양물서열(陽物序列)'

一. 축기(仰天) 二. 꼬부래이 갈구랭이(下向) 三. 대갈머리(大頭)
四.뾰주기고초(頭小) 五. 긴랭이 미꾸라지(瘦長) 六. 팽이(肥頭) 七.
장때(長大) 八. 돋아나기 본디(短小) 九. 너물머기 접저기(扁大) 十.
삐두렝이(左 또는 右로 曲) 十一. 우멍거지 十二. 반우멍거지 十三.
소부랄(바랄이 큰 것) 十四. 자래(적었다가 크게 되는 것).

임석재, 임석재전집 5, 평민사, 1988, 378면.

10. 곽룡오(郭龍吳)의 '여자의 일생'

남녀가 서로 재미를 볼 적에 여자는 그 재미를 나타내는 방식이
각각 다르다.
이것을 유형으로 나누어 보면 10유형이 있다고 한다.
一. 孝婦型 한참재미를 볼 적에 아이고 아이고 아이고를 연발하
   는 형
二. 弔喪型 한참 재미를 볼 적에 아이고 아이고 아이고를 연발하
   는 형.
三. 殺人型 사람죽이네 죽여 주어 아이고 나 죽이네 하는 형.
四. 患子型 으응 으응하고 앓는 소리를 연발하는 형.
五. 人力車꾼型 숨이 차서 해해해하고 숨을 헐떡이는 형.
六. 着護婦型 응덩이 짓과 두손 두 팔로 남자를 이리 주무르고
   저리 주무르고 해서 남자를 흐뭇하게 하는 형.
七. 狂犬型 이것은 뭐라더라 잊어 버렸네, 八型 九型 十型까지
   있는데 생각이 안 나네

임석재, 임석재전집 5, 평민사, 1988, 378면.

성소재사설의 장르적 양상과 향수층의 성격
— 시조, 잡가 난봉가, 아라리를 중심으로

강 등 학*

1. 서 론

성소재 사설은 말 그대로 성을 소재로 한 사설을 말하며, 그 구체적인 범주는 사설에 성적 행위, 또는 성관련 상황에 관한 것이 들어 있거나, 아니면 최소한 그러한 행위, 또는 상황을 연상하게 하는 내용이 있는 경우로 한정한다.

성을 소재로 한 사설은 거의 모든 가요에 나타난다. 그것은 가요의 사설이 장르 담당층의 생활과 무관하지 않으며, 또한 성에 대한 관심과 욕구는 계층과 관계없이 본능적으로 주어져 있기 때문이다. 그러나 같은 소재도 사설 속의 실현 양상은 장르에 따라 달라지고 만다. 그것은 가요의 장르적 성격이 다르고, 또 담당층의 계층성이 동일하지 않기 때문이다.

시조는 사대부가 중심적 향수층인 장르이다. 조선 후기 들어 시조의 향수에 중인을 비롯한 서민층의 참여가 점차 두드러지지만, 그것은 향

---

* 강릉대 교수.

수층의 확산을 의미할 뿐이며 사대부의 시조 향수는 여전한 것이었다. 난봉가는 민요로도 부르지만 여기서 다룰 잡가 난봉가는 일제때 나온 잡가집 소재 난봉가를 말한다. 잡가집 소재 난봉가는 20세기초 전문소리꾼들의 소리를 담은 것인데, 잡가는 원래 삼패기생(三牌妓生)과 사계(四契)축의 소리꾼들이 부르던 노래로서 도시 서민들이 즐기던 것이다. 그런가하면 아라리는 강원도의 고유한 민요로서 지역의 민중들이 불러 온 장르이다. 아라리 역시 정선아리랑이라는 이름으로 소리꾼들이 부르고 있지만, 강원도아리랑이나 한오백년만큼 널리 알려져 있지 않다. 또한 아라리는 일제시대 잡가집에도 보이지 않는다. 그러므로 아라리는 전문소리꾼들의 영향을 거의 받지 않고 순수 민요의 상태로 전승되어 온 노래라고 할 수 있다.

이처럼 시조, 잡가 난봉가, 아라리는 중심 향수층의 계층적 성격이 제각각이다. 시조는 지배층을 배경으로 전승되어 온 고급문화이며, 잡가 난봉가는 도시서민을 배경으로 한 중간문화라면, 아라리는 산간지역을 배경으로 한 민중문화이다. 이 글은 이처럼 문화적 계층성이 서로 다른 노래에 성이라는 공통적 소재의 사설이 각각 어떠한 양상을 보이는지 알아 보고, 그러한 양상이 각 장르의 향수층의 성격과 어떠한 상관을 가지고 있는지를 검토해보고자 한다.

2. 분석의 전제

2.1 분석자료의 검출

시조, 잡가 난봉가, 아라리는 기본형에 변주형이 딸리는, 곧 母子장르의 형태를[1] 보인다는 점에서 공통점이 있다. 그러므로 각 장르의 성소재 사설은 장르를 단위로 하여 전반적 상황을 검토한 연후에 다시 모자장르별로 따져 보아야 형편을 제대로 이해할 수 있다. 그러므로 각 장르의 성소재 사설은 모자장르별로 거듭 분류를 해야 하고, 그러기 위해서는 분류의 기준을 세워 둘 필요가 있다.

잘 알려진 대로 시조의 명칭은 문학의 장르명칭이면서 음악의 장르명칭으로 함께 쓰이고 있다. 그러나 시조가 문학적 명칭으로 쓰일 때는 가곡창의 사설까지 포함되는 개념이지만, 음악적 명칭으로는 단지 시조창만을 가리키는 개념이 된다. 모장르와 자장르의 구분은 음악적 뒷받침이 있어야 가능한 것이기에 그 명칭도 음악용어로서 시조와 사설시조를 택하든지, 아니면 초삭대엽, 이삭대엽, 편삭대엽 등 가곡의 기본형 계열곡과 변주형 계열곡의 명칭을 사용하는 것이 합당하다.

그러나 여기서는 문학적 명칭으로서의 시조 개념을 수용하면서, 음악적 명칭과의 혼란을 피하기 위해 설정된 단형시조와 장형시조의 용어를 사용하기로 한다. 그것은 가곡의 곡 분화가 다양하여 어느 하나에 기본형과 변주형의 대표성을 부여하는 일은 또 다른 작업으로서 여기서 함께 처리하기 어렵고, 또한 시조창의 사설이든지 가곡창의 사설이든지 소위 문학적 명칭으로서의 단형시조는 기본형으로, 장형시조는 변주형으로 노래하는 것이 지배적 양상이어서, 시조창과 가곡창의 모자장르별 양상을 이해하는 데 별다른 지장을 주지 않기 때문이다.

사정은 난봉가도 시조와 같다. 난봉가는 종류가 다양한데, 잡가집에 실려 있는 것은 난봉가, 긴난봉가, 자진난봉가, 신난봉가, 구사리원난

---

1) 모자장르에 대하여는 다음의 글을 참고하기 바란다.

　　강등학; "「사설시조」와 「엮음아라리」의 비교연구", 『인문학보』 제7집, 강릉대 인문과학연구소, 1989.

　　_______; "아라리와 시조의 성소재 사설 비교", 『초전장관진교수정년기념국문학논총』, 간행위원회, 1995.

　　위의 글들은 다음의 책에 재수록 되어 있다.

　　강등학; 『한국민요의 현장과 장르론적 관심』, 집문당, 1996.

봉가, 병신난봉가, 개성난봉가, 사설난봉가, 숙천난봉가 등이다. 이것들의 음악적 차이와 상호관계는 체계적으로 정리된 바 없어 지금 구체적으로 언급하기는 어려운 형편이다. 그러나 사설난봉가와 숙천난봉가를 제외한 나머지 노래들은 같은 사설이 서로 넘나들며 유통된다. 그리고 그 사설은 사설난봉가와 숙천난봉가의 사설보다 짧은 것이다. 이러한 점에서 사설난봉가와 숙천난봉가는 장형난봉가, 그리고 나머지의 노래들은 단형난봉가라고 묶어 정리하고자 한다.

단형난봉가는 정해진 장단의 범주 안에서 노래하는 것이 원칙이나, 장형난봉가는 필요에 따라 장단을 연장할 수 있다. 장형난봉가의 사설이 길어질 수 있는 것은 이 때문이다. 그러나 이러한 장단연장의 방법은 사설난봉가와 숙천난봉가가 다르다. 사설난봉가는 독창의 부분은 정해진 대로 부르고, 제창의 부분을 필요한 만큼 연장해 나간다. 그러므로 이 노래의 사설이 단형난봉가보다 연장되는 것은 제창부분이다. 독창부분의 사설 길이는 단형난봉가와 다르지 않다. 따라서 사설난봉가의 사설은 단형난봉가에 바탕을 두고 제창부분에서 변화를 꾀한 것이라고 할 수 있다. 가창도 제창부분에서 빠르게 엮어 처리함으로써 이러한 변화를 뚜렷이 해주고 있다.

이와 달리 숙천난봉가는 독창 부분의 장단을 그대로 연장해 나가며, 노래의 빠르기도 일관되게 유지한다. 여기에 숙천난봉가는 개성난봉가, 자진난봉가 등보다 빠르다고 하기 어렵다. 그러므로 이 노래는 단형난봉가의 변주형으로서의 의미가 뚜렷이 드러나지 않는다. 숙천난봉가는 평안도의 유일한 난봉가로서 황해도 소리로, 또는 황해도 소리의 영향 아래 형성된 나머지 난봉가와 계통을 달리한다. 이 노래는 사설의 정서와 사설의 구성에 엮음수심가의 영향을 받은 것으로 보인다. 실제로 숙천난봉가의 장단연장방법은 엮음수심가와 유사하며, 이러한 방법을 통해 사설을 길게 구성하는 노래는 황해도와 경기도의 경우 창부타령을 제외하면 널리 알려진 것이 없다.

사정이 이와같아서 여기서 숙천난봉가는 검토의 대상에서 제외시키고자 한다. 이 글에서 난봉가는 모자장르의 시각에서 시조, 아라리와 비교되어야 하기 때문이다. 따라서 잡가 난봉가는 단형난봉가와 장형난봉가로 분류될 수 있지만, 장형난봉가는 사설난봉가만을 대상으로 하고, 단형난봉가는 기본형으로, 그리고 사설난봉가는 변주형으로 파악하여 검토하고자 한다.

아라리도 엮음아라리가 딸려 있는 모장르이다. 아라리는 모장르와 자장르를 포함하는 개념이면서 동시에 모장르만을 가리키는 개념으로도 쓰인다. 그래서 이들을 구분해 말하고자 할 때는 모장르를 긴아라리라고 한다. 엮음아라리는 모장르인 긴아라리의 가창구조 일부를 헐어내어 필요한 만큼 연장한다. 그리므로 아라리도 엮음아라리의 사설이 긴아라리보다 길게 구성된다. 그러나 아라리는 시조와 난봉가에서와 같은 어려움이 없기 때문에 긴아라리와 엮음아라리를 그대로 모자장르의 명칭으로 사용한다.

이 글에서 검토할 자료는 다음의 것을 택했다.

    a. 정병욱;『시조문학사전』, 신구문화사, 1982.
    b. 정재호편;『한국잡가전집』1-4권, 계명문화사, 1984.
    c. 서병하; "관동지방의 민요에 관한 연구－정선아리랑을 중심으로" (자료편)『관동향토문화연구』제1집, 춘천교대 관동향토문화연구소, 1977.
    d. ─────; "정선아리랑의 요사에 관한 연구"(자료편),『관동향토문화연구』제2집, 춘천교대 관동향토문화연구소, 1978.
    e. 강등학;『정선아라리의 연구』(자료편), 집문당, 1988.

a는 시조, b는 잡가 난봉가, c~e는 아라리의 자료이다. 그런데 이

자료들에는 사설이 중복되는 것들이 있다. 특히 b의 경우는 사설의 중복이 매우 심하다. b에 난봉가를 싣고 있는 잡가집은 모두 12책이지만, 그 중에는 상당수가 기존의 것을 거의 그대로 가져다 옮겨 놓고 있다. 통계의 엄밀성을 위해 이렇게 중복되는 사설들은 하나로 묶어서 처리하고자 한다. 그러나 시조의 경우는 전체적인 검토를 하지 못하고 성소재 사설만을 대상으로 중복여부를 판단하였다. 이렇게 중복된 것을 제외하니 남은 자료는 시조가 2367편, 잡가 난봉가가 68편, 아라리는 561편이며, 이 중에 성소재 사설은 각각 107편, 14편, 53편이다. 물론 이것은 필자의 시각에 의해 판단한 숫자이다. 그러므로 사설을 이해하는 시각에 따라서는 다소간의 넘나듦이 있을 수 있다. 이에 필자가 뽑은 성소재 사설을 제시하여 분석자료를 객관화할 필요가 있다. 이러한 뜻으로 위의 자료에서 뽑은 성소재 사설을 '분석대상의 사설'이라는 이름으로 논문 말미에 제시해 둔다.

2.2 성관련 표현빈도

성소재 사설의 내용에는 성적 결합과 관련되는 어휘나 행위 등에 대한 표현들이 그대로 노출되어 있기도 하고, 그렇지 않기도 하다.

> 1) 靑的了한 換陽의 쑬넌 紫的粧옷슬 밋쳐ㅂ릴넌아
>   엇그제 날속이고 쏘눌마즈 속이려ᄒ고
>   석양에 ᄀ느단허리를 한들한들 ᄒᄂ니(시조/ 정병욱:2099)[2]
> 2) 원슈로구나 원슈로구나 노랑대가리 원슈로구나
>   (자진난봉가/ 정재호:1집162-3)
> 3) 쇠살문을 잡고서 발발떠던 저남아

---

[2] 인명은 해당자료집의 필자, 또는 편자의 이름이며, 숫자는 자료집에 붙어 있는 자료의 고유번호이다. 다만 정재호의 잡가 자료의 경우는 인명 다음의 숫자가 권수와 면수를 가리킨다.

> 아이아초에 내방에올라고 맘도먹지 말어라(아라리/ 서병
> 하:151)

4) 드립더 ㅂ득안으니 셰허리지 즈늑즈늑
   紅裳을 거두치니 雪膚之豊肥하고 擧脚蹲座하니
   半開한 紅牧丹이 發郁於春風이로다
   進進코 友退退ᄒ니 茂林山中에 水春聲인가 ᄒ노라(시조/ 정
   병욱:699)

5) 정월이라 초하른날 기탁문복을ᄒ니 쉬슈앗골노 길괘수 만나
   루나
   에헤히에헤야 에헤히에헤야
   콩싹지포단에 숫더닙니불에 씽꽁씽꽁 씨놀아질제
   아희가들던지 령감이들던지 지그렁직신 눌너만다고
   아이고졀여 이이왜 소곰에다 졀엿는지 니마가졀카닥 버서졋다
   두둥둥둥기야 내스령아(사설난봉가/ 정재호:1집 165)

6) 삼신산 불로초도 풀은풀이 아니냐
   하루밤을 자구가셔도 임은임이로다(아라리/ 서병하:132)

위 사설들 가운데 1)의 '자신을 속인 여자에 대한 푸넘과 비난', 2)의 '어린 신랑에 대한 불만', 그리고 3)의 '문을 잡고 떠는 장면' 등은 모두 성을 배경으로 하여 벌어진 일들이다. 그러나 이러한 배경은 문맥을 통해 파악할 수 있을 뿐, 문면에는 성관련 표현어휘가 드러나 있지 않다. 이에 반해 4), 5), 6)의 사설에는 성관련 사항에 대한 표현이 문면에 그대로 노출되어 있다. 4)의 '안다', '紅裳을 거두치다', '紅牧丹', '進進코 又退退하다', '茂林山中 水春聲', 5)의 '씨놀아지다', '지그렁직신 누르다', '이마가 벗어지다', 그리고 6)의 '자고가다' 등은 모두 성행위와 성기, 또는 그와 관련된 표현들이다.

그런데 성관련 어휘와 표현은 6)의 '자고가다'와 같이 1편의 사설에서 1회씩만 사용되는 것이 있고, 4)와 같이 여러 사항들이 복합적으로 노출되거나 되풀이 되는 것들이 있다. 성소재 사설의 성관련 표현 빈

도는 성관련 표현의 유무 여부, 그리고 그러한 표현이 있을 경우 그것
의 출현 회수를 1회와 2회 이상으로 구분하여 조사하기로 한다.

　가요 사설의 성관련 표현의 빈도는 작자의 태도와 성의 화제비중에
따라 결정된다.3) 이를테면 3)의 사설 가운데 '올라고'는 '내배를타려
고'로 대치할 수 있다(후자는 실제 아라리의 다른 사설에 활용되는 표
현이다). 여기서 '내방에올라고'와 '내배를타려고'는 결국 성행위를 가
리키는 표현이라는 점에서 동일하다. 그러므로 양자 가운데 어느 것을
택해도 3)의 사설적 의미는 크게 달라지지 않는다. 그런데도 3)이 '내
방에올라고'를 택한 것은 작자가 성관련 표현의 직접적인 노출을 꺼렸
기 때문이다. 한편 성관련 표현의 수요는 사설의 화제 가운데 성의 비
중이 크게 설정될수록 증대된다. 이를테면 4)에는 화제의 중심이 성의
행위적 상황으로 설정되어 있다. 그 결과 4)에는 성이 화제로서 차지하
는 비중이 다른 것보다 높아졌고, 이에따라 성관련 표현의 수요도 그
만큼 커지게 되었다. 그러므로 성소재 사설의 성관련 표현 빈도 분석
은 성에 대한 표현의 태도와 성에 대한 화제비중을 각 장르별로 파악
하는 데 기여하게 된다.

3. 성소재 사설의 분석

3.1 장르단위 양상

　2.1에서 검출한 자료 전체에 대한 성소재사설의 비율을 각 장르별로
따져 보면 다음과 같다.

---

3) 강등학; 앞의 책, 221-2쪽.

표1. 검색대상 자료의 수와 성소재 사설비율

장르	전체사설	성소재사설
시조	2367	107(4.5)
잡가 난봉가	68	14(20.6)
아라리	561	53(8.4)

* ( )안의 숫자는 백분율. 이하 동일

　표1을 보면 전체 사설에 대한 성소재 사설의 비율은 잡가 난봉가, 아라리, 시조의 순으로 나타난다. 이 중에 잡가 난봉가의 성소재 사설의 비율은 20.6%로서 나머지 두 장르의 8.9%, 4.5%에 비해 월등히 높다. 요컨대 잡가 난봉가의 사설은 5편 중에 1편 이상이 성을 소재로 하고 있는 셈이다. 이것은 난봉가가 성을 소재로 다루는 일이 그만큼 빈번한 것임을 의미한다.

　잡가 난봉가의 성소재사설의 비율이 다른 장르에 비해 월등히 높은 것은 잡가의 일반적 속성과 관계가 있다. 노래의 본질적 속성은 언지(言志)와 희락(戱樂)에 있다.4) 언지는 뜻을 말하는 언술적 성격을 말하며, 희락은 노래가 놀이의 일종이기에 갖게 되는 성격이다. 노래가 사설없이 성립될 수 없고, 또 노래가 놀이의 한 양식이라면 언지와 희락은 노래라면 모두 갖추게 되는 본질적 사항이다. 그러나 그 구체적인 양상은 노래마다 다른 모습으로 나타나게 된다.

　시조나 아라리는 언지성이 강한 장르이다. 아라리는 "방금 내 심중에서 나오는 소리"를 노래하는 것이라거나5), "아라리가 뭐 끝이 있어, 아무케고 자꾸 붙이면 되지"6)라는 말은 창자들이 아라리의 언지적 기능을 적극적으로 인식한 표현이다. 그런가하면 시조는 한시와 함께 사

---

4) 강등학; 앞의 책, 257쪽.
5) 강등학; 『정선아라리의 연구』, 서울, 집문당, 1988, 28쪽.
6) 위의 책, 265쪽.

대부들의 주요한 문학행위의 도구였으며, 중인 가객들이 그들의 의식과 풍류를 표출한 매체였다. 그러기에 시조는 어떻게 노래하는가와 함께 무엇을 노래하는가가 문제가 되었고, 이에따라 작품은 물론 그 작자도 함께 중요시 되었다.

그러나 잡가에서는 언지적 기능보다는 희락적 기능이 보다 중시되었다. 12잡가를 비롯한 조선후기 도시서민 중심의 향수 가요들이 주는 주된 매력의 바탕은 음악적인 것에 놓여 있었다. 그러기에 조선후기 도시서민의 향수 가요들은 사설의 생산력이 떨어지고, 그 결과 사설은 희락적이고 유흥적 주제에 걸맞는 것들로 한정되어 범주화되고 말았다. 잡가 난봉가는 이러한 전통의 흐름을 받은 노래이다. 잡가 난봉가 사설의 수가 매우 적으며, 성소재 사설의 비율이 시조나 아라리에 비해 월등히 높은 것도 이 때문이다.

이제 성관련 표현빈도를 장르별로 정리해 보면 다음과 같다.

표2. 각 장르별 성소재 사설의 성관련 표현빈도

	있음			없음	총계
	1회	2회 이상	계		
시조	42(39.3)	46(43.0)	88(82.2)	19(17.8)	107(100)
잡가 난봉가	5(35.7)	4(28.6)	9(64.3)	5(35.7)	14(100)
아라리	25(47.2)	4(7.5)	29(54.7)	24(45.3)	53(100)

표2에는 성관련 표현이 있는 비율이 시조, 잡가 난봉가, 아라리의 순으로 나타났다. 그리고 성관련 표현이 2회 이상 드러나는 비율에 있어서도 역시 같은 순서를 보였다. 이것은 시조가 성적 표현에 가장 적극적이며, 또한 성소재 사설에서 성의 화제 비중도 가장 높게 설정하고 있음을 의미한다. 반면에 아라리는 성에 대한 표현에 가장 소극적이며,

또한 성 자체를 화제 삼는 일이 다른 노래보다 적은 것임을 의미한다. 그리고 잡가 난봉가는 이러한 일에 있어 시조와 아라리의 중간적 입장에 있음을 말한다.

여기서 표1과 표2의 결과를 아울러 검토하면, 잡가 난봉가는 성소재 사설을 다른 장르보다 자주 다루고, 시조는 성소재 사설의 비중은 낮으나 성관련표현에는 가장 적극적이며, 아라리는 성관련 표현에 다른 장르보다 소극적이라고 할 수 있다.

3.2 모자장르별 양상

다음은 세 노래의 성소재 사설이 모자장르별로 어떠한 분포를 보이는지 검토한 결과이다.

표3. 성소재 사설의 모자장르별 분포율

장 르	사설구분	기본형	변주형	총 계
시 조	전체	1937(81.8)	430(18.2)	2367(100)
	성소재	38(35.5)	69(64.5)	107(100)
잡가 난봉가	전체	50(73.5)	18(26.5)	68(100)
	성소재	6(42.9)	8(57.1)	14(100)
아라리	전체	521(92.9)	40(7.1)	561(100)
	성소재	48((90.6)	5(9.4)	53(100)

표3에 따르면 시조의 전체 사설은 기본형과 변주형의 분포가 각각 81.8%와 18.2%의 비율을 보이는데, 성소재 사설의 경우는 기본형이 35.5%, 그리고 변주형이 64.5%의 비율을 보이고 있다. 시조의 전체 사설은 기본형의 분포율이 월등히 높지만, 성소재 사설은 변주형의 분포율이 월등히 높다. 같은 양상은 잡가 난봉가에서도 확인할 수 있다. 전체 사설은 기본형과 변주형의 비율이 각각 73.5%와 26.5%인데, 성소재

사설의 경우는 **42.9%**와 **57.1%**의 분포율을 보이고 있다. 잡가 난봉가 역시 전체적으로는 기본형의 분포율이 변주형보다 높고, 성소재 사설은 변주형의 분포율이 기본형보다 높다.

일반적으로 모자장르는 모장르를 축으로 하여 자장르가 딸려 있는 형태를 이룬다. 장르의 중심은 어디까지나 모장르인 것이다. 시조, 잡가 난봉가, 아라리가 전체사설의 기본형에 대한 분포율이 변주형보다 월등히 높게 나타나는 것이 이를 말해 준다. 상황이 이러한데도 성소재 사설의 경우에는 변주형의 분포율이 기본형보다 높게 나타났다. 이 것은 성소재 사설의 경우에는 시조와 잡가 난봉가의 중심축이 기본형에서 변주형으로 옮겨 가는 것임을 의미하며, 동시에 이 노래들이 성이라는 소재를 여타의 소재와 다르게 취급하고 있음을 말해 준다.

그러나 아라리는 사정이 다르다. 전체 사설의 기본형과 변주형의 비율이 성소재 사설에도 거의 그대로 유지되고 있다. 다소간에 수치의 변화가 없는 것은 아니지만, 그것이 어떤 의미를 가질 만한 것으로 보기 어렵다. 그러므로 아라리는 성소재 사설의 경우에도 장르의 중심축은 여전히 기본형에 의해 유지되고 있다. 이것은 성소재 사설이 아라리에 있어서는 여타의 소재와 다르게 취급되지 않고 있음을 의미한다. 이러한 점에서 시조와 잡가 난봉가는 아라리와 다른 양상을 보인다.

표4. 성소재사설의 모자장르별 성관련표현빈도율

		있음			없음	총계
		1회	2회 이상	계		
시 조	기본형	17(44.7)	9(23.7)	26(68.4)	12(31.6)	38(100)
	변주형	25(36.2)	37(53.6)	62(89.9)	7(10.1)	69(100)
잡가난봉가	기본형	2(33.3)	·	2(33.3)	4(66.7)	6(100)
	변주형	3(37.5)	4(50.0)	7(87.5)	1(12.5)	8(100)
아라리	기본형	22(45.8)	3(6.3)	25(52.1)	23(47.9)	48(100)
	변주형	3(60.0)	1(20.0)	4(80.0)	1(20.0)	5(100)

표4는 성소재사설의 모자장르별 성관련표현빈도율에 있어서 세 노래에 모두 일정한 양상을 보여주고 있는데, 그것은 성소재 사설에 성관련표현이 있는 경우 그 비율은 변주형이 기본형보다 높다는 것이다. 세 장르의 성소재 사설에 성관련표현이 있는 경우 기본형은 시조가 68.4%, 잡가 난봉가가 33.3%, 아라리가 52.1%로 비율을 보이는 반면, 변주형은 시조가 89.8%, 잡가 난봉가가 87.5%, 아라리가 80.0%의 비율을 보이고 있다. 이것은 세 장르 모두 기본형보다는 변주형이 성관련표현에 적극적인 것임을 의미한다.

그렇다면 시조, 잡가 난봉가, 아라리의 성소재 사설은 기본형과 변주형의 분포율에 있어서는 시조, 잡가 난봉가가 아라리와 다른 양상을 보이지만, 기본형과 변주형의 성관련표현빈도에 있어서는 같은 양상을 보인다고 하겠다.

4. 성의 대상화 양상

우리는 앞에서 성을 사설의 소재로서 다루는 양상이 장르마다 다른 것임을 알았다. 그 가운데 여기서 거론하고자 하는 것은 성소재 사설과 모자장르의 관계이다. 모자관계에 있는 가요장르의 일반적인 특성은 자장르의 노래가 모장르보다 빨라지거나 또는 빠르게 인식된다는 것이다. 이에 따라 모장르와 자장르는 그 노래의 분위기 또한 사뭇 달라지는 것이 보통이다. 일반적으로 모장르가 감상적이며 부드럽다면 자장르는 경쾌하고 약동적인 분위기를 보이는 것이다. 이처럼 자장르가 모장르와 다른 분위기를 드러내는 것은 자장르가 모장르로 형성된 분위기를 새롭게 바꾸어 흥을 돋구고자 하는 욕구에 의해 형성된 것이기 때문이다. 흥은 놀이욕구의 소산이다. 그러기에 자장르에는 모장르보다 놀이성이 강화되어 있다. 자장르의 모장르에 대한 상대적 특성도 대부분 놀이성이 강화되어 나타난 결과이다.[7]

여기서 표4를 통해 얻었던 결과를 참고하면 가요의 장르에서 성의 문제와 장르의 놀이성이 어떠한 관계가 있는지 알 수 있다. 표4를 통해 우리는 세 장르 모두 성관련표현의 빈도율에 있어 변주형이 기본형보다 높다는 것을 알았다. 이것은 가요장르에서 성관련표현의 적극성과 성적 화제의 비중은 장르의 놀이성이 강화될수록 높아진다는 것이니, 이를 다시 정리하면 가요의 장르에서 성의 문제는 놀이성이 강화될수록 보다 활성화된다는 것을 뜻하기도 한다.

이제 이러한 점을 생각하면, 표3의 결과는 시조와 잡가 난봉가가 성적 소재의 대상화 시각이 무엇인지를 알 수 있게 한다. 우리가 앞에서 표3을 통해 얻은 결과는 시조와 잡가 난봉가의 성소재사설은 변주형 장르의 분포율이 기본형 장르보다 월등히 높게 나타나며, 아라리는 본래의 장르 경향대로 성소재사설도 기본형 장르와 변주형 장르 간의 분포율은 큰 변화가 없다는 것이었다. 요컨대 시조와 잡가 난봉가는 성을 사설의 소재로 다룰 때는 장르의 중심축이 변주형으로 옮겨짐에 반해, 아라리는 이러한 변화가 없다는 것이다.

성적 소재의 수용이 자장르를 중심으로 이루어졌다는 것은 시조와 잡가 난봉가는 성을 자장르의 놀이적 분위기, 곧 유희적으로 대상화하는 경향이 강하다는 것을 의미하며, 아라리의 성소재 대상화는 이와달리 모장르적 분위기와 속성 위에서 이루어지는 것이 주된 경향임을 뜻한다. 그런데 아라리의 모장르적 특성은 표출기능, 곧 언지적 기능이 특히 활발하다는 데 있다. 창자들이 아라리하는 것을 흔히 신세타령하는 것이라고 말하는 것도 이 장르의 표출기능을 두고 하는 말이다. 긴 아라리의 사설이 민중들의 일상적 생활의 경험과 느낌을 노래한 것이

---

7) 강등학; 『한국민요의 현장과 장르론적 관심』, 189-90쪽.

주류를 이루는 것도 이 때문이다. 따라서 표3의 결과는 시조와 잡가 난봉가가 성을 유희적으로 대상화하고, 아라리는 일상적으로 대상화하는 장르적 경향으로부터 비롯된 것이라고 하겠다. 각도를 달리하여 말하면 시조와 잡가 난봉가의 사설에는 성이 놀이와 유흥으로서 문제가 되지만, 아라리는 일상적 생활 속의 문제가 되는 것이다.

　이제 이러한 점을 다음의 예를 통해 살펴보기로 한다.

　　7) 얽고검고 키큰 구레나롯 그것조차 길고넙다
　　　쟘지 아닌놈 밤마다 비에올라 죠고만 구멍에 큰연장 너허두고
　　　훌근할격 훌제는 애정(愛情)은 크니와 태산이 덥누로는듯
　　　즌방기소릐에 졋먹던힘이 다쁘이노미라
　　　아므나 이놈을 드려다가 백년동주ᄒ고 영영 아니온들
　　　어니 개쭐년이 싀앗새옴 ᄒ리오(시조/ 정병욱:1449)
　　8) 장진문소리가 더리나더덜컥 나더니
　　　큰익기 숨소리 결결이 놉하가누나
　　　에헤히에헤야에헤히에헤야 원앙금침은 등소슴ᄒ고
　　　아쳥니불은 쏩뎡춤출제 량다리 쌈에셔 호란이 니럿다
　　　호병더 불너다 복쵸를 세우고 발뒤축에다 흰당기 디리고
　　　반고수머리에다 파망을 세우고 맛샹졔 불너다 발상을 식혀라
　　　아이고 아이고 너는왜우네 나는 설거셔 울거니와
　　　너는 엇지희셔 우네 나는 부조로 운다
　　　올타 그럿치 두둥둥 둥기야 내스령아(사설난봉가/ 정재호: 1집
　　　162)
　　9) 우리집 낭군은 돈벌누나 갔는데
　　　삼사오륙촌 내놓고는 내배타러 오게(아라리/ 서병하:392)

　위의 사설 가운데 7)과 8)은 성의 행위상황을 묘사하고, 끝을 익살스럽게 마무리하여 웃음을 자아내게 하고 있다. 그러나 9)에는 남편의 자신에 대한 무관심으로 갖게 된 불만을 털어내보고자 하는 삶의 현실문

맥이 개재되어 있다. 그러므로 7)과 8)에서의 성은 즐거움의 대상으로
다루어지고 있지만, 9)에서의 성은 생활의 현실적 문제의식으로 다루
어지고 있다.

이처럼 아라리는 생활의 현실문맥으로 성문제를 대상화하고 있기에
자장르인 엮음아라리의 경우에도 시조, 그리고 잡가 난봉가와 다른 양
상을 보인다.

> 10)우리댁에 서방님은 잘났던지 못났던지
>   깎고깎고 머리깎고 씨구씨구 모재씨구
>   입구입구 양복입구 치구치구 각반치구
>   신구신구 구두신구 돈한짐잔뜩 걸머지구
>   서울장안 종로거리루 화투치루 갔는데
>   상하동 초군님네들 삼사오륙촌 아니거들랑 내배타루 오게
>   (아라리/ 서병하:392)

10)의 엮음아라리는 9)의 긴아라리와 그 내용적 핵심을 같이 하고
있다. 그러나 10)의 엮음아라리에는 '남편의 부재상황'에 대한 내용에
서 9)의 긴아라리보다 길게 확장되어 있다. 그리고 이렇게 사설이 확장
됨에 따라 10)의 엮음아라리에는 '남편의 부재상황'이 희화되어 있다.
곧, 놀이화되어 있는 것이다. 그러나 10)의 엮음아라리는 성관련부분의
사설은 확장하지 않았다. 그러므로 10)의 엮음아라리의 문제의식은 본
질적으로 9)의 긴아라리와 달라지지 않았다.

긴아라리는 물론 엮음아라리에도 7), 8)과 같이 성의 행위상황을 묘
사하는 표현은 쉽게 발견되지 않는다. 그것은 아라리가 시조, 잡가 난
봉가와 성의 대상화 시각을 달리 하고 있기 때문에 나타나는 양상이
다. 그런데 시조와 잡가 난봉가는 성을 유희적 시각에서 대상화하는
특성을 공유하면서도 서로의 변별적 특징을 드러내고 있다. 이것은 위

에서 예로 든 7)의 장형시조와 8)의 사설난봉가를 통해서도 이해할 수 있다.

7)은 중장에서 성의 행위상황을 길게 기술하고, 이어서 종장에서 그러한 대상과 백년을 함께 하길 바라는 마음을 드러냈다. 그런데 8)은 성의 행위상황에 이어서 갑자기 초상이 난 상황이 장난스럽게 연결되고 있다. 익살과 장난은 진지함을 방해한다. 그러므로 우리는 7)을 통해서는 상황에 몰입할 수 있지만, 8)을 통해서는 그렇게 하기 어렵다. 이러한 차이는 앞에서 예로 든 4)와 5)에서도 거듭 확인된다. 4)에서는 우리로 하여금 사설의 전개에 따라 성의 행위상황과 분위기에 점진적으로 접근하도록 유도하고 있으나, 5)에서는 장난끼있는 표현으로 인해 우리가 그러한 상황과 분위기에 몰입하기 어렵다.

익살과 장난끼는 사설난봉가의 성소재사설에 나타나는 지배적 속성이다. 사설난봉가의 사설 8편이 모두 이러한 속성을 드러낸다. 그러나 장형시조의 성소재사설에는 중간에 익살과 장난끼를 돌출시켜 상황에의 몰입을 차단하는 경우는 쉽게 발견되지 않는다. 이것은 장형시조와 사설난봉가가 성소재의 대상화 시각이 일치하지 않는 것임을 의미한다. 장형시조가 성적 상황에의 몰입을 지향한다면, 사설난봉가는 성적 상황 자체를 장난의 대상으로 삼으려 한다. 이러한 점에서 시조와 잡가 난봉가는 성을 유희적으로 대상화하면서도 전자는 도락화(道樂化)의 경향을, 그리고 후자는 희롱화(戱弄化)의 경향을 보인다고 하겠다.

시조, 잡가 난봉가, 아라리의 성적 소재 대상화의 이러한 차이는 성소재 사설의 성관련 표현빈도를 통해서도 뒷받침된다. 우리는 앞에서 표2를 통해 얻은 결과는 성소재사설의 성관련 표현에 있어 시조가 가장 적극적이며, 아라리는 가장 소극적이었다. 그리고 잡가 난봉가는 두 노래의 중간적 입장에 있었다. 시조는 성을 유희적으로 대상화하되 도락적 경향을 보이기에 성관련표현에 적극적이며, 또한 성을 중심화제로 삼는 일이 빈번해지게 되고, 아라리는 성을 일상적으로 대상화하기에 성적 상황 자체보다는 성과 관련된 생활적 경험과 정감이 문제가 되며, 그 결과 성관련표현이 크게 요구되지 않았다. 그리고 잡가 난봉가는 시조와 같이 성을 유희적으로 대상화하기에 성관련표현의 수요는 있으나, 성을 희롱의 대상으로 삼으면서 성적 상황과 관련표현의 필요성이 시조만한 수준에 이르지는 않았던 것이다.

5. 결 론

우리는 앞에서 성적 소재가 장르마다 다른 시각에서 대상화되고, 그에 따라 성소재 사설의 양상도 장르마다 다르게 나타나는 것임을 알았다. 그렇다면 성이라는 동일한 문제가 장르마다 다르게 수용되는 것은 무엇 때문인가? 그것은 장르의 중심 향수층의 계층적 성격과 향수의 방식이 다른 것과 상관이 있다.

시조의 중심 향수층은 사대부이며, 그것은 주로 가객, 또는 기생들의 봉사에 의해 향수된다. 그리고 잡가 난봉가는 도시 서민층이 중심 향수층이며, 이 또한 삼패류 기생, 또는 사계축 등 전문소리꾼들에 의해 향수된다. 그러므로 두 노래는 향수자와 구연자가 일치하지 않는다. 물론 구연자가 스스로 즐기기 위해서 노래하는 경우도 없지 않으나, 대부분은 구연자가 향수자를 위해 노래한다. 여기에 두 노래의 구연공간은 기생과 함께 하는 풍류의 자리이거나 잔치의 자리가 대부분이다. 그런데 아라리는 이와 사정이 다르다. 아라리의 중심 향수층은 민중이며, 이들은 스스로 즐기기 위해서 아라리를 노래한다. 그리고 아라리를 부르는 공간은 산과 들, 그리고 가정의 생활공간이다.

유흥적 공간에서 남을 위해 불려지는 노래와 생활적 공간에서 스스로 즐기기 위해서 부르는 노래는 그 성격이 같을 수 없다. 유흥적 공간 자체가 노래의 성격을 일정하게 한정할 뿐 아니라, 남을 즐겁게 하기 위해서는 그만한 배려가 필요하다. 그러나 생활의 공간에서 자족적으로 부르는 노래에는 자신의 문제를 취향대로 다룰 수 있다. 성이라는 같은 문제가 시조와 잡가 난봉가에서는 유희적 시각에서 대상화되고, 아라리에서는 일상적 시각에서 대상화되는 이유는 바로 향수의 방식이 이처럼 차이가 나기 때문이다.

성의 대상화 시각의 차이는 세 노래의 향수층이 서로 다른 것도 관계가 있다. 시조는 지배층의 미의식과 감각에 맞는 고급문화이다. 조선후기에 들면서 중인들의 성장과 함께 그들의 시조 향수가 점차 두드러지지만, 그들도 경제력과 사회적 영향력을 가진 존재로서 그 미의식은 대부분 사대부들의 감각을 지향하고 있었다. 그러므로 시조는 이처럼 삶에 쫓기지 않고 비교적 여유있게 무언가를 즐길 수 있는 존재들에 의해 향수되었다고 하겠다.

잡가는 도시서민 중심의 중간문화라고 했다. 즉, 잡가는 조선후기 도시의 중소상인, 수공업 종사자, 근교농업 종사자 등에 의해 향수되는데, 이들은 조선후기 생산성의 향상으로 경제적 여유를 갖기 시작하면서 비로소 오락과 유흥을 즐길 수 있게 된 존재들이다. 잡가 난봉가는 도시 서민가요의 향수층이 시대가 내려가면서 상하의 계층으로 점차 확산되는 가운데 등장하여 일제초기에 널리 불려진 노래이다. 그러므로 잡가 난봉가에는 초기 잡가의 중간문화적 성격에다 대중문화적 성격이 가미된 노래라고 하겠다,

성을 대상화하는 시조와 잡가 난봉가, 아라리의 경향은 각각 문화의 계층적 특성과 무관하지 않다. 시조의 성에 대한 도락성은 이 장르의 향수층이 무언가에 보다 진중하게 매달리며 즐길 수 있는 존재들의 고급문화에서 드러날 수 있는 특징이며, 잡가 난봉가의 희롱성은 유흥과

오락을 즐길 만할 여유는 있으나 가볍고 경쾌한 기분으로 접근하는 존
재들의 중간문화에서 드러날 수 있는 특징이다. 그리고 도락성과 희롱
성의 대조적 경향은 고급문화와 대중문화의 대표적인 특징으로 흔히
거론하는 진지함과 가벼움의 대립양상과도 통하는 것이다.

　그런가하면 아라리는 생활의 대부분을 생산에 매달리며, 여가를 누
리기 어려운 존재들의 민중문화이다. 그래서 민중문화는 일상생활, 또
는 노동과 뚜렷이 분리되지 않는다. 그렇다면 시조, 잡가 난봉가, 아라
리의 성소재 대상화 경향은 각 향수층의 문화적 성격과 맞물려 있다고
하겠다.

≪분석대상의 사설≫

〈시조〉

정병욱; 38, 40, 41, 43, 44, 46, 47, 49, 53, 56, 64, 65, 75, 88, 141,
154, 160, 272, 293, 297, 310, 322, 323, 325, 328, 408, 430, 461,
543, 548, 569, 597, 610, 627, 641, 642, 650, 667, 699, 702, 706,
708, 757, 793, 817, 818, 841, 854, 880, 899, 920, 970, 980, 1099,
1100, 1104, 1109, 1127, 1174, 1186, 1209, 1244, 1245, 1246, 1249,
1260, 1326, 1380, 1383, 1409, 1411, 1442, 1447, 1449, 1459, 1486,
1511, 1512, 1523, 1531, 1611, 1747, 1764, 1774, 1793, 1810, 1812,
1831, 1844, 1845, 1894, 1913, 1914, 1949, 1975, 2002, 2032, 2077,
2099, 2123, 2177, 2204, 2223, 2240, 2256, 2321, 2333.

〈잡가 난봉가〉

정재호: 1-163(연분), 1-163(오르), 1-163(원슈), 3-323(사랑), 3-333
(울타), 4-82(창파). 4-86(개야), 4-86(노랑), 4-86(령감), 4-87(여보),

4-87(장진), 4-87(정월), 4-89(모혀), 4-90(물동),

〈아라리〉
서병하; 20, 72, 81, 95, 115, 132, 144, 145, 146, 151, 153, 154, 157, 158, 159, 160, 161, 163, 170, 173, 174, 181, 183, 185, 269, 320, 346, 347, 349, 350, 351, 353, 354, 356, 357, 358, 362, 364, 392, 397.
강등학; 234-21, 237-36, 237-37, 239-46, 240-53, 242-10, 243-16, 244-28, 248-54, 249-61, 250-66, 262-15, 268-71.

* 인명은 해당자료집의 필자, 편자의 이름이다. 그리고 시조와 아라리의 경우 번호는 해당자료에 붙어 있는 사설의 고유번호이다. 다만 강등학의 자료는 사설번호가 조사지역별로 붙어 있어서 고유번호 앞에 면수도 함께 밝히었다. 그리고 잡가 난봉가 자료의 번호는 권수와 면수를 밝힌 것이며, 괄호에는 사설의 처음 2음절을 적은 것이다.

민요에 나타난 육담의 의식과 세계관*

류 종 목**

Ⅰ. 서 론

육담의 사전적 의미를 정리하면 다음과 같다. 음담등과 같은 야비하고 품격이 낮은 말이나 이야기[1], 음담 같은 야비한 이야기, 품격이 낮은 말[2], 꾸밈없이 속되고 투박스럽게 하는 말, 음담 따위와 같은 야비한 이야기[3], 남녀의 육체적 관계와 관련된 야비하고 품격이 낮은 말이나 이야기[4], 남녀간의 색정이나 성생활, 그리고 이와 관련된 사항이나 현상을 소재로 한 이야기, 주로 성에 관한 소재로 꾸며진 민담이기에 외설담이라고도 한다.[5]

---

* 이 논문은 1995학년도 동아대학교 학술연구조성비(일반과제)에 의하여 연구되었음.
** 동아대 교수.

1) 신기철·신용철, 새 우리말 큰 사전, 삼성출판사, 1984.
2) 이희승, 국어대사전, 민중서관, 1976.
  李家源·張三植, 詳解 漢字大典, 裕康出版社, 1973.
3) 한글학회, 우리말 큰 사전, 어문각, 1992.
4) 조선말대사전, 사회과학출판사, 1992.(북한 자료)
5) 한국민족문화대백과사전 17, 한국정신문화연구원, 1992.

이상의 내용을 종합해 보면 육담이란 저속한 음담, 남녀간의 색정·성생활과 관련된 것, 속되고 품격이 낮은 것 등의 속성을 지닌 것으로, 말이나 이야기의 형식으로 되어 있는 것이라 할 수 있다. 남녀간의 성, 색정에 관련된 것으로 품격이 낮은 말이거나 이야기이므로 지순한 사랑, 부부애 같은 것은 제외된다. 그야말로 성과 색정에 초점을 맞춘 내용이 대상이 된다. '말'이 뜻하는 것은 매우 포괄적이겠지만 단순한 어휘, 짧은 어구나 문장쯤으로 봄이 좋을 듯하다. 그렇다면 '말'로 된 육담이란 어떤 사건을 설명한다기보다는 단순히 성기 따위를 묘사한 어휘나 어구에 지나지 않는 것이라 볼 수 있다. 이러한 육담을 편의상 '어휘육담'이라 하자. 이에 비하여 일정한 사건의 줄거리를 지닌 육담도 생각할 수 있다. 그러나 이를 각주 5)에서 말하는 것처럼 민담류만으로 볼 수는 없을 듯하다. '~담'의 의미 속에는 이야기란 뜻과 함께 '농하다'는 의미도 있으므로 이를 민담과 같은 설화류로만 해석하는 것은 그것이 담고 있는 내용을 지나치게 축소 해석하는 듯한 느낌이 든다. 실제로 성을 빗대어 상말을 하는 욕설 따위, 즉 육담으로 된 말을 육두문자(肉頭文字)라 하는데, 이 경우 육두문자는 민담과 같은 장황한 이야기만을 뜻하지는 않는 것이다.

육담이라 할 때의 '육~'은 육감(肉感) <①육체에 느껴지는 감각, ② 성욕의 실감>, 육교(肉交) <남녀간의 교접>, 육욕(肉慾)·육정(肉情) <성욕> 등과 같은 용례에서 알 수 있는 것처럼 성·색정과 관련되는 의미로 보아야 할 듯하다. 그리고 '~담'이란 이야기 혹은 농지거리란 뜻이 있으므로 결국 육담이란 성·색정에 관련된 이야기나 이와 관련된 단순한 농지거리와 같은 것까지도 포괄하는 개념으로 파악해야 할 것이다. 이것은 어느 쪽이거나 간에 사건 중심으로 된 육담이므로 이러한 육담을 '사건육담'이라 해 두자.

육담을 본격적으로 연구한 업적물은 매우 드물다. 간혹 이것을 성관넘 혹은 에로티시즘과 관련하여 국문학 전반에 걸쳐 다루거나6) 국문학의 해학성을 취급하면서 성적 표현에 관하여 부분적으로 다룬 것들이 있을 따름이다. 민요에 표현된 육담을 대상으로 연구한 예도 사정은 이와 유사하다. 즉, 육담만을 가지고 해석한 것이 아니라 민요에 표현된 성 관련 표현들을 부분적으로 다루거나7) 민요에 나타난 해학성을 규명하는 가운데 성 문제를 언급한 정도가 있을 뿐이다.8) 그러나 이러한 가운데서도 박노준이 발표한 두 편의 논문9)은 육담을 본격적으로 다룬 것으로 사설시조와 민요에 있어서 육담의 성격이 어떠한가를 어느 정도 밝혀 두고 있다. 그러나 이 글에서는 육담을 육담 그 자체로서 그것이 갖는 의미를 있는 그대로 밝히려 하기보다는 "모랄리티와 인생의 근원적인 문제에 뿌리를 박은 성의 묘사"10)라는 측면, 즉 문학에 있어서의 에로티시즘에 초점을 맞추어서 사설시조와 민요를 해석하려 하였다. 그 결과 이들 장르는 에로티시즘은 없고 에로틱한 묘사만 있는 것, 즉 관능적이고 육감적이며 애욕적인 장면만을 연출하는 너무나 속사적인 것으로만 치부해 버렸다.11)

　육담은 인간이 갖는 가장 원초적인 관심의 외현이다. 그러므로 그것은 인간의 삶을 가장 진솔하게 표현한 것 중의 하나이다. 문학이 추구

---

6) 예컨대, 張德順의 '古典文學에 나타난 性(月刊文學, 1971, 2)', 洪起三의 '한국문학에 나타난 性觀의 變遷史(月刊文學, 1971, 2)'. 張伯逸의 '韓國文學과 性모랄(月刊文學, 1971, 2)' 등 1970년대 초에 월간문학지에서 특집으로 다룬 것들이 있다.

7) 任東權, 韓國民謠硏究, 宣明文化社, 1974, pp.340~344.

8) 具然軾, 韓國民謠에 나타난 諧謔性 考察, 東亞論叢 第15輯, 東亞大學校, 1978, pp.7~33.

9) ① 朴魯埻, 辭說時調에 나타난 Erotic한 場面에 대하여, 同大論叢 第2輯, 同德女子大學, 1971, pp.27~46.
　　② 朴魯埻, 民謠에 나타난 에로티시즘, 同大語文2號, 同德女大 國語國文學會, 1972, pp.27~41.

10) 朴魯埻, 각주 9)-①, p.33.

11) 朴魯埻, 각주 9)-①, p.35.

하는 가치는 진실성을 제일로 삼는다. 문학이 인간 삶의 진실성을 제대로 드러내지 못한다면 그것은 이미 문학 작품으로서의 존재 가치를 잃어버린 것이다. 민요는 민중의 삶이 가장 진솔하게 표현된 문학 작품이다. 그 속에는 민중의 의식이 적층되어 녹아 있다. 육담이 인간이 갖는 가장 원초적인 관심의 외현이고 삶의 진솔한 표현의 하나라면, 그리고 문학이 추구하는 세계가 진실성이고, 그 진실성이 민중 공동의 작품인 민요에 나타나 있다면 우리는 민요에 표현된 육담을 통해 민중의 의식과 세계관을 들여다볼 수 있을 것이다. 이제 육담이 표현되어 있는 민요를 일단 육담개재요(肉談介在謠)12)라 해 두고, 이들 민요의 화자와 세계, 육담개재요의 사회적 기능 등을 규명함으로써 민요에 나타나 있는 육담의 의식과 세계를 천착해 보고자 한다.

Ⅱ. 화자와 세계의 열린 통로

문학 작품은 화자를 통해 자아와 세계의 관계를 드러낸다. 육담개재요의 세계가 성이라고 할 수 있다면 그것을 인식하는 작품 속의 주체는 화자이다. 그러므로 세계를 파악하기 위해서는 먼저 작품 속의 화자가 세계를 어떠한 입장에서 바라보고 있는가를 파악할 필요가 있다. 육담개재요의 화자는 성년 화자와 미성년 화자로 나눌 수 있다. 성년 화자라 해서 반드시 결혼을 전제로 판단하는 것은 아니다. 성의식과 신체적 발육이 이미 성년에 이른 청장년 이상이란 개념이다. 성년 화자는 1인칭시점화자와 전지적시점화자, 그리고 시점이 불분명한 화자가 있다. 일인칭 시점 화자는 남성 화자, 여성 화자 등이 있다. 전지적

---

12) '肉談謠'라는 용어도 생각해 볼 수 있으나, 그렇게 되면 각편 전체가 육담으로 되어 있는 것이라는 오해를 불러 일으킬 소지가 있다.

시점 화자도 요사(謠詞)의 성격상 남성적인 경우와 여성적인 경우로
나누어서 생각할 수 있다. 미성년 화자도 일인칭 시점 화자와 전지적
시점 화자로 분류된다.

육담개재요의 대강을 파악해 보기 위해 임동권 편 ≪한국민요집≫
전 6권의 자료들 중에서 해당 각편의 수를 조사한 결과 모두 245편이
조사되었다.13) 이 중 성년 화자가 232편, 미성년 화자가 13편으로 성년
화자가 절대 다수이다. 그리고 성년 화자가 등장하는 육담개재요는 거
의 사건육담으로 되어 있는 반면 미성년 화자가 등장하는 각편은 어휘
육담으로만 되어 있다. 육담이란 성을 구체적으로 인식하고 있는 성인
세계에서 보다 폭넓게 통용될 수 있는 것이므로 이는 너무나 당연한
결과이다. 미성년 화자가 인식하는 성은 아주 단편적이고 추상적이며
피상적이다.

a. 험덕눈은   펏들펏들
 사랑눈은   사랑사랑
 설 굿은   덩덩
 이내웃은   그랑그랑
 <u>할미×은</u>   빗죽빗죽
 <u>할으방×은</u> 호랑호랑
 담고낭은   비릉비릉 <Ⅰ 425>14)(밑줄은 필자가 침. 이하 같음)

b. 저게가는   저가수나
 방구통통   꿔지마라

---

13) 朴魯埻, 각주 9)-②, p.29에서는 '官能的이고 色感的인 작품이 民謠에서는
 극히 한정되어 있다'고 하여 육담개재요의 수가 아주 적다고 밝히고 있으
 나 이는 우리 민요 전반을 제대로 검토해 보지 못한 데서 온 오류로 여겨
 진다.
14) 任東權, 韓國民謠集Ⅰ, 集文堂, p.425를 뜻함. 이하에서도 이와 같은 방법으
 로 표시함.

<u>조개딱딱</u>   벌어진다
저게가는   저머슴아
방구통통   꾀지마라
<u>불알덜렁</u>   떨어진다 <Ⅰ 439>

c. <u>조~ㅎ 다고</u>
   <u>붕알이</u>   물길러간~다 <Ⅰ 448>

d. 셋채넷채   당구채
   <u>불알턱턱</u>   가리채 <Ⅲ 746>

e. 오동통통   요간나야
   빵구통통   꾀지마라
   내일모래   니시애비
   오동장구   둘러미고
   <u>보지젖간</u>   보러간다 <Ⅴ 419>

f. 신통방통   고부랑통
   인천   소곰통
   서울   오좀통
   일본놈   장통
   서양놈   우유통
   시골   똥통
   할아버지   담배통
   아주머니   <u>젖통</u> <Ⅴ 455>

g. 질로질로   가다가
   엽전한입   좠았네
   좠는엽전   뭐핫고
   떡이나하나   사먹지
   떡전에   들어서

<table>
<tr><td>먹고나이</td><td>친굴세</td></tr>
<tr><td>친우대접</td><td>뭐할고</td></tr>
<tr><td>내좆이나</td><td>빨아라 <V 574></td></tr>
</table>

　이상에서 볼 수 있는 것처럼 대개 단순히 성기를 묘사한 것들뿐이다. 그것도 성 행위와 관련하여 성기를 묘사한 것이 아니라 a b c d f에서와 같이 단편적, 피상적으로 그것을 묘사한 것에 지나지 않는다. 한편 e는 선을 보게 되는 상황을 성기의 성숙도를 보는 것으로 표현하고 있어 미성년 화자의 민요로서는 성을 가장 구체적으로 인식하고 있는 각편으로 볼 수 있다. 위의 각편들 중 화자가 일인칭 시점인 것은 b e g인데, 남아임이 확실한 것은 g이고, 내용으로 보아 남아일 것으로 추측되는 것은 e이다. 또, b는 남·녀 화자의 대화형식으로 되어 있다. 나머지 a c d f는 전지적 시점의 화자로서 작품 외적 자아가 세계를 단편적으로 묘사한 것에 지나지 않는다. 여기에 예시하지 않은 자료들도 대개 이러한 류에 속한다. 이상으로 볼 때 미성년 화자가 인식하고 있는 성은 그에 대한 호기심은 있으나 세계를 구체적으로 인식하지는 못한 상태임을 알 수 있다. 성교육이 전무하다시피한 전통사회이고 보면 이러한 현상은 충분히 예상할 수 있는 내용이다. 전통사회 속에서 성이 아동들에게 얼마나 폐쇄적이었던가를 아울러 짐작할 수 있다.

　이에 비하여 육담개재요의 세계는 성년 화자에 대하여 완전히 열려 있다. 그리고 성년 화자가 인식하고 있는 세계는 보다 구체적이고 주관적이다.

<table>
<tr><td>h. 초경이경</td><td>나같은잡놈</td></tr>
<tr><td>삼사오경에</td><td>들어와</td></tr>
<tr><td>이담저담</td><td>월담하여</td></tr>
<tr><td>연못안</td><td>초당안에</td></tr>
</table>

고은낭자　　잠든방에
활활벗고　　달려들어
없는정도　　있는체로
있는정도　　없는체로
등도대고　　배도대고
코도대고　　입도대고
거게도시살적　만지면서
아모리　　하여도
네가내　　간간이다 <Ⅵ 111>

i. 야심밤중　　즈그아들
　 내한테도　　잠자러올직
　 불길같은　　저손길로
　 연적같은　　요네젖통
　 왜솔솔　　요리솔솔
　 그것이모두　양에동우 <Ⅳ 267>

j. 여봐라이애야　네내말듣거라
　 너는어떠한　계집이관데
　 장부장단지를　새장구통만여겨
　 아삭바삭에　다녹여내고
　 너는어떠한　귀공자관데
　 사람의요네　열촌관장을
　 다녹여낸다　　　　　　<Ⅲ 332>

　　이상 h i j는 모두 일인칭 시점 화자가 세계를 표현하고 있는 민요
이다. 이들은 각각 남성 화자(h), 여성화자(i), 남녀 화자(j)가 등장하여
성을 표현하는 것으로 되어 있다. 이처럼 남성 화자에 의한 것이 81편,
여성 화자에 의한 것이 57편이고, 나머지 23편은 남녀 화자가 대화하
는 내용이다. 이와 같이 일인칭 시점 화자로 된 육담개재요는 모두

161편인 반면 전지적 시점 화자가 등장하는 각편은 56편에 불과하여 일인칭 시점 화자가 등장하는 각편의 3분의 1정도에 지나지 않는다.

```
k. 올려다보니      소라반자
   내려다보니      각장장판
   엉그렁뎅그렁     놋요강은
   여그저기다      밀쳐놓고
   비단이불       떨쳐를덮고
   원앙잣비개      돈아비고
   연방죽에       금붕에놀듯
   둥글둥글이      잘도놀때
   기집년이       하는말이
   밤도깊고       시장한데
   뭘로나도       대접할까  <V 174>
```

이것은 전지적 시점 화자에 의한 각편이다. 전지적 시점 화자는 절대적인 입장에서 극히 객관적으로 세계를 제시하거나 평가한다. k에서 '올려다보니 ~ 밀쳐놓고'는 성행위의 공간을, '원앙잣비개 ~ 대접할까'는 성행위의 상황을 제삼자에게 객관적으로 제시하고 있는 것 따위가 그것이다.

반면 일인칭 시점 화자는 세계를 스스로 구체적으로 인식하고 체험한다. h에서 남성 화자는 잡놈임을 전제하고 고은 낭자의 잠자는 방에 월담하여 들어간다. 그리고 성행위를 구체적으로 체험하고, '아모리 하여도 네가 내 간간이다'처럼 그 체험의 인식을 주관적으로 드러내고 있다. 이처럼 민중들이 육담개재요의 작중 화자로서 일인칭 시점 화자를 더 선호한다는 것은 세계에 대한 인식을 더욱 구체화하고자 하는 욕구, 주관화하고자 하는 의도에서 온 것이라 여겨진다. 그리고 이러한 관점은 어휘육담보다 사건육담 중심으로 표현되고 있다는 점에서도 확인할 수 있다.

성년 화자의 경우도 남성 화자가 여성 화자보다 우세하다. 세계에 대하여 남성들이 보다 능동적이고 적극적이어야 한다는 인식이 깔려 있음을 알 수 있다. 그러나 그 우세는 압도적인 것은 아니다. 남성 화자만큼은 아니나 여성 화자도 상당히 많다. 이제 세계를 터 놓고 노래하는데 남녀의 차별이 있을 수 없다는 생각인 것이다. 성이란 본디 상대가 있어야 하는 것임을 보여 주고 있다. 우리의 전통 사회는 수백 년 동안 남녀 불평등의 가치관을 키워 왔으나 적어도 육담개재요의 세계에 있어서는 남녀 차별을 발견할 수 없다. 다시 말하면 제도적으로는 불평등이 있을 수 있으나 원초적 본능의 세계에 있어서는 남녀간의 차별이란 없다는 것이다.

그래서 세계를 묘사하는 방법도 남녀 화자의 사이에 별다른 차이를 발견할 수 없다. 흔히 우리 민요에 있어서 성의 표현은 은폐되어 있거나[15] 점잖고 소박하게 그려진 것으로[16] 파악하고 있다. 그리고 그렇게 파악하고 있는 원인의 하나로서 민요에는 엄격한 창작의식이 존재하지 않기 때문에 일부러 꾸미려 들거나 채색하려는 의도적인 기술이 존재하지 않고, 또 기교를 부려서 꾸미고 채색하려 해도 무식한 평민들로서는 도저히 해낼 수 없기 때문이라 하고 있다.[17] 그러나 이것은 민요의 속성을 지나치게 과소 평가한 느낌이 든다. 민요가 기록문학에 비하여 단순하고 덜 기교적이라는 데는 동의하지만 도저히 기교를 부릴 수 없고 창작의식이 존재하지 않는다는 주장에 대하여는 쉽게 수긍하기 어렵다. 창작의식이란 작가의식이고 그것은 문학성이란 포장 속에 숨어 있는 내용물이다. 민요에는 민중의 의식이 간직되어 있고 그

---

15) 具然軾, 앞의 글 pp.12~14.
16) 朴魯埻, 각주 9)-②, p.31.
17) 朴魯埻, 각주 9)-②, p.32.

나름의 문학성을 띠고 있다. 그러므로 단순하기는 해도 문학성이 결여
된 것은 아니다.

　그러나 이처럼 점잖고 소박하게 그려진 각편만 있는 것은 아니다.
성을 아주 노골적으로, 그리고 당당하게 묘사하고 있는 각편도 상당히
많다.

　　　l. 일보사　　　중이
　　　　이바람재를　넘어오다니
　　　　삼거리
　　　　사대붓댁　　처자가
　　　　옷을곱게　　입고
　　　　육모를　　　재보니
　　　　칠보단장에
　　　　팔자이마에
　　　　구부려놓고
　　　　×한번 하자 < I　468>

　　　m. 산천에　　　땅가시는
　　　　처녀뒤궁칠　찌르는데
　　　　이십세기　　총각이
　　　　처녀하나　　못찌르냐 <Ⅱ 689>

　　　n. 세류같은　　가는허리
　　　　한아름듬썩　안은후에
　　　　볼대이고　　혀끝빨며
　　　　양다릴들고　시북짬 줏띨세
　　　　천지지간에　첨난맛이라 <Ⅵ 143>

　l m n은 남성 화자가 등장하는 육담개재요이다. l은 중과 양반 가문
의 규수가 교합하게 되는 과정을 숫자풀이 형식으로 묘사한 것이다.

중이 바람재를 넘어온다는 설정에서 이미 미래의 사건을 암시하고 있다. 그리고 칠보단장에 팔자 이마의 고운 처자를 구부려 놓고 교합을 한다. 결코 점잖고 소박한 표현이 아니다. 중과 양반가 처자의 만남이 그렇고 교합의 자세가 그렇다. m도 마찬가지다. 산천의 땅가시가 처녀의 궁둥일 찌르는데 20세기 현대의 총각이 그까짓 처녀 하나와 교합할 수 없으랴는 뜻이다. 말하자면 말도 못하는 미물, 산천에 지천으로 야생하는 보잘것 없는 땅가시도 처녀를 찌를 수 있는데, 모든 것이 개방적이고 현대화된 20세기 오늘날, 만물의 영장인 총각이 처녀와 교합하는 게 뭐 그리 대수이겠는가란 주장이다. 성에 대한 태도가 너무나 당당하다. 회피하거나 부끄러워할 대상이 아니다. 윤리나 도덕도 없다. n은 더욱 사실적으로 표현하고 있다. 여자의 허리를 감고 포용을 한 후 얼굴을 부비며 입맞춤을 하는 이른바 전희과정(前戲過程)을 너무 사실적으로 묘사하고 있다. 교합의 장면도 '양다릴들고 시북짬 줏띨세'라 하여 아주 구체적으로 그려내고 있다. 그리고 나아가 이러한 교합을 '천지지간에 첨난맛이라' 하여 성희의 재미까지 노래하고 있다. 결코 점잖고 소박한 표현이 아니다.

　이와 같은 형편은 여성 화자가 등장하는 육담개재요라 해서 다를 것이 없다.

　　　o. 앞남산의　　　딱다구리는
　　　　생구멍도　　　뚫는데
　　　　우리집의　　　저멍텅구리는
　　　　뚫어진구멍도　못뚫네 <Ⅱ 711>

　　　p. 바람은　　　　손이없어도
　　　　만수장림을　　뒤흔드는데
　　　　우리님은　　　양손목이　　　　완전하지만

이내전신을　　어루만질줄
왜　　　　　　모른단말가 <Ⅵ 190>

q. 아저씨는　　코가커서
　 언니는　　　좋겠네 <Ⅱ 472>

r. 나갔던　　　낭군이　　　　오실랴는지
　 잠자던　　　보지가　　　　함피염하누나 <Ⅵ 143>

s. 요내다리　　박속다리
　 임의다리　　검정다리
　 초저녁에　　갱긴다리
　 날이새도　　안풀리네 <Ⅱ 474>

t. 돈닷돈　　　바라고
　 보리밭에　　들어갔더니
　 물명지　　　단속것　　　　다젖었네 <Ⅵ 60>

　o~t는 모두 여성 화자가 성을 직접적, 노골적으로 표현하고 있는 것들이다. o의 화자는 남편의 성적 무능을 원망하고, 나아가 성에 대한 갈망을 거침없이 드러내고 있다. 이러한 적극성은 p에서도 그대로 나타나고 있다. 그리고 그 적극성은 q에서처럼 코로 상징되는 성기를 r에서와 같이 여성이 수용하려는 강한 의지를 보이는 과정을 통해 더욱 확연히 읽을 수 있다. 그러한 의지는 결국 s와 같은 성행위로 가시화되거나 나아가 t에서처럼 아예 성 자체를 상품화하는 데까지 가고 있다.

　이상에서 살펴본 대로 우리 민요에는 본격적인 육담이 질펀하다. 그것도 사건육담으로, 성의 적나라한 묘사가 판을 친다. 이러한 류의 육담개재요의 화자는 남성과 여성 모두가 등장한다. 성이란 어느 한 쪽의 일방통행으로 이루어지지 않는 것임을 작품 내적 화자를 통해 웅변하고 있는 것이다. 현실 속에서 성은 닫혀진 세계, 함부로 다룰 수 없는 세계, 다시 말하면 윤리, 도덕 등 제도라는 문 안에 닫혀진 세계이지만, 민요 속의 성은 남녀 모두에게 완전히 열려진 세계이다. 그래서 그것은 어느 방향에서든 교통할 수 있는 통로로서 체면, 염치, 윤리, 도덕을 초월한 곳에 있다. 민요에 있어 성은 열린 통로의 저 쪽에 있다. 그래서 화자는 언제든지 통로 저 쪽의 세계에 마음만 먹으면 접근할 수도 있다. 성은 일상 속에서는 담론의 문이 닫혀 있다. 필요한 상황에서만 열리는 특수한 문이다. 그러나 민요 속의 성은 담론의 문이 완전히 열려 있다. 성에 관하여 아무리 심하게 묘사된 담론이라도 거침없이 표현할 수 있는 자유가 있다. 민요에 있어 성은 자유의 세계이다.

Ⅲ. 자위적 기능의 강화 수단

육담개재요는 단순히 "외설적인 요소와 병적인 섹스의 타락뿐인 것"[18])으로 "미숙(未熟)의 에로티시즘"[19])이란 의미밖에 없을까? 우리는 그 존재 의미를 그와는 다른 각도에서 접근해 가고자 하는 것이다.

조선조 사회는 성의 통로가 폐쇄된 사회였다. 그래서 재가를 금하고[20]) 지친(至親) 이외의 친척들까지도 상종하기를 꺼리는 내외법이 일반화되어 있었다.[21]) 그 동안 학계에서는 유교문화 속의 경색된 성에만

---

18) 朴魯埻, 각주 9)-②, p.29.
19) 朴魯埻, 각주 9)-②, p.41.
20) 命禁婚再嫁 其再嫁人子孫 勿許援官赴擧 <增補文獻備考 禮考>
21) 願自今文武兩班婦女 除父母親弟姉妹親伯叔舅婕外 不許相往 以正風俗 <李朝實錄 太宗 八年條>

주목하다 보니 성을 과감하게 표현하는 것 자체를 체재에 대한 일종의 반항의식으로만 해석하려는 경향이 있어 왔다.[22] 고려 이전까지만 하여도 성은 비교적 자유롭게 표현될 수 있었던 것 같다.[23] 그리고 조선조에서도 비록 은밀한 가운데 이루어진 것이기는 해도 상층사회를 중심으로 춘화가 유행하고,[24] 성기 숭배의식이 꾸준히 이어져 내려왔음을 여러 문헌에서 발견할 수 있다.[25] 그러므로 육담개재요의 존재 의미도 그것이 가창되던 사회의 정치적, 윤리적 체재 안에서만 해석하려 할 것이 아니라 좀 더 근원적인 데서부터 모색해 보아야 할 것이다. 다시 말하면 그것을 전승시켜 온 사회 문화적 배경 속에서 그것이 무엇 때문에 가창될 수 있었던 것인가 하는 문제, 즉 민요의 효용성과 관련하여 접근해 가는 것이 더욱 현명한 방법일 듯하다.

민요는 생활상의 필요성에서 창자가 스스로 즐기는 노래이다. 민요의 대부분은 일정한 생활상의 필요성 때문에 존재한다. 민요는 창자 스스로의 필요성에서 부르고 창자가 스스로 즐기기 위해서 부른다. 이처럼 민요는 그 나름의 自足性을 지니고 일정한 효용적 가치를 발휘하는데, 그것을 흔히 기능의 유무로 파악하기도 한다. 민요의 기능에는 구허적 기능(口號的 機能), 자위적 기능(自慰的 機能), 제의적 기능(祭儀的 機能), 주지적 기능(主旨的 機能) 등이 있다.[26] 자위적 기능이란

---

22) 朴魯埻은 각주 9)-①에서 사설시조 가운데 에로틱한 내용은 무능한 양반의 기만성과 허위성에 항거하기 위하여 이루어진 것으로 보았다.

23) 고려속가 중 이른바 男女相悅之詞라 하는 雙花店, 滿殿春, 履霜曲 등은 성을 암시적으로 표현한 것들이다. 詞俚不載를 전제로 하고서도 궁중 악곡으로 사용했던 이들 시가가 이 정도의 내용이었다면 민중들의 일상적 노래 속에는 훨씬 더 노골적인 내용이 있었을 것으로 추단해 볼 수 있다.

24) 한국민족문화대백과사전 12, 한국정신문화연구원, 1992, p.381.

25) 민간에서뿐만 아니라 국가와 궁중에서도 부군당과 관련하여 木製男根을 堂舍 안에 걸었다는 사실이 五洲衍文長箋散稿와 芝峯類說 등에 실려 있다.

26) 柳鍾穆, 민요의 구연방식과 기능의 상관, 민요와 민중의 삶, 한국역사민속학회, 1994, p.39.

민요를 가창함으로써 가창 주체가 위로를 받고 즐거움을 느끼게 되는 기능을 말하는 것이다. 즉 민요는 그것을 가창하는 동안 노동의 괴로움이나 현실적 고뇌 등을 씻어 내는 일종의 카타르시스 내지 자기 도취적 기능을 갖게 되는 경우도 있는데,27) 이러한 기능을 자위적 기능이라 하는 것이다.

민요는 그것이 어떠한 것이든 그것을 가창함으로써 이미 스스로 그 흥취에 빠져들게 마련이다. 그 재미의 심도는 민요에 따라 차이가 있을 것이나 대개는 가락에서 오는 리듬감과 요사의 내용에 의해 결정되는 것이라 보아진다. 각주 27)에서 예를 든 목도소리의 경우는 요사의 내용에 의한 흥취라기보다 3박자로 맞아떨어지는 리듬감으로부터 오는 흥취로 봄이 옳을 듯하다.

그러나 육담개재요를 가창하는 경우는 리듬감에서 오는 재미 이외에 육담을 거침없이 표현해 놓은 요사를 통해 흥취를 느끼는 또 다른 일면을 생각해 볼 수 있다. 성은 인간에게 영원한 관심사이자 흥미꺼리이다. 그래서 육담은 우스개의 주요한 소재가 되어 왔다. 오늘날까지도 육담을 소재로 한 각종의 우스개가 인구에 회자되고 있는 것은 어쩌면 너무나 자연스러운 현상일 것이다. 18세기 이후 본격적으로 등장한 야담류에 육담을 소재로 한 골계담(滑稽談)28)이 상당수 차지하고 있는 것도 같은 입장에서 이해될 수 있을 것이다. 우리 민족은 가장 비극적인 장면에서조차 해학과 골계로써 그것을 차단함으로써 비극을 비극 이상의 가치로 승화시킬 줄 아는 민족이다.29) 그러므로 고소설,

---

27) 柳鍾穆, 위의 글, p.39에서 '함께 목도소리를 부르면서 무거운 통나무를 운반하면 흥에 겨워 힘드는 줄 모르고 일을 하게 되지만 일이 끝난 뒤에야 어깨가 벗겨져 상처가 나 있는 것을 발견하게 되는 경우도 있다'라 하여 자기 도취가 어느 정도까지 이를 수 있는가를 밝히고 있다.
28) 특히 禦眠楯, 太平閑話滑稽談, 破睡錄, 古今笑叢 등에 이런 내용들이 많다.
29) 張德順 外, 口碑文學槪說, 一潮閣, 1973, p.110.

고시가, 판소리, 무가, 설화, 가면극 등 어떠한 장르에서도 골계미와 해학미가 넘치지 않는 것이 없다.

이러한 현상은 민요에 있어서도 예외가 아니다. 특히 그것이 은폐된 성을 노골화시켜 표현했을 때 민중은 생활과 윤리적 속박으로부터 해방되는 쾌감을 느낄 수 있었을 것이다. 그래서 그것은 인간 본성의 원형 그대로를 거짓 없이 드러내는 진솔성을 확보함으로써 문학이 추구하는 진실의 세계에도 접근하고 있는 것이다. 놀거나 일을 할 때 민중은 육담개재요를 부르며 한바탕 웃을 수 있고 그 속에서 재미와 함께 일의 피로까지도 가시게 할 수 있는 것이다. 이와 같이 육담개재요는 골계의 한 소재로서 자위적 기능을 강화하는 효용성을 발휘하기도 하는 것이다.

Ⅳ. 기풍(祈豊)을 위한 주언성(呪言性)

성은 사회 문화적으로 볼 때 육체적 결합이나 인간 본능의 기본적 욕구를 충족시켜 주는 것 이상의 의미를 지니고 있다. 인류가 지구상에 존재한 이후 그 숫자가 차츰 불어나면서 식량 문제가 대두되기 시작하였다. 특히 채취나 유목 경제 시대를 지나 농경 중심의 사회에 접어들면서 농사의 풍흉(豊凶)은 곧 생존 문제와 직결되는 심각한 문제가 되었다.30) 실제로 기근이 들면 자녀를 팔아서 삶을 이어가거나31) 심지어 그 자식을 먹는 자와 인육을 먹는 일까지 생기게 되었던 것이다.32) 이와 같은 상황 아래서 농사의 풍작을 간절히 소망하는 것은 너

---

30) 康龍權, 韓國의 祈雨風俗에 관한 硏究, 東亞大學校 石堂論叢 第6輯, 1981, p.7.
31) 秋冬民飢 賣子女 <三國史記 卷四 新羅本記 第四 眞平王 七年條>

무나 당연한 일일 수밖에 없었다.

성은 일찍부터 생산과 번식의 상징적 의미로 해석되어 왔다. 성행위를 통해 새로운 생명을 얻거나 번식이 이루어지는 데서 성은 곧 생산과 번식이라는 유사주술(類似呪術)의 의미를 획득한 것으로 보인다. 청동기 시대의 암각화(岩刻畵)로 보이는 울산시 반구대의 암각화 가운데는 남성이 성기를 드러내고 있는 그림이 보이는데 이는 곧 풍요를 기원하는 의미를 담고 있는 것이다. 이로 보아 한반도에서 성을 기풍(祈豊)의 주술적 수단으로 이용한 것은 상당히 오래 된 문화 전승의 하나라 여겨진다. 우리의 민속 가운데 성과 관련되는 것으로 기풍적 의미(祈豊的 意味)를 담고 있는 것들을 찾자면 이루 헤아릴 수 없을 정도일 것이다. 배를 처음 건조할 때 처녀와 총각이 남몰래 배에서 교합을 하면 고기가 많이 잡힌다든지,33) 줄다리기에서 암줄 편이 이겨야 풍년이 든다든지, 가면극이나 굿놀이에서 성행위를 연출하는 것은 결국 풍년을 기원하는 의미라든지 하는 것은 몇몇 사례에 불과한 것들이다.

민요에도 성과 관계되는 내용이 많다. 특히 모심기소리와 같은 일소리에 육담개재요가 많다. 앞서 조사된 민요 중 성년 화자로 된 각편이 모두 232편인데 이 중 일소리는 81편이다. 81편의 일소리 가운데 모심기소리가 58편이나 조사되어 70% 이상을 차지하고 있다. 일소리 가운데도 특히 모심기소리에 육담개재요가 많은 것은 무슨 까닭일까? 모심기는 생산이 수반되는 작업이며, 남성 혹은 남녀 혼성의 작업이고, 논(물)에서 모를 꽂는 작업이다. 이 때 젊은 여자들은 밥을 해다 나른다. 이 모든 것이 성을 연상할 수 있는 계기가 된다. 이와 같이 장소, 등장인물, 그리고 작업 내용이나 환경 등에 따른 개연성(性聯想)으로 인해

---

32) 忠烈王十三年三月 全羅道饑 人或有食其子者 …… 恭愍王九年四月 慶尙全羅
   道 饑死子過半 棄道路子 不可勝數 …… 十年三月 龍州饑 人相食 <高麗史誌
   卷第九>
33) 柳鍾穆, 釜山地方의 漁撈俗信攷, 民俗文化 第1輯, 1978, p.90.

서 모심기소리 속에 육담개재요가 많을 수 있다.[34)

  그러나 이러한 것만으로 그 논리적 타당성을 획득할 수는 없을 듯하
다. 오히려 우리는 앞에서 누누이 전제한 기풍과 관련하여 그 존재의
의미를 찾고 싶은 것이다. 달밤에 밭에서 나경을 행하는 것, 줄다리기
를 하는 것, 돌뜨기 <嫁樹>를 하는 것, 신조선(新造船)에서 성행위를
하는 것 등은 행위주술에 의한 기풍이라 할 수 있다면 논에서 모를 심
으면서 걸죽한 육담으로 소리를 하는 것은 성 관련 언어주술[35)을 통해
풍작을 비는 것이라 해석하여 무리가 없을 듯하다. 실제로 모심기소리
의 요사 가운데는 다음과 같이 성행위 자체를 직접적으로 묘사한 것이
상당수 있다.

      여게도꽂고   저게도꽂고
      쥔네양반   크게꽂고
      꽂기상   꽂지마는
      음산이져서   안된다카더마는[36)

  한편, 이와는 달리 민요를 통해 수확의 풍성함을 은유한 것으로 해
석할 수 있는 요사도 더러 보인다.

      유자캉금자캉   의논이좋아
      한꼭다리   둘셋여네

---

34) 柳鍾穆, 民謠에 표현된 父女complex와 男妹complex, 松郎 具然軾博士 華甲
    紀念論叢, 1985, p.575.
35) 우리 조상들은 말에는 靈力이 있어서 여러 가지 목적을 실현하려는 마음
    의 의지가 언어를 매개체로 하여 실현되고 생성된다고 믿었던 것이니 이
    른바 言靈崇拜思想이 그것이다. 이러한 언령사상은 단군신화, 무가, 처용가,
    귀하가, 덕담 등에도 나타나 있다.<민속학회, 한국민속학의 이해, 문학아카
    데미, 1994. pp.471~477. 참조>
36) 鄭尙朴·柳鍾穆, 韓國口碑文學大系 8-7, 韓國精神文化研究院, 1983, p.660.

```
처녀캉총각캉     의논이좋아
한벼개에         둘이잔다37)
```

이와 같이 육담이 개재된 민요는 모심기소리뿐만 아니라 각종의 어로요나 토목요에도 더러 보이는데 대개 생산과 관련되는 일소리에 해당한다. 물론 일소리 속의 육담개재요가 전적으로 기풍적 의미 속에서만 가창되어 왔다고 볼 수는 없을 것이다. 아니 오히려 가창자 자신은 그러한 의식이 거의 없는 가운데 막연한 흥미로만 불러 왔을 것이다. 그러나 이러한 요사가 창작되고 가창되어 온 바탕에는 성과 생산을 류감(類感)시키는 문화적 배경이 작용했을 것으로 추단되는 것이다.

V. 성적 호기심의 외현

그러면 과연 육담개재요의 사회적 기능이 자위적 기능(自慰的 機能)의 강화와 기풍을 위한 주술성(呪術性)에서만 찾을 수 있을 것인가? 인간은 성을 통해서 가정을 이루며 종족을 번성시킨다. 그리고 성행위를 통해 인간 본능의 기본적 욕구를 충족시켜 준다. 이러한 입장에서 인간을 '성적 인간'이라 표현하여 무리가 없을 듯하다. 사회적 개념으로서의 성생활은 노동에 따른 심신의 피로를 덜어 주고 휴식의 시간을 가지게 하는 생체 리듬의 촉진제 구실을 해 주며 부부 결합의 매개체로서의 기능을 한다. 남녀의 성적 결합은 인간 사회를 지속시키는 고리의 구실을 하며, 따라서 성욕은 식욕과 더불어 인간 본능의 양대 산맥의 하나이다.38)

---

37) 鄭尙北·柳鍾穆, 위의 책, p.192.
38) 한국민족문화대백과사전 12, p.379.

성이란 이런 속성을 가진 것이므로 남녀가 서로 관심을 가지는 것은 너무나 자연스러운 이치이다. 맹자에 '부대부모지명매비지언 찬혈극상규 유장상종즉 부모국인개천지(不待父母之命媒妃之言 鑽穴隙相窺 踰墻相從則 父母國人皆賤之)'라 하여 부모의 명이나 매파의 중매 없이 남녀가 담이나 문에 구멍을 뚫고 서로 남몰래 보는 것을 천히 여겼다고 하였지만 이는 너무나 당연하고 자연스러운 관심의 표현이다. 그렇기 때문에 남녀의 내외법이 지엄했던 조선조 사회에서도 어우동(於于同)과 같은 음녀(淫女)가 등장하여 사회 기강을 어지럽힐 수도 있었던 것이다. 39) 종교계에서도 각 종파마다 엄격한 계율로 혼잡한 성을 경계하고 있으나 각종 성범죄가 끊일 줄 모르게 이어지는 것도 이 때문일 것이다.

성이란 이처럼 남녀간에 일어나는, 그야말로 본능적 본성이기 때문에 인간이 이루어 놓은 사회와 문화 속에 여러 양상으로 그것이 표현되어 온 것 또한 너무나 자연스러운 현상일 것이다. 육담개재요도 이런 남녀간의 성적 호기심이 민요란 형식을 통해 드러난 것으로 보아 무리가 없을 듯하다.

u. 서방님   오시까봐
  빨개벗고   자다가
  문풍지   바람에
  설사가   났네
  산천에   머루는
  홍고래망고래 하는데
  언제나나는   님을만나
  홍고래망고래 할거나 <Ⅱ 721>

---

39) 慵齋叢話 第五卷

<pre>
v. 샛별같은   놋요강을
   유자이불   피뜨리고
   잣비갤랑   돋우놓고
   전반같은   팔을비고
   분통같은   젖을쥐고
   연지같은   서를물고
   돌아눕기   어려버요 <Ⅱ. 190>
</pre>

u는 여성 화자의 소리요 v는 남성 화자의 소리이다. 이성에 대한 성적 호기심을 여과 없이 그대로 표현하고 있다. 순수한 충동과 본능을 있는 그대로 표현하고 있기 때문에 생경한 맛 그대로이다. 우회적인 방법이나 상징적인 수단보다는 사실을 그대로 직핍하고 있다. 고급스런 수식과 철학적 사유의 당의정으로 포장하지 않은 순수 그대로이다. 그렇기 때문에 오히려 진솔성이 있고, 거기서 민중 생활 의식의 한 단면을 사실 그대로 들여다 볼 수 있는 것이다.

Ⅵ. 결 론

육담이란 저속한 음담, 남녀간의 색정·성생활과 관련된 것, 속되고 품격이 낮은 것 등의 속성을 지닌 것으로, 말이나 이야기의 형식으로 되어 있는 것이다. '말'이 뜻하는 의미는 매우 포괄적이겠지만 여기서는 단순한 어휘, 짧은 어구나 문장 정도의 의미로서, 이러한 형식으로 되어 있는 육담을 어휘육담이라 한다. 한편 이야기의 형식으로 된 것, 즉 성·색정에 관련된 이야기나 이와 관련된 단순한 농지거리와 같은 것을 사건육담이라 한다. 국문학 작품 속에는 여러가지 육담들이 많이 들어 있다. 특히 민요는 민중들의 삶이 가장 진솔하게 표현된 것이므로 우리는 민요를 통해 성과 관련된 민중의 의식과 세계관을 들여다 볼 수 있다.

육담이 표현되어 있는 민요를 육담개재요라 할 때 그 화자는 성년 화자와 미성년 화자로 나눌 수 있고 성년 화자는 일인칭 시점 화자와 전지적 시점 화자, 그리고 시점이 분명치 않은 화자가 있다. 이 중 성년 화자가 절대 다수인데, 성년 화자가 등장하는 육담개재요는 거의 사건육담으로 되어 있는 반면 미성년 화자가 등장하는 각편은 어휘육담으로만 되어 있다. 이는 육담 자체가 성을 구체적으로 인식하고 있는 성인의 세계에서 통용되는 것이기 때문일 것으로 풀이된다. 또 미성년 화자가 인식하는 성은 아주 단편적이고 추상적이라는 사실이 육담개재요를 통해 드러나고 있다. 미성년 화자가 인식하고 있는 성은 호기심에 비하여 세계에 대한 인식도가 너무 낮기 때문일 것이다.

이에 비하여 육담개재요의 세계는 성년 화자에 대하여 완전히 열려 있다. 그리고 성년 화자가 인식하고 있는 세계는 보다 구체적이고 주관적이다. 성년 화자의 경우 일인칭 시점 화자에 의한 육담개재요가 전지적 시점 화자가 등장하는 각편에 비하여 약 3배 가량 많다. 이처럼 민중들이 육담개재요의 작중 화자로서 일인칭 시점 화자를 더 선호한다는 것은 세계에 대한 인식을 더욱 구체화하고자 하는 욕구, 주관화하고자 하는 의도에서 온 것이라 여겨진다. 한편, 전지적 시점 화자는 육담을 통해 세계를 제시하거나 평가하는 반면 일인칭 시점 화자는 세계를 스스로 구체적으로 인식하고 체험한다.

일반적으로 육담개재요의 화자는 남성 화자가 여성 화자보다 숫적으로 우세하다. 그러나 그 우세는 압도적인 것은 아니다. 세계를 터 놓고 노래하는 데 남녀의 차별이 있을 수 없기 때문일 것이다. 성이란 어느 한 편의 일방통행에 의해 이루어질 수 없기 때문이다. 우리의 전통 사회는 수백 년 동안 남녀 불평등의 가치관을 키워왔으나 육담개재요의 세계에 있어서는 남녀 차별을 발견할 수 없다. 세계를 묘사하는 방법에 있어서도 남녀 화자의 사이에 별다른 차이를 발견할 수 없다. 즉 아주 노골적이고, 당당하게 표현하고 있다는 점에서 같다. 남녀 화자 어느 쪽이나 성을 회피하거나 부끄러워할 대상으로 생각하지 않는다. 윤리나 도덕과 같은 겉치레도 던져 버렸다.

현실 속에서 성은 닫혀진 세계, 함부로 다룰 수 없는 세계, 다시 말하면 윤리·도덕 등 제도라는 문 안에 닫혀진 세계이지만, 민요 속의 성은 남녀 모두에게 완전히 열려진 세계이다. 그곳은 체면·염치·윤리·도덕을 초월한 곳이다. 민요에 있어 성은 열린 통로의 저 쪽에 있다. 그래서 화자는 통로 저 쪽의 세계에 마음만 먹으면 언제든지 접근할 수 있다. 성은 일상 속에서는 담론의 문이 닫혀 있다. 필요한 상황에서만 열리는 특수한 문이다. 그러나 민요 속의 성은 담론의 문이 완전히 열려 있다. 성에 관하여 아무리 심하게 묘사된 담론이라도 거침없이 표현할 수 있는 자유가 있다. 민요에 있어 성은 자유의 세계이다.

이처럼 육담개재요의 화자가 성을 자유롭게 구가하는 근저에는 어떠한 사회의식, 세계관이 작용하고 있을까. 성은 인간에게 영원한 관심사이자 흥미꺼리이다. 그런데 그것이 윤리적, 사회적 규범으로 인해 은폐되어 오다가 민요를 통해 적나라하게 폭발될 때 민중들은 생활과 윤리적 속박으로부터 해방되는 쾌감을 느낄 수 있을 것이다. 그래서 그것은 인간 본성의 원형 그대로를 거짓 없이 드러내는 진솔성을 확보함으로써 문학이 추구하는 진실의 세계에도 접근하고 있는 것이다. 아무튼 육담개재요는 골계의 한 소재로서 자위적 기능을 강화하는 것이라 할 수 있을 것이다.

성은 일찍부터 생산과 번식의 상징적 의미로 이용되어 왔다. 육담개재요를 일의 현장에서 가창하는 것도 이와 무관하지 않으리라 본다. 특히 모심기소리와 같은 일소리에 육담개재요가 많다. 모심기는 생산이 수반되는 작업이며, 남성 혹은 남녀 혼성의 작업이고, 논에서 모를 꽂는 작업이다. 이 때 젊은 여자들은 밥을 해다 나른다. 이 모든 것이 성을 연상할 수 있는 계기가 된다. 이와 같이 장소, 등장 인물, 그리고 작업 내용이나 환경 등에 따른 성연상(性聯想)으로 인해서 모심기소리 속에 육담개재요가 많을 수 있다. 이러한 현상은 어로요에서도 나타나는데, 이처럼 생산과 관련되는 일을 할 때 걸죽한 육담으로 소리를 하는 것은 성 관련 언어주술을 통해 풍요를 비는 것으로 해석된다.

성욕은 식욕과 더불어 인간 본능의 중요한 한 부분이다. 이러한 입장에서 인간을 '성적 인간'이라 표현할 수도 있을 것이다. 성이란 이처럼 남녀간에 일어나는, 그야말로 본능적 본성이기 때문에 인간이 이루어 놓은 사회와 문화 속에 여러 양상으로 표현되어 온 것은 너무나 자연스러운 현상이다. 육담개재요도 이러한 성적 호기심이 민요란 형식을 통해 표현된 것임은 두말할 나위가 없을 것이다.

이상에서 살펴본 바대로 육담개재요는 민중이 생활 속에서 느끼고 있는 성을 있는 그대로 표현하고 있기 때문에 오히려 더 그 진솔한 면모를 파악할 수 있다. 그것은 외견상 저속하기는 해도 규범적 세계 저편에서 성의 자유를 구가하고, 그를 통해 스스로 위안할 수 있는 장치로서 순기능하고 있다. 아울러 일의 현장에서는 풍요를 기원하는 언어주술로서, 가식 없는 호기심의 발로로서 민중 생활 깊숙히 영향을 끼쳐 왔던 것이다.

〈참고문헌〉

康龍權, 韓國의 祈雨風俗에 관한 硏究, 東亞大學校 石堂論叢 第6輯, 1981.

具然軾, 韓國民謠에 나타난 諧謔性 考察, 東亞論叢 第15輯, 東亞大學
    校, 1978.
민속학회, 한국민속학의 이해, 문학아카데미, 1994.
朴魯埻, 辭說時調에 나타난 Erotic한 場面에 대하여, 同大論叢 第2輯,
    同德女子大學, 1971.
朴魯埻, 民謠에 나타난 에로티시즘, 同大語文2號, 同德女大 國語國文
    學會, 1972.
柳鍾穆, 釜山地方의 漁撈俗信攷, 民俗文化 第1輯, 1978.
柳鍾穆, 民謠에 표현된 父女complex와 男妹complex, 具然軾博士華甲
    紀念論叢, 1985.
柳鍾穆, 민요의 구연방식과 기능의 상관, 민요와 민중의 삶, 한국역사
    민속학회, 1994.
任東權, 韓國民謠研究, 宣明文化社, 1974.
任東權, 韓國民謠集Ⅰ, 集文堂, 1974.
任東權, 韓國民謠集Ⅱ, 集文堂, 1974.
任東權, 韓國民謠集Ⅲ, 集文堂, 1975.
任東權, 韓國民謠集Ⅳ, 集文堂, 1993.
任東權, 韓國民謠集Ⅴ, 集文堂, 1980.
任東權, 韓國民謠集Ⅵ, 集文堂, 1981.
張德順, 古典文學에 나타난 性, 月刊文學, 1971. 2.
張德順 外, 口碑文學槪說, 一潮閣, 1973.
張伯逸, 韓國文學과 性모랄, 月刊文學, 1971. 2.
鄭尙㺩·柳鍾穆, 韓國口碑文學大系 8-7, 韓國精神文化研究院, 1983.
洪起三, 한국문학에 나타난 性觀의 變遷史, 月刊文學, 1971. 2.

조선말대사전, 사회과학출판사, 1992.(북한 자료)
한국민족문화대백과사전 12, 1992.

한국민족문화대백과사전 17, 1992.

古今笑叢

高麗史誌

三國史記

禦眠楯

五洲衍文長箋散稿

慵齋叢話

李朝實錄

增補文獻備考 禮考

芝峯類說

太平閑話滑稽談

破睡錄

속담과 상말에 나타난 성의 세계관

김 선 풍*

I. 들어가는 말

육담(肉談)을 일러 중국 조선족들은 고기얘기라 일컫는다. 고기얘기란 단어 속에서 사뭇 욕정적인 속살의 부딪침, 에로틱한 섹스 행위를 감각적으로 느끼게 하고 있어 음담(淫譚)이 음담패설(淫譚悖說), 외설(猥褻), 외담(猥談)이라는 용어보다 한국적 정서에 와 닿는 느낌이다.

임석재(任晳宰)가 논급한 바대로 육담은 성기(性器), 성행위(性行爲), 남녀간의 정분(情分), 그리고 이에 관련되는 사항을 재료로 해서 꾸며진 이야기이다.

본고에서는 주로 속담과 상말을 중심으로 한 성의 표현과 그 세계관을 고찰해 보고자 한다.

---

* 중앙대 교수.

Ⅱ. 성(性)에 관한 속담

속담사전 속에는 X 또는 XX 기호로 표현된 부분이 자주 눈에 띄게 된다. X는 대개 좆, 씹의 약어(略語)요 XX는 보지, 씹맛의 약호(略號)임을 짐작할 수 있다.

세계 어느 나라 속담집에도 없는 약호를 씀으로써 점잖치 못한 성기, 성행위 표현을 노출시키지 않겠다는 뜻이다.

그러나 어린아이의 자지는 그대로 속담에 표출되어 있어 같은 성기라 하더라도 어린아이의 그것은 타부의 대상이 되지 않고 있음을 알게 된다. 한국인은 어린이의 잠지를 만져주고 꼬추를 딴다고 하면서 그 꼬추를 먹고 불알을 따먹는 시늉까지 하는 민족이다. 그러나, 서구적 사고법으로 본 그 같은 행위는 간음 행위에 속한다. 그리하여 미국에 이민간 한국인들이 어린애 잠지가 귀엽다고 만졌다가 법정에 끌려가는 수가 더러 있다. 문화의 간극이 이만큼 비극을 초래하기도 한다.

한국인이 따먹는 잠지(꼬추)나 불알(씨)이 갖고 있는 내면적 상징 속에 복과 재생(再生)이라는 사상이 들어 있다는 것을 그들은 이해할 수가 없는 것이다. 여기서 비극이 초래한다.

실제 한국인은 속담 구술방식(口術方式)에서 점잖은 자리에서는 XX를 '무엇', '그것' 등으로 불러 완곡어법을 취하기도 하나 친분이 가까운 사이에는 노골적으로 '보지', '씹맛'이라고 발언한다.

이를테면 "옴 덕에 XX 긁는다."의 XX를 보지로, "XX 좋자 과부 된다."를 "씹맛 좋자 과부 된다더니"하는 식으로 얼버무리게 된다.

XX라는 표기 방식은 아직도 떨구지 못한 유교적 잔존사유에서 나왔다. 성을 죄악시하고 부끄러워했던 조선조 사고의 연장이며 어쩌면 성에 대한 컴플렉스이다. 언필칭 사회적인 면에서 비교육적이고 풍기문제로 돌리기도 했으며, 관(官)의 통제로 XX를 쳐야만 했던 적도 있었다. 그렇다고 음성적 기호인 XX 표기가 사회를 정화시켰다거나 선도했다는 순기능적 측면은 엿보이지 않는다. 오히려 성교육의 역행이요 역기능적 표기라고 보아 옳다. 사회가 온통 숨어서 춤추고 환락에 빠지고 있는 것도 음성적 기호가 만연되었기 때문이다.

다음의 예언(例諺)들은 이기문(李基文)의 ≪속담사전(俗談辭典)≫에서 고른 것으로 육담적 소재(素材)의 대상을 X과 XX, 그리고 불알, 자지가 들어있는 속담만을 대상으로 하였다.

1. 성행위(性行爲) 속담

"과부가 재수 좋으면 요강 꼭지에 앉는다"거나, "XX 좋은 과부", "XX 좋자 과부된다", "모기 밑구멍에 당나귀 신(腎)이 당할까", "양푼 밑구멍은 마치 자국이나 있지" 등등 이같은 속담은 다분히 선정적인 표현이 아닐 수 없다.

대개 X의 맛과 X의 자국 등이 질탕하게 묘사되어 있다.

2. 해학적(諧謔的) 속담

"X본 벙어리"를 비롯하여, "X 빠진 강아지 모래밭 싸대듯", "쥐 X 같다", "앉은뱅이 X(무엇) 자랑하듯", "옴 덕에 XX 긁는다" 등등 웃지 않고는 못배기는 속담이 상당수 발견된다. 물론 8자 내외의 짤막한 일행(一行) 속에서 육담이 이루어지기 위해서는 어기(語氣)가 맞고 기발한 상이 번뜩여야 한다. 고기얘기(肉談)가 아닌 고기말(肉語)이기 때문에 좀 상스럽지만 잠시 웃음을 자아내기 십상이다. 이같은 표현이 지나치면 욕말이 된다.

3. 상말(常言) 속담

속담은 원래 말(verbium)과 대신 (pro-)의 뜻에서 왔다. 그가 처한 환경과 경우에 따라 처방이 다르게 되어 있다. 욕하고 싶을 때 욕이 욕이 안되는 장점도 있다. 흔히 "안성 피나발(皮囉呔)을 불지마라"고 표현한다거나 "X 빨지 마"라고 욕 대신 속담을 쓴다. "암코양이 자지 베어 먹을 놈"이란 표현은 별 못할 짓 없이 다해 먹을 놈이라고 욕을 던지는 말인데, 없는 암코양이 자지가 등장함으로써 욕이 반감되기 마련이다. "귀에 당나귀 X 박았느냐"라는 과장법에서 웃음 섞인 욕설을 발견할 수 있고, "말도 사촌까지 상피(相避) 본다"는 속담에서 동물만도 못한 인간의 육욕(肉慾)과 육정(肉情)을 감지할 수 있다.

4. 농간적(弄諫的) 속담

농조(弄調)로 풍간(諷諫)해 주는 풍간적(諷諫的) 속담을 말한다. "집안이 망하려면 제석(帝釋) 항아리에 말(馬) X이 들어간다"는 俗談을 비롯해서 "열두 살 먹어서부터 서방질 하여도 배꼽에 X 박는 것은 못 보았다", "씨아 귀에 불알을 놓고 견디지", "괴 불알 앓는 소리", "불알 두 쪽만 대그락 대그락 한다", "검은 고기 맛 좋다 한다"는 속담적 표현이 그것이다. 상대방을 풍자, 회유시킨다거나 놀릴 때 이같은 속담을 사용할 수 있다.

이밖에도 "쇠 X 한 놈 같다", "개 X 같은 의관(衣冠)"에 나타난 바대로 동물적 본성이 드러난 속담이나, 수간적(獸姦的) 속담까지 보여 흥미를 더하고 있다.

<자료>

○ 가만 바람이 대목(大木)을 꺾고 모기 다리 쇠X한다
 (작고 보잘 것 없는 것같이 보이는 것도 큰 일을 할 때가 있으니
 업신여겨서는 안 된다는 말.)
○ 강 건너 시아비 X
 (자기와는 아무 상관도 없다는 뜻.)
○ 개미에게 불알 물렸다
 (보잘 것 없는 것한테 피해를 입었다는 말.)
○ 개 X에 덧개비   ※덧개비 : 다른 것 위에 다시 덧 엎어 대는 것.
 (관계 없는 일에 덩달아 덤벼 나섬을 이름.)
○ 개 X에 보리알 끼이듯
 (좁디 좁은 곳에 무엇이 수많이 끼어 있음을 비유한 말.)
○ 개 X 같은 의관(衣冠)
 (몸차림이 지저분하고 더럽다는 말.)
○ 검은 고기 맛 좋다 한다
 (살갗이 검은 사람이 섹시하다고 놀리는 말.)
○ 고손자 X 패겠다
 (아무것도 남기지 않고 다 갖다 대어도 이루어지지 않을 때 이
 름.)
○ 고추는 작아도 맵다 ; 고추가 커야만 매우랴
 (몸이나 물건이 작아도 제 능력을 십분 발휘할 수 있다는 말. 곧,
 무엇이든 반드시 커야만 제 구실을 다 한다고는 할 수 없다는
 뜻.)
○ 곯아도 젓국이 좋고 늙어도 영감이 좋다
 (성성하지 못하고 다 삭은 젓국이 맛있는 것과 같이 사람은 아무
 리 늙어도 자기 배우자가 가장 좋다는 말.)
○ 과부가 재수 좋으면 요강꼭지에 앉는다 ; 유복(有福)한 과수가

앉아도 요강꼭지에 앉는다 ※요강꼭지 : 남근
(운수 좋은 사람은 일마다 좋은 수만 얻는다는 뜻.)

○ 과붓집 수쾡 같다(寡婦宅雄猫)
(한 밤중 고요해야 할 과붓집에서 수코양이가 발작을 일으켜 그
로 인하여 이웃에서 수상히 여겨 과부의 생활을 의심하게 된다
는 말.)

○ 괴 불알 앓는 소리
(쉴 새 없이 흥얼거리며 듣기 싫게 구는 것을 놀리는 말.)

○ 국 쏟고 X X 덴다
(불운한 가운데 있는데 더욱 불행한 일을 당한다는 뜻.)

○ 귀신 센 집은 말X도 벙긋 못한다
(집안이 불화하고 말썽이 많으며 가품(家品)이 좋지 않은 집에는
걸핏하면 성가신 일이 생기게 된다는 말.)

○ 귀에 당나귀 X 박았느냐
(여러번 일러 주어도 잘 알아 듣지 못하고 되묻는 이를 두고 욕
하는 말.)

○ 나 낳은 후에야 에미 X이 바르거나 기울거나
(자기 일만 좋게 끝나 버리면 그 일을 하는데 절대 필요했거나
도움이 된 것도 어떻게 되거나 돌보지 않는 것이 인심이라는
말.)

○ 나 많은(늙은) 말이 콩 마다 할까
(나이가 많으면 더욱 식욕이 생기므로 나이 많은 말이 콩을 싫다
고 할 까닭이 없다 함이니 자기가 그것(여자)을 매우 좋아한다는
뜻으로 하는 말.)

○ 남의 사정 보다가 갈보 난다
(남(남자)의 사정을 보고 동정하여 주다가 제 몸을 망친다 함이
니, 너무 남의 사정만 보아 주어서는 안 된다는 말.)

○ 남의 옷 얻어 입으면 걸레감만 남고 남의 서방 얻어 가면 송장
  치레만 한다
  (나이 많은 남자에게 개가하여 사노라면 얼마 가지 않아 사별하
  는 것이니, 남의 옷 얻어 입기와 남의 서방 얻어 살기란 할 짓이
  아니라 하여 이르는 말.)
○ 남이야 서방질을 하건 남방질을 하건
  (남의 일에 상관 말라는 뜻.)
○ 내(제) 밑 들어 남 보기
  (자기 스스로 부주의 한 말이나 행동으로 자기의 부족함을 드러
  낸다는 말.)
○ 내 X 주고 매 맞는다
  (자기의 소중한 것을 내어 주고도 도리어 좋지 않은 응보를 당했
  을 때 하는 말.)
○ 놀던 계집이 결단이 나도 엉덩이짓은 남는다
  (무엇이나 오랜 습관이 된 것은 좀처럼 떨어 버릴 수 없다는 뜻.)
○ 당나귀 X 치레(귀치레)
  (당치도 않은 곳을 쓸 데 없이 꾸미어 모양을 도리어 더 흉하게
  만든다는 뜻.)
○ 도깨비 음모(陰毛) 같다
  (무엇이 서로 비슷하다는 뜻으로 하는 말.)
○ 도둑의 때는 벗어도 화냥의 때는 못 벗는다
  (도둑의 누명은 입었더라도 확실한 증거만 나서면 밝혀질 수 있
  으나, 여자가 음분(淫奔)했다는 누명은 밝힐 도리가 없으니, 특히
  품행을 삼가하라는 말.)
○ 마계(馬契) 말
  (나이 이미 늙었으나 교태 부리는 여인을 이름.)
○ 마파람에 돼지 불알 놀듯

(조금도 거리낄 것 없이 필요도 없는데 흔들 흔들 한다는 뜻.)

○ 말고기를 다 먹고 나서 말 X 내(무슨 냄새)가 난다고 한다 ; 한
  말 고기 다 먹고 하문(下門) 내 난댄다
  (우선 배가 고파서 좋지 못한 것이라도 자기 배를 채우고 나서
  배가 부른 뒤에는 배 부른 소리를 함을 이름. 제 욕망을 채우고
  나서 도리어 흉을 봄.)

○ 말도 (사촌까지) 상피(相避)를 본다 ; 말도 칠팔촌을 가린다
  (동물인 말도 가까운 친족 사이에는 상피를 하지 않는다 함이니,
  가까운 친척 사이의 남녀가 관계하였을 때 욕하는 말.)

○ 멋에 치어 중 서방질 한다
  (너무 멋 들어 잘난 체하다가 자기 몸을 망치게 됨을 이름.)

○ 모기 밑구멍에 당나귀 신(腎)이 당할까
  (작은 것 속에 큰 것을 넣는 일이 부당하다는 말.)

○ 물보리 한 말에 숫X을 버렸다
  (대단치 않은 것을 얻고 그 댓가로 매우 소중한 것을 빼앗겼다는
  말.)

○ 벙어리 서방질을 해도 제 속이 있다
  (무슨 일을 하거나 말은 하지 않더라도 제 딴에는 제게 정당한
  이유도 있고 뜻도 있어서 하는 짓이라는 말.)

○ X X 좋은 과부
  (아무리 좋더라도 쓸 데 없다는 말.)

○ X X 좋자 과부된다
  (수가 좋지 않아 일이 공교롭게도 빗나기만 하여 마음에 안타깝
  다는 뜻.)

○ 복 없는 가시내가 봉놋방에 가 누워도 고자 곁에 가 눕는다
  (운수가 나쁘면 하는 일마다 잘 안된다는 뜻.)

○ 부앗김(홧김)에 서방질 한다

(참을 수 없는 홧김에 분별없이 행동하여 더욱 큰 일을 저지름을
이름.)

○ 복바리 X 죄듯 ※복바리 : 제주도 방언으로 물고기 이름.
  (무엇이고 꼭 간직하면 내놓을 줄 모르는 융통성이 없는 사람을
  두고 이르는 말.)

○ 불알 두 쪽만 대그락 대그락 한다 ; 불알 두 쪽 밖에는 없다
  (재물이라고는 아무것도 없다는 말.)

○ 불알 긁어 준다
  (남의 비위를 살살 맞춰가며 아첨하는 것을 이름.)

○ X(빚) 주고 뺨 맞는다
  (남에게 잘 해주고도 오히려 욕을 당하게 될 때 하는 말.)

○ 뻔뻔하기가 양푼 밑구멍은 마치 자국이나 있지
  (양푼 밑 바닥은 마치로 두들겨 만든 흔적이나 있지마는 X한 흔
  적 따위는 도무지 찾아볼 수 없다는 말로 철면피를 두고 이르는 말.)

○ 사내 등골 빼 먹는다
  (등골 뼈 속의 골을 뽑아 먹는다 함이니, 노는 계집이 외입하는
  남자의 재물을 훑어 먹음을 이름.)

○ 사위 X 보니 외손자 볼까 싶지 않다
  (일의 시초를 보니 벌써 잘 되기는 글렀다 하는 뜻으로 이르는
  말.)

○ 서울 놈 못난 건 고창 놈의 X만도 못하다
  (서울에는 사람이 많으므로 잘난 사람만 있는 것이 아니라 못난
  이도 많다는 말.)

○ 쇠 X한 놈 같다
  (술을 먹어 얼굴이 붉은 사람을 이르는 말.)

○ 소문난 공X은 넉자요 소문 안난 공X은 대자다 ; 소문난 X가
  잔등이 부러진다

  (소문난 것이 흔히 보잘 것 없고 좋지 않음을 이름.)
○ 속곳 열둘 입어도 밑구멍은 밑구멍대로 다 나왔다
  (아무리 애써 숨기려 했으나 가려지지 않을 경우에 이르는 말.)
○ 손 샅으로 X 가리기 ; 손으로 샅 막듯
  (가린다고 가렸으나 아무 소용도 없고 드러날 것은 다 드러나고
  야 만다는 뜻.)
○ 쇠 불알 떨어지면 구워 먹기 ; 쇠 불알 떨어질까 하고 제 장작
  지고 다닌다
  (언제 될지도 모를 일을 한 없이 기다린다는 뜻.)
○ 새침데기 골로 빠진다 ; 시시덕이는 재를 넘어도 새침데기는 골
  로 빠진다
  (겉으로 보아서 떠벌하고 실없어 보이는 사람은 그다지 큰 잘못
  을 짓지 않으나, 늘 새침하고 얌전한 체만 하고 있는 사람이 도
  리어 엉뚱한 생각을 품고 그로 말미암아 실패하는 수가 많다는 말.)
○ 신(腎)이 늘었다
  (고생을 많이 하였다는 뜻.)
○ 신(腎)이 이그러지다
  (마음이 불량하여 매우 심한 짓을 한다는 말.)
○ 십년 과수로 앉았다 고자 대감을 만났다
  (오래 공들인 일도 제 복이 없고 운수가 나쁘면 아무 데도 쓸모
  없는 것이 되고 만다는 뜻.)
○ 싱겁기는 늑대 불알이다 ; 싱겁기는 황새 똥구멍이라
  (사람이 싱거워 맹숭 맹숭하고 같이 어울이지 못함을 이르는 말.)
○ X 본 벙어리
  (말도 아니하고 혼자서 히죽히죽 웃는 사람을 보고 이르는 말.)
○ 씨아 귀에 불알을 놓고 견디지 ; 괴 불알 앓는 소리
  (쉴 새 없이 흥얼거리며 듣기 싫게 구는 것을 놀리는 말.)

○ 아욱으로 국을 끓여 3년을 먹으면 외짝 문으로는 못 들어간다
  (아욱국이 사람 몸에 매우 좋다는 뜻.)
○ 아재비 장가 보내기는커녕 제 X도 대롱에 놓고 다닌다
  (더 바삐 해야 할 제 일도 뭇하고 있는 주제에 남의 일까지 돌
  볼 수 없다는 말.)
○ 안성(安城) 피나발(皮囉叭)이라
  (사람의 음경(陰莖)을 익살스럽게 이르는 말.)
○ 앉은뱅이 X(무엇) 자랑하듯
  (별로 자랑할 것이 못 되면서 큰 소리하고 나선다는 말.)
○ 암코양이 자지 베어 먹을 놈
  (별 못할 짓 없이 다 해 먹겠다고 욕하는 말.)
○ 어린 아이 자지가 크면 얼마나 클까
  (크기란 물건에 따라 특수한 것이니, 아무리 크고 많다 한들 별
  다를 게 없다는 말.)
○ 얼려 X 먹인다
  (처음에는 슬슬 잘 해 주었다가 후에는 골탕을 먹인다는 뜻.)
○ 여윈 당나귀 귀 베고 X 베고 무어 남을 것 있나
  (원래 넉넉하지 못한 데서 가장 두드러진 것을 한 두개 빼고 나
  면 남을 것이 무엇이 있겠느냐는 뜻.)
○ 열두 살 먹어서부터 서방질을 하여도 배꼽에 X 박는 것을 못
  보았다
  (지금까지 여러가지 일을 겪어 왔으나 그와 같이 몰상식하고 어
  리석은 자는 처음 보았다는 뜻으로 하는 말.)
○ 열녀전 끼고 서방질 하기
  (겉으로는 깨끗한 체하나 속으로는 가장 추잡하다는 뜻.)
○ 열 성방(姓房) 사귀지 말고 한 성방 사귀라
  (열 사람 사귀느니보다 한 사람을 깊이 사귐이 더 이롭다는 뜻.)

○ 영감 죽고 처음
(오랫만에 마음이 흡족하고 시원하다는 뜻.)

○ 오입장이 제 욕심 채우듯
(다른 사람의 처지는 조금도 생각에 넣지 않고 저 하고 싶은 것
만 한다는 뜻)

○ 오쟁이 졌다(負五藏)
(제 계집이 다른 사내와 통하였다는 말.)

○ 옴 덕에 X X 긁는다
(남을 꺼리던 일에 다행히 핑계거리가 생겼을 때 이르는 말.)

○ 인정에 겨워 동네 시아비가 아홉이라 ; 인품(人品)이 좋으면 한
마당 귀에 시아비가 아홉
(한 마당 구석에 시아비가 아홉 있는 이보다 더 인품이 사납다
함이니, 행실이 좋지 못한 여자에게 하는 말.)

○ 일도 못하고 불알에 똥칠만 한다
(제 구실은 제대로 못하고 도리어 낭패만 보고 있다는 뜻.)

○ 장작불과 계집은 쑤석거리면 탈난다.
(계집은 가만히 있는 것을 옆에서 들쑤시고 꾀이면 바람이 난다
는 뜻.)

○ 제것 주고 뺨 맞는다 ; 내 X 주고 뺨 맞는다
(남에게 잘 하여 주고도 자기는 반대로 해로움을 당한다는 말.)

○ 제 밑 핥는 개
(제가 한 짓은 추잡하고 더러운 줄 모른다는 말.)

○ X 빠진 강아지 모래밭 싸대듯
(어찌할 바를 모르고 쩔쩔 매며 돌아가는 모양을 두고 하는 말.)

○ 종년 간통은 (누운) 소 타기
(종년 간(姦)하는 것은 소 타기같이 쉽다는 말이니 무릇 지위와
권세로써 일을 하기가 쉽다는 뜻.)

○ 죽었다가도 사는 건 꼬추하고 바둑
  (죽었다가도 살아나는 것은 XX와 바둑이라는 뜻.)
○ 죽은 자식 자지 만져 보기
  (아주 틀어진 일은 아무리 하여도 소용이 없다는 뜻.)
○ 중은 X을 해도 무릎을 꿇고 한다
  (사람은 언제나 제가 지니고 있는 습성을 버리지 못한다는 말.)
○ 쥐 X 같다 ; 쥐 불알 같다
  (작고 보잘 것 없어 우스울 지경이라는 뜻.)
○ 집안이 망하려면 제석(帝釋) 항아리에 말X이 들어간다
  (가운이 기울어 망하려면 별 괴상스러운 일이 다 생긴다는 말.)
○ 찬 물에 X 줄듯
  (무엇이 조금씩 오그라들음을 이름.)
○ 참새가 기니 짧으니 한다
  (비슷비슷한 물건 가지고 크고 작음을 가리려 한다는 뜻.)
○ 처녀 불알
  (도저히 구할 수 없는 것을 말함.)
○ 처녀 젖가슴 만지듯
  (주물럭거려서 놓지 않음을 이르는 말.)
○ 촌년이 늦바람이 나면 속곳 밑에 단추 단다 ; 촌년이 아전 서방
  을 하면 날 샌 줄을 모른다
  (어수룩한 사람이 한번 혹하면 도리어 정도를 지나친다는 뜻.)
○ 촛병을 흔들어 빼었나
  (초 냄새가 크게 난다 함이니, 행위가 음란(淫亂)한 사람을 보고
  하는 말.)
○ 콩 닦이 하고 기생첩은 옆에 두고는 못 견딘다
  (콩 볶은 것은 과히 먹고 싶지 않다가도 옆에 있으면 한 없이 먹
  게 되며, 기생첩이 옆에 있으면 무한히 희롱을 하지 않을 수 없

다는 말.)

○ 한 번 가도 화냥 두 번 가도 화냥

(무슨 일을 한 번 저지르나 여러 번 저지르나 저질렀다는 사실에
는 틀림이 없고 그와 같은 말을 듣기는 일반이라 하는 말.)

○ 헌 바지에 X 나오듯

(무엇이 불쑥 드러나 보임을 이르는 말.)

○ 장가 드는 놈이 불알 떼어 놓고 간다

(어떤 일을 하는데 가장 중요한 것을 잃어 버렸을 때 쓰는 말.)

Ⅲ. 설화형(說話型) 속담

○ 불행 중 다행

한 게으른 사람이 산에 나무를 하러 가다가 연못에 오리가 있
어 그것을 잡으려고 도끼를 던졌다가 도끼만 잃고 말았다. 도끼를
찾으려고 옷을 벗고 못에 들어간 사이에 어떤 놈이 옷을 훔쳐가 버
렸다. 할 수 없이 밤이 되기를 기다려 집으로 돌아왔다. 비가 올 것
같아서 장독에다 삿갓을 씌어논 것을 도적놈이 장을 퍼가는 줄 알
고 돌을 던져 그만 독이 깨져 장이 다 흘려 버렸다. 그리고 방에
들어가려고 발을 막 들여 놓는데 무엇이 밟혀서 보니 아내가 애기
를 방문 앞에 뉘어놓고 마을 간 것을 모르고 밟아서 애기마저 죽어
버렸다. 할 수 없이 부엌으로 가서 자X를 아궁지에 문질러서 시꺼
멓게 하고 노끈으로 매어서 뒤로 상투에다 매 놓고 있다가 아내가
돌아오기를 기다려 이렇게 말했다. "오리를 잡으려다가 그만 도끼
를 잃어버렸소!" 하니까, 아내는 "도끼는 다시 사면 그만 아니요?
걱정할 게 무어요?" 했다. "옷도 모두 잃었는데—" 하니 "베를 사서
다시 해 입으면 그만 아니요?" 했다. "장독을 깨서 장을 다 흘렸
어." 하니, "장은 다시 담그면 그만 아니요?" 했다. "애기를 밟아 죽

여 버렸는데—” 하니, “애기야 또 낳으면 생기지 않겠어요? 했다. 그 다음에 노름하다가 노름빚에 자X를 떼어 주었는데 어찌할고?” 하니, 아내 이 말을 듣고는 두 길 세 길 뛰며 “아이구, 이 일을 어찌해? 어서 찾아와요. 그 빚이 얼만데요?” 하면서 돈을 내주었다. 남편은 그 돈을 받아 가지고 밖으로 나가 한참 있다가 다시 들어와 말하기를 “지금 찾아왔는데, 그놈이 그것을 가지고 ‘솥단지발’을 만들어서 그만 시꺼멓게 해 놓고 말았어!” 하며 그것을 꺼내 보이니, 아내는 “아이구, 망할 놈. 이 중한 것을 ‘솥단지발’을 하다니 하여튼 불행 중 다행이 아니요?” 하며 자꾸 닦고 닦고 하더란다.

○ 깨좆

한 능청맞은 녀석이 길을 가다가 주막에 들었는데 다른 손님들과 셋이서 함께 웃간에서 자게 되었다. 아랫간에서는 주인 부처가 자는데 밤중에 주인남자가 뒷간에 간 사이에 이 녀석이 아랫간으로 가만히 내려가서 한 판 하고 슬그머니 올라와서 자는 체 했다. 주인이 들어와서 하려고 하니까 아내는 “바로 지금 하고 또 하려는가?” 하고 짜증을 낸다. 주인은 성이 잔뜩 나서 손님의 자X 검사를 하기 시작했다. 이 녀석은 갖고 있던 깨를 얼른 거기다 묻혀 놓고 있는데 다른 두 사람의 것을 검사하고 나서 이 녀석의 그것을 보자고 한다. 이 녀석은 “ 내 해는 보일 수 없소.” 하고 거절하니, 주인은 더욱 의심이 나서 “ 왜 안 보이겠다는가?” 하고 더욱 달려든다. 이놈은 “내것은 깨X이 돼서 나라에서 보호해주는 X이니 함부로 보이면 안된다.”고 익살이다. 주인은 “그래도 보아야겠다.”고 해서 못 견디는 체하고 내 보였더니 정말 깨X이 돼서 아무말도 못했다고 한다.

○ 동남풍만 불어라

두 내외가 살았는데 이 사내는 변태성이어서 언제나 여자를 꽁꽁 동여 놓고서 이리 굴리고 한번하고 저리 굴리고 한번 하는 버릇이 있었다. 어떤 날 장을 보러 갔다 오는 길에 개가 길가에서 붙은 것을 보고 성욕이 와짝 일어나 제집으로 달려가서는 저녁을 짓느라고 아궁지에 불을 넣고 있는 아내를 끌어다가 방에 들여 놓고 꽁꽁 묶어서 역시 그런 식으로 하고 있었다. 그런데 그만 아궁지에서 불이 일어나 집이 타기 시작했다. 동네 사람들이 보고 "불이야 불이야"하며 달려 들었는데 사내는 얼결김에 아내를 번쩍 들어 밖으로 내다가 어디 둘 데가 없으니까 싸릿문 위에다 올려놓고 불을 끄고 있었다. 그때 불 끄러 왔던 동네 사람 하나가 손에 들었던 부채를 둘 데가 없어 이리저리 찾다가 싸리문 위에 무슨 구멍이 있어서 거기다 꽂아 놓고 불을 끄고 있었다. 그때 마침 동남풍이 불어 불기운이 더 승해서 집은 모두 탔으나 부채는 바람에 불리어 흔들흔들 하는데 그 여자에게는 그것이 여간 좋지 않았다. 그래서 여자는 "동남풍만 불어라. 초가삼간 다 타져도 동남풍만 불어라."하고 노래를 부르는 것이라 한다.

ㅇ 게도 구럭도 다 놓쳐

장돌뱅이 비단장사가 각처로 돌아다니며 고운 여자를 보면 갖고 있는 미모와 비단으로 여자들을 농락하곤 하였다. 어떤 곳에 가니 상당히 예쁜 여자가 있어 비단을 사라고 하니까, 남편이 '나들이' 가고 없어 살 수 없다는 것이다. 그러면 외상이라도 좋으니 우선 구경이라도 하라고 하며 비단을 싼 보자기를 풀치며 방으로 들어온다. 풀쳐논 비단을 이리 뒤적 저리 뒤적 하니 여자는 부쩍 갖고 싶은 마음이 동했다. 사실 남편이 돌아온댔자 돈이 생길 바는 아니다. 망서리는 참에, 이 남자 그 눈치를 채고 바짝 달려 들어 하는 말이 "아씨! 그리 걱정할 게 없지 않소? 아씨와 같이 예쁜 아내를 둔 남자라면 이만한 것 하나 안 사주겠소?" 하였다. 이 여자는 자기를 칭찬하는 바람에 더욱 호감을 가졌다. 이 남자는 "아씨! 내가 꼭 돈을 달라는 것이 아니고 아씨가 가진 보물 중에 하나만 잠깐 빌려 주시지요." 했다. 이 여자는 "나는 보물이 아무것도 없는데요." 하니까, 이 남자 "아씨에게는 아무것도 아니나 나에게는 천금 이상의 것이 많이 있지요." 했다. 여자는 이놈이 흉칙한 생각을 가졌구나 했지만, 한끝 생각하니 한강에 배 나간 자리 없다고 그까짓 한참만 눈 감고 **딱** 참으면 그만 아니냐? 하고 마침내 그러기로 응해 버렸다. 이 남자 비단을 주고 대신 욕심을 잔뜩 채우고 가버렸는데, 며칠 후 다시 와서 이 집을 찾아왔다. 이 집 남자더러 하는 말이, 저번에 안주인이 비단을 외상으로 샀는데 그 대금을 받으러 왔다 했다. 주인남자는 처음 듣는 말이라 여편네더러 비단을 외상으로 산 일이 있느냐고 물으니까, 여편네는 할 수 없이 그렇다고 대답할 수밖에 없었다. 남편을 화를 버럭 내며 "돈도 없이 외상이 뭐야? 비단을 돌려주어!" 해서 할 수 없이 비단을 내어 주었다. 이리하여 이 여자 허영심 때문에 게도 구럭도 다 놓친 셈이 되고 말았다.

○쥐 좆도 모른다

　　한 집에 몇 백년을 묵은 쥐 한 마리가 살고 있었다. 하루는 주인이 나들이를 떠나다가 갑자기 뒤가 마려워 갓을 벗어 문 앞 마루에 놓고 뒷간에 들어갔다 나오니 금방 벗어 놓은 것이 온 데 간 데 없어졌다. 이상하다 하고 두루 찾다가 방안에 들어와보니 주인과 꼭 같은 사람이 아랫목에 앉아 부인과 이야기를 하고 있지 않은가. 주인은 "너는 어떤 놈이기에 남의 갓을 훔쳐 쓰고 남의 집에 들어와 앉아 있느냐?" 하고 꾸짖으니 거짓주인은 태연하게 "너는 어떤 놈이기에 남의 집에 들어와 얼토당토 않은 소리를 하고 있느냐. 이 날도적놈아!" 하고 대든다. 이 집 부인이 보니 두 사람 거울 속 사람같이 조금도 다름이 없다. 할 수 없이 두 사람은 관가에 고소를 하게 되었다. 사또는 부인을 가운데 세우고 두 사람을 그 좌우에 세워 놓고 묻는다. 두 사람 대답이 꼭꼭 같다. 부인이 "예, 있습니다. 남편 자X에 큰 사마귀가 있습니다." 하여 검사해보니 두 사람 다 꼭 같은 것이 돋아 있다. 할 수 없이 마지막으로 "너의 집 세간 중에 수저와 밥공기 따위가 몇 개씩 있느냐?" 물으니 그 주인은 그만 대답을 하지 못하였으나 거짓주인은 꼭꼭 맞췄다. 그도 그럴 것이 쥐란 놈은 밤낮 다니면서 그릇이란 그릇은 모조리 헤어 두었던 것이다. 참주인은 할 수 없이 쫓겨나고 이 사람 할 수 없이 중이 되어 산으로 들어가 절에서 부처님께 공양을 정성껏 드렸다. 그 후

십여년이 지나 이 중은 팔도를 유람하기 위하여 길을 떠나게 되었
는데 그 전날밤 꿈에 부처님이 나타나 "네가 길을 떠나려거든 언제
나 고양이 한 마리를 도포소매에 넣고 다녀라."하고 일러 주었다.
중은 그 말대로 고양이 한 마리를 소매 속에 넣고 다니는데 하루는
어떤 집에 들게 되어 저녁상을 받게 되었다. 그런데 소매 속에 있
던 고양이가 갑자기 뿌리치고 뛰어나와 밥상을 들고 들어온 주인의
목덜미를 물고 늘어졌다. 그러니까 주인은 그만 큰 쥐가 되어 죽어
넘어지고 말았다. 다음에는 어린 아이들까지 모조리 물어 죽이니
모두 쥐가 되어 죽지 않는가? 참주인의 아들 하나가 있었는데 옆에
앉았다가 "어머님은 쥐좆도 몰랐소?" 하고 비웃는듯 말했다. 그 후
부터 아무것도 모르면서 아는 체하는 사람 보고 "쥐좆도 모른다"고
하게 되었다고 한다.

다음 속담은 설화형(說話型) 속담이다. 즉, 간단한 촌담(寸談)의 내용
을 한 행(行) 속에 담고 있다. 또한 설화형 속담에는 '깨좆'에서와 같이
단순한 욕말로 끝나는 수도 있다.

설화형 속담이 늘 그러하듯이 이것도 선속담 후설화형(先俗談 後說
話型)과 선설화 후속담형(先說話 後俗談型)이 있다 하겠는데 예언(例
諺)에 나타난 것은 선속담 후설화형(先俗談 後說話型)들로 이해할 수
있다.

Ⅳ. 성(性)에 대한 수수께끼

속담에 "종년 간통은 누운 소 타기"라는 말이 있다. 누운 소를 타기
가 쉽듯이 계집종 얻기는 식은 죽 먹기라는 뜻이다. 그리하여 이런 수
수께끼가 발생하였다.

"낮에는 큰절을 하면서 밤에는 큰절을 받는 것이 무엇이냐?"

물론 미답(謎答)은 '계집종'이다.

수수께끼 속에는 고기얘기가 그리 많지 않다. 그것은 수수께끼 보다는 속담이 좀더 설화와 가까운 장르 관계를 형성하고 있다는 뜻이 되기도 한다.

V. 빼는 말

이상 한국 속담과 수수께끼, 욕말 속에 나타난 성에 대한 유형(類型)을 살펴보았다.

고담(古談), 육담(肉談)을 활에 대비(對比)해 말하면 전자가 팽팽하게 죄는 것(張)이라면 후자는 풀어서 느슨히 하는 것(弛)인 것이다. 인간 만사의 진리가 그러하고 대자연의 법칙이 그러하듯이 높기만 한 것도 아니요 낮기만 한 것도 아니며, 죄기만 하고 풀지 않는 것도 좋지 않거니와 풀기만 하고 죄지 않는 것 또한 역시 옳지 못하다. 인간 만사가 음양의 조화에서 이루어지듯 양기(陽氣)와 음기(陰氣)를 조화시켜 나가야 생의 진가(眞價)를 체득(休得)할 수 있다.

때로 격조(格調) 높은 고기얘기가 삶의 청량제가 되고 있는 것을 우리는 생활 주변에서 흔히 볼 수 있다.

<참고문헌>

· 강재철, ≪한국 속담의 근원설화≫, 백록출판사, 1980.
· 김사엽, ≪속담론≫, 대건출판사, 1953.
· 김선풍 외, ≪속담이야기≫, 국학자료원, 1993.
· 방종현 외, ≪속담대사전≫, 교문사, 1940.
· 이기문, ≪속담사전≫, 민중서관, 1962.

탈놀이에 나타난 비속어와 육담의 의식과 세계관

전 경 욱*

1. 머 리 말

탈놀이의 대사는 민중의 삶의 모습을 반영하고 있는 언어들로 가득 차 있다. 그리고 탈놀이의 대사에는 일상생활에서 금기시되는 언어들도 거침없이 구사되고 있다.

탈놀이의 대사에 표현된 언어는 비속어·육담·사투리·동음이의어와 유음어·속담·수수께끼·관용어·은어·한시구·한자성어와 고사성어 등으로 나누어 살펴볼 수 있다. 그런데 이 표현언어의 특징은 비속한 구어체와 전아한 한문체가 함께 사용되고 있어서 이분화된 문체를 보인다는 점이다. 이는 탈놀이에 수용된 기존가요들도 서민 취향의 민요·잡가·무가·민간신앙요와 양반 취향의 한시·시조·사설시조·12가사·판소리 단가 등이 함께 불리고 있다는 사실과 동일한 맥락이다.

그동안 유종목[1]·정상박[2]·김욱동[3]·조만호[4]에 의해 탈놀이의 대

---

* 고려대 교수.

1) 유종목,『한국 민속 가면극대사의 표현법 연구』, 동아대 석사학위논문, 1973.

2) 정상박,「대사의 전승양상」,『오광대와 들놀음 연구』(서울 : 집문당, 1986),

사에 대한 연구가 이루어졌다.

본고에서는 우선 탈놀이의 대사에 나오는 비속어와 육담을 정리하고, 그 의식과 세계관을 살펴보고자 한다. 이를 위해서 모든 탈놀이의 대사를 검토하는 것이 필요하지만, 전국의 탈놀이 대사에 표현된 언어를 모두 정리하면 엄청난 분량이 될 것이다.

그러므로 본고에서는 각 지역의 탈놀이 가운데 하나씩을 선정하되, 비교적 이른 시기에 채록되어 후대본에 비해 윤색된 흔적이 적고 예전 탈놀이의 모습을 잘 보여주는 대본을 선택하여 논의를 진행하고자 한다. 이런 기준에 의해 선택된 대본은 양주별산대놀이(김지연 필사본, 1930), 봉산탈춤(임석재 채록본, 1936년), 동래야유(송석하 채록본, 1934), 진주오광대(정인섭 채록본, 1928년)이다.

2. 비속어

비속어(卑俗語)는 남을 낮추어 부르는 말이나 품격이 낮은 상말을 말하는데, 주로 하류계급(下流階級)·빈민계급(貧民階級)에서 사용된다.

비속어는 통상언어(通常言語)가 너무나 진부(陳腐)하다고 느껴져서 새로운 것을 요구하는 욕망을 만족시키려는 동기, 또는 해학이나 쾌감을 요구하는 욕망을 만족시키려는 동기, 또는 현용(現用) 통상언어에 어떠한 변화를 가함으로써 정상적이고 보편적인 것에 대한 반감(反感)을 표현하고, 이것을 희화(戱畵)하려는 동기에서 발생한다고 한다. 그

133-176면.

3) 김욱동, 「탈춤과 언어의 카니발」 『탈춤의 미학』(서울 : 현암사, 1994), 334~419면.

4) 조만호, 『전통희곡의 제식적 미학』(서울 : 태학사, 1995).

러므로 비속어는 일종의 언어적 유희라고 할 수 있으며, 여성적(女性的)이라기 보다는 남성적(男性的)이요, 노년적(老年的)이라기보다는 청년적(靑年的)이요, 또한 이보다 더 소년적(少年的)이라고 한다. 그러므로 비속어는 학생층과 군대에서 보다 많이 산출되고 또한 애용되고 있다는 것이다.5) 다음 항에서 살펴볼 육담의 대부분도 비속어에 속하는데, 중복을 피하기 위해 여기서는 생략하였다.

그러면 우선 탈놀이에 나타나는 비속어를 살펴보자.

양주별산대놀이

(1) 옴 : ……너 요년석들 하던 지랄이나 다 했나? (옴과장)
(2) 옴 : ……나오지 안 한 놈이 저렇게 커?
(3) 묵승 ……억끼놈 이 년석을 인제 만났구나. (이상 제3과장)
(4) 묵승 : 네 누추한 상판대기에 전좌하시더냐?
(5) 완보 : 이 잡놈아, 이게 무슨 짓이냐?
(6) 관 쓴 중 : 이놈아, 몹쓸 놈아, 남에게 이렇게 적악을 하느냐.
(7) 중3 : 애, 그놈의 자식들은 딴 놈의 자식이로구나.
(8) 완보 : 애, 그 잡자식들은 멀쩡한 미친 녀석들이니 우리 둘이
　　　　　 잘 놀아보자
(9) 중1 : ……만일 나오면 개자식이다.
(10) 신주부 : 이 무식한 놈아, …… (이상 팔목과장)
(12) 완보 : 이런 녀석의 의원이 어디 있나? 그럼 내가 주게, 그럼
　　　　　 그 녀석을 아주 줄띠를 끊어 버려라.
(13) 관 쓴 중 : 이년아, 저리 가거라, 이 육실할 년아, 저리 가.
(14) 중들 : 이년아 어서 술 데라. 이년아 너 먼저 먹을라. 이년아
　　　　　 네가 먹는단 말이냐?
(15) 묵승 : 요년 요 요망 방정스런 년아, 남의 크나큰 놀음에 나

---

5) 최학근 외편, 「방언과 특수어」, 『국어방언학』(서울 : 형설출판사, 1973), 116~119면.

와서 계집아이년이 무엇을 콩콩 쾡쾡 하느냐? (이상
애사당놀이과장)

(16) 옴 : 요 녀석아 어린 녀석이 무얼 보고 놀래느냐?

(17) 완보 : 이 제웅의 아들 녀석들아! 무얼 보고 그렇게 자랄들을
하느냐?

(18) 완보 : ……요 안달할 녀석아. (이상 노장과장)

(19) 말뚝이 : ……네 예끼 도둑의 아들놈. (말뚝이과장)

(20) 취발이 : ……저런 육실할 놈을 어떻게 하면 저 년을 다 빼앗
나! ……그 중놈 단단하구나. ……아 이놈 보게.

(21) 취발이 : ……예끼 망덕을 할 년 같으니. (이상 취발이과장)

(22) 쇠뚝이 : ……잘못 받으면 생육실하리라.

(23) 쇠뚝이 : ……고런 어린 호래들 녀석이 어디있어?

(24) 말뚝이 : ……애 샌님께는 인사를 드려도 씹구녕 같고……

(25) 샌님 : 그놈의 대가리는 정주 난리를 갔다 왔느냐?

(26) 말뚝이 : 그놈의 대가리는 하도 험상스러워서……

(27) 샌님 : ……급살이나 맞아 죽어라

(28) 쇠뚝이 : 예끼 도적의 아들놈.

(29) 샌님 : ……이 육실할 놈아 ……

(30) 샌님 : 이놈, 이 주릴할 놈아. (이상 샌님과장)

(31) 신할애비 : ……이 때갈녀석이 이런 데 나왔을까? (영감·할
미과장)

※ 이외에 '그 녀석들', '이 자식들아', '그놈'같은 비속어가 도처에
서 발견되는데, 너무 횟수가 많으므로 여기서는 이 비속어들을 대부분
생략하였다.

봉산탈춤

(1) 먹중Ⅱ : ……상통은 붉으디디하고 코는 줄룩줄룩 매미잔등
같고 입은 기르마까치 같은 놈들이…… (팔목중과장)

(2) 먹중 일동 : 아 이놈 지랄을 벋는다.

(3) 먹중Ⅶ : ……대갱이를 횟물 먹은 메기 대갱이 흔들 듯이 하
더라.

(4) 먹중 Ⅳ : ……대갱이를 용두치다가 내버린 좆대갱이 흔들 듯
이 하더라.

(5) 첫목 : 시님을 저렇게 불 붙은 집에 좆기둥 세우듯이 ……

(6) 먹중 일동 : 노시님은 어데 가고 이게 웬 말이냐.

(7) 신장사 : 네 놈에 차림차림을 보니 ……중놈일시 분명하구나.

(8) 취발이 : 이놈 중놈아 ……저년을 날 주고 ……

(9) 취발이 : 아 시러배 아들년 다 보겠다. (이상 노장과장)

(10) 먹중 : 그러면 네 에미 애비 먹으려 왔느냐. (사자춤과장)

(11) 양반들 : 야 이놈 뭐야.

(12) 말뚝이 : ……씹털 같은 기사미.

(13) 말뚝이 : (곧, 영시조로) 썩정 바지 구녕에 개대강이요, 헌
바지 구녕에 좆대강이라.

(14) 말뚝이 : 이놈에 목쟁이를 뽑아다 밑구녕에다 꽂는 수가 있
이면, 내 좆으로 샌님에 입술을 떼여 드리겠입니다. (이상 양
반과장)

(15) 영감 : 이년을 만나면 씹중방을 꺾어 놓겠다.

(16) 영감 : 이년이 무얼 잘 했다고 이 지랄이야.

(17) 영감 : 네 년에 행적이나 ……뱃대기를 버적버적 긁으면서
…… 벌통 같은 보지를 벌치고 ……

(18) 미얄 : 어느 년에 보지는 금테두리 했었드냐. (이상 양반과
장)

동래야유

(1) 말뚝이 : …… 떨어진 중우 가래 좆대강이 나온 듯.

(2) 원양반 : 이놈 말뚝이……

(3) 말뚝이 : ……말뚝인지 개뚝인지 제 의붓아비 부르듯이……

(4) 원양반 : 이놈 말뚝아 ……너같은 개똥쌍놈 내같은 넓적한 소

똥양반이 너 한 놈 죽이면……
(5) 제양반 : 이놈 내 아들이라니.
(6) 원양반 : 고자식 생색 있다.
(7) 원양반 : 이놈 노생원이라니.
(8) 말뚝이 : 종년 서답 빨래가고 …… 대부인 마누라가 하란에
   비켜 앉아 녹의홍상에 칠보를 단장하고 보지가 재빨개하옵디
   다.
(9) 말뚝이 : 마리에 떡 올라가니 좆자리를 두루시 폅디다.
(10) 원양반 : 너 같은 쌍놈 오면 …… (이상 양반과장)

진주오광대

(1) 말뚝이 : 이런 못 제길 붙고 …… 이 놈들이 (양반과장)

이상과 같이 탈놀이에는 도처에서 비속어가 튀어나오고 있다. 남성
은 물론이고 할미 같은 여성도, 청년은 물론이고 샌님·영감·원양반
같은 노인도, 하류계급은 물론 샌님·양반 같은 상층계급도 비속어를
사용한다. 더욱이 옴중·묵승·관 쓴 중같은 종교인도 거침없이 비속
어를 사용한다.

김욱동(金旭東)은 탈놀이에서 사용되는 비속어를 카니발 이론으로
설명한다. 카니발 축제가 벌어지는 시간과 공간 안에서는 사실상 무슨
일이든지 다 허용되듯이, 탈놀이에서도 일상세계에서라면 마땅히 금기
시되는 언어가 사용되고 있다고 한다. 일상세계에서 평소 억압되었던
언어가 탈판에서 비로소 해방과 자유를 맞고 있다는 것이다.[6]

유종목은 해학과 풍자를 내용으로 하는 탈놀이의 성질상 그 대사에
비속어가 많은 것은 당연하지만, 비속어는 또다른 문제와 성격을 내포

---

6) 김욱동, 「탈춤과 언어의 카니발」, 『탈춤의 미학』(서울 : 현암사, 1994), 333~
   334면.

하고 있다고 지적한다.

첫째, 비속어의 남용은 서민층의 자아 발견에 대한 몸부림이라고 해석된다는 점이다. 우리 민족은 전통적으로 사람과 사람 사이의 인간관계를 매우 중시해 왔는데, 탈놀이에서는 신분적 상하관계를 경시하고 존칭적 기능을 무시하는 비속어와 욕설 따위를 마구 사용함으로써 우리 고유의 언어상의 특성이나 장벽을 무너뜨리고 자아(自我)라는 더 중대한 것을 찾았던 것으로 보았다.

둘째, 이것은 권위주의·형식주의·보수성에서의 탈출을 의미한다고 지적한다. 조선조 500년을 통하여 유교의 정신적 예속 아래 권위와 형식에 억눌려 개인의 자유스러운 의사는 무시되었는데, 탈놀이에서 비속어를 함부로 구사하며 권위주의·형식주의·보수성에 도전하고 거기에서 힘차게 벗어나고자 한 것은 혁신적 사고라고 할 만하다고 보았다.7)

필자는 탈놀이의 극적 형식 중 싸움의 형식이 싸움형태의 풍놋굿에서 유래했다는 점, 탈놀이가 축제의 일종인 동제에서 연희되었던 점, 탈놀이가 산대희와도 관련이 있다는 사실, 앞에서 소개한 비속어의 발생 동기 등을 고려하여 탈놀이에서 비속어가 많이 구사되는 이유를 해명하고자 한다.

우선 탈놀이의 극적 형식 중 가장 두드러진 싸움의 형식에 주목해 보자. 탈놀이에서는 도처에서 등장인물들이 티격태격하며 싸운다. 탈놀이에서 발견되는 싸움의 양상은 다양하지만 그 기본적인 구조는 고싸움·동채싸움·농기싸움·줄다리기 등 풍농을 기원하는 싸움형태의 굿에서 유래한 것으로 생각된다.8) 싸움에는 으레 욕설같은 비속어를

---

7) 유종목, 『한국 민속가면극 대사의 표현법 연구』, 동아대 석사학위논문, 1973, 90~93면.

8) 이에 대해서는 이 논문의 '육담'을 다루는 부분에서 자세하게 논의하고 있다.

동반하게 마련이다. 그런데 탈놀이의 싸움은 기원적으로 싸움형태의 풍농굿에서 유래했지만, 조선후기의 탈놀이에서는 신분적 특권·관념적 허위·남성의 횡포 등 당대의 사회적 갈등을 다루게 됨에 따라 등장인물끼리 갈등을 풀기 위해 싸움을 벌인다. 이 과정에서 싸움의 양상이 격렬해지고 일상생활에서는 생각할 수도 없는 심한 비속어가 난무하게 된 것으로 볼 수 있다.

탈놀이가 민간에서 동제의 일부로 연희되었던 점을 비속어와 관련시켜 살펴보자.

동제에서는 동제 준비를 시작해서 신이 강림할 때까지 온 마을에 엄격한 금기(禁忌)가 지배한다. 그러다가 신이 강림하면 금기는 사라진다. 이때 동제는 흥겹고 신명나는 축제로 전환된다.

일반적인 의미에서의 축제는 의식적인 볼거리 즉 장터·잔치·제사·경기·행렬·쇼·무언극, 가면과 의상이 등장하는 공개극, 거인·난장이·괴물·동물행렬 등을 포함한다. 그리고 구체적으로는 풍자·희화·통속 희화 등의 언어적 구성과 욕지거리·은어 사용·선언·농담·외설 등의 저속한 시장 바닥의 언어를 포함하고 있다. 축제는 뒤죽박죽의 세상이며 시끄럽고 기운찬 세상이며, 저급하고 세속스러우며, 모든 것이 뒤섞여 있는 과장과 풍요의 세상이다.9) 그러므로 탈놀이의 비속어·육담·은어등은 축제화된 동제의 기본적인 특징을 반영하고 있는 것이다.

탈놀이가 산대희와 관련이 있다는 사실도 탈놀이의 비속어를 설명할 수 있는 단서가 된다. 조선시대의 산대희는 크게 규식지희(規式之戲)·소학지희(笑謔之戲)·음악의 세 부문으로 되어 있었다.10) 소학지

---

9) 여홍상 엮음, 「바흐친과 문화이론」(서울 : 문학과 지성사, 1995), 121면.
10) 졸고, 「탈놀이의 형성에 끼친 나례의 영향」, 『민족문화연구』 제28호(서울 : 고려대 민족문화연구소, 1995), 215면.

회는 일종의 재담으로서 웃고 희학하는 놀이이므로, 비속어의 발생 동기 가운데 '해학이나 쾌감을 요구하는 욕망을 만족시키려는 동기'와 일치한다. 탈놀이의 대사는 산대희의 소학지희를 계승한 것11)이므로, 비속어는 '일종의 재담으로서 웃고 희학하는 놀이'인 소학지희와 밀접한 관련이 있는 것이다.

특히 탈놀이는 민간의 연희이므로 민중은 평소에 억압받았던 갈등을 해학과 풍자를 표현하는데, 해학과 풍자는 비속어와 밀접한 관련을 맺고 있다. 앞에서 지적한 비속어의 발생 동기 가운데, '정상적이고 보편적인 것에 대한 반감을 표현하고 이것을 희화하는 동기'를 다른 각도에서 해석하면 '상층계급인 양반층에 대한 반감을 표현하고 그것을 희화하는 동기'로 바꿀 수 있는 것이다.

3. 육 담

탈놀이에는 성(性)의 개방의식이 강하게 표출되고 있으며, 육담이 거침없이 구사되고 있다. 육담(肉談)은 "꾸밈없이 속되고 투박스럽게 하는 말" 또는 "음담 따위와 같이 야비한 이야기"라는 사전적 의미를 갖고 있다. 이와 비슷한 용어인 외설어(猥褻語)는 "육욕(肉慾)에 관하여 너무 추잡하고 더러운 말" 또는 "남녀간의 색정에 관하여 너무 난잡하게 묘사하는 말"이라는 사전적 의미를 갖고 있다. 본고에서는 육담이라는 용어를 외설어를 포함하는 의미로 사용한다.

탈놀이의 육담에는 '네밀할 놈'처럼 욕설로서의 육담과 욕설이 아닌 육담의 두 가지가 있다. 그러면 우선 탈놀이에 나타나는 육담을 살펴

---

11) 이두현, 『한국의 가면극』(서울 : 일지사, 1979), 74면.

보자.

양주별산대놀이

(1) 옴 : 네밀할 놈. (제3과장)

(2) 신주부 : 누 네미할 놈이 신주부야? (팔목과장)

(3) 중 : ……네 모(母)를 나를 주느니라.

(4) 중 : ……너 만일 이 금 밖에 나오면 네 어멈을 날 주느니라.
　　　　　　(이상 애사당 놀이과장)

(5) 완보 : ……신님이 절간에 계시면 ……상제 비역이 세 번인데,
　　　　　뭘하러 내려와 계시우?

(6) 말뚝이 : ……이건 자벌레가 중패를 질렀오?

(7) 말뚝이 : ……(歌) 봉지 봉지 봉지야. 깨소금 봉지도 봉지요.
　　　　　　　　후추 봉지도 봉지요, 고추가루 봉지도 봉지요.
　　　　　　　　짝짝콩 짝짝콩 쥐얌 쥐얌 쥐쥐얌
　　　　　　　　돌이 돌이 돌돌이
　　　　　　　　계수나무 요분틀 자기 녹비 끈을 꿰어
　　　　　　　　어슥비슥 차는고나.
　　　　　　　　네밀 붙고 발겨간다.
　　　　　　　　요 녀석아 내미를 붙는데도 조렇게 두르느냐?

(8) 말뚝이 : ……요런 안갑을 할 녀석 봤을까? 요 체면에 무슨 생
　　　각이 있어서 요 녀석아 숫국을 걸르고 와? 솔개미 꾸미 가게
　　　보낸 모양이지, 나는 어떻게 하란 말이냐? 네 비역이라도 할
　　　수밖에 없다. (이상 말뚝이과장)

(9) 취발이 : ……이 안갑을 할 녀석들 다들 물러서라.

(10) 취발이 : ……이놈아, 너고 나고는 소용없다. 만첩청산 깊은
　　　골에 쑥 들어가서 눈이 부옇게 멀도록 생똥구멍이나 하자.

(11) 취발이 : ……애 딴은 좋다. 평생 살아도 후정(後庭)이라고는
　　　처음 들어와 봤는데, 잔솔이 담상담상 난 게 참 좋다. (일어나
　　　서 소무의 치마를 붙잡고 서로 등을 대고 선다). 뒤집 신개(白

犬) 홀녀 허--

(12) 취발이 : ……원 어떻게 어린 녀석이 양기(陽氣) 덩어리로 생
   겼는지. (어린애를 들고 본다) 아따 어린 녀석 자지라고 어른
   좆보다 더 빳빳하구나. (이상 취발이과장)

(13) 쇠뚝이 : 누 네미할 놈이 남 내근하는데……

(14) 쇠뚝이 : ……상놈 같으면 네미나 잘 붙었는냐?

(15) 쇠뚝이 : 술이나 한 잔 먹고, 두 잔 먹고, 석 잔 먹어서, 한
   반취(半醉)쯤 되면 세 댁(샌님·서방님·도령님댁 : 필자 주)으
   로 다니면서 조개라는 조개, 작은 조개, 큰 조개, 묵은 조개,
   햇조개 여부 없이 잘 까먹는 영해 영덕 소라, 고등어 애들놈
   문안 드리오 이렇게 하였다오.

(16) 쇠뚝이 : 누 네밀할 놈이 날보고 여봐라 이놈 그래?

(17) 샌님 : 여봐라 찌놈 네밀 논아 하자고 공론을 했느냐.

(18) 샌님 : 이놈, 이 주릴할 놈아. 처가살이 갔다가 장모 붙고 쫓
   겨올 놈. …… 다시 오면 네미를 붙느니라.

(19) 샌님 : (소무를 안고) 아닌 밤중쯤 되면 내 연장 망태기를 네
   것 주무르듯 맘대로 노는 내 사랑이지? (이상 샌님과장)

(20) 독기 : 누 제밀할 놈이 상제보고 ……

(21) 독기 : 어느 제밀할 놈이 죽지 않은 어머니 …… (이상 영감
   · 할미과장)

봉산탈춤

(1) 먹중Ⅳ : 아 네미를 붙을 놈들은 ……

(2) 먹중Ⅳ : 내가 이제 노시님께 가서 오도독이타령을 돌돌 말어
      귀에다가 소르르 하니까, 대갱이를 용두치다가 내버린
      좆대갱이 흔들 듯이 하더라.

(3) 신장사 : 여보 구경하는 이들. 내 노리개 작란감 어데로 가는
      걸 못봤오. (하며 사방으로 원숭이를 찾으러 돌아다닌다.
      소무허리 등에 붙어 있는 것을 보고) 야 요놈봐라. 요놈
      신값 받어 오라니까 돈은 받어 거기다 다 써 버렸더냐.

　　　　(원숭이를 붙잡아 가지고 전에 있던 자리로 와서) 요놈
　　　　아, 너는 소무(小巫)를 하였으니 나는 네 뻑이나 한 번
　　　　하겠다. (하며 원숭이를 엎어 놓고 음외한 동작을 한다)
　(4) 취발이 : 아 그 제에미를 할 놈에 집안은 …… (이상 노장과
　　　　장)
　(5) 말뚝이 : ……낙향사부(落鄕士夫)라 경성본댁을 찾어가니 샌님
　　　　도 안 계시고 둘째 샌님도 안 계시고 종가집 도령님도
　　　　안 계시고 마내님 혼자 계시기로, 벙거지 쓴 채 이 채찍
　　　　찬 채, 감발한 채, 두 무릎을 꿇코 하고하고 재독(再讀)
　　　　으로 됐습니다.
　(6) 말뚝이 : 예에. 아 이 제미를 붙을 양반이지 좆반인지 …… (이
　　　　상 양반과장)
　(7) 영감 · 미얄 : 거 누구가, 거 누구가. 아무리 보아도 우리 영감
　　　　(할맘)일시 분명쿠나. 지성이면 감천이라드니 이제야 우
　　　　리 영감(할맘)을 찾었구나. (합창) 반갑도다 반갑도다 우
　　　　리 영감(할맘) 반갑도다. 좋을시고 좋을시고 지화자자좋
　　　　을시고. 얼러보세 얼러보세. (양인은 서로 얼른다. 미얄
　　　　은 영감의 전하부(前下部)에 매달려 매우 노골적인 음행
　　　　동(淫行動)을 한다. 영감이 땅에 누우면 미얄은 영감의
　　　　머리 위로 기어 나간다.)
　　　미얄 : (고통스런 소리로) 아이고 허리야 연만(年晚) 팔십에 생
　　　　남자(生男子) 보았드니 무리공알이 시원하다.
　　　영감 : (발딱 누운 채로) 알날날날. 세상이 험하기도 험하다. 그
　　　　놈에 곳이 좌우에 솔밭이 우거지고, 산고심곡(山高深谷)
　　　　물 많은 호수 중에 구비구비 동굴섬 피섬이요. 갈피갈피
　　　　유자로다. 자아 여기서 봉산을 갈라면 몇리나 가나. 육
　　　　로로 가면 삼십리요, 수로로 가면 이천리외다. 에라 수
　　　　로에서 배를 타라. 배를 타고 오다가 바람을 맞어서 표
　　　　풍이 되야 이에다 딱 붙어났으니, 어떻게 떼여야 일어난
　　　　단 말이여. (영감 · 할미과장)

동래야유

(1) 양반 : 이 엇던 제 어미를 붙고 금각 담양을 갈 이 양반들이…
　　　　…
(2) 말뚝이 : 쉬--엿다. 이 제기를 붙고 금각 담양을 우둥우둥 갚
　　　　　이 양반들아. (5회나옴)
(3) 제양반 : 통시 깨고리 보지 문다 하더니 ……
(4) 말뚝이 : 대부인 마누라도 청춘이요, 말뚝이도 청춘이라. 청춘
　　　　　흥몽(興夢)이 겨워 두 몸이 한 몸 되야 왼갖 수작 놀이
　　　　　시니, 그 농락 어떠하리. (이상 양반과장)

진주오광대

(1) 말뚝이 : 이런 못 제길 붙고 능각 대명을 우줄우줄 갈 이놈들
　　　　　이 ……(양반과장)

양주별산대놀이의 예문 중 (1)의 '네밀할 놈'은 '네 어미를 할'의 뜻
으로 근친상간을 의미한다. (5)의 '비역'은 남자끼리 하는 성행위로서
계간(鷄姦)·남색(男色)이라고도 한다. (7)은 원숭이가 신값을 받으러
갔다가 신값 대신 소무의 뒤에 붙어 성행위를 하고 오자, 신장수 역의
말뚝이가 부르는 노래이다. 노래 전체가 성행위를 은유하고 있다. '요
분틀'은 여성의 성기를 은유한 말이고, '녹비'는 원래 사슴가죽인데 여
기서는 남성의 성기를 은유한 말이다. 성교할 때에 여자가 남자에게
쾌감을 주려고 몸을 요리조리 움직이는 짓을 요분질이라고 한다. (8)의
'숫국'은 숫보기(숫처녀)로 여기서는 소무를 가리킨다. (9)의 '안갑'은
근친상간으로 (1)의 '네밀할'과 같은 뜻이다. (10)은 (5)와 같이 남색을
의미하는 내용이다. (15)의 조개는 여성의 성기를 은유하고, 그것을 잘
까먹는 소라·고둥어는 남성을 은유한다. 즉 쇠뚝이가 샌님·서방님·
도령님 세 집의 여자들과 성행위를 했다는 뜻이다.

봉산탈춤의 (2)에서 ‘용두치다’는 자기의 성기를 손으로 자극시켜 성적 쾌감을 얻는 것이다. 즉 ‘자위하다’는 뜻이다. 그런데 노장이 머리를 흔드는 모습을 자위하다가 그만둔 성기가 흔들리듯이 흔들린다고 비유하고 있다. (3)은 원숭이가 신값 대신 소무의 뒤에 붙어 성행위를 하고 오자, 신장수가 원숭이에게 뻑, 즉 비역(남색)을 하는 내용이다. (7)의 영감 대사는 할미와의 성행위를 은유적으로 표현한 것이다.

동래야유의 (1)에서 ‘금각 담양을 갈’은 ‘경각 담양을 갈’이다. 우리 속담에 “담양(潭陽)갈 놈”이라는 말은 남을 욕하거나 천시할 때 쓰는 것이다. 원래는 “담양 아홉바위 돌아갈 놈”인데, 흔히 “담양 갈 놈”이라고 한다. 전남 담양의 아홉 바위를 돌아가 숨어 살 놈이란 뜻이다. 설화에 의하면 옛날 자기 아들을 버리고 떠났던 여자가 훗일 젊은 남자와 잠자리를 같이 했는데, 그 남자가 바로 자기가 버렸던 아들임을 알게 된다. 그래서 고을 사또가 그 아들을 담양으로 귀양보냈다는 것이다. 여기에서 “제 어미를 붙을 놈”을 의미하는 “담양 갈 놈”이란 속담이 유래한 것이다. 그래서 야유와 오광대 탈놀이에서는 ‘담양 갈 놈’이란 속담이 유래한 것이다. 그래서 야유와 오광대 탈놀이에서는 ‘담양 갈 놈’앞에 으레 ‘제 어미를 붙고’라는 말이 먼저 나오는 것이다. (3)의 ‘통시’는 변소의 사투리다.

진주오광대의 (1)에서 ‘제길 붙고’는 ‘제 어미를 붙고’로 근친상간을 의미한다. ‘능각 대명을 갈 놈’은 ‘경각 담양을 갈 놈’이다.

기존연구에서는 탈놀이 대사의 육담에 대하여 다양한 해석을 시도하였다.

김광일(金光日)은 탈놀이에 나타나는 성(性)의 개방과 권력에 대한 저항정신은 오이디프스 갈등과 깊은 관련을 갖고 있다고 보고, 프로이드(Freud)의 정신분석학의 입장에서 이를 해석하였다. 오이디프스 갈등은 이성(異性)의 부모에 대해서 사랑을 느끼며, 동성(同性)의 부모에 대해 경쟁심과 적개심을 품는 유아기의 정신현상이다. 프로이드는 유아기적 친족상간의 환상이 일차적인 의욕이고, 이를 달성하기 위해 동성의 부모를 적대시하게 된다고 주장한다.

탈놀이에 묘사된 성은 놀라울 정도로 개방되어 있는데, 그 성의 표현은 다음의 세 가지 각도에서 고찰할 수 있다.

첫째, 고대로부터 내려오는 철저한 성적 억압에 대한 반항으로 해석된다. 한국 사회에서 억압될 대로 억압된 성은 그 배출구를 찾지 못하고 무의식계로 넘어가 커다란 갈등을 형성하게 되었을 것이다. 이 갈등의 왜곡된 발산이 탈놀이에서는 계간(鷄姦)이요, 무질서한 성적 난무이다.

둘째, 민속극에서 보는 성의 개방은 유아기 친족상간 의욕의 전이된 양상으로 해석된다. 탈놀이에 나오는 양반은 폭군과 같이 준엄한 아버지의 상징이요, 양반의 부인은 아버지의 부인 즉 어머니의 상징일 수 있다. 노승은 거세당한 아버지의 상징이요, 소무(小巫)는 '천사-창녀(saint-harlor)'로서 그것이 바로 어린이의 어머니에 대한 '이미지'인 것이다. 친족상간은 절대의 금기인 까닭에 성의 대상은 사회에서 용납되는 다른 인물로 전이되게 마련이다. 상놈이 양반의 부인을 범한다는 것을 권력자들에 의해 금지된 일이지만, 민중의 입장에서 볼 때는 통쾌한 보복으로 느껴져서 오히려 영웅시될 수 있는 일이므로 민중사회에서는 적어도 금기가 아니다. 그리고 소무를 범하는 일도 금기는 아니다. 그 소무가 아버지의 '이미지'인 노승의 소유였고, 아버지의 부인을 아버지와 경쟁하여 쟁취했다는 이야기가 된다.

셋째, 민속극에 나타나는 성의 개방은 권력자에 대한 줄기찬 반항 정신의 표현으로 고찰되어야 한다. 오광대에서는 하인의 애인이 주인되는 양반에게 유린당한다. 하인은 분에 못이겨 양반을 골탕먹이고 양

반의 부인과 간통함으로써 보복을 한다. 그 양반은 '비비새'에게 잡혀
죽는다. 이 이야기는 어디까지나 철저한 살부혼모의 실현이 사회화된
것이라 볼 것이다. 성의 해방은 권력자로부터 거세당하던 민중의 힘을
되찾는 일이요, 따라서 권력자에 대한 투쟁없이는 이루어질 수가 없었
던 것이다.

그리고 아버지 혹은 권력을 상징하는 양반·평양감사·노승·형 등
은 현실의 팽창된 권력과는 상반되게 무력하기 짝이 없는 존재로 등장
한다. 이미 심리적으로는 그들의 세력을 거세시켜 놓은 상태이다.

이러한 현상은 근원을 따져 볼 때 유아기 살부의욕의 환상적 실현이
라 해석된다. 고대로부터 내려오는 효의 강한 윤리로 인하여 무의식계
에 넘어갔던 살부의욕이 왕·노승·양반과 같은 아버지의 상징을 증
오하는 현상으로 전이되어 다시 의식계로 나타난 것이다.[12]

김인환(金仁煥)은 마르쿠제의 『에로스와 문명』에서 전개하고 있는
정신분석의 입장에서 양주별산대놀이에 나타나는 격렬한 싸움과 애욕
의 의미를 고찰하였다.

정신분석의 입장으로 볼 때 인간의 삶은 본능과 의식의 두 가지로
구성되어 있다. 본능은 쾌락원칙을 따르고, 의식은 현실원칙에 의존한
다고 말할 수 있다. 인간의 삶은 쾌락원칙과 현실원칙의 양면성을 포
함하고 있는 것이다.

의식은 본능의 억압이므로 인간의 문화는 결국 본능의 억압에 그 토
대를 두고 있다. 그런데 의식이 본능을 억압하는 그 정도는 사회와 시
대에 따라 서로 다르다. 이러한 억압의 과정 가운데에서 언제 어디서

---

12) 김광일, 「한국 민속극 속의 오이디프스」, 『한국 전통문화의 정신분석』(서울
: 교문사, 1991), 14~29면에서 요약 인용. 『한국문화인류학』 창간호(1968)에
실렸던 「한국민속극에 나타난 오이디프스 갈등」을 재수록.

고 부득이하여, 결코 풀어 버릴 수 없는 면을 기본억압이라고 부른다. 이것은 문명에 있어서 인류의 영속을 위하여 필요한 본능의 수정이다. 특정한 시대와 사회에 국한되어, 필연적인 것이 아닌데도 여러 가지 이유로 첨가된 면을 과잉억압이라고 일컫는다. 이는 사회적인 지배를 위해 필요한 억제이다.

삶이 쾌락원칙과 현실원칙의 양면성을 지니고 있듯이, 본능 자체에도 양면성이 함축되어 있다. 본능은 화합본능(Eros)과 파괴본능(thanatos)으로 형성되어 있다.

과잉억압의 상태 아래서는 화합본능과 파괴본능의 어울림이 무너질 뿐 아니라, 화합본능이 축소되고, 파괴본능이 강화된다. 파괴본능은 원래 화합본능을 도와주는 구실을 하던 것이나, 본능의 고른 실현이 불가능하게 되면, 파괴본능 자체가 본능을 대표하게 도니다.

파괴본능의 실현인 증오와 부정은 어디까지나 화합본능의 존중과 염려와 이해를 돕는 것인데, 이것이 전도되어 증오와 부정 자체가 삶의 목적이 되고 쾌락의 대상이 된다. 소위 '성기 성욕'의 강화도 화합본능의 축소된 결과이다.

양주별산대놀이에 나타나는 싸움과 애욕의 표현은 건전한 본능의 실현이 아니라, 과잉억압 상태 아래서 파괴본능이 강화된 모습을 드러내고 있다. 욕설과 싸움만이 아니라 그 지나친 성기 애욕의 표현도 화합본능이 축소된 결과임을 보여준다.

그러나 본능에 대한 의식의 억압이 아무리 심하여도, 상상력과 놀이는 언제나 남아서 생생하게 활동한다. 어떠한 경우에도 상상력과 놀이는 쾌락원칙에 위탁되어 있다. 그러므로 양주별산대놀이는 그 내용에 섞여 있는 싸움과 애욕의 표현을 검토하면 왜곡된 본능의 표현이지만, 그것을 구조적으로 검토하여 놀이라는 성격에 유의할 때는 화합본능의 표현이 된다.[13]

김열규(金烈圭)는 탈놀이 등 각종 민속연희(民俗演戲)에 보이는 에로티시즘과 반란 주지(反亂 主旨)는 단순히 서민의 해학이나 사회적 항거의식이니 하고 설명하는 것만으로는 부족하다고 한다. 그는 에로티시즘과 반란같이 일상생활 뒤에 감추어져 있던 욕구들이 동제에서 신성(神聖)에 접하는 순간에 드러난다고 주장한다. 그래서 동제에 에로티시즘과 반란이 등장하면서 집단적인 신열(神悅)을 체험하게 된다는 것이다. 그런데 탈놀이는 동제와 기원적으로 관련이 있으므로 에로티시즘과 반란의 주지를 갖게 된 것으로 보인다는 설명이다.14)

김욱동(金旭東)은 탈놀이에 나타나는 외설적 언어, 즉 육담을 미하일 바흐친의 카니발 이론으로 설명하였다. 탈놀이에서 주로 사용되는 외설적이고 음란한 언어는 바흐친이 말하는 '물질적 육체 원칙'과도 밀접하게 연관되어 있다고 한다. '물질적 육체 원칙'이란 바흐친이 그로데스크 리얼리즘의 기본 원칙으로 간주하는 원칙인데, 이 원칙은 변화와 생성과 관련된 인간의 구체적인 신체, 그리고 그 신체 기능에 관련을 맺고 있다는 것이다.

바흐친은 코·입·젖가슴·성기·항문·창자·배와 같이 돌출되어 있거나 구멍이 나 있는 신체 부위를 어떤 다른 신체 부위보다도 중요하게 취급한다. 이렇게 불룩하게 튀어나온 부분과 구멍이 난 부분은 한 가지 공통적인 특성을 지니고 있다. 바로 이러한 영역 안에서 자기 신체와 다른 사람의 신체, 그리고 신체와 세계 사이의 벽이 허물어진다. 즉 여기에서는 상호 교환과 상호 작용에 존재한다. 그렇기 때문에

---

13) 김인환, 「놀이의 본질－양주별산대놀이」, 『문학과 문학사상』(서울 : 열화당, 1979), 53~64면에서 요약 인용.
14) 김열규, 「부락제와 그 민간사고」, 『한국민속과 문학연구』(서울 : 일조각, 1971), 273~274면에서 요약 인용.

그로테스크한 신체의 삶 가운데서 중요한 사건, 즉 신체적 드라마의 장면들이 이 영역에서 일어난다. 성교와 임신과 신체의 절단과 다른 신체에 의하여 먹히는 행위는 물론이고, 먹고 마시고 배설하고(땀이나 콧물 또는 재채기와 같은)기타 분비물을 분비하는 행위-이러한 행위의 장면은 신체와 외부 세계의 경계선, 즉 노쇠한 신체와 새로운 신체의 경계선상에서 상연된다. 이러한 모든 사건들에서 삶의 시작과 끝이 서로 밀접하게 연관되어 있다.

두말 할 나위도 없이 '물질적 육체 원칙'과 관련된 음란하고 외설적인 언어는 궁극적으로는 자연의 풍요와 인간의 다산을 기원하기 위한 행위와 관련되어 있다. 탈놀이에서도 사정은 이와 크게 다르지 않다. 양반과 각시, 취발이와 소무, 영감과 할미의 음란한 춤과 성행위에서 잘 드러나듯이 음란한 행위나 성행위는 곧 풍요와 다산을 가져오기 위한 주술적 행위로 이해된다.[15]

필자는 탈놀이에 육담뿐만 아니라 성행위의 장면이나 성행위를 은유한 내용이 많은 사실을 탈놀이의 극적 형식 및 기원, 그리고 탈놀이가 축제의 일종인 동제에서 연행되었다는 점과 관련하여 해명하고자 한다.

탈놀이에는 등장인물이 상대방과 티격태격하며 싸우는 장면이 많다. 그래서 탈놀이의 극적 형식 중 가장 두드러진 것으로 싸움의 형식을 꼽을 수 있을 정도이다.[16] 영감과 할미가 오랫동안 서로 찾아 헤매다가 상봉하자마자 싸우는 장면외에, 노장과 팔목중, 노장과 소무, 양반과 말뚝이, 할미와 첩, 사자와 마부, 영노와 양반 등 등장인물들은 서

---

15) 김욱동, 앞의 책, 340면.
16) 졸고, 「가면극의 대사와 극적 형식」, 『한국고전문학입문』(서울 : 집문당, 1996), 313~316면.

로 티격태격한다. 이러한 티격태격 가운데 일부는 장난끼 어린 것도 있지만, 대부분의 경우는 심각한 싸움으로 발전한다. 싸움에는 으레 욕설을 동반하게 마련이다. 조선후기의 탈놀이에서는 신분적 특권, 관념적 허위, 남성의 횡포 등 당대의 사회적 갈등을 다루게 됨에 따라 등장인물끼리 싸움을 벌인다. 이 과정에서 싸움의 양상이 격렬해지고, 일상생활에서는 생각할 수도 없는 심한 욕설이 난무한다. 이러한 욕설 가운데는 육담적 욕설도 함께 튀어나온다.

탈놀이의 도처에서 발견되는 싸움의 양상은 다양하지만, 그 기본적인 구조는 풍농을 기원하는 싸움형태의 굿이나 성행위형태의 굿에서 유래한 것으로 생각된다. 싸움형태의 굿은 농사가 잘 되게 하기 위해서 거행되는데, 누가 이기고 지는가에 따라서 농사의 풍흉이 결정된다고 믿는다.17) 줄다리기의 경우에 암줄과 숫줄을 걸어서 쌍줄을 당길 때는 암줄을 당기는 편이 이겨야 풍년이 든다고 한다. 줄머리를 결합시키는 과정은 남근과 여근을 교합하는 남녀의 성행위 과정을 그대로 보여준다. 암줄은 끝을 둥글게 만들고, 숫줄은 끝이 암줄 속에 들어갈 수 있도록 고리를 만들어 암줄 속에 넣은 후 고리에 나무를 질러 넣어 빠지지 않도록 한다. 이때 주목되는 점은 숫줄이 암줄의 고리에 들어가 있기 때문에 양편에서 줄을 놓고 당기고 할 때 숫줄이 암줄 속을 들락날락하여 두 줄의 이음새 부분은 마치 남녀가 성행위를 하는 모습을 연출한다. 줄머리를 결합할 때, 암줄 편 대장이 "여자가 먼저 갖다 대는 법이 어디 있느냐! 너희가 오너라."하고 외치면, 숫줄편 대장은 "요즈음 세상이 어디 그러냐"하고 응수한다. 할머니들은 "(정력이) 쎄기도 하제"하며 히죽거린다. 줄다리기를 성행위와 동일시하고 있는 것이다. 이 점은 줄다리기 민요의 "부았네 부았네 동쪽 조X 부았네. 달

---

17) 조동일, 『탈춤의 역사와 원리』(서울 : 홍성사, 1979) 45~66면 참조.

았네 달았네 서쪽 X이 달았네"라는 내용에서도 확인할 수 있다.[18]

경북 영양군 주곡동의 서낭굿에서는 주곡동의 여서낭과 인근 마을인 가곡동의 남서낭이 풍물패와 함께 서로 싸워 승부를 겨룬다. 두 마을 서낭대에 각기 늘어뜨린 헝겊(서낭치마)이 바람에 날려 휘감기면, 부부 서낭이 성행위를 하는 것으로 이해된다.

이상과 같이 풍농을 기원하는 싸움형태의 굿이나 놀이에서는 모의 성행위가 연출되는가 하면, 외설적인 육담이 자연스럽게 사용된다. 남성적인 것과 여성적인 것이 결합하면 생산이 있다고 믿고, 풍농을 기원하는 의례에서 이를 행하는 것은 이른바 유감주술(類感呪術)의 원리에 의한 주술이다. 탈놀이도 기원적으로 풍농굿에서 유래했기 때문에 성행위의 장면이나 육담이 도처에서 나타나고 있는 것으로 해석된다.

노장과 취발이, 샌님과 포도부장, 할미와 돌머리집의 대결에서 생산력이 약한 늙은이가 구축되고, 생산력이 강한 젊은이인 취발이·포도부장·돌머리집이 승리하며, 젊은이(소무)로부터 새로운 생명이 탄생하는 내용은 바로 풍농굿에서 행했던 모의주술적인 기풍(祈豊)의례의 반영인 것이다.

한편 이미 비속어를 다룬 부분에서 고찰한 바와 같이, 탈놀이는 주로 동제와 축제에서 연행되었기 때문에 탈놀이의 육담도 축제화된 동제의 기본적인 특징을 반영하고 있는 것으로 해석된다.

축제는 고전주의 미학과 대조를 이루는 기괴성(grotesque)과 연결되어 있다. 고전주의 미학은 빈틈을 봉하고 돌출부를 편편하게 만들어 완벽하게 완결된 형태를 만들어낸다. 그로테스크한 실제보다 더 큰 형태에서 과장된 구멍과 돌출을 강조하여 황홀경에 빠지게 한다. 기괴한 형체는 "닫히거나 완결된 단위가 아니라, 미완으로 덧자라며, 주어진 틀을 벗어난다." 기괴성은 음식과 성을 즐기며, 실제로든 비유적이든

---

18) 장주근, 『한국의 세시풍속』(서울 : 형설출판사, 1984), 171면.

항상 먹고, 마시고, 싸고, 성교를 한다.[19]

그러므로 탈놀이의 대사에 나오는 육담뿐만 아니라, 동래야유와 수영야유 등에서 말뚝이의 대사에 음식 이름을 계속 열거하는 내용, 그리고 가산오광대·고성오광대 등에서 할미가 오줌을 누는 장면, 여러 탈놀이에서 할미가 엉덩이를 뒤로 빼고 혼들면서 추는 엉덩이춤, 여러 탈놀이에서 영감과 할미가 만나자마자 성행위를 하는 모습, 산대놀이와 해서탈춤에서 원숭이가 소무와 성행위를 하는 모습, 신장수가 원숭이와 성행위를 하는 모습, 취발이가 소무와 성행위를 하는 모습 등 도처에서 바흐친의 축제이론에서 애기하는 기괴적 사실주의(grotesque realism)의 모습이 발견된다.

---

19) 여홍상 엮음, 『바흐친과 문화이론』(서울 : 문학과 지성사, 1995), 192면.

서낭제의에 나타난 성의식
— 강원도 동해안을 중심으로 —

김 경 남*

1. 머 리 말

　우리 나라의 민속 현상 속에서는 음양의 조화를 강조하고 상기시키는 다양한 원시 문화의 흔적을 발견할 수 있다. 그것은 인간의 모든 일들이 자연 질서의 체계가 음양의 조화를 기본으로 하고 있기 때문이다.　이러한 사정은 고대의 제의와 관련된 기원 의식을 그대로 유지하면서 시대의 흐름에 따라 변이된 양상으로 전승 문화의 모든 장르에 나타나 있다. 그 가운데 강원 동해안 일대의 서낭제의는 생활의 근거가 되는 바다를 끼고 들과 연결되어 있기 때문에 농사와 어업을 겸한 반농반어가 대부분인 이유로 해서 매우 흥미롭다. 바다에서의 작업은 언제나 위험이 따르고 자연의 변화에 인간의 능력으로 해결할 수 없는 것은 자연신에 의존한다. 그리고 이러한 상황이 동해안 지역의 독특한 신앙의식과 튼튼한 제의 구조를 가능하게 한 것이다. 이 글에서는 동해안 일대의 서낭제의 속에 담겨있는 원초적인 성의식에 대하여 살펴보고자 한다.

---

* 경원대 강사.

2. 남근숭배 의식의 제의들

1) 신남리의 경우

삼척시 원덕면 신남리의 서낭제의는 남근(男根)이 제물로 바쳐진다.
물론 서낭신은 여신(女神)이다. 이와 관련된 이야기가 전하고 있다.
그 내용은 이러하다.

> 신남리 바닷가에 미역을 따며 사는 한 가난한 어부의 딸이 있었
> 다. 어느날 그녀는 애바위에 김을 뜯으러 떼를 타고 갔다. 정신없
> 이 해초를 따다가 그녀는 그만 밀려오는 풍랑에 떼가 떠내려간 줄
> 을 몰랐다. 떼를 잃은 처녀는 울며불며 애타게 구원을 청했으나 누
> 구 하나 구해 주는 사람이 없었다. 마침내 큰 풍랑이 그녀를 덮어
> 끌어 가버리고 말았다. 지금도 그 바위를 처녀가 애간장을 태우다
> 죽은 바위라해서 ‘애바위’라 한다. 처녀가 죽은후 마을엔 이상하게
> 변고가 자주 생겼다. 처녀의 원혼 때문에 해난사고로 사람이 자주
> 죽고, 고기떼가 몰려오질 않았다. 주민들은 이는 필시 처녀의 원혼
> 이 배회하고 있기 때문이라고 믿고, 곧 바닷가 언덕에 제단을 만들
> 고 향나무에 남자의 신을 깎아 걸어 놓고 치성을 드려주었다. 그런
> 후에야 재앙이 물러가고 풍어가 다시 들었다.

마을 사람들에 의하면 수백년 전부터 남근을 깎아 매달고 제사를 지
냈다고 했다. 이러한 사연으로 매년 정월 대보름날과 10月 첫 말날(午
日)에 마을 엄씨서낭, 그리고 해랑당(海娘堂)에 가서 제를 올린다. 또한
여자는 해랑당에 갈 수 없으며 남자들만이 남근을 바친다. 그리고 3년
마다 풍어굿이 있다.

2) 문암리의 경우

속초에서 푸르른 동해안의 해안을 따라 북쪽으로 올라가다 보면 파란 바다를 가슴에 안고 서낭산과 정자산을 등에 대고 120여 가구가 살고 있는 망개마을이 있다. 망개마을의 행정 지명은 강원도 고성군 죽왕면 문암 1리이다. '망개'라는 지명은 포구인 이곳에 일만호(1萬戶)가 살았다고하여 '만포만개리(萬浦萬個里)'라고 부른데서 '망개'라는 속칭을 얻었다. 또한 이 마을을 '백도'라고도 한다. 백도는 마을 주산인 서낭산에서 동북방 1.5㎞ 지점 바다 한가운데 떠 있는 섬이다. 원래 섬이 하얀 것이 아니라 과거 갈매기와 오리의 서식처로 새들의 분뇨로 인하여 섬이 하얗게 되어 백도라고 불렀다. 20년 전까지만 해도 마을 주민들은 날씨 좋은 날을 택하여 이곳에 배를 타고 나가 분뇨를 채취하여 거름으로 사용하였다고 한다.

망개의 풍어굿은 5, 6월을 택하여 5년마다 한번씩 한다. 과거에는 3년마다 한번씩 성대하게 풍어굿을 했지만 바다의 황폐화로 인하여 5년마다 올리게 되었다.

망개마을 풍어굿 이외에도 해마다 정월 초사흗날 마을산 위에 있는 숫서낭(할아버지 서낭)과 암서낭(할머니 서낭)에 치제(致祭)한다. 서낭제사가 있는 동안 온 마을 사람들은 부정한 몸가짐과 언행을 삼간다. 이 기간에는 오토바이를 과속하지 않으며, 입에 욕을 담지 않으며, 부부 관계도 금하고 있다. 제관은 마을 사람 가운데 생기복덕과 부정하지 않은 남자 7~8명을 선정하고 여기서 도가와 남근을 깎는 제관을 뽑고 나머지는 제관을 맡게 된다. 망개마을의 서낭제와 풍어제에서 볼 수 있는 특징 중의 하나가 남근을 제물로 암서낭에 바친다는 점이다.

풍어 의식에서 비롯된 이 독특한 제의는 동해안 일대에서 삼척군 원덕면 신남리와 망개마을 두 마을로 지금까지 남아 있다.

초사흗날 새벽 4시경 마을에서 북쪽으로 1㎞ 떨어진 바닷가 해변에 위치한 암서낭에는 제물과 제관 4명, 마을 뒷산에 있는 숫서낭에는 제물과 무녀, 그리고 제관 4명이 따른다. 제관들은 새벽에 일찍 일어나 목욕 재계 후 제사에 참가한다.

제의는 진설과 그리고 무녀의 기원, 소지의 순서로 진행된다. 소지를 올릴 때 망개마을 120여 가구의 소지가 오른다. 숫서낭과 암서낭에서 60가구씩 소지를 올리게 된다. 그리고 소지가 잘 오르지 않는 가구는 세차례에 걸쳐 소지를 올린다. 그래도 소지가 오르지 않으면 제사가 끝난 뒤 마을로 돌아와 "소지가 오르지 않으니 조심하고 개인적으로 서낭님을 찾아가라"고 제관들이 일러준다.

제사의 제물은 시루떡과 주·과·포가 준비되며 해산물이 전부이다. 해산물 가운데 문어와 명태는 반드시 올리고 肉고기는 절대 쓰지 않는다. 그리고 독특한 제물인 남근은 7~8명의 제관 가운데 한 제관을 선정하여 남근을 깎게 한다. 이 제관은 절대 남근을 깎는다고 말을 해서는 안되며, 남근을 절대로 다른 사람에게 보여 주지도 않는다. 마을 주민들은 누가 남근을 깎는지는 알 수가 없다. 남근은 반드시 오리나무로 깎아야 하며 지름 5㎝, 길이 한 자(尺) 정도이다. 그리고 3개를 깎는다. 남근은 제사를 지내기 전 진설 때 폐백과 함께 암서낭바위에 수많이 나 있는 구멍에 맞는 것을 꽂아 두게 된다. 이때 남근이 맞는 구멍이 한번에 맞으면 그 해에는 대풍이 든다. 암서낭은 기암괴석으로 수많은 구멍이 뚫려 있다.

어느 날엔가 한 어부가 바다에 나가서 작업이 신통하지 않자 암서낭을 향하여 육담이 섞인 욕설을 퍼부었다. 그러자 이 어부의 가슴이 시원해지면서 갑자기 고기가 많이 잡히게 되었다. 그리고 마을로 돌아와 남몰래 남근을 깎아 암서낭의 구멍에 꽂아 두었다. 그후 이 어부는 바다의 작업이며 집안이 잘되어 이 사실을 알게 된 마을에서 제사를 드릴 때 깎아 바치게 되었다. 그리고 남근은 해마다 3개씩 바꾸게 된다.

또한 망개마을에서 제물로 쓰였던 남근을 갖게 되면 재물이 불어나고 집안이 태평하다하여 제사가 끝나면 모두 없어진다고 한다. 그러나 이 마을 주민보다 타지의 사람들이 모두 가져가서 진작에 이 마을 주민은 아직 한번도 가져 보지 못했다한다.

망개 풍어굿은 5년마다 한번씩 지낸다. 5, 6월 중에 무녀에게 날받이와 도가를 선정받게 되는데 이때 전 마을 주민의 부부의 생년월일을 적어 가지고 간다. 망개마을의 단골 무녀는 빈순애씨이다. 1994년에는 음력으로 5월 27일~29일까지 사흘간 날이 났다. 도가는 제물이며 무녀들의 침식을 맡아 했다. 풍어굿은 음력 5월 27일날 새벽에 숫서낭과 암서낭을 마을 앞 백사장 가설 제당에 모시는 의식부터 시작되고 있었다. 먼저 숫서낭에 가서 무녀가 폐백을 드린 다음 제를 올리고 무녀와 제관, 마을 주민들은 다시 마을에서 북쪽으로 1㎞ 떨어진 암서낭으로 향한다. 그리고 다시 암서낭에게 폐백과 기존에 바쳐졌던 남근 3개를 빼내고 새로 깎은 남근 1개만을 바친다. 의식이 끝나면 해가 뜨기 전 가설 굿당으로 돌아와 숫서낭과 암서낭을 합배시켜서 사흘간의 풍어굿을 하게 된다.

1994년의 풍어굿은 ① 부정굿 ② 골맥이굿 ③ 당맞이굿 ④ 청좌굿 ⑤ 각댁조상굿 ⑥ 세존굿 ⑦ 성주굿 ⑧ 심청굿 ⑨ 각댁손님굿 ⑩ 제면굿 ⑪ 군웅굿 ⑫ 용왕굿 ⑬ 대거리굿 등의 순서로 진행되었다. 당시 풍어굿은 빈순애·김명익 부부가 무녀 4명, 양중 2명과 함께 담당했다.

3) 안인진의 경우

안인진리는 강릉시 강동면에 위치한 어촌 부락이다. 이 마을 서낭 제의는 봄·가을로 지낸다. 정월 보름날과 가을 음력 9월 9일이다. 또한 3년마다 풍어굿을 한다. 이 풍어굿은 음력 4월 10일이 지나서 날받이 하여 올리게 된다. 3년마다의 풍어굿 순서는 ① 부정굿 ② 성황청

좌굿 ③ 해신당맞이굿 ④ 항해굿 ⑤ 조상님굿 ⑥ 세존굿 ⑦ 성주굿 ⑧
군웅굿 ⑨ 지신굿 ⑩ 산신령굿 ⑪ 손님별상굿 ⑫ 제민굿 ⑬ 뒤독리 해
안 용신굿 등으로 되어 있다. 이곳에서도 독특한 남근 봉납의 제의가
있어 왔으나 현재에는 이루어지지 않으며 남근 봉납제의의 변이 양상
으로 여신과 남신의 성정결합의 상징인 신의 결혼이 이루어진 형태로
남아 있다. 남근을 제물로 바치게 되었던 유래는 이러하다.

A) 강릉 해령사(現 안인진)에 전해 내려오는 전설이 있다. 하루는
강릉 부사가 관기를 거느리고 해령산으로 유람소풍 갔을 때 그
네(추천)을 뛰다가 한 기생이 떨어져 바다에 빠져 죽었다. 함께
갔던 기생의 슬픔은 말할 것도 없지만, 부사는 죽은 기생을 불
쌍히 여겨 여러 동민들에게 명하여 적단을 쌓게 하고 위패를
해랑신위이라고 써 놓고 봄·가을로 致祭를 올리었다. 이로부터
동민들은 봄과 가을에 좋은 날을 택하여 제사를 올리게 된 것
이 풍속으로 되었다. 마을의 늙은이들은 여신만 모시니 신이라
도 짝이 있어야 한다하여 의논이 있었는데, 남신의 성명을 붙일
수 없어서 남자의 생식기를 나무로 깎아서 새끼에 매달고 제사
를 지낸 후에는 고기가 잘 잡혀, 한 해에 한 번씩 더 달아매게
된 것이 나중에는 한 꾸러미가 되었다고 하며 소도 한 마리씩
잡아서 제물로 하였다고 전한다.

B) 이 마을에 가난한 어부의 딸이 있었다. 가난에 쪼들리고 있으
면서도 씩씩하고 멋있는 총각만을 배필로 생각했기에 마을 총
각들은 그 여자의 눈에 차지를 않았다. 그런 중에 그 처녀는 과
년해졌다. 그때 이 마을의 뱃사공이 처녀를 보고 서로 혼담이
가더니 약혼을 하게 되었다. 약혼한 다음날 젊은 사공은 바다
에 나갔다가 불의의 사고로 죽고 말았다. 그러나 이 처녀는 자
기의 약혼자가 꼭 돌아오리라고만 믿고 봉화산에 올라가 날마
다 기다리다가 지쳐서 실신해 죽어버린 것이다. 그때부터 처녀
의 원혼이 흉어와 조난을 몰고 왔으므로 그녀의 혼령을 모시게

되었고, 또 그 원혼을 위로하기 위해 남근을 봉납하게 되었다.

C) 옛날 이 마을의 한 처녀가 지나가는 배에 타고 있는 미남 뱃사
공을 보게된 後 상사병에 걸려 죽고 말았다. 그때부터 고기가
잡히지 않았다. 그러던 어느날 밤, 한 어부의 꿈에 그 처녀가
나타나서 남근을 바치면 고기가 잘 잡힐 것이라하므로 나무로
만든 남근을 바쳤더니 고기가 잘 잡혀 그 뒤로는 모두가 그렇
게 했다.

3. 남근숭배 의식의 변이된 제의들

1) 주문진의 경우

강릉시 주문진에서 동쪽을 바라보면 항구를 안고 있는 작은 야산이
눈에 들어온다. 그 산기슭에 금방이라도 하늘에 오를 듯한 팔작 기와
집이 앉아있다.

주문진 서낭당이다. 여기에서 바라보면 멀리 태백산맥의 준령들이
한눈에 들어오고 주문진읍과 항구에 정박한 배들과 출·입항하는 작
은 배들이 보인다. 이 서낭당은 원래 지금의 등대가 있는 곳에 있었다.

그런데 6. 25동란때 함포사격으로 없어졌다. 그후 어촌 주민들이 지
금의 자리로 옮겨 지었다. 1957년 7월이다.

당(堂)건물은 전국 제일의 규모이다. 당(堂)의 구조는 단청채색을 곱
게 한 팔작 세칸의 기와집이다. 한칸은 제구와 제물을 보관하고, 중앙
의 한 칸은 신당(神堂)이며, 다른 한 칸은 제의 때 제관들이 거처하는
방으로 되어 있다. 당을 중심으로 약 20미터 아래에는 '성황당지신위'
라고 위패가 새겨진 비석만 모신 작은 제당이 있다. 주민들은 진이(眞
伊) 서낭당이라고 하는데 이는 골맥이 서낭인 듯하다.

신당에는 서낭당 위패가 없고 대신에 탱화만 모셔져 있다. 탱화의 중앙에는 할아버지, 좌우에 큰할머니, 작은할머니, 그리고 동자가 서 있다.(마을 주민들은 이렇게 부른다) 그리고 탱화를 중심으로 좌우 벽에 벽화가 그려져 있는데 양측 모두 장군신을 상징한 그림이다.

대부분의 어촌에서는 두 개의 서낭신을 모신다. 여서낭과 골맥이 서낭이라는 남서당의 구조이다. 그리고 이 남녀신의 합위(合位)의 과정을 거치는 기본 구조로 되어 있다. 주문진 서낭당의 구조도 마찬가지이지만 여서낭(할머니)이 한분 더 모셔진 셈이다. 이러한 구조 속에는 어느 여인의 애원이 설화로 주문진 지역에 내려온다.

옛날, 늦은 봄 어느 하루였다. 연곡현감은 잠시 시간을 내어 봄볕과 함께 산책을 하고 싶었다. 그는 하인들에게도 알리지 않고 거실을 떠나 지금의 영진리 바닷가로 내려갔다. 때마침 봄날이어서 마을 부녀자들이 바닷나물을 따고 있었는데 그 중에서 진이(眞伊)라는 여인의 미색에 현감은 취해버렸다. 현감은 진이만 있게하고 다른 여인들은 집으로 돌려보냈다. 현감은 그 자리에서 진이에게 사랑을 강요했으나 진이는 끝내 거절하고 현감의 손을 뿌리쳐 달아나버렸다. 현감은 진이가 괘씸하기 짝이 없었다. 화가 난 현감은 이튿날 하인을 시켜 진이의 아버지와 오라비를 잡아오라고 명령했다. 잡혀온 진이 부자에게 진이의 불응을 크게 야단하고 그 복수로 매질과 몇날 며칠을 옥에 가두었다. 이 소식을 전해들은 진이는 문을 걸어닫고 삭발한 뒤 한 아이를 낳고 죽어버렸다. 현감은 이 소식을 듣고 놀라 진이 부자를 석방했다. 그후부터 마을에는 질병이 잦았고, 또 바다에서는 어부들이 해난사고를 당하여 배가 뒤집히는 일들이 연달아 일어났다. 이렇게 몇 해가 지난뒤 당시의 현감은 어디론가 가버리고 정우복(鄭愚伏)이라는 새로운 현감이 부임했다. 새로 부임한 정우복 현감은 연달아 일어나는 재해를 이상히 여겨 하루는 민성을 듣기로 했다. 많은 현민들이 새마을(新里)에 모였다. 현감은 지난날 일어난 일들을 소상히 캐물었다. 이때 진이의 아버지가 현감께 아뢰겠다며 진이의 죽은 사연을 말해 주었다. 이 말을 들은 현감은 즉시 관비를 내어 진이의 사당을 세우고 여성황이라는 칭호를 주었고 진이의 명복을 빌도록 했다. 그후 마을의 질병과 재난사고는 신기하게 없어졌다. 그후 오늘날까지 해마다 이 서낭당에서 풍어제를 지내고 있다. 정현감은 현민을 한집 식구처럼 사랑했고 현민을 위해 많은 일을 했다. 그가 세상을 떠난후 현민들은 그의 공적을 기념하기 위해 지금의 주문진 6리에 사당을 짓고 해마다 제사했다. 그러다가 현감의 사당을 여서낭당으로 옮겨 놓았다.

위의 설화에서 바다를 지배하는 신은 여신(女神)으로 생각하고서 진이의 억울하게 죽은 원혼을 달래기 위해 서낭당을 짓고 원한으로 인한 지역의 질병과 해난사고를 방지하고자 하는 것을 제의의 목적으로 삼았다. 나아가 풍어의 기능까지를 승화시켰음을 알 수 있다.

바다는 어민들에게서는 생명이 직결된 곳이다. 화와 액은 자연의 변으로 나타나 위험하기 그지없다. 외경감 그것이다. 진이의 상처를 헤아리고 진이서낭에게 봄·가을로 치성을 드려 "생기복덕과 고기 많이 잡게 해 주시고, 바다에 나가서도 그저 무사히 돌아올 수 있게 해 주십시요"라고 하는 어민들이야말로 넉넉한 바다와 같은 마음이다. 진이의 한은 한마을을 피폐화시켰고 이는 다시 정우복 현감의 선정으로 마을의 안녕과 질서를 되찾게 되었다.

여기에서 진이와 똑같이 정우복 현감은 집단의 숭앙의 대상이 되어 오늘날까지 부락수호의 신(神)으로 되었음을 알 수 있다.

주문진 풍어굿은 서낭제와 함께 일년에 음력 3월 10일과 9월 10일 두 차례에 걸쳐 있었다. 그러나 바다의 황폐화로 풍어굿의 활성화는 이루어지지 못했다.

70년대초부터 일년에 두 차례 서낭제의만 있었고 풍어굿은 3년에 한번씩 하게 되었다. 1990년도에는 10월 28일 자정에 서낭제를 시작으로 풍어굿의 막이 올랐다. 어촌계원들의 주관으로 유교식으로 삼헌관들의 분향제배, 고축, 소지의 순서로 진행되었다.

풍어굿은 28일 오전 9시부터 시작되었다. 굿의 순서는 ① 부정굿 ② 골맥이굿 ③ 당맞이굿 ④ 청좌굿 ⑤ 각댁조상굿 ⑥ 세존굿 ⑦ 성주굿 ⑧ 심청굿 ⑨ 각댁손님굿 ⑩ 제면굿 ⑪ 군웅굿 ⑫ 용왕굿 ⑬ 대거리굿의 순서로 30일 오전까지 3일간 걸쳐 진행되었다.

1990년도 풍어굿의 사제무집단은 김석출씨(金石出·69·중요무형문화재 82호, 동해안풍어제 기능보유자)일가가 담당했다.

2) 강릉 단오제의 경우

동해안 서낭제에 있어서 그 전통이 오래고 그 규모에 있어서도 가장 큰 것은 강릉 단오제에 따른 서낭제의이며 제천의식의 유풍으로 남아 있는 풍년제의 성격을 띠고 있으며, 지방수호, 안전 행로를 비는 巫祭가 중심이 된 원시부락제의 성격을 띠고 있다. 이 제의에서 나타나는 남성신과 여성신의 합배를 원형으로 갖고 있음은 그 설화에서 찾을 수 있다. 그 내용은 다음과 같다.

A) 옛날 강릉 현 최돈목네에 동래 정씨인 정덕현네가 살고 있었던 바, 그 집에는 과년한 딸이 있었는데, 하루는 꿈에 대관령 성황신이 나타나 정씨집에 장가들기를 간청했다. 그러나 사람이 아닌 성황을 사위로 삼을 수 없노라고 거절했다. 어느날 정씨가의 딸이 노란 저고리에 치마를 입고 단장하고 뒷마루에 앉아 있는데 범이 와서 업고 달아났다. 소녀를 업고 간 범이 산신이 보낸 사자로서 분부를 받고 온 것이다. 대관령 국사성황은 소녀를 데려다가 아내로 삼은 것이다. 범에게 물려간 것을 안 정씨 집에서 국사성황을 찾아가보니, 성황과 함께 서 있는데 벌써 죽어 정신은 없고 몸만 비석처럼 서 있었다. 가족들이 화공을 불러

화상을 그려 세우니 처녀의 몸이 비로소 떨어졌다고 한다. 호랑이가 처녀를 데려다 혼배한 날은 4월 15일이다.

B) 현재 정씨가 살던 집에 강릉 부자 최준집씨 자손이 살고 있는데 이 최씨네에도 예전 자기 집에서 일하던 계집아이가 있었는데 과년하여 시집가게 되었다. 시집 가기 전날 밤 그녀가 머리를 감으려하자 어머니가 머리를 감으면 범에게 물려 간다고 만류했으나 말을 듣지 않고 머리를 감았다. 호랑이도 제말하면 온다는 속담 그대로 처녀는 범에게 물려가고 말았다. 그래서 그 집안에서는 역시 대관령 산신의 처자로 보고 있다.

A), B)의 설화에서 A)의 설화는 신화로서 출발한 설화임을 알 수 있고, B)의 설화는 좀더 후대로 접어들면서 윤색된 전설임을 알 수 있다. 이러한 이야기는 단오제의에서 남신과 여신의 합배로 나타난다.

다시 말해서 강릉 단오제의의 핵심은 대관령 국사서낭신과 강릉시내의 홍제동에 모셔져 있는 국사여서낭과의 연 1회 수일간의 성적 결합으로 상징되는 풍요의 기원에 있다. 이는 앞에서의 원초적형인 남근숭배와 관련된 제의의 변이된 모습이라 할 수 있다.

4. 제의와 성(性)의식

동해안 일대의 서낭제의에서 살필 수 있는 흥미로운 사실은 바로 남근봉납 의식이다. 바다는 변화무쌍한 삶의 터전으로 이를 지배하는 신은 여성신으로 상정하고서 그녀와의 화해를 위한 독특한 제의를 거행한다. 신남리, 문암리, 안인진의 서낭제의에는 사람들이 여신을 위해서 나무로 깎아 만든 남자의 생식기를 바쳐준다는 관념을 통해서 생식과 생명, 화해, 그리고 풍어의 기원의식으로까지 승화시킨 것이라 하겠다. 이는 대지의 음성원리, 곧 풍요원리를 상징하는 장면이다. 다시 말하면 음양의 조화의 발생에서 비롯된 의식이라 할 수 있다. 이러한 의식은 다산적(多産的) 생생력과 아울러 신과의 화해를 목적으로 바다의 평화를 기원했던 제의의 의미이며, 남근숭배와 관련된 성의식의 표출인 것이다.

남근숭배 의식이 변이된 제의로 보이는 양상의 경우 주문진과 강릉 단오제의의 모습처럼 직접적으로 남근을 여신에게 깎아 바치지는 않지만 남신과 여신, 여신과 남신의 합배(合配)의식은 앞의 남근봉납의 변이된 모습이라 할 수 있다. 단오의 세시와 관련된 강릉 단오제의 경우는 파종을 끝낸 후의 파종축제이거나 곡식성장 의례와 같은 성적(性的) 결합의 풍요의식제의라는 의식이 내재되어 있음을 알 수 있다.

주문진 서낭제의의 경우에도 마찬가지 양상이다. 억울하게 죽은 진이의 넋을 위로하기 위해 사당을 짓고 제사했다는 제의의 기원이 다른 제의의 전승설화에서 살펴볼 수 있듯이 남근봉납, 그리고 남성신과의 합배를 통하여 인간이 바라는 다양한 기원의 의식을 담고 있음을 확인할 수 있다.

동해안에서는 여서낭에게 나무로 깎은 남근봉납의 제의의 모습이 남아 있지만 내륙지역에서는 남근형 암석을 신체로 모시고 숭배하는 사례도 있다. 또한 경상도에서도 남근형 자연 암석을 신체로 숭배하는 사례도 발견된다.

우리 기층 민간신앙의 제의 속에서 발견되는 性의식은 구체적인 제의를 통하여 구상화되었으며 제의의 목적과 기능은 마을 집단의 안녕과 풍농·풍어의 다산에 있었으며, 그와 관련된 여러가지 통합, 정치, 축제, 예술, 놀이 등의 다양한 전승문화 속에 내재되어 있다.

지금도 동해안 어촌에서는 초월적인 존재와 한계적인 인간과의 만남이 서낭제의로 **활발히** 이루어지고 있다. 이러한 동해안 서낭제의 속에는 가장 원초적이며 근원적인 性의식을 내포한 원형이라 할 수 있다.

5. 맺음말

이 글에서는 동해안 서낭제의를 통해서 우리의 性의식이 어떠한 형태로 남아 있는가를 밝혀보려 하였다. 그 가운데 남근숭배의 하나인 남근봉납의 의식은 살아 있는 인간들의 성행위를 연상하게 하는 것으로 풍어를 기원하는 소박한 민중들의 의식이 담겨 있음을 알았다. 또한 제의와 관련된 이야기의 세계에는 생생력의 기원 의식 뿐만 아니라 그것을 통하여 새로운 에너지의 역할을 담아내는 의식이 있었음을 알 수 있었다. 이러한 정화된 에너지는 새로운 역동적 삶의 가치를 얻을 수 있는 인간들의 소박한 의식으로 이해할 수 있다.

동해안 뿐만아니라 다른 지역의 서낭제의 속에서 발견할 수 있는 줄다리기, 그네, 씨름과 같은 놀이도 제의와 관련된 생산성 극대화를 추구했던 기원의식과 함께 이루어져 왔음은 주지의 사실이다. 줄다리기에서 암줄과 숫줄이 부딪히고, 밀고, 당기고, 연결시키는 역동적인 모습은 바로 성적 모의 주술행위인 것이다. 그네뛰기에서의 쌍그네, 서로 껴안고 힘을 겨루는 씨름의 모습에서 성행위의 모습을 찾을 수 있다. 이는 고대의 제의와 관련된 기원의식과 생산력의 증대, 에너지 추구로서의 중요한 의식으로 이해할 수 있다.

〈참고문헌〉

◦ 최   철, 영동민속지, 서울 : 통문관, 1972.
◦ 김선풍, 동해안 성황설화와 부락제고, 관대논문집 제6집, 관동대학,
　　　　1978.
◦ 김의숙, 동해안항포구 향토문화조사보고, 강원문화 제3집, 강원문화
　　　　연구소, 1983.
◦ 김경남, 안인 해랑사 설화연구, 강원민속학 제5·6집, 강원도민속학
　　　　회, 1988.
◦ 김경남, 주문진 진이 성황설화의 구조, 강원민속학 제7·8집, 강원도
　　　　민속학회, 1990.
◦ 김경남, 강원도 고성군 문암리 남근서낭제, 강원민속학 제11집, 강원
　　　　도민속학회, 1995.
◦ 김경남, 강릉 단오제의 연구, 경원대 박사학위 논문, 1996.

전통적 놀이활동에 표현된 성motif의 상징적 의미와 세계관

한 양 명*

1. 머 리 말

전통성을 지닌 집단적 놀이활동1) 가운데, 성 motif가 연행의 구성과 주술종교적 의도의 실천에 주요한 위치를 차지하고 있는 것들이 존재한다. 진도의 도깨비굿, 순천 및 충청도 지역의 디딜방아액막이, 전국적으로 분포하는 쌍줄당기기, 장례놀이인 다시래기와 산다위 등은 여성 상징, 혹은 성적 상관(sexual intercourse)을 주요한 motif로 채택하고 있다.

이들 놀이에서 성motif가 상징하는 의미에 대해서는 상당량의 연구

---

* 안동대 교수.

1) 민속놀이 가운데 세시제의, 혹은 일생의례에 수반되어 행해지는 집단적 놀이들은 일정한 주술 종교적 성격을 지닌 것으로 평가되어 왔다. 사실상 호이징하(Huizinga)나 카이와(Caillois) 같은 서구의 놀이연구자들이 제시한 놀이 개념이나 분류안 등이 우리의 민속놀이에는 상당부분 적용 불가능한 것도 놀이와 제의, 혹은 의례 사이의 모호한 분계 때문이다. 이 글에서 굳이 놀이활동이라는 포괄적 용어를 사용한 것도 이러한 사정에서 연유한 것이다. 한편 탈놀이 역시 놀이활동에 포함되어야 당연하지만 이 책에서 별도의 연구자가 다루기 때문에 논외로 하였음을 밝혀둔다.

가 축적되었다. 진도의 도깨비굿에 대해서는 이현수(1986), 김종대(1994), 주강현(1996) 등의 연구가 있었으며, 다시래기에 대해서는 임재해(1995a), 장례산다위에 대해서는 전경수(1992a)의 연구가 있었다. 또한 줄당기기에 대해서는 한양명(1994)과 임재해(1995b)의 연구 등이 있었다.

이글에서는 이처럼 개별적 놀이활동을 대상으로, 혹은 다른 민속사상과의 상관 속에서 논의되었던 성motif의 의미 문제를, 전통적 놀이활동만을 대상으로 하여 전반적으로 점검하고 거기에 내재한 세계관을 포착해보고자 한다. 사실상 도깨비굿과 디딜방아액막이에는 성motif로서 '월경피'가 등장하고, 줄당기기와 다시래기, 그리고 산다위에는 성적 상관이 등장하기 때문에 이들을 같은 수준에서 논의할 수 있는가에 대해서는 의문이 있을 수 있다. 그러나 적어도 이들 각이한 성motif를 운용해온 주체들이 직접 생산활동, 특히 농업에 종사해온 사람들로서 정치경제적, 사회문화적 동질성을 공유하고 있었기 때문에 함께 다루어도 무방하리라고 생각된다.

이미 개개의 놀이활동에 대한 접근을 통해서 성motif가 지니는 상징적 의미가 일정하게 밝혀져 있으므로 이 글에서는 기존 해석의 수정 및 조정, 그리고 통합을 통해서 이러한 작업을 수행할 것이다.

2. 상징적 의미

2.1. 강한 不淨

〈사례 1〉 도깨비굿

전염병(홍역, 호열자)이 돌 때 도깨비굿을 한다. 정해진 날짜의

밤이 되면 온 마을 부녀자들이 빠짐없이 모인다. 무서운 탈을 만들
어 얼굴에 쓰거나 숯이나 물감을 얼굴에 칠한 여성들은 긴 막대기
끝에 여성의 피속곳을 메달아 앞장 세우고 금속제의 기명류를 두드
려 파열음을 내며 가가호호를 방문하여 도깨비굿을 한다. 이 때 남
자들은 밖을 내다보지 못하며 만약 내다보면 굿의 효력이 떨어진
다. 집으로 들어간 여성들은 마당에서 몇 바퀴 돌고난 뒤 마루에
차려놓은 상을 향해 세 번 절한다. 이어서 인솔 여성이 "사파세"라
고 하면서 준비된 쌀을 집어 사방으로 뿌리고는 피속곳을 방안으로
휘두르면서 "… 00면 00마을에 손님(천연두) 마누라가 오셨는데 …대
접할 것도 없으니 요것이나 먹고 물러가거라"라고 주문을 읊는다.
이런 방식으로 각 집을 다 돌고나면 그날 밤에 동구밖 네거리로 굿
을 치고 나와서 제물 12접시를 차리고 제를 지낸 다음 볏짚위에 제
물을 부어놓는다. 이어서 가면을 태워버린 뒤 그 불을 뛰어넘어 집
으로 돌아온다. 이 때 뒤를 돌아보아서는 안된다(이현수, 1986:126
-127).

〈사례 2〉 디딜방아 액막이

　가뭄이 계속되거나 돌림병이 들면 마을의 아낙들이 상복을 차려
입고 디딜방아를 훔치러 간다. 훔쳐온 디딜방아는 즉각 사람이 많
이 다니는 길거리로 옮기고 거꾸로 세워서 묻는다.　그리고는 수명
의 여성들이 월경피가 묻은 서답을 벗어서 방앗다리의 갈라진 곳에
걸친다. 과부의 서답은 특히 효힘이 있다(주강현, 1996:20-21).

　두 사례는 모두 마을공동체에 닥쳐온 재액을 물리치고자 하는 의도
아래 행해진 여성들만의 집단적 행위라는 점에서 공통점을 지닌다. 그
리고 중심적 주물(呪物) 가운데 하나가 서답이라는 점도 일치한다. 이
때 서답은 어떤 의미를 지니고 있을까?
　세계의 각 문화에서 여성의 월경은 부정, 혹은 불순한 것으로 간주
되었다. 엘리아데(Eliade)의 보고처럼 에로티시즘의 강렬한 상징으로서

의 월경(1992:365), 혹은 이현수의 자료처럼 송사나 노름에서 승리를 보장하는 주물로서의 월경(앞의 책:138)이 등장하기도 하나 대부분의 문화에서 월경은 부정, 혹은 불순한 것으로 간주되는 것이 일반적이었다(Girard, 1972 및 Caillois, 1939).[2] 구태어 밖의 사례를 들지 않더라도 우리 민속에는 여성, 혹은 여성의 피, 특히 월경피를 부정시하는 관행들이 다수 존재하고 있다. 전북 정읍 산외면 정량리에서는 줄을 만들 때 '피부정을 가린다'고 하여 여성의 접근을 차단한다. 다른 지역의 줄당기기도 마찬가지이다. 대부분의 지역에서 부인이 월경중에 있는 사람은 제관이 될 수 없으며 동제 기간 중에 출산이 예정된 산부는 마을 밖으로 격리된다.

다시 사례로 돌아가 보자. 서답과 짝을 이루는 대립항은 질병, 혹은 가뭄이다. 질병과 가뭄은 이 세상의 질서, 그리고 깨끗함을 어지럽히는 부정, 혹은 부정의 원인이다.[3] 따라서 상기의 놀이활동에는 부정과 또 다른 부정의 맞섬을 통해서 문제를 해결하고자 하는 구도가 설정되어 있다. 이 구도에서 문제의 해결방식은 단 하나다. 기존의 부정을 또 하나의 부정의 제시를 통해서 극복하는 것뿐이다. 부정의 제시를 통한 부정의 극복인 것이다. 이같은 역설을 가능하게 하기 위해서는 어떤 조건이 필요한가? 두 가지이다. 하나는 부정이, 부정의 정화를 위해서 기능하는 역할의 전환, 또 하나는 어떤 차원에서건 새롭게 제시된 부정이 기존의 부정보다 강할 것이다.

'순수한 것과 불순한 것의 전환성'이라는 착안은 전자의 문제를 검토하는 데 상당히 유효하다(caillois, 앞의 책: 62-67). 카이와는 불순한

---

2) 여성의 월경 부정은 달리 '꽃부정'이라고 부른다(1996. 7. 6. 민속학회 제 4 차하계대회 발표시 김선풍교수 담).

3) 波平惠美子는 부정의 종류를 위생적으로 불결한 것, 꼭 불결하다고 볼 수는 없어도 보기 흉한 것, 불구나 병, 죽음, 자연으로부터 받는 손해, 사회생활의 질서를 깨드리는 것 등의 다섯 가지를 들고 있다(최길성, 1982:271 재인용).

것, 즉 부정한 것을 도구로 하여 정화를 이룩하는 사례를 보고하고 있다. 출산부는 부정하기 때문에 마을로부터 격리되지만, 헤레로(Herero)족의 경우에는 그녀에게 매일 아침 그 마을의 모든 젖소의 우유를 가져오는데 이는 우유가 그녀의 입에 닿음으로써 질이 아주 좋아지기 때문이다. 와룬디(Warrundi)족은 초경을 맞은 소녀가 집안 곳곳의 집기에 손을 갖다대는데 그렇게 함으로써 모든 것이 성스럽게 된다고 여긴다. 뿐만 아니라 월경피와 분만시의 피는 옴이나 나병같은 다른 불순한 것에 대한 구제책으로 사용된다(위의 책: 63). 모두 부정을 통해서 부정을 정화하는 사례들이다. 그런데 이러한 부정의 역할 전환은 후자의 문제와 유기적 관계에 있다. 즉 보다 강한 부정일수록 이러한 역할 전환을 보다 완벽하게 수행할 수 있기 때문이다.

서답에 묻은 월경피는 생명의 모든 가능성이 좌절된 죽음의 피이며, 폭력에의 위험을 수반한 강한 오염물이다(Girard, 1995:54-57). 그렇기 때문에 로마의 박물학자는 "그 결과에 있어서 이 주기적인 하혈보다 더 끔직한 것을 찾아낸다는 것은 어려울 것"(Caillois, 앞의 책: 63 재인용)이라고 이야기하였다. 월경 자체가 이렇듯 극도로 부정한 것임에도 불구하고 도깨비굿과 디딜방아액막이를 행하는 여성들은, 성적 파트너의 결핍 때문에 월경 가운데서도 가장 불결한 것으로 간주되는 과부의 월경피를 찾았다. 이 과부의 월경피는 극적인 장치를 통해서 그 효험을 강화한다. 공식적 활동이 차단된 여성, 밤, 금기시되는 성의 노골화, 불규칙적 파열음, 괴기스런 가면 등 일상성의 전도를 통해서 확보된 비일상적이고 극적인 배경과 장치를 통해 등장함으로써 월경피는 강한 효험을 확보하여 재액과 맞선다. 디딜방아액막이에서도 월경피는 밤, 여성, 여성상징으로서 거꾸로 세워진 디딜방아와 함께 등장함으로써 그 효험을 극대화시키다. 결국 다음과 같은 등식이 성립되는 것이다.

기존의 부정   Vs   보다 강한 부정 = 부정의 소멸(정화)

　(재액)　　　　　(월경피)　　　　　　(재액의 제거)

　이러한 맥락에서 보았을 때, 월경피가 부정과는 구별되는 차원에서 신통력을 발휘하는 것으로 해석하는 것은(이현수:137-138) 재론이 필요하다. 예시된 송사나 노름에서 월경피의 역할은 오히려 승리를 훼방하는 부정을 물리치는 보다 강한 부정으로 보는 것이 타당하다. 또한 정다산이 『마과회통(麻科會通)』에서 여역의 치료제로 월경피를 제시한 것도 같은 방법으로 설명이 가능할 것이다.4)　이런 점에서 현지민의 제보를 기반으로 재액을 가져다 주는 귀신은 사람의 피, 그것도 냄새나는 피를 제일 싫어하므로 여자의 피속곳을 들고 다니게 된 것(정병호, 앞의 책:94-95)이라는 해석이 소박한대로 문제의 본질에 다가서 있다.

　경우에 따라서 두 놀이활동은 정기적으로 행해지기도 하였다. 정병호(위의 책:94), 이현수(앞의 책:126)와 제 19회 남도문화제 출연 당시의 대본(김종대:219에서 재인용)에서는 상원에서부터 2월 초하루에 이르기까지 매년 정례적으로 행해진 도깨비굿이 존재하였을 가능성이 제시되고 있으며, 디딜방아액막이 역시 일부지역에서는 상원 전일에 정기적으로 행해졌다(한국문화예술진흥원, 1987:132). 앞에서 살펴본

---

4) 淨, 不淨은 제의적 국면에서만 문제되는 것이 아니라 일상생활 중의 비일상적인 국면에서도 문제가 된다. 예컨데 아침에 보는 까마귀, 여성의 마수거리, 차 안에서 부는 휘파람소리 등은 부정한 것으로 인식된다. 이에 비해서 아침의 까치, 상여 등은 길한 것으로 인식된다. 속신 가운데 상당수는 정, 부정 관념의 일상화 내지는 생활화와 밀접하게 연관되어 있는 것이다. 이와 같은 맥락에서 재판, 노름, 질병은 그 자체로 일상적 상황과는 구별되는, 다분히 비일상성을 포함하고 있는 상황으로서 정, 부정의 관념이 개입되어 있다고 하겠다.

사례들이 이미 들어온 액을 몰아내는 액몰이라면 이 경우에는 액막이의 성격이 강하다. 들어올 것으로 예상되는 액을 미리 막자는 것이다. 의도의 차이에도 불구하고 월경피의 상징적 의미는 동일한 것으로 파악된다. 보다 강한 부정을 미리 제시함으로써 상대적으로 약한 부정들이 근접할 수 없도록 하자는 것이다. 달리 미리 강한 부정을 모의적으로 경험함으로써 다가올 부정을 예방하자는 것으로 해석하더라도 월경피의 의미는 여전히 다른 부정에 비해서 강한 부정으로 자리매김 된다고 할 것이다.

2.2. 재생산

2.2.1. 작물의 재생산

쌍줄당기기를 행하는 지역에서 암줄과 숫줄의 결합은 명백히 남성과 여성의 결합으로 인식되고 있다. 경남 창녕 영산의 큰줄당기기에서 암숫줄을 결합하는 과정에서 오간 양측의 대화 내용은 이러한 인식을 잘 반영하고 있다.

> 좆부터 들어오이소/ 씹부터 벌려라
> 암놈 물 다 쌌다 빨리 들온나
> 좆도 좆같지 않은게 빨리 들온나
> 좆이 얼매나 힘이 없어 벌려놔도 못들오노
> 아무리 벌려도 냄비 나름이다
> 거 아이래도 찡굴데 천지다
> 봄보지 물올랐다 빨리 들온나[5]

---

5) 1993. 3. 3. 현지조사시 채록.

두 줄의 결합을 남녀의 결합으로 인식하고 있음을 분명하게 알 수 있다. 경기도 이천의 갈매울 줄당기기나 송탄 동령의 줄당기기에서는 실제 남녀가 예복을 입고 줄에 올라타서 혼례를 모의하는 과정까지 있어서 이러한 사정이 보다 분명하게 드러난다. 한편 양줄의 결합은 곧잘 암룡과 숫룡의 결합으로 인식되기도 한다. 이렇게 보면 줄, 사람, 용의 결합이라는 삼중의 성적 상관이 드러난다. 이러한 성적 상관은 생명의 형태와 행위 사이의 연대성에 기초한 것으로서 이른바 유사성의 법칙에 의거하여 풍요다산을 초치하고자 하는 유감주술로 인식되었으며 작물의 풍요다산을 의도하고 있는 것으로 해석되었다(한양명, 1993:126-127). 그러나 보다 엄밀하게 이야기한다면 이 과정은 작물의 순조로운 재생산을 의미, 의도한다고 봄이 타당할 것이다. 왜냐하면 줄당기기가 행해지는 시점은 죽음의 계절 겨울이 끝나고 이제 막 생산의 계절 봄이 시작되려고 하는 시점으로서 파종과 생장을 거쳐 재생산을 준비해야할 시기이기 때문이다. 근자에 임재해(1995b)는 관점을 달리하여 이와 같은 성행위굿들이 실제로 식물의 생장에 영향을 준다는 것을 다각도로 입증하고 있는 바, 그렇다고 하더라도 이 거대하고 전면적인 성적 상관의 motif가 작물의 재생산과 연관된다는 점은 다를 바 없을 것이다.

2.2.2. 인구의 재생산

줄당기기와는 다른 성적 상관의 motif는 장례놀이에서 나타난다. 전국적으로 분포하고 있는 장례놀이 가운데 이러한 motif가 등장하는 놀이로는 장례산다위와 다시래기가 있다.

〈사례 3〉추자도의 장례산다위

　　장지에서 매장절차가 끝나고 평토제와 산신제가 진행되는 동안 한쪽에서는 산다위가 진행된다. 상포계에 속한 네 명의 여자가, 상가의 친척 중에서 지목된 남자 하나를 각기 사지 하나씩을 맡아서 공중으로 들어올린다. 나머지 여성들은 모두 그 남자에게 모여들어서 무차별로 남자의 몸을 만진다. 남자는 숨넘어가는 비명을 지르며 살려달라고 애걸한다. 여자들은 깔깔거리기도 하고, 히히덕거리기도 하고, 성기를 만지던 여자는 "이 물건은 내꺼야!"라고 고함을 지르기도 한다. 이 과정에서 오가는 말은 모두 남녀간의 성교와 밀접한 관계를 갖고 있다.　일정한 시간이 지나면 공중에 뜬 남자와 상포계장 사이에 흥정이 오고 간다. 계장의 요구가 수락되면 남자를 내려놓는다(전경수, 1992a:312-313).

　　추자도의 장례산다위를 참여관찰한 전경수는 이와 같은 행위를 한 구성원의 죽음으로 발생한 공동체 성원의 감소를 보상하기 위한 의례적인 윤간으로 해석하였다. 장례라는 통과의례를 개인의 인생 고비에서 일어나고 있는 현상으로만 이해되기를 허용하지 않고, 공동체 성원의 상징적 재생산을 위한 의미를 장례과정에 부여함으로써 생사의 문제가 한덩어리로 인식될 수 있고, 죽음과 생명의 문제를 연결하는 장례과정의 공동체적 메카니즘으로 이해될 수 있다는 것이다(위의 책:316). 최근에 그가 제시한, 망자 부인의 '빠구리춤' 역시 이와 같은 맥락에서 이해될 수 있는 것이다(전경수, 1996:62).

　　한편 임재해는 전경수의 논의를 수렴하면서, 보다 적극적으로 성희를 즐기고 새생명의 출산까지 연출하는 다시래기의 둘째거리 '거사 사당놀이'의 해석을 통해서 논의를 확장시키고 있다(1994a:296-313).

〈사례 4〉다시래기의 거사-사당놀이

  거사의 마누라인 사당은 봉사 남편 몰래 중과 관계를 맺어 임신
하고 아이를 낳는다. 출산을 통해 사당과 중의 관계가 드러나 거사
와 중은 서로 그 아이가 자기 아이라고 옥신각신 다툼을 벌인다.
이 과정에서, 여성 구경꾼들이 무안할 정도로 노골적인 성적 표현
과 행위가 오고간다(정병호, 1986)

  임재해는 상기의 자료와 안동의 앞소리꾼 조차기가 연행하는 '덜구
소리'인 훗사나타령의 정사장면 등을 포괄하면서 이와 같은 표현들이
죽음의 절망을 삶의 신명으로 바꾸어놓고, 성적 결핍을 충족시키며 성
의 상실을 보완하는 구실을 한다고 해석하였다(앞의 책:229). 논의를
성motif가 지니는 상징적 의미로 한정시킨다면 인구의 재생산을 의미
하는 것으로 수렴될 수 있으리라고 본다.
  동일한 성적 상관의 motif임에도 불구하고, 그 의미가 작물의 재생산
과 인구의 재생산으로 다른 이유는 무얼까? 우선 양자가 세시제의와
일생의례라는 다른 맥락에서 연행된다는 점을 상기할 필요가 있을 것
이다. 세시제의의 맥락에 자리잡고 있는 motif는 세시제의의 목적인 공
동체의 안과태평, 그리고 그 핵심을 이루는 작물의 순조로운 재생산에
복무하게 되고, 일생의례의 맥락에 존재하는 motif는 출생-사망-출생으
로 이어지는 순환체계의 순조로운 작동에 복무하게 된다. 달리 접근할
수 있는 것은 성적 상관의 주체이다. 작물의 재생산을 추구하는 줄당
기기의 줄은 대표작 작물인 벼의 신체인 볏짚으로 이루어져 있으며,
인구의 재생산을 추구하는 장례놀이의 주체는 바로 인간이다. 작물을
통한 작물의 재생산, 인간을 통한 인간의 재생산이라는 원리가 세시제
의와 일생의례의 맥락에서 구현되고 있는 것이다.

3. 세계관

이제까지 선행연구를 기반으로 전통적 놀이활동에 드러난 성motif의 의미를 검토해본 결과 여성의 월경피는 강한 부정을, 성행위는 작물 및 인구의 재생산을 의미하고 있음을 확인할 수 있었다. 그렇다면 이들의 운용과정에서 주체들은 세계를 어떻게 인식하고 있었을까? 그 일단을 살펴보기로 한다.

3.1. 인간의 의지에 의해서 회복 가능한 세계

성motif를 운용하는 주체들은 그들의 의지에 의해서 객관적 세계, 특히 비가시적이고, 불가촉적이며, 비물질적인 세계를 일정 부분 변화시켜 이전의 상태를 회복할 수 있다고 본다. 그들은 이렇게 함으로써 그렇게 되리라고 믿는 , 아니 벌써 그렇게 된, 행위와 결과 간에 구분이 없는, 자아와 세계 간에 격절이 없거나 최소화한 주술적인 세계관의 자장 안에 위치하고 있다. 물론 주체들이 배타적인 주술적 세계관에 빠져 있는 것은 아니다. 그들은 역사의 진전에 따라서 자아와 세계를 구분하고, 인간과 초인간적 존재, 자연과 초자연적 존재를 구분하는 등 신석기 시대 이래로 지속된 종교적 이원론의 보다 강한 자장 안에 있고, 초자연적 존재의 권위가 구축된 상당수의 민간신앙, 특히 동제는 그 예이지만 주술적 세계인식은 이러한 이원론적 세계인식과 혼재, 융합, 착종되면서 이른바 주술-종교복합(magico-religious complex)적 사유체계를 형성하고 있는 것이다.

우리는 상기의 놀이활동을 통해서 종교적이라기보다는 주술적이며, 이원론적이라기 보다는 일원론적인 세계관을 확인할 수 있다. 이들 놀이활동에 나타나는 사유의 방식은 다음과 같다(岸本英夫, 1961:63).

행위

인간 0 ──────────▶ 효과

역병이나 가뭄 등 그들이 존재하는 세계에 이상이 발생하였을 때, 그들은 그것을 원래의 상태로 회복시키는 문화적 장치를 가동시키며 상기의 놀이활동들은 다양한 차원과 수준의 장치 가운데 일부이다. 놀이활동의 주체들은 도깨비굿, 디딜방아액막이, 줄당기기, 장례놀이를 함으로써 그들이 소망하는 결과가 달성되리라고, 아니 달성되었다고 본다. 이 때 인간만사와 세계를 관장하는 초자연적 존재는 상정되지 않거나, 그 권위가 최소화 되어 있다. 이러한 사유방식은 분명히 주술적이며, 이 일련의 과정에서 주체는 세계를 이전의 상태로 되돌릴 수 있는 존재로 상정되어 있다.

3.2. 현상이 유지 되어야 하는 세계

성motif를 운용하는 주체들이 그 연행을 통하여 추구하는 세계는 부정이 정화되고, 결핍된 상황이 충족된 세계이다. 전염병, 혹은 가뭄이라는 재액이 발생한 시점에서 그들이 추구하는 것은 재액이라는 부정, 혹은 부정의 원인이 정화된 세계이다. 지난 해에 수확한 작물이 거진 소비되고, 이제 새로운 작물의 생산을 준비하여야 할 시점에서 그들이 추구하는 것은 작물의 순조로운 재생산과 그를 통한 충족이다. 공동체의 한 구성원의 사망으로 빈 자리를 메꾸어야 할 시점에서 장례놀이의 주체들이 추구하는 것은 인구의 순조로운 재생산과 공동체 성원의 충족이다. 모두 정(淨)과 충족의 세계를 지향하고 있다. 그러나 이 때의 정과 충족은 완벽한 상태의 정과 모든 것이 갖추어진 충족은 아니다.

완벽한 정과 충족은 성이 관철되는 종교적 국면과 유토피아에서만 가능할 뿐이다. 그들은 다만 부정이 발생하기 이전의 상태, 결핍이 발생하기 이전의 상태로의 회귀를 지향한다. 우리는 여기서 한정재화의 이미지(the image of limited goods), 혹은 그 변형을 본다(Foster, 1967: 304).[6]

성motif의 운용주체들은 전염병이 돌기 이전의 상태, 가뭄이 들기 이전의 상태, 작물의 재생산이 충족된 상태, 공동체구성원이 죽기 이전의 상태가 유지되기를 희망한다. 그 상태의 균형이 위협받거나 깨어졌을 때, 그것을 회복하기 위하여 동원 가능한 모든 장치를 가동한다. 정기적으로 행해지는 액막이, 혹은 액땜으로서의 도깨비굿, 그리고 디딜방아액막이도 같은 맥락에서의 이해가 가능하다. 이와 같은 행위들은 기본적으로 재액을 미리 모의적으로 경험함으로써 다가올 재액을 막을 수 있다는 사고에 기초하고 있다. 즉 자신들에게 돌아올 재액은 한정되어 있으므로 그것을 미리 경험하면 그 다음 재액은 들어올 자리가 없다는 것이다. 상원에서 2월 초하루까지 행해지는 도깨비굿에서 몰아낸 재액, 혹은 재액의 원인을 여제각과 사제각에 가두고, 중구에 다시 풀어주는 것은 보다 극명하게 주체들의 현상유지적 세계관을 보여준다.[7] 그들이 희구하는 것은 현상의 유지이지 혁신이 아니다. 때문에

---

6) 한정재화의 이미지는 소농들이 토지.부.건강.우정.사랑.남성다움.지위.힘 등 그들의 삶에서 소망스런 모든 것들이 담겨 있는 사회적, 경제적, 자연적 환경들이 한정된 양으로 존재한다고 믿는 인지적 정향을 표상하는 개념이다. Foster는 소농사회의 발전에 주목하였기 때문에 소망스런 측면에만 주목하고 있지만, 이러한 인지적 정향은 소망스런 것들 뿐만 아니라 회피하고 싶은 것, 꺼리는 것에서도 마찬가지로 나타난다고 본다. 액막이 민속에 있어서 액땜이나 화재의 모의를 통해서 화재를 막고자 하는 주술적 행위 등은 그 예가 될 것이다.

7) 진도 하사미에서는 병충해 방지를 위해 올리는 충제의 축문에 해충을 없애되 종자는 남기라는 내용을 포함시키고 있다(전경수, 1992b:80-81). 도깨비굿과 유사한 경우라고 하겠다.

부정, 혹은 부정의 원인을 일정 기간 가두어둘 뿐 완전히 없애지는 않는 것이다.

3.3. 남성이 지배하는 세계

월경피를 motif로 하는 놀이활동을 통해서 우리는 남성이 지배하는 세계를 다시 한 번 확인하게 된다. 이들 놀이활동에서는 다음과 같은 대립항들이 존재한다,

<표 1>

남 성	여 성
낮	밤
정	부 정
성의 은폐	성의 폭로
일상	비일상

남성은 낮, 정, 부정, 성의 은폐, 일상과 관련되어 있는 반면에 여성은 밤, 부정, 성의 폭로, 비일상과 관련되어 있다. 이들 놀이활동에서 여성은 비일상적인 존재, 즉 이상적(abnormal) 존재이며 월경피는 그것의 극단적인 표상으로서 자리잡고 있다. 월경피가 부정시되는 것에 대해서는 전술한대로 모든 생명의 가능성이 차단된 죽음의 피, 혹은 폭력에의 위험이 수반된 최고의 오염물이기 때문이라는 해석이 가능하다. 하지만 이러한 해석은 이미 그러한 인식이 존재하는 맥락 안에서 이루어진 emic한 것이다. etic한 차원에서 바라본다면 또 다른 해석이 가능하다. 왜 하필 여성, 그리고 그 존재의 증명인 출산과 월경의 피가 불온시되는가?

기호학적 모델을 차용하여 다시 한 번 월경피의 의미작용을 살펴보

자(Barthes, 1970:25-29, Story, 1983:118-126).

<표 2>

1차적 의미작용 외연적 의미	1. 기표 월경피	2. 기의 여성의 주기적 하혈
2차적 의미작용 내포 의미	3. 기호 월경피 I. 기표 월경피	II. 기의 강한 不淨
	III. 기호 월경피	

　표를 통해서 드러나듯이 월경피는 일차적 의미작용에서 여성의 주기적인 하혈이라는 외연적 의미를 가지고 있다. 그러나 이차적 의미작용을 통하여 월경피는 강한 부정이라는 내포의미를 지니게 된다. 주기적 하혈로서의 월경피가 강한 부정이라는 내포의미를 가지게 되는 의미작용의 전환에 어떠한 세계관, 혹은 이데올로기가 작용하였을까, 하는 것이 우리의 관심사다. 키징(Keesing)은 콰이오 족의 사례를 통하여 신체구조의 정치성(body poiitics)이 신성과 오염의 국면에서 어떤 양상으로 존재하는가를 살펴보고 있다. 그의 관찰에 따르면, 콰이오족의 의례에서는 다음과 같은 이원적, 상징적 대립이 나타난다(1984:436).

여성 : 남성

오염된 것 : 부정한 것

아래 : 위

　키징은, 남자에게는 신성한 것들에 대한 통제력을 부여하고, 여자는 이들에 접근할 수 없는 오염된 것으로 취급함으로써 난공불락의 남성

지배를 구축하는 성의 정치학(sexual politics)을 본다. 또한 다양한 장치를 통해서 과시되는 남성지배야말로 남성의 뿌리깊은 불안과 무능력감을 위장하고, 계속 유지시키는 것이라고 본다(위의 책, 435-437). 이때 남성의 불안은 여성의 임신과 출산으로부터 비롯된다. 남성은 사회의 공적인 영역에서 정치적 통제력을 갖고 있지만 출산은 그들의 힘이 미치지 못하는 어둡고, 신비하며, 위험한 영역으로 남아 있다. 남성은 이 사실을 부러워하며, 또한 불안해 한다. 많은 문화에서 여성이 상징적으로 주변적(marginal)이거나 경계적(liminal)이어서 문화의 세계에도 자연의 세계에도 완전히 속하지 못하는 것도 여기에서 비롯된 것이다 (위의 책:393-394)[8].

　여성 상징으로서 월경피가 강한 부정으로 자리잡게 된 데는 이렇듯 여성의 신체적 특징에 대한 남성의 원초적 불안감이 반영되어 있으며 동시에 지배를 관철하기 위한 전략이 숨어 있다. 바르트는 2차적 의미작용의 단계를, 지배계급의 가치와 이들을 증진시키고 유지시키는 생각과 실천의 체계로서의 이데올로기인 '신화'가 생산되고 소비되는 단계로 보았으며 내포적 의미는 축적된 사회적 지식(문화적 레파토리)을 바탕으로 작용한다고 보았다(story, 앞의 책:같은 쪽). 그렇게 본다면, 여성의 신체적 특징에 대한 인식의 공유는 주변적, 경계적 존재로서의 여성에 대한 축적된 지식, 혹은 레파토리가 되며 이 축적 위에서 월경피는 강한 부정이라는 내포적 의미가 작용하게 된다고 할 수 있을 것이다.

　남성들은 여성에 대한 지배의 관철을 위하여 수많은 국면에서 여성

---

8) 엘리아데(Elide)는 대지, 혹은 대지의 산출력과 동일시 되는 거룩한 존재로서의 여성에 대해 논의하고 있다(1959:112-113). 이러한 사례는 우리 민속에도 다수 존재하고 있으나 거룩한 존재로서의 여성도 부정한 존재로서의 여성과 마찬가지로 주변적, 경계적, 비일상적, 비정상적 존재라는 점에서 동일하다.

을 그들로부터 구별해내었고, 상징적, 제의적 영역에서 임신과 출산은 그러한 구별 내지는 차별의 근거가 되었다.[9] 월경피는 바로 임신 및 출산능력의 징표로서 여성 상징이 되며 이것을 부정시하는 것은 결국 남성 지배의 사회구조, 그리고 세계관의 반영인 것이다. 역사의 진전과 함께 법적, 제도적 차원에서 남성이 지배하는 세계가 점진적으로 해체되면서 월경피가, 강한 부정이라는 이차적 의미작용의 신화에서 벗어나 본연의 의미, 즉 일차적 의미작용의 영역으로 환원되고 있는 것은 이러한 사실을 역설적으로 입증하는 것이라고 할 것이다.

4. 맺음말

성motif를 중심으로 연행되는 놀이활동들을 검토한 결과, 여성상징으로서 월경피를 motif로 하는 도깨비굿과 디딜방아액막이에서 월경피는 '강한 부정'으로서 역할전환을 통해 부정을 해소하는 역할을 수행하고 있음을 알 수 있었다.

성적 상관을 motif로 하는 줄당기기와 장례놀이에서 성 motif는 모두 '재생산'이라는 상징적 의미를 지니지만 그 내포를 달리하고 있었다. 줄당기기에서 성적 상관은 세시제의가 추구하는 공동체의 안과태평의 전제인 작물의 순조로운 재생산을 의미하고 있는데 비해 장례놀이에서는 일생의례가 추구하는 바인, 출생-사망-출생으로 이어지는 순환적

---

9) 부르디외(Bourdieu)는 남들로부터 자신을 구별(distinction)하여 두드러지게 하는 것을 계급분화와 계급구조를 유지하는 기본원리 중의 하나로 보았다 (1979). 각도는 다르지만 상징적 영역에서 여성의 부정시, 혹은 신성시 역시 남성지배를 관철하기 위하여 여성을 구별해내는 문화적 실천의 하나로 볼 수 있을 것이다.

체계의 순조로운 진행, 보다 구체적으로는 사망으로 빈 공동체성원의
재생산을 의미하고 있었다.

한편, 이들 성motif의 운용에 내재한 주체들의 세계관을 검토한 결
과, 주체들은 자신들의 의지에 의해서 세계를 회복시킬 수 있다는 주
술적 세계관을 일정하게 견지하고 있음을 살펴볼 수 있었다. 이 주술
적 세계관은 이원론적인 사유방식에 근거한 종교적 세계관과 혼재, 융
합, 착종되면서 주술종교 복합적인 사유체계를 형성하고 있다.

주체들이 그들의 행위를 통해서 추구하는 세계는 현상유지적이다.
그들은 그들의 행위를 통해서 변화되기 이전의 상태로의 복귀를 추구
하며 그것은 다분히 한정재화의 이미지와 상통하는 것이었다.

여성상징으로서 월경피가 강한 부정이라는 내포의미를 갖게 된 배
경에는 남성이 지배하는 사회구조, 그리고 그것이 용인되는 세계관이
자리잡고 있다. 공적, 일상적 영역을 통제하는 권력을 독점하고 있는
남성은 제반 문화적 장치를 통해서 여성을 그들의 영역으로부터 구별
지으며, 특히 제의적 영역에서 여성은 주변적, 경계적인 존재, 즉 비정
상(abnormal)인 존재로 인식된다. 이 일련의 과정에서 여성의 임신과
출산능력의 징표인 월경피는 강한 부정으로 자리매김 된다. 환언하면
제의적 맥락에서 월경피의 부정시는 남성이 지배하는 세계의 상징적
결과물인 것이다.

〈참고문헌〉

◦ 김종대, 1994, 『한국의 도깨비 연구』, 국학자료원
◦ 윤광봉, 1995, 「세시놀이의 성상징체계」, 『한국민속학』27, 민속학회
◦ 이현수, 1986, 「진도 도깨비굿 고」, 『월산임동권박사송수기념논문집』

민속학편, 월산임동권박사송수기념논문집간행위원회
∘ 임재해, 1995a, 「장례놀이의 반의례적 성격과 생명성」, 『비교민속학』
　　제 12집, 비교민속학회
　　────, 1995b, 「민속놀이의 주술적 의도와 생산적 구실」, 『한국민속
　　학』 제 27집, 한국민속학회
∘ 장장식, 1994, 「한국의 성기신앙」, 비교민속학회 하계연구발표 발표요
　　지(미간)
∘ 장정룡, 1995, 『삼척지방의 마을신앙』, 삼척문화원·삼척군
∘ 장주근, 1969, 「민간신앙」, 『한국민속종합보고서』전남편, 문화재관리
　　국
∘ 전경수, 1992a, 「사자를 위한 의례적 윤간: 추자도의 산다위」, 『한국
　　문화인류학』24 한국문화인류학회
　　────, 1992b, 『똥이 자원이다』, 통나무
　　────, 1996, 「성문화의 인류학화와 문화쓰기의 반성」, 『제28차 한국
　　문화인류학대회 발표논문집』, 한국문화인류학회.
∘ 정병호, 1983, 「도깨비굿」, 『전통문화』 4월호(통권 129호)
　　────, 1986, 「진도 다시래기」, 『중요무형문화재해설』연극편, 문화재
　　관리국
∘ 주강현, 1996, 『우리문화의 수수께끼』, 한겨레신문사출판국
∘ 최길성, 1982, 「부정관념으로 본 한국인의 의식구조」, 『한국인과 한국
　　문화』, 심설당
∘ 최덕원, 1994, 『남도의 민속문화』, 밀알
∘ 한양명, 1993, 「한국 대동놀이 연구 : 편싸움을 중심으로」, 중앙대 박
　　사학위논문.
∘ 한국문화예술진흥원, 1987, 『한국의 축제』
∘ 岸本英夫, 1961, 『宗敎學』, 박인재 역, 1983, 『宗敎學』, 김영사
∘ Barthes, R., 1970, Mythologies, 정현 옮김, 1994, 『신화론』, 현대미학사
∘ Bourdieu, Pierre, 1979, La Distinction, 최종률 역, 1995, 『구별짓기:문화

와 취향의 사회학』, 새물결

◦ Elide, M., 1959, The sacred and the Profane, The Nature of Religion, 이동하 역, 1992, 『성과 속 : 존교의 본질』, 학민사

◦ Elide, M., Patterns in Comparative Religion, 이은봉 역, 1992, 『종교형태론』, 형설출판사

◦ Caillois, R., 1939, L'homme et sacre, 권은미 옮김, 1996, 『인간과 성』, 문학동네

◦ Foster, George M., 1967, "Peasant Society and The Image of Limited Goods", Peasant Society, Univ. of California, Berkeley.

◦ Girard, Rene, 1972, La Violence et le Sacre, 김진식.박무호 옮김, 1995 『폭력과 성스러움』, 민음사.

◦ Keesing, Roger., Cultural Anthropology: A Contempory perspectives, 전경수 역, 1984, 『현대문화인류학』, 현음사.

◦ Story, J., 1983, An Introductory Guide to Cultural Theory and Popular Culture, 박모 역, 1994, 『문화연구와 문화이론』, 현실문화연구

강원도 지역 육담의 특성

김 기 설*

I. 강원도 지역의 지리적 배경

강원도는 험준한 태백산맥이 남북으로 길게 이어져 내려갔기 때문에 그 산맥을 중심으로 동과 서로 구분한다.

산맥의 동쪽 지역을 영동이라 하고, 서쪽 지역을 영서라 하는데 영동지역은 바다를 끼고 있는 해안지역이 많고 그 해안을 중심으로 넓은 들이 있고, 해안의 서쪽인 내륙쪽으로는 산악이 있다. 그리고 영서지역은 산악 가운데 마을이 있고 또 산과 산 사이에 넓은 들도 펼쳐져 있다.

큰 산맥 때문에 동쪽 지역과 서쪽 지역은 옛부터 교류가 뜸해 서로 다른 생활권을 형성했고, 그러다보니 언어습관이나 생활습관이 달라지게 되었다. 그렇기 때문에 영동지역과 영서지역은 행정권역이 강원도

---

* 영동문제연구소 연구원.

육담은 사람의 성기를 풍자한 내용과 성행위를 노골적으로 묘사한 내용이 있는데 그 육담의 종류를 보면 설화형 육담과 지명형 육담으로 나눠볼 수 있다.

필자가 조사한 강원도 육담의 종류는 총 45편으로 영동지역의 육담 22편, 영서 지역의 육담 23편이 있는데 필자가 현장 조사를 통해 얻은 육담과 문헌조사를 통해 얻은 육담이 있다.

라는 사실 이외에는 별다른 동질성을 찾기 어렵다. 그런데 육담에서는
각 지역이 별다른 특징은 없고 다만 유성성이 발견된다.

Ⅱ. 강원도 육담의 특징

1. 설화형 육담

육담은 사람의 성기나 성행위의 과정을 묘사한 내용을 화제로 하는
이야기로 일명 음담패설이라고 하는데 여기에는 성기와 성행위를 욕
설과 비속어로 사용한 예도 있다.

육담은 인간의 내면세계에 잠재된 본능적인 성을 풍자한 이야기인
데 사람들은 그들의 내면에 잠재된 성적 분출의 욕구를 육담을 통해
자극하기도 하고, 또 대리만족하기도 한다. 육담은 이런 인간의 **본능적**
이고 관심어린 얘기를 풍자했기 때문에 성인남녀 할 것 없이 관심과
흥미를 갖는다.

성인들이 관심과 흥미를 갖는 육담은 성적 행위를 금기시하던 사회
에서는 공개적이고 공식적인 장소보다는 사석에서 회자되었고, 특히
술좌석에서 단골로 등장하여 좌중의 분위기를 이끌어 가기도 했다.

술 좌석에서 육담 사용은 정신건강에도 크게 도움이 되고, 또 좌중
의 분위기를 부드럽게 하는 활력소가 되기도 한다.

설화형 육담은 설화의 형식을 갖춘 육담으로 그 내용을 살펴보면 성
기나 성행위를 직설적으로 표현하기도 하고 또 은유적으로 표현하기
도 하였다.

직설적으로 표현한 내용은 성기나 성행위를 여과과정 없이 노골적

으로 표현했고, 은유적으로 표현한 내용은 성기나 성행위를 노골적인 방법이 아닌 풍자적인 방법으로 표현했다.

직설적인 육담은 체면과 체통을 중시하는 상류계층보다는 신분을 의식하지 않는 서민대중계층에서 더 많이 통용되었을 것이고, 대신 은유적인 육담은 상류계층에서 더러 회자 되었을 것이다.

이러한 설화형 육담이 서민대중들 사이에 회자된 배경은 신분에 의한 사회적 차별이 철저했던 시대에 성적 소외감을 육담을 통해 보상을 받기 위해 사석에서 자주 등장한 것이다. 양반계층들은 그들의 의사에 따라 성적 행동이 자유로울 수 있으나, 서민대중들은 그렇지 못하고 철저하게 제약을 받았다. 그래서 서민대중들은 성적 행동의 욕구불만을 육담으로 분출하였고, 또 육담을 통해 간접적으로 쾌감, 희열을 느꼈을 것이다.

1) 영동지역의 설화형 육담

① 설화형 육담의 종류

영동지역은 태백산맥 때문에 영서지역과 교류가 빈번하지 않아 언어습관이나 생활습관이 다소 차이가 있기 때문에 육담에서 어떤 차이점이 발견될 수 있는 요소가 있지 않을까 했으나 특이한 차이점은 발견되지 않는다.

육담은 육담에 등장한 여러 인물들의 대립과 갈등에 의해 애기가 전개되는데, 남녀의 갈등과 대립이 대표적이고, 의인화한 호랑이와 여인의 대립, 주인공과 도깨비의 대립양상이 있고, 또 남녀의 성기를 통한 대립, 남녀의 성행위 과정을 통한 대립 등이 있다.

그 종류를 살펴보면 다음과 같다.

- 홍부·놀부와 도깨비 방망이 (강릉),
- 탁발승이 두 처녀에게 준 선물 (강릉)
- 시아버지의 훈계 (강릉),
- 딸집에 갔다 봉변당한 아버지 (강릉)
- 꿩 먹고 알 먹은 무명장수 (강릉),
- 방재를 혼자 넘은 부인 (강릉)
- 보역사 (강릉),
- 남편이 좋아 한 것은 (강릉),
- 여자 오줌누는 소리 (강릉),
- 농악 악기가 내는 소리 (강릉),
- 땡삐가 쏜 × 이야기 (삼척),
- 색시에 입 맞춘 숙부 (양양),
- 자네 나만 하겠는가 (양양),
- 망신당한 사돈 (양양),
- 벌에 쏘인 남편의 그것 (강릉)
- 정철과 기생의 음담 (강릉)
- 달래강 전설 (강릉)
- 음처와 남편 (강릉)
- 뒤바뀐 영감 얘기 (삼척),
- 잔치집에 불알 소동 (양양)
- 당동 당부동 부동당 당동 (양양)
- 달래강 전설 (양양)

② 육담에 등장한 주인공과 대상물

영동지역의 육담에 등장한 주인공들은 형제, 처녀, 중, 할머니, 시아버지, 시어머니, 며느리, 젊은 부인, 무명장수, 당숙, 조카, 남편, 부인, 선비 등 다양한 계층에 속한 인물들이다. 또 짐승도 등장하는데 짐승은 우리나라 설화에 가장 많이 등장하는 호랑이가 나오고, 그 외에는 쥐, 고양이 등이 나오고, 우리나라 설화에 감초처럼 등장하는 도깨비도 등장한다.

영동지역 육담에 등장한 대상물은 남녀의 성기, 불알, 성행위 등이다.

2) 영서지역의 설화형 육담

① 영서지역 설화형 육담의 종류

영서지역은 태백산맥을 중심으로 서쪽 지역으로 산악지대가 많고 부분적으로 넓은 들도 있다.

영서지역은 영월, 정선, 평창, 원주, 횡성, 홍천, 화천, 철원, 양구, 춘천 등 광범위 지역이여서 지역간의 교류관계는 영동지역만큼 원활하지 못하다.

영서지역 육담의 종류는 영동지역의 육담보다 종류나 내용이 다양한 편이다.

- 바람끼 많은 부인 음부에 그려 놓은 토끼화상 (영월),
- 호랑이 쫓은 부인의 월경(영월),
- 부정한 여자에 대한 원님의 판결(영월)
- 뒷것으로 새우젖 사먹은 색시(영월),
- 앉은뱅이 키 자랑(영월)
- 도깨비 방망이로 늘어난 성기(영월),
- 부인의 윗 입술과 아래 입술(영월)
- 택일을 알아맞춘 며느리의 지혜(영월),
- 여우, 두꺼비, 너구리의 키 자랑(영월)
- × 인가 뭔가 하잖아(영월),
- 소박 맞고 쫓겨온 딸 3형제(영월)
- 재수 없는 큰 음부(영월),
- 호랑이 물리친 용감한 여자(영월)
- 성기로 꾀를 써서 술값 탄 술주정뱅이(영월),
- 마누라 털이 길어서 (영월)
- 중과 과부의 방구내기(영월)
- 달래강 (횡성)
- 신방 지키는 법 (횡성)
- 후객의 실수 (횡성),
- 달래산 (철원),
- 소문치와 한씨부인 (양구군)
- 도깨비 방망이 (횡성군)
- 밤을 굽다 (정선군)

② 영서지방의 육담에 등장한 인물 및 대상물

영서지방의 육담에 등장한 인물들은 부인, 남편, 건달, 원님, 앉은뱅이, 효자, 효자 친구, 시아버지, 며느리, 아들, 오누이, 신랑, 신부, 딸3형제, 주정뱅이, 중, 과부 등 다양한 인물들이고, 짐승은 호랑이, 여우, 두꺼비, 너구리 등이 등장하고, 또 도깨비도 등장한다.

영서지방 육담에 등장한 대상물들은 영동지방 육담에 등장한 대상물은 같으나 영서지역 육담에는 방구얘기가 나오는 것이 특이하다.

2. 지명형 육담

지명형 육담은 일정한 지역의 지형이나 지명에 성기를 상징하거나 성행위를 표현한 것을 말하는데, 이는 자연물에도 음양의 조화를 통해 생명이 있는 물체로 인식했다.

지명형 육담의 내용은 설화와 같이 일정한 형식을 갖춘 것도 있고 또 그렇지 못하고 단순한 지형의 설명에 그친 것도 있다.

일정한 형식을 갖춘 지명형 육담은 '달래강(산)전설, 소문치와 한씨부인'이고, 그외의 지명형 육담은 주인공의 대립과 갈등 양상이 나타나지 않고 단순히 지형을 통해 남녀의 성기를 표현하거나 상징한 얘기에 불과하다.

지명형 육담에는 지형형 육담과 지명형 육담이 있다.

1) 지형형 육담

지형형 육담은 일정한 지역의 지형을 성기로 상징한 것인데, 여기에는 설화형 육담처럼 설화의 형식이 갖춰져 있는 것이 아니라 지형에 대한 설명에 불과하다.

지형형 육담은 강릉시 유천동에 있는 소문혈이 대표적인 예인데 이곳의 지형이 여자의 성기처럼 되어 있어 소문혈 형상이라 한다. 이 소문혈 형상 앞에 남자의 성기에 해당되는 역두산이 있어, 사람들이 이곳을 쑤시면 역두산이 힘을 쓰게 돼 동네 처녀들이 바람이 나서 음란한 행동을 한다고 한다. 그래서 역두산에 올라가지 못하게 한다. 또, 이 부근엔 숫개의 성기처럼 생긴 개좆바위(犬腎岩)가 있다.

또, 태백시 동점동에도 소문혈 형상이 있는데 이 소문혈 형상 앞에 있는 늪고개의 산이 남자의 성기 형상으로 되어 있다. 옛날 이곳에 사는 김씨가 늪고개에 묘를 쓰고 집안이 잘 되었는데, 사람들이 소문혈 구멍에 나무 꼬챙이를 쑤시면 김씨 집안에서 생피가 붙는다고 하여 소문혈 부근에 사람들이 근접하지 못하도록 했다고 한다.

이 두 지역은 소문혈 형상으로 되어 있지만 지명으로 남아 있지 않다.

2) 지명형 육담

지명형 육담은 일정한 지역의 지형을 성기로 상징한 것인데, 이것이 나중에 지명으로 굳어진 것을 말한다.

지명형 육담도 지형형 육담과 같이 일정한 설화의 형식을 갖춘 것이 아니라 지형의 설명이 지형으로 굳어진 것이다.

지명형 육담의 대상물은 ‘바위, 봉(산), 굴, 우물, 강’ 등인데, 이들 가운데 ‘강’을 대상으로 한 ‘달래강 전설은’ 설화의 형식을 갖추었고, 그외의 것은 설화의 형식을 갖추지 않고 다만 성기를 상징하기만 했다.

지명형 육담에서 성기를 상징한 내용 가운데 여자의 성기와 남자의 성기를 사용한 내용을 살펴본다.

① 여자성기를 상징한 지명

지명형 육담 가운데 여자의 성기를 사용한 지명은 그 지역의 지형이 여자의 성기처럼 생겨 사람들이 이곳을 건들면 물이 나온다던가 또 마을 처녀들이 바람이 난다던가 하는 이야기가 대부분이다. 그 종류를 지역별로 살펴보면 다음과 같다.

가) 영동지역
• 굴바위 (강릉시 연곡면 삼산리)
  바위산 속에 굴이 뚫려 있는데 그 모양이 여자성기 처럼 생겼다. 굴에다 막대기로 쑤시면 동네 처녀가 바람이 난다고 한다.
• 암봉 (강릉시 연곡면 삼산리)
  암봉을 건들면 동네 총각들이 바람이 난다고 하는데 암봉 건너 편에 있는 숫봉에다 묘를 쓰면 암봉에서 물이 난다고 한다.
• 수음바위 (속초시 설악동 계조암 앞)
  바위의 생김새가 여자가 앉아서 방뇨하는 모습인데, 바위 틈에서 샘물이 나고 이 물을 먹으면 장수한다고 한다. 날이 가물어 물이 잘 안나오면 건너편에 있는 흔들바위를 수음바위 쪽으로 밀면 물이 잘 나왔다고 한다. 옛날엔 흔들바위가 두 개였고, 이것은 남자 낭심에 해당된다.
• 음풍정 (동해시 구미동)
  마을 서쪽에 있는 가름산이 음경형상이고 그 건너편에 있는 지형이 여성의 음문이여서 두 지형이 마주 보기 때문에 영기가 서로 융합함으로 사람들이 마시면 음풍이 발동해 풍기가 문란해저 이 우물을 없앴다고 한다.
• 색깔바위 (강릉시 연곡면 영진리)
  바위의 모양이 여자의 자궁처럼 생겨 땅속에 묻어 놓았는데 바

람이 불어 이 바위가 노출되면 마을사람까지 생피가 붙는다고 한
다.

나) 영서지역

∘ 암샘터 (영월군 북면 문곡리)

  샘이 여자성기처럼 생겨 음곡천이라고도 하는데 마을에 가뭄이 들
  었을 때 이곳을 쑤시고 고사를 지내면 비가 온다고 한다.

∘ 문바위 (양구군 사명산)

  바위의 생김새가 여인이 치마폭을 늘어 뜨리고 폭 주저앉은 형상
  인데 이 바위는 음기가 세서 치성을 올리면 치성발이 잘 받는다고
  한다.

∘ 처녀굴 (평창군 방림면 하방림리)

  처녀굴이 있는 산의 산세가 여인이 발가벗고 누워있는 형상으로
  그 아래 석굴(직경 1m 정도)이 있다. 석굴 안에 샘이 있는데 사람
  들이 이 샘을 휘저으면 처녀, 부인들이 바람을 피운다고 한다.

∘ 처녀굴 (평창군 대화면 신리)

  처녀굴이 있는 산 꼭대기에 샘이 있는데 이 샘을 휘저으면 처녀,
  부녀자들이 바람이 나서 도망을 간다고 한다.

∘ 처녀굴 (평창군 용평면 금당계곡)

  굴안에 샘이 있어 이 샘을 휘저으면 마을 처녀들이 바람이 나는데
  이 굴은 사람들의 발길이 잦아 많은 사람들이 와 물을 휘저어 마을
  에 온전한 처녀들과 수절하는 부인들이 드물다고 한다.

② 남자성기를 상징한 지명

가) 영동지역

∘ 숫봉 (강릉시 연곡면 삼산리)

  이 봉은 내를 사이에 두고 암봉과 마주보고 있는데 사람들이 이 봉
  을 건들면 동네 처녀들이 바람이 난다고 한다.

나) 영서지역
  ° 화낭바위 (홍천군)
    남자성기를 상징하는 바위로 이곳에 와 사모하는 사람의 이름을 부
    르면 뜻이 이뤄져 화낭질을 하여 풍기가 문란해져 이 바위를 없앴
    더니 풍기가 더 문란해저 다시 바위를 세웠다고 한다.

③ 성행위 상징
    성행위 상징은 남녀의 성기를 상징한 지명형 육담 외에 성행위의
    가능성을 타진한 이야기를 말하는데 이 이야기는 전국적으로 널리
    퍼져 있다.
    영동지역에는 강릉시 옥계면 북동리와 양양군 현남면 상월천리
    달래강 전설이 있고, 영서지역에는 횡성군의 달래강 전설, 철원군
    의 달래산 전설, 화천군 상서면 구운리의 달래모퉁이 전설이 있는
    데 이들 모두 오누이가 함께 길을 가다가 남동생이 비에 젖은 누
    이의 몸매를 보고 성적충동을 느껴 죄책감에 목숨을 끊으니 누이
    가 동생의 죽음을 측은하게 생각하며 한탄하면서 '한번 달라고나
    해보지' 했다고 하는 내용이다.

Ⅲ. 육담의 유사성

1. 설화형 육담의 유사성

    설화형 육담 가운데 그 내용이 비슷한 설화들이 더러 있는데, 영동
지역과 영서지역의 육담이 비슷한 것이 있고, 또 영동지역에서도 삼척
과 강릉에 비슷한 육담이 있다. 또 영서지역에서는 영월지역에서 유사
한 육담이 나타난다.

설화형 육담 가운데 달래강 전설은 전국적으로 분포되어 있는 장자 못 전설과 마찬가지로 널리 퍼져 있는데 영동지역에는 강릉, 양양, 영서지역에는 횡성, 철원, 화천지역에도 있다.

설화형 육담의 유사성을 살펴보면 다음과 같다.

- 도깨비 방망이로 늘어난 성기 (영서, 영월)
- 흥부·놀부와 도깨비 방망이 (영동, 강릉)
- 도깨비 방망이 (영서, 횡성)
- 여우, 두꺼비, 너구리의 키 자랑 (영서, 영월)
- 앉은뱅이의 키 자랑 (영서, 영월)
- 소문치와 한씨부인 (영서, 양구)
- 호랑이 물리친 용감한 여자 (영서, 영월)
- 방재를 혼자 넘은 부인 (영동, 강릉)
- 땡삐가 쏜 × 이야기 (영동, 삼척)
- 벌에 쏘인 남편의 그것 (영동, 강릉)
- 망신당한 사돈 (영동, 양양)
- 후객의 실수 (영서, 횡성)
- 잔치집의 불알 소동 (영동, 양양)
- 딸집에 갔다 봉변당한 아버지 (영동, 강릉)

등이 있는데, 이 중 바깥 사돈이 사돈집에 가서 술을 먹고 안 사돈에게 실수한 내용이 많다.

2. 지명형 육담의 유사성

지명형 육담의 유사성은 지형에서 강릉의 소문혈과 태백의 소문혈 형상이 있고, 그 외에는 평창군 지역에서 나타나는데 평창, 방림, 대화, 용평에 처녀굴 지명이 있다.

Ⅳ. 빼는 말

문헌조사와 현장조사를 통해 얻은 강원도의 육담 40편을 통해 강원도 육담의 특징을 알아봤다.

육담의 종류는 설화형 육담과 지명형 육담이 있는데 설화형 육담은 일정한 이야기의 형식을 갖춘 육담이고 지명형 육담은 일정한 이야기의 형식을 갖추지 못하고 일정한 지형을 성기로 상징한 육담을 말한다.

설화형 육담의 내용을 살펴보면 남녀의 성기를 주제로 한 육담, 남녀의 성행위를 묘사한 육담, 성기나 성행위에 대한 욕설이 있고, 지명형 육담의 내용을 살펴보면 일정한 설화 형식을 갖추지 못한 것으로 지형을 성기로 상징한 지형형 육담과 성기를 상징한 지형이 나중에 지명으로 굳어진 지명형 육담 등이 있다.

설화형 육담과 지명형 육담에서는 이야기의 전개, 구조, 내용, 또는 지형의 상징성에서 유사성이 있는 이야기들이 있다.

성기나 성행위에 관한 애기를 쑥스럽고 부끄럽게 생각하는 사회풍토에서 이러한 애기가 서민 대중들에게 흥미있게 회자되는 것은 육담이 화자나 청자들에게 주는 '카타르시스'와 성에 대한 인간의 본능적인 관심이 표출 되었기 때문이라 불 수 있다.

끝으로 육담에는 삶의 진솔함이 내포되어 있다.

〈참고 문헌〉

◦ 김선풍, 한국구비문학대계(2-1) 강원도 강릉 명주군편, 한국정신문화연구원, 1980.

◦ 김선풍, 한국구비문학대계(2-3) 강원도 삼척군편, 한국정신문화연구원, 1981.

◦ 김선풍·김기설, 한국구비문학대계(2-4) 강원도 속초 양양군편(1), 한국정신문화연구원, 1983.

◦ 김선풍·김기설, 한국구비문학대계(2-5) 강원도 속초 양양군편(2), 한국정신문화연구원, 1983.

◦ 서대석, 한국구비문학대계(2-6) 강원도 횡성군편(1), 한국정신문화연구원, 1984.

◦ 김선풍, 한국구비문학대계(2-8) 강원도 영월군편(1), 한국정신문화연구원, 1986.

◦ 김선풍, 한국구비문학대계(2-9) 강원도 영월군편(2), 한국정신문화연구원, 1986.

◦ 강릉지역 지명유래 김기설, 1992, 인애사
◦ 민속지   강원도,   1989,
◦ 방림면지   평창 문화원,   1989,
◦ 삼척시 미로지역 기층문화,   삼척문화편,   1995,
◦ 태백의 설화(하),   강원일보사,   1974,
◦ 삼척군지   삼척군,   1985,
◦ 양록의 얼   양구군,   1982,
◦ 대화면지   평창문화원,   1992,
◦ 영월 땅이름의 뿌리를 찾아서,   엄홍용 편저,   1995, 영월군
◦ 태백의 지명유래   김강산,   1989,
◦ 너부내의 숨결   강원도 홍천교육청,   1995,

◦ 양구의 지명   양구군,   1994,
◦ 속초시지   속초시,   1991,
◦임석재 전집 4(한국구전설화),   임석재,   1989,   평민사

충청도 지역 육담의 특성

김 동 기*

1. 서 언

고대인들은 성을 생생력(生生力)과 노동력을 가져오는 풍요의식의 한 형태로 주요시 여겨왔다. 여기서 성기와 성행위하는 것을 신성시하는 관념이 형성되어 오늘날까지 전해 오고 있다.[1] 이러한 의식은 고래 신화에 나타나는 신성혼이 자유로운 관계에서 (엄격히 말하면, 신성한 것에 의한 일방적인 것이지만) 진행된다는 점에서도 두드러진다. 또한 후대의 기록에서도 이와 같은 양상을 볼 수 있는데『삼국유사』의 성기에 대한 직접적인 표현이나 김현 감호조(金現 感虎條)의 자유스러운 남녀관계 등이 그것이다. 그러나 후대로 내려오면서 성이나 성행위 자체를 묘사하거나 표현하는데 꺼려하는 일종의 타부적인 의식을 갖게 된다. 그리하여 남녀칠세부동석 등의 관용어가 등장할 정도가 되었으며 남자에 의해 일방적인 성행위를 강요당하거나 겁탈을 당한 경우 목숨까지도 버렸던 것이다. 따라서 자연히 성기나 성행위에 대한 이러한

---

* 건양대 교수.
[1] 현재 전국에 퍼져 있는 **男根崇拜思想**은 이의 단적인 예라 할 수 있다.

일화는 움츠려들게 되고 은밀한 형태의 전승을 유지하게 되었다. 그리하여 소화류나 야담집 또는 민담등에서만 언급될 정도였다. 특히 성표현에 대한 지나친 위축은 채록에도 영향을 미쳐 기존의 구비문학 전승 자료에서도 성에 관한 설화는 채록시 구연에서 상당수 제외되는 양상을 보이기까지 하였던 것이다. 그러다 보니 이 방면의 연구 또한 소홀할 수밖에 없었다.

이 글은 이러한 점에 대해 생각할 볼 수 있는 기회가 주어졌기 때문에 가능한 것이기도 하다. 필자에게 주어진 논제가 충청도 지역 육담의 특성이므로 이 지역에 한정하여 기술하였다. 아울러 그 대상 자료 또한 충청지역에서 전승되는 구비자료에만 의존하였음을 미리 밝혀둔다.

2. 충청도 육담의 양상

1) 성기묘사담(性器描寫談)

성기묘사담의 경우는 대개 위기의 모면이나 기지, 성기를 묘사하는 어휘 또는 이로 인해 파생된 속담의 형태로 나타난다. 먼저 여성 성기에 대한 예를 보면,

① 충북 보은에 삽작고개가 있었음.
② 이 고개는 험준하여 호랑이나 늑대와 같은 산짐승이 자주 나타나므로 여러 명이 넘어야 함.
③ 경상도 문경에서 보은으로 시집온 색시가 갑자기 부모 부음을 받음.
④ 그래서 급히 머리를 풀로 이 고개 밑 주막집에 당도하니 남자

　　　5-6명이 같이 넘자고 함.
　⑤ 그럴 시간이 없다며 색시 혼자 고래를 넘어가기로 함.
　⑥ 다른 사람들이 이 여자의 담력이 얼마나 센가 지켜봄.
　⑦ 산짐승이 나온다는 산마루턱을 다 올라가서 옷을 전부 벗어 허
　　리 끝에 매어 등에 붙이고 알몸이 된 채 엎드려서 거꾸로 올
　　라감.
　⑧ 큰 호랑이 한 마리가 사람 냄새를 맡고 나타남.
　⑨ 호랑이가 보니 한 마리의 짐승이 기어 올라오는데 네 발도 달
　　리고 꽁지도 있으나 어떻게 된 것인지 입이 가로로 째져야 할
　　것이 세로로 째져 있고 그 가에는 수염이 시커멓게 나아 있으
　　며, 뒤를 보니 꽁지는 새까만데 여기에 눈이 달려 있고 입도
　　달려 있는데 이 입은 가로로 째져 있음.
　⑩ 색시는 일어나 옷을 입고 바삐 부모상을 모시러 감.2)

　위의 내용을 보면 여성의 성기를 이용해 호환을 퇴치하는 장면이 재
치있게 묘사되어 있다. 아울러 여성의 성기에 대한 언급도 직설적이다.
이러한 양상은 고대소설 변강쇠전이나 가루지기타령과도 흡사하다.
　남자 성기에 대한 묘사는 이야기 속의 일부로 나온다.

　① 노인부부가 살았는데 할머니가 베를 짜면 할아버지에게 장에 나
　　가 이것을 팔아오라고하여 생계를 유지함.
　② 번번히 베를 짜서 판 돈으로 할아버지가 술을 마심.
　③ 단단히 당부하는 말을 듣고 장에 나왔으나 또 베 판 돈으로 술
　　을 마심.
　④ 야단 맞을 것을 염려한 할아버지는 꾀를 내어 성기를 뒤로하고
　　전대로 꽉 올가매 성기가 없는 것처럼 하고 귀가함.
　⑤ 할머니가 술 취한 할아버지 옷을 벗기고 뉘일려고 사타구니를
　　만져보니 성기가 없음.

---

2) 任晳宰全集 6, 『韓國口碑說話』 ―충청남북도편―, 평민사, 1990, pp.19-21. 이
　하 한국구전설화라 약칭함.

⑥ 깜짝 놀라 할아버지를 깨워 물으니 술을 먹다가 돈이 모자라 성
   기를 술집에 잡혀 놓고 왔다고 말함.
⑦ 할머니가 베를 짜 줄테니 당장 찾아오라고 함.
⑧ 할아버지는 장에 가서 또 술을 사마시고 성기 묶었던 전대를 풀
   고 집으로 옴.
⑨ 할머니가 할아버지를 눕혀 놓고 '이렇게 좋은 것을 잡히다니'하
   며 성기를 자꾸 만지자 성기가 눈물을 흘림(사정함)
⑩ 할머니가 이것을 보고 '하룻밤 좀 못봤다고 이렇게 반가워하면
   서 눈물을 흘리고 꺼떡꺼떡 인사를 하네'라고 하면서 좋아함.3)

위에서 보는 바와 같이 남성에 대한 성기 묘사는 직접적인 것보다는
상징적으로 표현하고 있다. 이러한 예는 성무지담(性無知談)에 들어갈
것이지만 남자 성기에 대한 묘사의 예를 들어보기 위해 인용해 본 것
이다.
이와 같은 남녀 성기 묘사는 성기 어휘에 대한 유희로도 나타난다.

① 어떤 영감이 며느리 셋을 얻음.
② 생일날 며느리를 보고 자신을 기쁘게 하는 글자로 인사를 하라
   고 함.
③ 큰 며느리가 갓을 쓰고 와서 '安자로 뵈옵니다' 함.
④ 둘째 며느리가 애기를 옆에 않고 와서 '好자로 뵈옵니다'함
⑤ 마땅한 글자를 생각해 내지 못한 셋째 며느리는 얼른 옷을 내
   리고 궁둥이를 시아버지 앞에 대고 '呂자로 뵈옵니다'라고 함.
⑥ 궁둥이와 성기의 두 구멍이 맞닿으니 呂字가 된 것임.

이러한 예는 그야말로 재치와 유머가 뛰어난 언어 유희가 아닐 수
없다. 포복절도할만 하다 하겠다.
이와 같이 민간설화에 한자투의 언어 유희가 보이는 것은 이것이 양

---

3) 『한국구전설화』 pp.180-181.

반들의 육담에서 나온 것이 아닌가 하는 추측을 불러일으킨다. 실제로
『교수잡사(攪睡襍史)』에 이와 유사한 형태의 설화가 실려 있다.4)
　성기 어휘에 대한 언어적 유희는 속담을 낳기도 하였다.

  ① 보은읍에서 남쪽으로 삼십리쯤 가면 5일장인 원암장이 있었는
　　데 꽤 큰 농산물 집산지였다.
  ②이 원암장에는 떡전거리가 있어 집이 가난한 아낙네들이 여기에
　　서 떡을 팔았음.
  ③ 어느 아낙네가 쑥떡을 팔고 있는데 속옷을 입지 않은 채 치마
　　만 입고 양 무릎을 세우고 있었으므로 바람에 치마가 들려 그
　　앞에 있던 남자에게 성기를 보이게 됨.
  ④ 이 남자가 여자에게 접근해서 "쑥 넣었으면 좋겠네"라고 말함.
  ⑤ 여자는 '쑥을 뜯어 떡에 넣었으면 좋겠네'라고 말하는 것으로
　　알아 듣고 "쑥 넣었습니다"라고 대답하자 남자가 아니 "쑥 넣
　　었으면 좋겠어"라고 말함.
  ⑥ 이러한 대화가 화제가 되어 그 이후로는 떡전거리에 갈 때 성
　　기를 발기하고 가면 떡도 거져 먹고 장도 볼 수 있다하여 '까
　　고 원암장 가네'라는 말이 생김.

　위에서 보는 바와 같이 속담류의 파생은 빈한하게 사는 시골사람들
의 생활을 익살과 해학으로 날카롭게 풍자하고 있음을 알 수 있게 해
준다. 이러한 양상은 또한 성기와 성행위 자체를 신성시하던 고대인의
사고와는 다른 면모를 보여주고 있는 것이기도 하다. 이외에도 구박만
하는 아내의 버릇을 고쳐주기 위에 장에 간 남편이 고물 안묻힌 인절
미를 성기 옆에 차고 와서는 부엌으로 들어가 칼로 자못 성기를 자르

---

4) 이는 시아버지 회갑 때 헌수를 올리는데 큰 며느리가 天皇氏, 둘째 며느리
　　가 地皇氏가 되라고 축수한 반면 셋째 며느리는 陽物이 되라고 축수한다는
　　이야기이다. 양물은 비록 죽을지라도 다시 환생하기 때문에 죽지 않는다는
　　의미로 말한 것이다.

는 체 하면서 인절미를 잘라 개를 주었더니 아내의 태도가 달라 졌다
는 이야기에서5)'그것 벼서 개주라'라는 속담이 생겼다는 설화도 있어
주목된다.

　이와같은 성기 묘사는 성을 타부시하는 유습이 남아 있던 시대에 성
의 무지에서 오는 한 양상이기도 하다. 또한 부부생활에 있어서 없어
서는 안될 성기의 소중함을 잘 지적하고 있으며, 여성보다는 남성의
존재를 보다 뚜렷이 하고 있다는 점에서 남성우월사상이 나타나기도
한다.

　2) 성무지담(性無知談)

　성무지담으로 분류될 수 있는 설화들은 남녀합궁에 대한 무지, 성기
에 대한 무지 등의 양상을 띠고 나타난다. 먼저 남녀 합궁에 대한 무
지의 예를 들어보자.

　　① 옛날에 한 아이가 있었는데 글에서 배운 대로만 실행함.
　　② 어느날 서당에서 '男女七歲不同席'을 배운 후부터는 다른 여자
　　　　하고 같이 있으려 하지 않음.
　　③ 장가간 첫날밤 신부가 옆에 앉으니까 남녀칠세부동석에 어긋난
　　　　다하여 벽만 쳐다보고 신부는 거들떠 보지도 않음.
　　④ 날이 새자 신부는 기다리다 못해 친정어머니 한테 쫓아가서 병
　　　　신한테 시집보냈다고 울면서 보챔.
　　⑤ 이런 광경을 본 신부 오래비가 아마도 남녀칠세부동석이란 말
　　　　때문인 것을 알고 꾀를 냄.
　　⑥ 아침을 먹은 후 신부오래비가 신랑신부를 안방에 불러놓고 다
　　　　시 行禮를 하겠다며 신랑신부를 마주보게 세워 놓은 다음 윗
　　　　목에는 정화수를 떠놓고 아랫목에는 이부자리를 편 후에 신랑

---

5) 『구비문학대계』 4-4, 보령군편, pp.356-357.

신부만 방에 남겨 두고 밖으로 나와 笏記를 읽음.

⑦ "新婦 就 衾枕"하자 신부가 요 위에 누움.

⑧ "新郎, 新婦 兩脚之間에 跪坐"하니 신랑이 신부 양다리 사이에 가서 꿇어 앉음.

⑨ "新郎 就 新婦腹上"하자 신랑이 신부 배 위에 엎드림.

⑩ "進 退 進 退 進 退……"한참 이렇게 하고 있는데 옆에 있던 동생이 진퇴소리가 너무 느리다며, "進退進退進……"라고 빠르게 홀기를 대신 읽음.[6]

이것은 신혼 첫날밤에 흔히 발생할 수 있는 성교에 대한 무지를 자연스럽게 일깨워주는 기능을 담당하고 있다. 남녀간의 자유로운 연애는 물론 접촉마저도 용납되지 않던 시대에 혼인을 한다해도 남자는 사랑방에서 여자는 안방에서 초혼하기 전날 부모로부터 배운 것이 성지식의 전부였으므로 이러한 재치있는 방법을 이용해 자연스럽게 합궁의 절차를 일깨워 주었던 것이다.

이러한 이야기는 혼인한지 10여년이 되도 아이가 없는 샌님에게 동생이 합궁하는 절차를 가르켜 주는 것에서도 볼 수 있다.

……"그러면 저어 내가 처음 행례할 때 마냥 笏記를 써서 홀기를 불러 드릴 터이니 형님하고 형수님하고 내가 부르는 홀기대로만 하십시오" "그라지" 그래서 동생은 홀기를 써가지고 밤에 와서 제 형하고 형수하고를 껌껌한 방 안에 들어가게

하고 두 분 옷을 다 벗고 드러눕게 하고 홀기를 불렀답니다. "형님 저어 오짐 눌 때 쓰이는 것 있지요" "응, 있지. 있어" "형수님도 그것 있을 겝니다. 형님 오짐누는 것하고 형수님 오짐 누는 것하고 모두 한대 대십시요"이라니 선비는 댔지. "게 인제 나갈 進자 불르테니 나가고 물러날 退자 부르면 물러나시요"이래 놓고 進 退 進 退하고 홀기를 불렀어요. 한참 이렇게 進退進退하고 부르고 있는데

---

6) 『한국구전설화』 pp.186-187.

> 형수님이 성미가 급했던지 "아이고 서방님 그렇게 느리지 부르지
> 말고 빨리 좀 부르시오" 이랬어요. 그래서 동생은 그러지요. 하고서
> 는 進退進退進退進退進退……하더랍니다.7)

이 이야기는 앞서 든 이야기보다 더 익살스러움을 볼 수 있다. 단순
한 합궁의 차원을 벗어나 성교의 흥미까지도 이야기하고 있기 때문이
다.

또 이와는 달리 성의 무지가 살인마저 저지르는 이야기가 있다.

① 어린아이를 장가보내면서 어머니가 아들이 실수할까봐 첫날밤
　 각시를 홀딱 벗기라고 타이름.
② 첫날밤 신랑은 어머니가 일러준대로 신부의 옷을 전부 벗기고
　 주머니 칼을 꺼내 신부의 살가죽을 베낌.
③ 신부는 아픔을 참지 못해 "아이구 아퍼 나 죽겠네"하고 소리
　 침.
④ 이 소리를 방밖에서 듣던 친정어머니가 "야아 참아라. 첫날밤
　 은 다 그런것이다"라고 타이름.
⑤ 아무소리가 없자 첫날밤을 잘 치룬줄 알고 잤는데 딸이 아침
　 늦도록 일어나지 않아 방문을 열고 들어가 보니 신랑은 주머
　 니 칼을 빼들고 있고 딸은 가죽이 다 벗겨져 죽어 있음.

어린 아이를 혼인시키며 염려스러워 말해준 것이 오히려 신부를 잔
인하게 죽이는 결과로 나타난 예다. 이는 성의 무지에 대한 고발뿐 아
니라 조혼 풍습에 대한 신랄한 풍자를 하고 있다는 점에서 당시 조혼
풍습에 대한 거부 반응을 읽을 수 있다.

성기에 대한 무지담은 앞에서 예로 든 '그것을 잡히고 술마시다'와
'아내 버릇 고치기'등에서 볼 수 있다. 이러한 예들은 시각적으로 남녀

---

7) 같은 책, pp.188-189.

의 성기를 접할 수 없었던 당시로서는 당연한 듯 보이나 여러 해를 같이 산 부부나 이미 황혼기에 접어든 노인부부까지도 성기에 대한 무지를 보인다는 것은 단순히 성기에 대한 무지의 표출이 아니라 생생력의 수단으로써 또는 성적 유희의 수단으로써 남자 성기의 중요성이 역설적으로 표출된 것이 아닌가 싶다.

다른 예를 하나 더 들어보자.

① 길을 가던 나그네가 날이 저물어 봉놋방에 들었다. 봉놋방에서 장돌뱅이로 해서 여러 명이 자고 있었다.
② 나그네가 소변이 마려워 밖으로 나왔다가 들어가면서 보니 여름철이라 주인부부가 알몸으로 깊이 자고 있음.
③ 나그네는 주인집 여자가 예쁘고 잠이 들어 있으므로 욕정을 이기지 못하고 살금살금 기어들어가 주인집 여자와 관계를 가짐.
④ 주인집 여자는 잠결에 자기 남편인줄 알았는데 관계하는 식(방법)이 다르므로 눈을 떠 보니 자기 남편이 아님.
⑤ 관계를 마치고 나그네가 나가자 주인집 여자는 분함을 이기지 못하고 남편에게 말함.
⑥ 화가 난 남편이 봉놋방으로 들어가 자는 사람들의 연장(성기)를 검사하기 시작함.
⑦ 나그네는 위기를 모면하려고 꾀를 내어 옆에 있던 깨를 성기에 바름.
⑧ 남편이 나그네에게 성기를 보이라고 소리를 지르자 나그네는 "볼라면 보시우. 내가 내 연장을 장담하는 것이 아니라 옛날부터 유명한 연장이오. 모르는 사람은 거머귀좆이라고 하고 아는 사람은 반개강정좆이라구 그럴게요"하고 자기 성기를 보이는데 성기에 깨가 묻어 있음. 남편이 보고 "내 육십 평생을 살았어도 반개강정좆이라구 하는 좆은 첨 봤다"고 함.
⑨ 나그네는 위기를 모면함.[8]

---

8) 『구비문학대계』 4-3, 아산군편, pp.367-370.

이와 같은 예는 남의 아내를 겁탈하고도 재치있는 말과 행동으로 위기를 모면했다는 이야기다. 호랑이에게 물려가도 정신만 차리면 된다는 속담과 눈치가 빨라야 절에 가서도 젓국을 먹을 수 있다는 속담의 양측면을 다 수용하는 설화라는 점에서 민담에서만 볼 수 있는 전형적인 특징이랄 수 있다. 남의 부인이나 처녀를 희롱하다가 봉변당하는 사례를 문헌설화에서는 얼마든지 볼 수 있기 때문이다. 한편 이러한 예는 여자들에게는 정절을 요구하면서도 남성들 특히 양반 계층의 남성들은 기녀, 하녀, 평민의 아내 등과 통정하며 조금도 사회적으로 문제가 되지 않는다는 사회의식의 단면을 담고 있다 하겠다. 남편이 옆에 누워 있는데도 대담하게 부인과 정사를 하는 장면에서 이러한 단면이 뚜렷이 나타난다.

성기에 대한 무지담의 예를 하나 더 들어보자,

① 난리가 나자 김진사 부부는 젖먹이 딸 하나를 업고 깊은 산중으로 들어가 산전을 일구고 길쌈을 해서 의식을 해결하며 살았다.
② 어느덧 세월이 20년이나 흘렀고 딸도 둘이나 더 낳았으므로 그냥 산중에서 눌러 살게 되었다.
③ 김진사 부부는 딸들을 시집보내지도 못한 채 세상을 떠났고 딸 셋은 산중이 워낙 깊어 사람이라고는 부모와 저희 삼형제 밖에는 본 일이 없음.
④ 큰 딸이 20살이 되도록 세상 물정을 모르던 어느날 총각 한 명이 산 속으로 사냥하러 왔다가 점점 깊숙히 들어오는 바람에 처녀 셋이 거주하는 곳까지 이르게 되었다.
⑤ 처녀 셋은 총각을 보고 깜짝 놀랐으나 총각은 꽃같은 처녀 셋을 보고 기뻐하면서 부드러운 목소리로 하룻밤 묵어 가게 해달라고 청함.
⑥ 처녀들은 그제서야 안심하고 총각에게 저녁밥을 차려줌. 총각

은 저녁을 먹고 난 후 세상 이야기를 들려줌.

⑦ 총각은 딴 방에서 자게 되었는데 세 처녀 생각에 잠을 못 이
룸. 그리하여 옷을 전부 벗어버리고 백지로 조그마한 꼬깔을
접어 성기 위에 씌움.

⑧ 큰 처녀가 한숨 자고 일어나보니 총각 방에 불이 켜져 있으
므로 문틈으로 엿보니까 총각 사타구니 사이에서 조그만 사
람이 끄떡끄떡 하고 있음.

⑨ 처녀가 총각 혼자 온 줄 알았는데 또 한 사람이 있으므로 방
문을 열고 총각한테 '혼자 온 것이 아니며 왜 자지 않느냐'고
물어봄.

⑩ 총각이 천연스럽게 (자기 성기가) 저녁을 못먹었기 때문에
대노해서 잠을 못자고 있고 그로 인해 자기도 잠을 못자고
있다고 말함.

⑪ 저녁을 마련한다고 말하는 처녀에게 이 양반(자기 성기)은 체
하고 괴로워서 밥은 못먹으며 죽 또한 못먹고 성미가 급해서
오직 처녀 오줌밖에 먹지 않는다 함. 요강의 오줌을 가져오
겠다는 처녀에게 오줌은 차서 못먹는다고 말함. 그 자리에서
오줌을 누어 주겠다는 처녀에게 성미가 이상해서 직접 오줌
구멍에서 먹는 것을 좋아한다고 말함. 처녀는 내집에 온 사
람을 굶길 수 없다며 옷을 벗고 오줌구멍을 내밀음.

⑫ 첫 경험을 한 큰 처녀가 두 동생에게도 그 기분을 말하고 권
함.

⑬ 두 처녀도 관계를 가짐.

⑭ 떠나려는 총각을 꼭 붙잡고 같이 살자고 말함.9)

이러한 이야기는 성에 대한 무지와 그 무지함 속에서도 성행위의 즐
거움을 느낀다는 것을 보여준다. 이것은 그 당시 사회 습속의 한 단면
을 잘 드러내준다. 즉 남자와의 접촉이 어려웠던 사회 여건으로 본다
면 당연히 남자 성기를 본 바가 없기 때문이다. 또 한편으로 어떻게

---

9) 『한국구전설화』, pp.191-193.

보면 한 남자를 두고 세 자매가 관계를 하는 패륜적인 사실로 말미암아 지탄의 대상이 됨은 분명하다. 그러나 이 이야기는 단순히 성행위의 즐거움이나 거기서 나타나는 패륜적인 면만을 보여주고 있지는 않다. 인간은 혼기가 되면 누구를 막론하고 성혼하여 합궁을 해야 하며 아울러 그 결과로서 생산이 이루어져야 한다는 인간 본능의 소중함을 일깨워주고 있는 것이다. 아무리 인적이 없는 곳이라도 여자들만의 삶은 바람직하지 않으며 그들만의 생활은 용납될 수 없다는 습속이 배여 있다 하겠다. 그렇지만 이러한 가운데에서도 근친상간만은 용납치 않고 있다. 충청도 지역뿐만 아니라 전국적으로 분포를 보이고 있는 달래강, 달래나 보지 등의 설화는 이를 단적으로 보여주는 예이다. 그러한 가운데에서도 절대절명의 순간에는 하늘의 인정하에 남녀가 합궁하는 예를 홍수설화에서 볼 수 있다. 그러므로 민간설화에서의 성은 절대로 윤리·도덕적이지도 않으며, 그렇다고 난잡하지도 않은, 적당히 절제되고 적당히 긍정되는 가운데 포용되어 왔던 것이다.

3) 호색치정담(好色癡情談)

호색치정담은 여색을 탐해서 생긴 이야기 또는 남녀 사이의 애정에서 빚어진 이야기를 말한다. 이것은 호색형과 간부징치형으로 대별해서 살펴 볼 수 있다. 호색형의 경우 (1)처음부터 지나치게 여색을 탐함으로써 빚어지는 이야기와 (2)처음에는 몰랐거나 관심을 기울이지 않다가 나중에 지나치게 탐닉함으로써 빚어지는 이야기로 나뉘어진다. 먼저 (1)의 경우를 보자.

① 어느 나그네가 산중에서 날이 저물어 인가를 찾았다.
② 인가를 찾지 못해 탄식하고 있는데 가만히 보니 불빛이 있었다.

③ 가서 보니 젊은 여자가 한 명이 나오므로 묵어 가게 해달라고
   사정하니 여인이 부엌에서 자라고 함.
④ 부엌에서 자다보니 추워서 도저히 잠을 이룰 수 없으므로 꾀를
   내어 자꾸 기침을 함.
⑤ 시누이가 '방에 들어오게 해서 저 웃목에서 자도록' 하자면서,
   '얼어 죽으면 어떻하냐'고 하니 올케가 들어오라고 함.
⑥ 나그네가 흙이 묻은 짚신을 가지고 들어가 코에 대고 자면서
   이것을 떼면 잠꼬대가 심해서 다른 사람은 못잘 것이라고 말
   함.
⑦ 시누이가 올케 보고 그 짚신 좀 떼어보라고 말함.
⑧ 방에 있는 자로 짚신을 떼자 "에-참에 -저 놈 좀 데리고 잤으
   면 좋겠다. 아이구 데리고 잤으면 좋겠다"를 반복함.
⑨ 그러자 올케가 "에이구 데리꾸 자구 싶으면 데리꾸 자지?"하고
   말함.
⑩ 나그네가 올케와 관계를 하자 시누이가 생각다 못해 "참, 기왕
   할 테면 새눔허지 흔놈혀? 원 제기 나 같으면 새눔 허지 흔눔
   앙컸네"라고 말함.
⑪ 나그네는 아침이 되면 두 여자가 시기를 할까봐 두 여자와 다
   관계를 가짐.[10]

이 이야기에서 나그네는 의도적으로 자신의 성적 욕망을 채우려 한
다. 꾀를 내면 하나만이 아니라 둘 이상도 관계를 할 수 있다는 것을
잘 보여주고 있다. 도덕적으로 문제는 있지만 익살과 해학을 읽을 수
있으며, 여자들의 심리를 묘하게 그려내고 있어 재미를 더 해주고 있
는 이야기이다.

(2)의 경우는 대개 고전소설인 '배비장전'이나 '오유란전', 문헌설화
에 나오는 '여색을 멀리하는 선비 이야기'등과 같은 유의 이야기이다.
여색을 멀리하고 지조를 굳게 지키던 선비가 기생과 그의 친구 계략에

---

10) 『구비문학대계』 4-5, 부여군편, pp.467-469.

넘어가 봉변 당한다는 이야기이다. 이를 통해서 알 수 있는 것은 성 앞에서는 허세가 통하지 않으며, 겉으로는 체면을 존중하면서도 속으로는 음란한 생각을 품고 있는 양반에 대한 풍자이다.

간부징치형은 (1)기지로써 직접 간부를 징치하는 경우와 (2)불륜을 저지르고 있는 사람을 제삼자가 징치하는 경우로 나누어 볼 수 있다. 먼저 ①의 예를 보자.

① 어떤 처녀가 간부와 정을 통함.
② 혼인 말이 오고 갈 때 처녀에게 간부는 뒤주 속에 넣어 시집가
   는 날.
③ 시집가는 날 처녀는 뒤주에 간부를 넣어 가지고 신방에 둠.
④ 이것을 안 신랑이 자는 척하고 있으려니 신부가 뒤주의 문을
   열라고 함.
⑤ 신랑이 장인, 장모를 부름.
⑥ 신랑이 옛날 이야기처럼 자신의 처지를 이야기한 뒤 그런 경우
   어떻게 했으면 좋겠느냐고 물음.
⑦ 그러자 장인, 장모가 그런 사람은 죽여야 한다고 말함.
⑧ 신랑이 여기서 보겠느냐고 말하면서 밖에 있는 종을 부름. 그
   러자 끈과 도끼를 가진 사람이 들어옴.
⑨ 뒤주를 묶은 후 도끼로 마구 내려치자 간부가 뒤주에서 나
   옴.11)

이것은 집을 쫓겨난 사람이 우연히 혼인말이 있는 처녀의 집에서 하룻밤을 묵게 되었을 때 목격한 일로 인해 간부를 징치하고 목숨을 건졌다는 이야기다. 이러한 유의 이야기는 근친상간을 엄격히 규제하는 것과 마찬가지로 불륜을 저지르는 행위는 용서받을 수 없다는 도덕법규에 철저한 의식의 일단을 담고 있다. 부득이한 경우 즉 상부를 했다

---

11) 『구비문학대계』 4-5, 부여군편, pp.169-172.

거나 노총각, 노처녀, 홀아비의 경우를 제외하고는 불륜 특히 여자 쪽
에서의 불륜은 인정치 않고 있음을 알 수 있다. 이런 예는 비단 사람
뿐만 아니라 동물에게도 적용된다. 능구렁이가 독사하고 교미하는 장
면을 보고 제 짝도 아닌 것과 관계를 갖는다하여 때려 죽이자 밤에 다
른 능구렁이가 복수하러 왔다가 이런 사실을 알고 놓아주었다는 이야
기에서 동물조차도 정절을 소중히 여긴다는 인식이 위의 설화와 일맥
상통한다.
  2)의 경우를 보자,

4) 성기지담(性機智談)

  이 유형의 이야기는 성기나 성관계에 대하여 재치를 발동하여 뜻한
바를 이루거나 위기를 모면하는 형태이다. 기지(wit)의 원래 뜻인 유머
와 순간적 재치가 돋보인다는 점에서 성기지담은 가장 대중적인 선호
도가 놓은 유형의 이야기였던 것으로 보인다.

  ① 어느 여자가 남편이 없는 틈을 타 정부와 낮거리를 함.
  ② 도중에 남편이 들어옴.
  ③ 남편을 부엌으로 끌고가 시루를 씌움.
  ④ 점쟁이가 알려준 것이라고 거짓말하며 액땜하는 노래를 함.
  ⑤ 그 사이에 정부는 도망침.[12]

  이 이야기의 제목은 「낮거리하다 들킨 여자」이다. 여기서 이 여자는
재치를 발휘하여 어려운 상황을 용케 면하게 되는데, 이런 이야기는
청중이나 전승자에게 상당한 흥미와 관심을 초래하였을 것이다.

---

12) 『구비문학대계』 4-5, 부여군편, pp.466-467.

5) 성매개출세담(性媒介出世談)

성은 남성과 여성의 결합으로 이루어지므로 이들의 만남 없이는 초래할 수조차 없다. 그러나 언제나 관계를 맺는 당사자들이 남성이 사회적으로나 경제적으로 우월한 것만은 아니다. 여성이 남성의 지위에 의해 신분상승이 되는 것은 관심의 대상이 되지 못하지만 그 반대의 경우, 특히 성을 매개로 하여 남성어 입신 출세의 기회를 잡을 수 있었다면 이는 이야기되기에 충분한 요건을 갖추고 있다. 사실 고대설화 중의 <서동>이나 <온달> 등도 근본적으로 이 유형에 속하는 이야기라고 하겠다.

① 소금장수가 원님의 행차를 보고 부러워함.
② 옆에서 보던 자가 작은 다리 큰 다리를 다 밟아야 한다고 말해줌.
③ 광나루다리까지 가서 밤에만 다리를 밟음.
④ 마침 당대 세도가의 애첩이 보고 의아해 하다가 결국 통정하게 됨.
⑤ 대감에게 발각남.
⑥ 대감의 세 아들에게 해결방법을 묻자, 둘째와 셋째는 죽여버리라고 하지만 큰 아들은 멀리 있는 고을에 원님으로 내보내자고 함.
⑦ 대감이 동의하여 소금장수는 원님이 됨.[13]

소금장수가 원님이 되는 급격한 신분상승의 과정에서 공인되지 못하는 성이 매개체로 작용하는 점이 흥미롭다. 이밖에도 아들 8명을 갖고 있는 홀아비와 아들 8명을 갖고 있는 과부가 서로 만나 아들 16명을 갖는 부부가 된다는 이야기[14] 등이 이 유형에 속한다. 어떤 의미에

---

13) 『구비문학대계』 4-4, 보령군편, pp.176-178.
14) 『한국구전설화』 pp.90-98.

서 성이 인간의 가장 원초적인 삶의 방식이라고 할 때 이 유형의 이야기는 상류사회에서부터 하층민에 이르기까지 광범위한 분포를 갖고 있는 것이 특징이다.

3. 충청도 육담의 특성

1) 지역적 특성

충청도 지역의 육담에 대한 특성 중에서 먼저 지적할 것은 육담의 분포가 적다는 점이다. 이는 전통적으로 유가적 가치기준에 충실하고자 했던 사회풍조가 반영된 소치이며, 더욱이 충청도는 양반지역이라는 인식하에 이야기의 전승자나 향유자들이 육담을 꺼려했던 경향이 있었던 것으로 보인다.

2) 표현상의 특징

육담의 분포가 적은 사실과 같은 이유에서 유래되는 것이지만, 이 지역의 육담은 표현이 점잖고 완곡한 모습을 보인다. 남녀의 동침장면은 거의 생략된 채로 전승되며 성관계에 대한 자세한 묘사나 감정의 표현 등이 자제되어 있는 실정이다. 예를 들면 성기는 '그것'이나 '거시기' '연장'등으로 지칭되며 성관계는 '그것', '재미를 보다'등으로 표현되어 있다. 그리고 남성주도형이 대부분이며 여성이 능동적으로 나타나는 설화가 드물다는 것도 하나의 특징이다.

3) 역사인물의 등장

충청도 지역과 연고가 있는 역사적 인물이 관련된 육담이 몇 개 있어 주목된다.

가장 빈번히 등장하는 인물은 어사 박문수이고 토형 이지균이나 율곡 이이도 등장한다. 그러나 이들이 육담의 실질적 주인공으로 등장하거나 희화적으로 묘사되는 경우는 없고, 이들의 주변인물과 관계된 육담에 등장한다. 특히 율곡 같은 경우는 성에 초탈했던 인물로 그려져 있어 특징적이다.

4. 결 언

충청도 육담의 특징은 두 가지 관점에서 정리될 수 있다. 그 중의 하나는 전국적인 육담이 갖는 특징, 즉 해학과 익살을 동반하며 숨겨져 있는 것을 들추어냄으로써 야기되는 긴장의 이완과 웃음의 유발이 동반되며, 나아가 육담으로써 사회와 인간을 풍자하고 비판하는 면모를 갖고 있는 것이다. 그리고 다른 하나는, 지역적 특성으로 인하여 육담의 분포가 적다든지, 표현이 점잖고 완곡하다든지, 역사적 인물이 자주 등장한다든지 하는 특징이 있는 것이다. 앞으로 새로운 관점으로 다른 지역과 대비 고찰함으로써 충청도 지역의 육담이 갖는 특성이 전국적 육담이 갖는 특성과 같고 다른 점이 보다 자세히 드러날 것으로 기대하는 바이다.

한국 육담의 세계관

인쇄일 초판 1쇄   1997년 10월 05일
　　　　　2쇄   2017년 03월 20일
발행일 초판 1쇄   1997년 10월 10일
　　　　　2쇄   2017년 03월 23일

지은이 김 선 풍 외
발행인 정 찬 용
발행처 **국학자료원**
등록일 1987.12.21, 제17-270호

서울시 강동구 성내동 447-11 현영빌딩 2층
Tel : 442-4623~4 Fax : 442-4625
www. kookhak.co.kr
E- mail : kookhak2001@hanmail.net
ISBN 978-89-8206-150-9 *03810
가 격 10,000원

*저자와의 협의 하에 인지는 생략합니다.